Thomas Thiemeyer

Evolution

Die Quelle des Lebens

Bücher von Thomas Thiemeyer im Arena Verlag:
Evolution. Die Stadt der Überlebenden
Evolution. Der Turm der Gefangenen
Evolution. Die Quelle des Lebens

Thomas Thiemeyer,

geboren 1963, studierte Geologie und Geographie, ehe er sich selbstständig machte und eine Laufbahn als Autor und Illustrator einschlug. Mit seinen preisgekrönten Wissenschaftsthrillern und Jugendbuchzyklen, die mittlerweile in dreizehn Sprachen übersetzt wurden, ist er eine feste Größe in der deutschen Unterhaltungsliteratur. Seine Geschichten stehen in der Tradition klassischer Abenteuerromane und handeln des Öfteren von der Entdeckung versunkener Kulturen und der Bedrohung durch mysteriöse Mächte. Der Autor lebt mit seiner Familie in Stuttgart.

www.thiemeyer.de
www.thiemeyer-lesen.de

Thomas Thiemeyer

EVOLUTION

DIE QUELLE DES LEBENS

Arena

Für Steffi

MIX
Papier aus verantwortungsvollen Quellen
FSC® C110508
FSC
www.fsc.org

1. Auflage 2017

Dieses Werk wurde vermittelt durch die Literarische Agentur
Thomas Schlück GmbH, 30827 Garbsen
Coverillustration: Jann Kerntke
Einbandgestaltung: Johannes Wiebel
Gesamtherstellung: Westermann Druck, Zwickau GmbH
ISBN 978-3-401-60169-4

www.arena-verlag.de
www.twitter.com/arenaverlag
www.facebook.com/arenaverlagfans

»Die Wissenschaft ist wie ein Messer. Ob ein Chirurg oder ein Mörder, jeder gebraucht es auf seine Weise.«

Wernher von Braun – deutscher und US-amerikanischer Raketeningenieur

»Wenn ich die Folgen geahnt hätte, wäre ich Uhrmacher geworden.«

Der deutsch-amerikanische Physiker Albert Einstein über die Erfindung der Atombombe

0

Was zuvor geschah …

Während eines Linienflugs von Frankfurt nach Los Angeles gerät der voll besetzte Jumbojet LH-456 über der Polarregion in einen Zeitstrudel, der ihn mehrere Hundert Jahre in die Zukunft schleudert. Lucie und Jem, die im Rahmen eines Schüleraustauschs in Richtung Kalifornien unterwegs sind, müssen miterleben, wie die Maschine auf dem Denver International Airport notlandet. Dort angekommen, stellen sie fest, dass nichts mehr so ist, wie es mal war. Die Welt hat sich verändert.

Auf der Suche nach Antworten begeben sie sich, zusammen mit ihren Freunden Olivia, Katta, Zoe, Marek, Arthur und Paul, an Bord eines Schulbusses auf die gefahrvolle Reise in die entvölkerte Metropole. Beunruhigende Informationen erwarten sie. Ganz offensichtlich wurde die Erde in der Vergangenheit von einem Kometen getroffen. Fremde Lebensbausteine gelangten ins Meer, breiteten sich in Form von Wolken und Regen über die ganze Welt aus und verursachten einen zweiten großen Evolutionsschub. Die Menschheit ist am Ende. Eine neue Spezies strebt nach der Krone der Herrschaft: *die Squids* –

Nachfahren der Tintenfische. Perfekt getarnt und mindestens ebenso intelligent wie Menschen, stellen sie eine übermächtige Bedrohung dar.

Nachdem die Jugendlichen versehentlich zwei dieser Kreaturen töten, überschlagen sich die Ereignisse. Als Opfer einer groß angelegten Treibjagd bleibt ihnen nur die Flucht in die Berge. In alten Schriften finden sie den Hinweis auf eine verborgene Stadt – eine letzte Zuflucht der Menschheit, verborgen inmitten von Eis und Schnee.

Dort angekommen, erfahren die Jugendlichen, dass sie offenbar nicht die ersten Menschen sind, die aus der Vergangenheit durch die Zeit geschleudert wurden. Deshalb beschließen sie, das Geheimnis der sogenannten *Zeitspringer* zu lüften. Vielleicht finden sie so endlich einen Weg zurück nach Hause. Doch die Fremden sind nach Süden gezogen, hin zu einem Ort namens Los Alamos, tief in der lebensfeindlichen Wüste New Mexicos.

Während ihrer langen und gefahrvollen Reise treffen Lucie, Jem und die anderen zum ersten Mal auf die neuen Herrscher der Erde und stellen fest, dass die Squids keineswegs so bösartig und grausam sind, wie es in den Geschichten heißt. Lucie freundet sich mit einem der kleineren Exemplare an und lernt durch ihn das Geheimnis der neuen Weltordnung kennen. Die Squids sind dank ihrer telepathischen Fähigkeiten in der Lage, mit jeder beliebigen Tiergattung zu kommunizieren. Auf diese Weise bilden sie ein weltumspannendes Netzwerk, dem nur der Mensch sich verweigert.

Als die Squids erfahren, dass die Freunde auf der Suche nach den Zeitspringern sind, mahnen sie zur Vorsicht. Ihrer Meinung nach schlummert ein dunkles Geheimnis in der Wüste. Irgendetwas Bedrohliches geht dort vor. Als ehemaligen Meeresbewohnern ist es ihnen unmöglich, selbst an diesen lebensfeindlichen Ort zu reisen, und so bieten sie den Jugendlichen einen Handel an: freies Geleit und die Aussicht auf eine zweite Chance gegen Informationen aus der Enklave.

Die Freunde begeben sich in die grausame Wüste und stoßen dort auf etwas, womit sie niemals gerechnet hätten.

1

Jem sah sie kommen. Mehrere Objekte, die von dem kugelförmigen Gebäudekomplex in die Höhe stiegen. Sie waren schwarz und wirkten irgendwie bösartig. Sie gewannen rasch an Höhe und nahmen dann Kurs auf sie. Sie sahen aus wie Vögel, doch es waren keine. Irgendwelche Maschinen vielleicht? Jetzt war auch ein Geräusch zu hören. Ein helles, widerwärtiges Summen.

Von seiner erhöhten Position aus verfolgte Jem, wie die Objekte einander umkreisten und dann Kampfformation einnahmen.

»Schau mal.« Er deutete darauf. »Was hältst du davon?«

»Keine Ahnung«, murmelte Zoe. »Aber ich habe ein mieses Gefühl bei den Dingern.«

»Geht mir genauso. Ich würde vorschlagen, wir hauen ab. Lass uns zu den anderen zurückkehren und gemeinsam überlegen, was wir jetzt unternehmen sollen.«

»Einverstanden.«

Zoe duckte sich und lief zwischen den Felsentürmen zurück in die Richtung, aus der sie gekommen waren. Jems Gedanken überschlugen sich. Der Anblick der Kuppel hatte ihn völlig unvorbereitet getroffen. Für eine Fata Morgana war die Vision zu scharf. Er hatte erwartet, ein paar Flachbauten und Parkplätze irgendwo im Nirgendwo zu sehen. Wenn überhaupt. Irgendetwas in der Art von Silicon Valley, wo sie diese Hochleistungscomputer herstellen. Aber eine riesige Glaskuppel? Er war sicher, dass dies die Enklave sein musste, von der so oft die Rede gewesen war. Eines der letzten Refugien der Menschheit und der Ort, zu dem es die Zeitspringer gezogen hatte. Doch was würden sie hier finden?

Das Ding sah tatsächlich aus wie die Smaragdstadt aus dem Zauberer von Oz. Vollkommen unwirklich und wunderschön.

Schlanke silberne Hochhäuser standen inmitten grüner Parks und Waldgebiete. Und natürlich gab es dort Menschen, irgendjemand musste diese Riesenkonstruktion ja am Laufen halten. Er meinte sogar, winzige Fahrzeuge zu erkennen, die im Inneren durch die Luft schwirrten. Eines war klar: So viele Pflanzen benötigten spezielle Bedingungen und ihn überkam die Erkenntnis, dass zumindest ihr Wasserproblem damit gelöst war. Doch was bedeuteten die beunruhigenden Worte der Squids in diesem Zusammenhang? Die riesenhaften Gestalten, auf die sie in der Sumpfzone gestoßen waren, hatten von einer Bedrohung gesprochen. Einem dunklen Geheimnis in der Wüste. Hatten sie etwa dieses wunderschöne schimmernde Ding gemeint? Welche Bedrohung sollte denn davon ausgehen? Jem dachte wieder an den Pakt, den sie mit den Squids ausgehandelt hatten. Ihr Leben und das der restlichen Passagiere von Denver gegen Informationen aus der grünen Enklave.

Sie verließen den Felsenberg und rannten hinunter in das Dünenmeer. »Meinst du, Lucie hat es geschafft?«, rief er nach vorne zu Zoe. »Es beunruhigt mich, dass wir sie nicht mehr eingeholt haben.«

»Mach dir nicht so viele Gedanken. Ihre Spuren führen genau in die Richtung. Vergiss nicht, sie hat eine knappe Stunde Vorsprung. Sie und Quabbel sind bestimmt längst in Sicherheit. Und jetzt komm. Diese Dinger sind mir echt unheimlich.«

Wie aufs Stichwort wurde das Surren hinter ihnen lauter. Jem warf einen gehetzten Blick über die Schulter. Er konnte sie zwar nicht sehen, aber dem Geräusch nach zu urteilen, waren die schwarzen Objekte gerade irgendwo zwischen den mächtigen Steintürmen unterwegs. Das Schwirren ihrer mechanischen Flügel hallte von den schroffen Felswänden wider.

Jem biss sich auf die Unterlippe. *Mach dir nicht so viele Gedanken.* Leichter gesagt als getan. Lucie hatte sich in letzter Zeit ganz schön verändert. Irgendwann hatte sie beschlossen, die Gruppe zu verlassen und alleine auf die Suche nach der Enklave zu gehen. War das wirklich ihre eigene Entscheidung gewesen oder hatte dieser Squid etwas damit zu tun? So viele Fragen und so wenig Zeit.

Ein Schatten raste über den Sand auf ihn zu. Das Surren schwoll zu einem Kreischen an.

Jem fuhr herum.

Eines der Dinger befand sich direkt hinter ihnen. Es war jetzt so nah, dass Jem Einzelheiten erkennen konnte. Es waren wirklich Maschinen. *Drohnen.* Allerdings anders als die, die er von zu Hause kannte. Das Ding maß etliche Meter und verfügte über ein bösartig leuchtendes rotes Auge direkt auf der Stirnseite. Statt mit Propellern wurde es durch mehrere Paare libellenartiger schwarzer Flügel in der Luft gehalten. Sie peitschte den Wind und verwirbelte den Sand zu gelben Staubfontänen.

Jem wollte Zoe eine Warnung zurufen, als er eine weitere Drohne über dem Dünenkamm vor ihnen auftauchen sah. An ihrer Unterseite ging eine Klappe auf, aus der ein ballonförmiges Objekt hervortrat.

»Achtung, Zoe, vor dir! *Augen geradeaus!*«

Zu spät. Ein Knall ertönte und ein schwarzer Blitz zischte auf sie zu. Er entfaltete sich, wurde groß und transparent.

Jem spürte, wie ihn das fein geflochtene Gewebe traf, wie es ihn von den Füßen hob und er meterweit in den Sand geschleudert wurde.

Ein Netz. Ein gottverdammtes Fangnetz!

Eine Wolke aus Staub und engmaschigen Schnüren hüllte ihn ein, raubte ihm die Sicht und den Atem. Er versuchte, sich zu befreien, doch das führte nur dazu, dass er sich noch mehr in dem zähen Gewebe verstrickte. Wie eine Fliege, die einer Spinne in die Falle getappt war. Er schrie und strampelte, doch genauso gut hätte er versuchen können, sich aus einer Zwangsjacke zu befreien. Nach einer Weile gab er auf. Er musstc sich wohl oder übel eingestehen, dass ihre Reise hier zu Ende war.

Sayonara, muchachos!

Hasta la vista, baby.

Game over.

Sie waren Gefangene dieser verdammten Maschinen!

2

Sss—sie haben Kontakt.
Die Enklave hat sss—sie gefunden.

Ist Mmm—meldung verlässlich?

Wurde sss—soeben bestätigt. Erst ROT und DUNKEL, jetzt Rest.
Alle gefangen.

Dann nnn—nichts mmm—mehr für sss—sie tun.
Beobachten und auf Mmm—meldung warten.

Hoffen, dass ihnen nnn—nichts zustößt.

3

Marek trat fester aufs Gaspedal. Mit einem Heulen fegte der Bus durch die Wüste. Das Pferd gab ein ängstliches Wiehern von sich, während Katta sich auf dem Beifahrersitz zusammenkauerte und nach draußen starrte.

Er konnte es immer noch nicht fassen. Sein Plan war wirklich aufgegangen. Der Gode würde stolz auf ihn sein. Wie einen Helden würden sie ihn in Niflheim willkommen heißen. Er – Marek – war der Einzige, der den Mut gehabt hatte, den Auftrag zu Ende zu führen. Der Einzige, der sich getraut hatte, in die glutheiße Hölle zu steigen, gegen die monströsen Squids zu kämpfen, den Verrätern den Bus unter dem Hintern zu stehlen und sie ihrem Schicksal zu überlassen. Und als krönenden Abschluss hatte er auch noch Katta entführt. Das war umso wichtiger, denn sie würde seine Heldentat bezeugen. Er hatte den Bus, er hatte das Mädchen, jetzt würde er seine Belohnung einstreichen. Marek hatte Nimrods Ehre gerettet und seinen guten Namen wiederhergestellt, und das würde sich der Gode einiges kosten lassen.

Marek war es noch immer unerklärlich, warum es seinen ehemaligen Freunden so wichtig war, diese bescheuerte Enklave zu finden. Hingen sie so an ihrer alten Welt, dass sie nicht erkannten, welche Chancen sich ihnen in der Zitadelle boten? Oder war es die lächerliche Hoffnung, doch noch in ihre Zeit zurückkehren zu können?

Marek wusste, dass es keine zweite Chance gab. Sie waren hier gefangen. Und in dieser neuen Welt zählte nur eines: der Kampf ums Überleben.

Nachdem er die sandigen Verwehungen hinter sich gelassen hatte, konnte er endlich richtig Gas geben. Wind wehte ihm ins Gesicht und vertrieb die letzten Gedanken an seine ehemaligen Freunde. Die Erinnerung an sie verblasste mit jedem zurückgelegten Meter. Hätte er jetzt noch ein bisschen coole Musik, der Tag wäre perfekt.

Doch statt Musik drang ein komisches Surren an seine Ohren. Wie das Summen eines gigantischen Bienenschwarms. Besorgt blickte er auf das Armaturenbrett. War etwas mit dem Motor nicht in Ordnung? Die Instrumente ließen nichts erkennen. Vorsichtshalber nahm er den Fuß vom Gas. Das Geräusch blieb unverändert. Es wurde sogar noch etwas lauter. Katta drehte ihren Kopf nach hinten und schrie.

Marek fuhr herum ... *»Himmel!«*

Hinter dem Bus schwebte ein gewaltiges schwarzes Ding. Eine Drohne.

Schimmernd. Kantig. Gefährlich.

Ihre Flügelspannweite mochte vier oder fünf Meter betragen. Das Sonnenlicht spiegelte sich auf der schwarzen Oberfläche. Eine Ausgeburt der Hölle.

Marek trat aufs Gas und blickte dabei in den Rückspiegel.

Das Ding gewann an Höhe und nahm mit einem bösartigen Dröhnen die Verfolgung auf. In diesem Moment ertönte eine donnernde Stimme. *»Stopp! Sofort anhalten. Sie befinden sich in einem Sperrgebiet. Halten Sie sofort an!«*

Was zur Hölle war das? Woher kam diese Stimme?

In einem Anflug von Panik trat er das Gaspedal bis zum Boden durch. Der Motor kreischte auf. Der Bus brach aus und fing an zu schlingern. Sandige Verwehungen auf der Straße machten das Lenken unmöglich. Marek merkte, dass er die Spur nicht länger halten konnte.

»Pass doch auf, du Idiot!« Kattas Gesicht war kreidebleich. Sie klammerte sich an den Türgriff. »Du wirst uns noch umbringen!«

Marek hatte keine Zeit für ihr Gezeter. Er riss das Lenkrad nach rechts und versuchte, den Bus zu stabilisieren. Die Hinterräder wirbelten eine gewaltige Staubfontäne auf. Offenbar verwirrte der Sand die Sensoren der Drohne, denn für einen Moment hatte Marek das Gefühl, sie abgeschüttelt zu haben. Sie musste ausweichen, wurde dabei langsamer und verschwand aus seinem Blickfeld.

»Drecksvieh«, fluchte Marek und hielt weiter den Fuß nach unten gedrückt. Auf keinen Fall durfte er jetzt langsamer werden. Doch er hatte sich zu früh gefreut.

»Sofort anhalten oder wir machen von der Waffe Gebrauch.«

Mit Sorge sah Marek, wie die Drohne aus der Staubwolke heraus auf ihn zugefegt kam. Ihre Flügel verwirbelten den Sand zu riesigen Spiralen.

Noch einmal versuchte Marek den Trick mit dem Hakenschlagen, doch diesmal war das Ding vorbereitet. Es zischte nach links, beschleunigte und zog dann an ihnen vorbei. Marek konnte den Wind spüren, als die Drohne über sie hinwegdonnerte.

Etwa hundert Meter vor ihnen wendete sie und blockierte die Straße. Eine gewaltige Staubwolke wirbelte unter ihren Flügeln auf. Aus ihrer Schnauze zuckten Lichtblitze, gleichzeitig ertönte ein hässliches Knattern.

Staubfontänen spritzten quer über die Fahrbahn.

»Mein Gott«, stammelte Marek. »Ein … ein Maschinengewehr. Die Schweine schießen auf uns.«

Ungebremst raste er auf den schwarzen Albtraum zu. Auf keinen Fall würde er jetzt klein beigeben.

Die Drohne wich keinen Meter zur Seite.

Um einen Zusammenprall zu verhindern, riss Marek in letzter Sekunde das Lenkrad herum, verließ die Piste und donnerte seitlich die Düne hinauf. Die Katastrophe war unausweichlich. Marek hörte das panische Wiehern des Pferdes, dann spürte er, wie das Fahrzeug immer mehr in Schieflage geriet. Einen atemlosen Moment schien es in der Luft zu schweben, dann kippte es um. Der Boden raste auf sie zu. Mareks Hände krampften sich um das Lenkrad. Gleich würden sie aufschlagen.

Fünf Meter … drei …

Eine furchtbare Erschütterung fuhr durch ihn hindurch. Sand wurde aufgewirbelt. Er hörte das Kreischen von Metall, ein dumpfes Krachen, dann wurde es schwarz um ihn.

4

Das Glas war zwei Zentimeter dick und hatte einen grünlichen Schimmer. Das Untersuchungszimmer dahinter war hell beleuchtet. So hell, dass Emilia einen Moment brauchte, bis sich ihre Augen daran gewöhnt hatten. Im Glas sah sie ihr eigenes Spiegelbild. Dunkelbraune Kurzhaarfrisur, helle Haut mit Sommersprossen und leicht abstehende Ohren. Sie fand sich selbst nicht besonders hübsch und war deswegen immer wieder erstaunt zu erfahren, dass Jungs sie offensichtlich recht attraktiv fanden. Bisher hatte sie aber noch keines der Angebote wirklich gereizt. Dafür wartete viel zu viel Arbeit auf sie.

Jenseits der Scheibe existierten keinerlei Schatten. Es war eine Welt aus Weiß. Weißer Boden, weiße Wände, weiße Decke. Wissenschaftler in weißen Overalls, die um eine Vorrichtung aus weißem Plastik, Chrom und Stahl versammelt standen. Mit Ganzkörperanzügen, die luftdicht verschlossen und mittels Schläuchen an die externe Sauerstoffversorgung angeschlossen waren.

Die medizinische Abteilung gehörte nicht zu ihrem Aufgabenbereich. Sie war in der Abteilung Kommunikation und Überwachung tätig. Doch als ihre Freundin Sara gefragt hatte, ob sie mal einen Blick auf einen der Neuankömmlinge werfen wollte, war Emilia natürlich Feuer und Flamme gewesen. Einen

Code Red, wann hatte es das das letzte Mal gegeben? Nicht, solange sie sich erinnern konnte.

Das rothaarige Mädchen war auf den Untersuchungstisch festgeschnallt. Ihre Augen hatte sie geschlossen, Unterarme, Hals und Schultern waren von der Sonne gerötet.

Emilia hörte ein Geräusch und drehte sich um. Sara hatte den Überwachungsraum betreten. Die dunklen Haare zu einer unordentlichen Frisur verwuschelt, die Brille etwas schief auf der Nasenspitze, sah sie aus, als wäre sie gerade in einen Wirbelsturm geraten.

»Da bist du ja endlich«, sagte Emilia. »Ich dachte, du kommst nicht mehr.«

»Bitte entschuldige, bin gerade etwas im Stress. Ich musste noch kurz nach den anderen sehen. Befehl von Provost.«

»Und wie geht's ihnen?«

»Scheinen so weit alle okay zu sein. Sind natürlich noch etwas sauer wegen der Drohnen, aber sie werden schon darüber hinwegkommen. Wir mussten schließlich sichergehen, dass sie sich in ihrer Panik nicht noch selbst verletzen. Wie geht es denn unserer rothaarigen Freundin hier?«

»Woher soll ich das wissen, du bist doch die Ärztin.«

Sara tippte auf ein Display, das im unteren Teil des Glases eingelassen war, und studierte die Messwerte.

»Nun, zumindest ist sie am Leben. Angesichts ihres schlechten gesundheitlichen Zustands ist das ein kleines Wunder. Sie stand kurz vor dem Verdursten. Wir halten sie noch ein bisschen im künstlichen Koma und zeichnen ihre Gedankenströme auf, bis wir wissen, was mit ihr los ist.«

»Bis wir wissen, was mit ihr los ist?« Emilia runzelte die Stirn. »Ich verstehe nicht ganz …«

»Nun, immerhin ist sie ein *Outlander«*, sagte Sara. »Diese Menschen sind uns völlig fremd. Weder haben wir eine Ahnung, wo sie herkommen, noch, wie sie hierhergelangt sind. Ganz zu schweigen von der Frage, was sie hier wollen.«

»Weck sie doch auf und frag sie.«

Sara blickte sie ernst an. »Dagegen dürfte unsere Ratsvorsitzende große Einwände haben. Vor allem angesichts der besonderen Umstände.«

»Was denn für Umstände?« Sara liebte es, in Rätseln zu sprechen. Das hatte sie schon immer gerne getan. Aber heute fand es Emilia besonders nervig.

»Moment mal …« Sara hob die Brauen. »Heißt das, du weißt es noch gar nicht?«

»Was wissen?«, protestierte Emilia. »Mir sagt ja niemand etwas. GAIA nicht, Rogers nicht und am wenigsten du.«

»Oh. Wenn das so ist …« Sara blickte sich um, als habe sie Angst, man könne sie belauschen. »Ich weiß gar nicht, ob ich dir das dann überhaupt verraten darf …«

»Seit wann haben wir denn Geheimnisse voreinander?«, erwiderte Emilia empört. »Los jetzt, raus mit der Sprache oder du kannst sehen, von wem du dir ein Kleid für die Party morgen leihst.« Emilia versuchte zu lächeln, aber irgendwie wollte es nicht so recht klappen.

Sara knabberte an ihrer Unterlippe. »Du musst mir aber versprechen, dass du es für dich behältst, okay?«

»Jetzt mach's doch nicht so spannend.«

»Es geht um den Squid.«

Emilia runzelte die Stirn. Die Erwähnung ihrer Todfeinde erstickte die heitere Stimmung im Keim. »Was denn für ein Squid?«

»Den man bei ihr gefunden hat. Wenn du ganz genau hinschaust, kannst du ihn sehen. Komm hier herüber.« Sie winkte sie zu sich.

Emilia trat neben Sara und schaute durch die Scheibe. Sie war so nahe am Glas, dass sie es mit ihrer Nasenspitze berührte.

»Siehst du ihn? Unter ihrer linken Achselhöhle.«

Emilia kniff die Augen zusammen. Und dann sah sie es. Sie hatte es anfangs nur für einen Schatten gehalten, doch jetzt bemerkte sie ein ungewöhnliches Muster. Sie hatte ganz vergessen, wie gut sich diese Dinger tarnen konnten. Ein Gefühl von Grabeskälte kroch ihr den Rücken herauf.

»Ich will verdammt sein ...«

»Wir fanden ihn während der Hauptuntersuchung. Stell dir das mal vor: Sie trug ihn unter ihrer Kleidung. *Direkt auf der Haut.*«

»Was?« Der Gedanke ließ Emilia vor Ekel zusammenzucken. Sie musste an das kalte, gummiartige Fleisch denken, an die Saugnäpfe und die krallenförmigen Haken. Noch nie hatte sie einen lebenden Squid gesehen. Immer nur tote Exemplare, die von den Außenteams von irgendwelchen Streifzügen mitgebracht worden waren. Die Expeditionen ins *Outer Rim* waren gefährlich, vor allem, wenn man die lebensfeindliche Wüste verließ und ins Steppenland vordrang. Die Aufklärer berichteten immer wieder von massiven Angriffen wilder Bestien, die

die Fahrzeuge im Nu wieder zurück in die Wüste drängten. Und jetzt hatten sie also wirklich und wahrhaftig einen lebenden Squid hier. Das war unglaublich.

Sie schauderte.

»Was macht der denn da?«

»Schutz suchen, vermutlich. Die Messströme unserer Enzephalogramme zeigen, dass die beiden in engem geistigem Kontakt stehen. GAIA hat Order gegeben, sie noch nicht voneinander zu trennen. Erst müssen wir wissen, ob der Squid nur ein Parasit ist oder ob das Mädchen die Symbiose freiwillig eingegangen ist. Vielleicht verstehst du jetzt, warum ich dir dieses Versprechen abnehmen musste.«

»Allerdings ...«

Emilia war fassungslos. »Sieht aus wie ein Jungtier.«

»Ist es auch. Seine psychoaktiven Nervenzellen sind aber bereits voll ausgebildet.«

»Und dieses rothaarige Mädchen hat zugelassen, dass er einfach so an ihr dranklebt? Sie muss nicht bei Verstand scin.«

»Das werden wir erst erfahren, wenn sie wieder wach ist«, sagte Sara.

Emilia schüttelte den Kopf. Sie verstand einfach nicht, wie jemand freiwillig so etwas zulassen konnte. *Kontakt mit einem Squid.* Wieder schauderte sie. Eigentlich sah das Mädchen ganz normal aus.

»Ich denke nicht, dass sie es freiwillig getan hat«, sagte sie. »Das Biest muss sie gegen ihren Willen übernommen haben. Das ist doch ihre Art, oder?«

»Dafür spräche zumindest, dass wir sie gar nicht voneinander losbekommen. Der Squid hat sich richtig an ihr festgesaugt.«

Emilia versuchte, sich vorzustellen, wie wohl die nächsten Schritte aussehen würden. »Was, wenn sie erwacht?», fragte sie. »Was, wenn sie erfährt, dass ihr ihre Gedankenströme aufgezeichnet habt? Wird sie nicht furchtbar wütend sein?«

»Keine Sorge, sie wird sich an nichts erinnern«, sagte Sara. »Unser Benzodiazepin wirkt ziemlich gut. Viel schwieriger ist, was wir ihren Freunden erzählen, wenn sie nach ihr fragen. Ganz eindeutig gehören sie zusammen, auch, wenn uns noch nicht ganz klar ist, wieso sie getrennte Wege gegangen sind. Aber all das wird sich aufklären. Ich denke, der Grund dafür dürfte ebenfalls der Squid sein. Wir müssen einfach Geduld haben.«

In diesem Moment ging die Tür auf. Lieutenant Rogers betrat den Raum. Emilias Vorgesetzter befand sich in Begleitung von drei Mitarbeitern des Außenteams. Alle drei waren in Kampfmontur und schwer bewaffnet. Als er die beiden jungen Frauen sah, nickte er erleichtert. »Da sind Sie ja. Ich habe Sie schon überall gesucht. Kommen Sie, es wartet Arbeit auf Sie.«

Sara neigte den Kopf. »Was denn, wir beide?«

»So lauten meine Anweisungen.«

»Aber ich kann hier nicht weg«, protestierte Sara. »Die junge Frau könnte jeden Moment erwachen. Ich sollte ...«

»Professor Provost hat mir die Erlaubnis persönlich erteilt. Er hat Sie für den Vormittag freigestellt. Es ist wichtig, dass jemand vom medizinischen Personal mit an Bord ist. Kommen Sie.«

»Um was geht es denn?«, fragte Emilia. »Ist irgendetwas vorgefallen?«

Lieutenant Rogers war eine beeindruckende Erscheinung. Dichtes Haar, hohe Wangenknochen, ein markantes Kinn. Das Ergebnis erstklassigen Erbguts. Als er lächelte, konnte man seine Grübchen sehen. »Kann man so sagen«, sagte er. »Wir haben den Bus gefunden.«

»Den Bus? Wo?« Emilia riss die Augen auf. Sie war diejenige gewesen, die das Fahrzeug als Erste auf ihrem Monitor gehabt hatte, ehe es wieder verschwunden war.

Sie hatte die Hoffnung schon fast aufgegeben.

»Jenseits des Perimeters. Es war unterwegs in Richtung Norden. Der Fahrer hatte es wohl ziemlich eilig. Einer unserer Aufklärer ist zufällig auf den Bus gestoßen und hat versucht, ihn aufzuhalten. Dabei kam es zu einem Unfall. Beeilen Sie sich. Ziehen Sie Schutzkleidung an und dann ab zu Schleuse drei. Wir treffen uns dort in einer Viertelstunde.«

»Jawohl, Sir.« Emilia salutierte freudestrahlend. Ein Außeneinsatz, das wurde ja immer besser.

5

Marek keuchte vor Schmerz. Ein widerwärtiges Stechen durchzuckte seine Beine, stieg seine Hüfte empor und bohrte sich wie eine glühende Messerklinge in seinen Schädel. Selbst Atemholen war kaum noch möglich.

Wenn er sich ruhig verhielt, war es nicht ganz so schlimm, aber sobald er eine Bewegung ausführte – und war sie noch so winzig –, zuckte sofort der Schmerz sein Bein herauf.

Er befand sich im Dunkeln. Wie es aussah, lag der umgestürzte Bus meterhoch über ihm. Marek war kurz bewusstlos gewesen, hatte den Unfall aber in allen Einzelheiten mitbekommen. Offenbar hatte sich eine der Haltestangen aus der Verankerung gelöst und lag jetzt quer und verbogen über seinem rechten Bein. Das war die Quelle des Schmerzes und Marek hatte keine Ahnung, was er dagegen tun konnte. Der Bus war mehrere Tonnen schwer. Obwohl er sich kaum bewegen konnte, spürte Marek, dass das Bein gebrochen war. Von dem anderen spürte er überhaupt nichts mehr.

Durch einen schmalen Spalt zwischen Sand und Karosserie fiel Licht. Immerhin schützte ihn der Bus vor der Sonne.

Einige Meter entfernt, sah er den Kopf seines Pferdes, halb vergraben im Sand. Roans linkes Auge starrte leblos zu ihm herüber. Es war unübersehbar, dass sein treuer Begleiter den Sturz nicht überlebt hatte. Roan hatte es hinter sich.

Anfangs war Marek noch auf Finns Stute unterwegs gewesen, doch als er seinen geliebten Roan wiedergefunden hatte, war er zu ihm zurückgewechselt und hatte die Stute laufen lassen. Pech für den Hengst. Jetzt war er tot, während Finns Stute vermutlich ihre neu gewonnene Freiheit genoss. So konnte es manchmal gehen.

Schaudernd wandte Marek sich ab.

Und wo war Katta? Von ihr hatte er bisher weder etwas gehört, noch gesehen. Sie musste bei dem Überschlag aus dem Beifahrersitz in die Wüste geschleudert worden sein. Ob sie noch lebte?

»Katta?« Seine Stimme war schwach und er bekam keine Antwort. Noch einmal. »Katta?«

Nur der Wind antwortete.

Es war sinnlos. Vermutlich hatte sie sich bei dem Sturz das Genick gebrochen und war jetzt mausetot.

Marek schniefte. Das war also das Ende.

Eine neue Schmerzwelle brandete über ihn hinweg. Er hielt die Luft an, zählte im Geiste mit und wartete, bis es wieder besser wurde. Er versuchte, den Sand unter seinem Körper mit den Händen beiseitezuschaufeln, merkte aber sehr schnell, dass das nichts brachte. Er rutschte einfach immer wieder nach. Allmählich wurden die Schmerzen unerträglich. Ihm rannen die Tränen über die Augen. Doch weniger wegen der Schmerzen als wegen der Ausweglosigkeit seiner Situation.

So eine verfluchte Scheiße, dachte er noch, dann schwanden ihm die Sinne.

6

Der Bus lag zerschrammt und verbeult auf der Seite. Ein Fahrzeug, wie es früher viele gegeben haben musste. Mit abgefahrenen Reifen und einer ölverschmierten Unterseite, die es der Sonne entgegenstreckte. Emilia konnte kaum glauben, dass die Outlander mit diesem Ding unterwegs gewesen waren.

Während zwei Mitglieder des Außenteams aufmerksam die Umgebung im Auge behielten, war Rogers an den Bus herangeschlichen und klopfte mit dem Kolben seines Gewehrs gegen die Karosserie.

Emilia lauschte.

Nichts.

Er winkte die beiden jungen Frauen zu sich. »Das hat wohl niemand überlebt. Sehen Sie sich ruhig ein bisschen um, aber fassen Sie nichts an. Das Metall ist glühend heiß.«

»Lieutenant!«

Der Mann auf der anderen Seite des Busses winkte aufgeregt. »Kommen Sie mal hierher. Ich glaube, ich habe einen von ihnen gefunden. Er scheint noch am Leben zu sein.«

Sofort waren sie drüben auf der anderen Seite. Emilia spürte, wie der Sand an ihren Füßen zerrte. Als wäre er ein lebendiges Wesen, das danach trachtete, sie zu verschlingen.

Als sie den grünen, fellbedeckten Rücken neben der zerschundenen Karosserie aufragen sah, stutzte sie. »Was ist denn das?«

»Sieht aus wie ein Pferd«, sagte Sara. »Offenbar ist es von dem Gewicht des Fahrzeugs niedergedrückt worden.«

»Seien Sie mal still«, erwiderte Rogers. »Ich glaube, ich höre etwas. Es kommt von da unten.« Er spähte in den schmalen Spalt am Boden des Fahrzeugs. Kopfschüttelnd richtete er sich auf. »Versuchen Sie mal Ihr Glück, Emilia. Sie sind etwas kleiner als ich.«

Emilia ging auf die Knie und spähte unter die Karosserie. »Sie sagten, Sie hätten etwas gehört?«

»Ja«, entgegnete er. »Klang, als habe jemand gehustet.«

Emilia konnte auch nichts erkennen, doch dann fiel ihr etwas ein. »Kann ich mal deine Taschenlampe haben, Sara?«

»Klar, hier.«

Sie hielt den Lichtkegel in den Spalt und sah lediglich einen Haufen verbogenes Metall. »Hallo, ist da jemand? Können Sie mich hören?«

»J…ja.«

Eine Stimme. Leise, aber verständlich.

Emilia kniff die Augen zusammen und schob ein paar Handvoll Sand zu Seite. War das ein blonder Haarschopf?

»Hallo, sind Sie verletzt? Können Sie in meine Richtung kriechen?«

»Keine Chance«, antwortete die Stimme. »D…da liegt etwas auf mir. Eine Stange. Ich g…glaube, meine Beine sind gebrochen. Bitte helfen Sie mir.«

»Wir werden es versuchen. Ist da noch jemand bei Ihnen?«

»Ja … nein. Ich weiß nicht. Katta … sie war vorhin noch hier, aber jetzt ist sie weg.«

»In Ordnung. Wir haben eine Ärztin hier, die wird sich gleich um Sie kümmern. Bewegen Sie sich nicht.«

Emilia kroch wieder aus dem Loch heraus und gab Sara ihre Taschenlampe zurück. »Ich denke, wir müssen den Bus umdrehen. Kriegen wir das hin?«

Rogers prüfte die Karosserie, dann nickte er. »William, bringen Sie mal das Hovercraft her. Ich werde derweil nach Stellen suchen, an denen wir die Stahlseile verankern können. Und der Rest von euch: Verteilt euch auf die umliegenden Hügel und haltet nach Eindringlingen Ausschau. Auch in der Wüste gibt es feindselige Biester. Ich habe keine Lust, in einen Hinterhalt zu geraten.«

Emilia klopfte den Sand von ihrem Overall. »Der Mann erwähnte eine zweite Person. Katta. Ich bin ziemlich sicher, dass sie nicht unter dem Bus liegt. Mit Ihrer Erlaubnis würden Sara und ich gerne die Umgebung absuchen.«

»Machen Sie das. Sara, Sie brauche ich dann später wieder hier, um nach dem Verletzten zu sehen. Und seien Sie vorsichtig, verstanden? Entfernen Sie sich nicht zu weit von unserer Position. Die Wüste ist ein tödlicher Ort.«

Emilia nickte. »Machen wir. Komm, Sara.«

Gemeinsam stapften sie die westlich gelegene Düne empor.

Als sie oben ankamen, breitete sich eine wüste, leere Ödnis um sie herum aus. Wohin man blickte, Sand, Steine und glühende Hitze.

In etwa zwei Kilometern Entfernung erhoben sich einige

steile Felszinnen. Dort hatten die Drohnen den dunkelhäutigen Jungen und das schwarzhaarige Mädchen eingefangen. Es war erstaunlich, dass sie so weit gekommen waren. Emilia war jetzt schon aus der Puste.

»Atemberaubend, oder?« Saras Augen glänzten. »Diese Weite, diese Helligkeit. Wunderschön. Hier draußen ist alles pur und ungefiltert.«

»Du hast eine merkwürdige Vorstellung von Schönheit, weißt du das?«

Sara zwinkerte ihr zu. »Das müsste dir doch inzwischen bekannt sein. Ist lange her, dass ich in der Wüste war.«

»Bei mir auch, und das aus gutem Grund. Wir würden keinen halben Tag hier draußen überleben.«

»Diese Fremden haben weitaus länger überlebt«, sagte Sara. »Ohne Schutzkleidung, ohne Überlebenstraining und fast ohne Wasser.«

»Stimmt schon. Aber deswegen muss einem das hier ja nicht gefallen. Ich kenne jedenfalls niemanden außer dir, der der Wüste irgendetwas Positives abgewinnen kann. Komm, lass uns weitergehen.«

Ein erster Rundblick lieferte keine bemerkenswerten Ergebnisse. Weder hier oben noch auf der südlichen Seite. Dafür gab es unten in der Senke jede Menge Reifenspuren.

»Da drüben muss der Bus das erste Mal von der Straße abgekommen sein.« Emilia deutete auf die Stelle. Der Sand war dort ziemlich aufgewühlt. »Ich würde vorschlagen, dass wir mal nachsehen.«

»Einverstanden.«

Hinter ihnen nahm das Hovercraft seine Arbeit auf. Rogers' Männer hatten Stahlkabel eingehängt und versuchten nun, den Bus wieder aufzurichten. Die Rotoren heulten auf. Eine gewaltige Staubwolke wurde emporgewirbelt. Emilia war froh, dass sie weit genug entfernt waren.

Wo die Reifenspuren von der Straße abwichen, war das Gelände ziemlich uneben. Tiefe Furchen durchzogen den Sand. In einiger Entfernung ragten die Stümpfe versteinerter Bäume in die Höhe.

Sie hatten etwa hundert Meter zurückgelegt, als Sara plötzlich den Hang hinaufrannte.

Emilia blieb stehen und sah ihr hinterher. »Was ist los? Hast du etwas gefunden?«

»Ich glaube, ja. Komm mal her und sieh dir das an.« Sie griff in den Sand und hob einen abgewetzten Schuh in die Höhe. Emilia betrachtete ihn von allen Seiten. »Merkwürdig«, sagte sie. »Nichts, was mit unseren Schuhen vergleichbar wäre. Und alt kann er auch noch nicht sein. Er riecht immer noch nach Leder.«

Sara hielt den Schuh an ihren eigenen Fuß. »Also, wenn du mich fragst, der stammt definitiv nicht von einem Kerl.«

»He, da drüben sind Fußspuren.« Emilia deutete nach oben. Eine schwache Spur zog sich den Hang hinauf.

»Worauf warten wir noch?« Saras Wangen glühten vor Aufregung. »Lass uns nachsehen.«

Oben angekommen, erblickten sie auf der anderen Seite eine Senke, in der Dutzende versteinerter Baumstümpfe herumstanden. Manche von ihnen waren so groß, dass fünf Mann sie nicht zu umspannen vermocht hätten. Ein ideales Versteck für jemanden, der nicht gefunden werden wollte. Ohne zu zögern, eilte Emilia die Düne hinab und fing an, systematisch die Baumstümpfe zu überprüfen. Der Wind frischte auf und blies ihr den Sand ins Gesicht. Wo steckte diese Katta nur?

Emilia war beim vierten Baumstumpf angelangt, als sie bemerkte, dass Sara ihr nicht gefolgt war. Sie stand immer noch oben auf der Düne und wedelte wie verrückt mit den Händen. Offenbar rief sie auch etwas, doch Emilia konnte es über das Heulen des Windes hinweg nicht verstehen.

Sie formte die Hände zu einem Trichter. »Nun komm schon«, rief sie. »Glaubst du, ich mache hier die ganze Arbeit alleine? Wenn wir uns aufteilen, kommen wir schneller voran. Setz dich endlich in Bewegung!« Sie unterstrich ihre Worte mit entsprechenden Gesten. Doch Sara schüttelte nur heftig den Kopf und schrie irgendetwas. *»...ndlöcher!«*

»Was?« Emilia hielt die Hände hinter ihre Ohren.

»Sandlöcher!«

Emilia sah sich um. Ja, da waren ein paar Erdtrichter, aber sie verstand die Aufregung nicht. Emilia hätte ohnehin einen Bogen um sie gemacht. Sie maßen etwa drei Meter im Durchmesser und waren einen Meter tief. Die Seitenwände sahen ziemlich rutschig aus. Wieso machte Sara deswegen so ein Theater?

Die Geräusche des Hovercrafts waren inzwischen leiser geworden. Offenbar war die Bergungsaktion beendet.

»Du stehst mitten in einem Termitenfeld.«

Emilia riss alarmiert die Augen auf. *Aber natürlich!*

Jetzt erkannte sie es auch. Wie hatte sie nur so leichtsinnig sein können? Was sie für versteinerte Baumstümpfe gehalten hatte, waren in Wirklichkeit Abluftanlagen für die unterirdischen Stollen der Riesentermiten. Und die Löcher, das waren Fanggruben.

»Scheiße.«

Trotz der Hitze kroch ihr ein Schauer den Rücken hoch. Sie traute sich kaum, sich zu bewegen, aber sie musste so schnell wie möglich hier weg. Termiten waren zwar keine Fleischfresser, dafür aber angriffslustige Monster, die den Außenteams in der Vergangenheit schon oft Probleme bereitet hatten. Dass Emilia nicht selbst darauf gekommen war, lag daran, dass sie viel zu selten hier draußen war.

Schritt für Schritt wich Emilia zurück. Die trichterförmigen Öffnungen schienen größer zu werden. Bloß keine Erschütterungen auslösen, dachte sie panisch. Die Biester reagierten sehr empfindlich auf Bewegung. In ihrer Vorstellung sah sie bereits hornige Antennen und Klauen aus den Löchern herausschießen. Aber vielleicht hatte sie ja Glück und es war ein verwaister Bau. Von denen gab es angeblich jede Menge hier in der Wüste.

Sie erreichte den Fuß der Düne und kletterte hastig den Hang hinauf. Als sie wieder oben war, ließ sie sich neben Sara zu Boden sinken. Von hier sah man sofort, dass es sich um ein Termitenfeld handelte. Sie war fertig mit den Nerven.

»Danke«, keuchte sie. »Danke, dass du mich gewarnt hast.«

»Alles in Ordnung mit dir?« Sara sah sie ernst an.

»Alles okay. Aber ich könnte mir in den Hintern treten, dass ich das nicht eher gesehen habe. Dabei wollte ich doch nur diese Katta finden …«

»Das können wir wohl vergessen«, sagte Sara düster. »Wenn sie in eines dieser Löcher gefallen ist, hat sie keine Überlebenschance. Die Viecher fressen zwar selbst kein Fleisch, aber sie töten Menschen und benutzen dann ihr organisches Material, um tief in ihren Stollen Pilze zu züchten, von denen sie sich ernähren. Letztlich kommt es also aufs Gleiche raus.« Sie verzog angewidert das Gesicht. »Falls sie also hier war, ist sie längst Futter für die Krabbler geworden.«

Emilia presste die Lippen zusammen. Sie wollte noch etwas sagen, als sie aus der Ferne Maschinengewehrfeuer hörte.

Das Geräusch riss sie aus ihren Gedanken.

Sie sprang auf. »Was ist da los?«

»Klingt nach einem Angriff«, rief Sara, die schon losgelaufen war. »Vermutlich die üblichen Schlangen und Riesenskorpione. Mit denen werden unsere Kämpfer spielend fertig. Trotzdem sollten wir nachsehen. Komm.« Mit diesen Worten rannte sie die Düne hinab.

Emilia blickte zurück in die Senke. Sara hatte recht. Die Wüste mochte auf eine gewisse Art schön sein, sie war jedoch ein tödlicher und lebensfeindlicher Ort. Hier gab es nichts mehr zu holen. Sollte die Vermisste tatsächlich hier entlanggekommen sein, war sie längst tot.

7

Katta wusste nicht, wie lange sie schon hier war. Ihre Kehle war ausgetrocknet. Sie sehnte sich nach einem Schluck Wasser.

Die Luft hier unten im Loch war schwül und stickig.

Hatte sie etwa geschlafen? Sie meinte, sich zu erinnern, irgendwelche Rufe gehört zu haben. Frauenstimmen. Es war aber auch möglich, dass sie das nur geträumt hatte.

Wo waren ihre Freunde, wo war Leòd?

Sie sah sich um. Von oben drang gedämpftes Licht in die Höhle. In der Decke war eine Öffnung, durch die Sand herabrieselte. Er hatte einen Haufen gebildet, der ihren Sturz abgefangen hatte.

Durch die schmale Öffnung sah sie einen winzigen Ausschnitt des Himmels. Das Dämmerlicht ermöglichte ihr, sich ein bisschen zu orientieren, aber wirklich viel erkennen konnte sie nicht.

»Hallo?«, rief sie zaghaft.

Sie lauschte, doch außer ihrem Echo kam keine Antwort.

Es gruselte sie bei der Vorstellung, dass irgendjemand Nichtmenschliches ihre Rufe gehört haben könnte.

Mann, sie steckte ganz schön in der Scheiße. Marek hatte sie entführt. Es war ihr ein Rätsel, was in seinem Kopf vorging. Wie hatte sie ihn nur irgendwann mal nett, ja sogar attraktiv finden können? Ein anderes Leben, ein anderer Marek. Dieser hier hatte Augen, in denen ein wahnsinniges Feuer loderte.

Er war ihnen gefolgt, hatte Leòd niedergeschlagen, sie entführt und war dann losgefahren. *Ohne auf die anderen zu warten!* Er hatte tatsächlich vorgehabt, sie ihrem Schicksal zu überlassen, oder? Wie kaltblütig war das denn?

Und jetzt saß sie in diesem Drecksloch, in das sie auf ihrer Flucht gestürzt war. Hierbleiben konnte sie nicht, sie musste wieder raus. Sie stand auf und humpelte herum. Ihr Fuß hatte bei dem Unfall etwas abbekommen. Der Knöchel war dick und brannte wie Feuer. Aber im Großen und Ganzen hatte sie noch Glück gehabt. Es hätte für sie alles noch viel schlimmer ausgehen können. Nachdem sie aus dem Bus geschleudert worden war, hatte sie sich unter Schmerzen durch die Wüste geschleppt. Es war ihr egal gewesen, was mit Marek geschah. Das hatte er sich selbst zuzuschreiben.

Die Frage war nur, wie sie jetzt wieder aus dem Loch kam. Allzu schwierig sah das nicht aus, immerhin reichte der Sandhaufen fast bis unter die Decke. Einfach hochsteigen, aus dem Loch kriechen und dann den Trichter hinauf. Easy.

Doch sie merkte schnell, dass es viel einfacher aussah, als es war. Kaum war sie ein paar Meter hinaufgeklettert, geriet der Sand ins Rutschen und trug sie wieder bergab.

Vielleicht, wenn sie Anlauf nahm. Nicht ganz einfach mit ihrem Knöchel, aber sie musste es wenigstens versuchen.

Sie ging ein Stück zurück, konzentrierte sich und humpelte dann im Eiltempo los. Ihr Fuß brannte höllisch, aber sie biss die Zähne zusammen. Die ersten Meter glaubte sie noch, ihr Plan würde aufgehen, doch je weiter sie nach oben kam, desto mehr rutschte der Sand nach. Irgendwann verließen sie die Kräfte und sie rutschte wieder ab.

Es war zum Verzweifeln.

Wütend presste sie die Lippen aufeinander. Das konnte doch nicht so schwierig sein! Sie versuchte es noch einmal. Diesmal mit einer anderen Strategie. Vielleicht war der Fehler gewesen, so hinaufzustürmen. Der Sand war dadurch zu sehr in Bewegung geraten und hatte sie wieder hinabgetragen. Wenn es ihr gelang, keine Erschütterungen zu erzeugen, klappte es vielleicht besser. Sie ging in die Hocke und verteilte dann ihr Gewicht gleichmäßig auf Hände und Füße. Dann setzte sie sich in Bewegung. Rechte Hand, linker Fuß, linke Hand, rechter Fuß.

Das Ergebnis war niederschmetternd. Sie kam nicht mal ansatzweise so hoch wie bei den ersten Malen.

Tränen stiegen ihr in den Augen. Schluchzend rutschte sie hinab und blickte sehnsüchtig nach oben.

Es gab kein Entkommen. Sie war gefangen. Eingesperrt in dieser unheimlichen Höhle.

8

Jem zog den Reißverschluss seines Overalls hoch, prüfte die Armlänge und strich den Stoff glatt. Dann betrachtete er sich im Spiegel. Das Ding saß wie angegossen, war ultraleicht und sah dabei noch richtig cool aus. Dunkelrot mit dünnen weißen Streifen an den Ärmeln sowie innen liegenden Taschen. Fast wie ein Formel-1-Anzug. Auch die neuen Schuhe waren ein Traum. Sneaker, aus irgendeinem Mikrofaserstoff und mit Sohlen, die so weich waren, dass man beim Gehen kaum ein Geräusch erzeugte. Fast jeder hier in der Kuppel trug diese Anzüge, die es in allen möglichen Farben und Schnitten zu geben schien. Aus den Lautsprechern drang leise, beruhigende Klaviermusik. Olivia, Arthur, Leòd, Ragnar, Nisha, Zoe und Paul saßen drüben vor dem Panoramafenster und unterhielten sich leise. Sie sahen total ungewohnt aus in diesen Anzügen, aber irgendwie auch total lässig. Besonders Leòd und Ragnar, die sich in ihrer Haut gar nicht wohlzufühlen schienen.

Jem musste daran denken, wie sie hier eingetroffen waren. Schmutzig, durstig, vollkommen fertig. Er war während der Fahrt im Hovercraft immer wieder eingenickt, sodass ihm einige Teile seiner Erinnerung fehlten. Er wusste aber noch, wie beeindruckt er gewesen war, als er zum ersten Mal das Innere der Biosphäre gesehen hatte. Die funkelnden Hochhäuser, die grünen Parks und breiten Prachtboulevards – es war der Wahnsinn. Alles wirkte so sauber und frisch. Kein Dreck, keine verschmutzte Luft. Weder Staub noch Gestank noch Lärm. Ein leichter Wind war spürbar gewesen, der nach Blumen und Blüten roch. Den üblichen Großstadtlärm gab es hier nicht. Stattdessen ertönten Musik, Gelächter und das Summen Tausender elektrisch betriebener Geräte. Es klang fast wie in einem Bienenstock.

Leider war der Eindruck nur von kurzer Dauer gewesen, denn sie waren geradewegs in eines dieser Hochhäuser gebracht und dort mit einem Aufzug in eine der höheren Etagen transportiert worden. Hier befand sich eine Art medizinisches Zentrum, wo man sie von Kopf bis Fuß untersucht hatte. Zu diesem Zeitpunkt war Jem bereits so müde gewesen, dass er von der eigentlichen Untersuchung kaum noch etwas mitbekommen hatte. Danach hatte er geschlafen und beim Aufwachen diese coolen Klamotten vorgefunden.

Inzwischen waren alle wieder wach.

Es klopfte an der Tür. Sie ging auf und Sara, die junge Ärztin, betrat den Raum. Sie war in Begleitung einer zweiten jungen Frau. Genau genommen, schienen die beiden kaum älter als Jem und seine Freunde zu sein. Sara hatte ihnen erzählt, dass sie sich noch in der Ausbildung befand. Sie hatte Jem und den anderen während der Aufwachphase zur Seite gestanden. Jem mochte sie. Sie war herzlich und hatte eine positive Ausstrahlung.

Die andere trug Uniform und war einen halben Kopf größer. Sie hatte eine strenge Kurzhaarfrisur, die der von Zoe glich, war aber ansonsten ein komplett anderer Typ. Helle Haut, Sommersprossen, graue Augen. Eine echte Schönheit.

Sara schloss die Tür und kam lächelnd zu ihnen herüber. »Hallo zusammen«, sagte sie. »Freut mich zu sehen, dass ihr alle wieder wach und munter seid. Gut geschlafen, gefallen euch die Sachen?«

»Sehr bequem«, antwortete Jem. »Man hat das Gefühl, kaum etwas am Leib zu tragen.«

Sara nickte. »Das ist ja auch Sinn der Sache.« Dann erhob sie ihre Stimme. »Und jetzt möchte ich euch jemanden vorstellen. Das ist meine Freundin Emilia. Sie arbeitet in der Abteilung Außenüberwachung und Verteidigung. Sie ist diejenige, die euch auf dem Monitor entdeckt hat. Wenn ihr also jemandem für euer Überleben danken wollt, dann ist sie die Richtige.«

»Echt?«, fragte Jem. »Danke!«

Auch die anderen bedankten sich und Jem fiel auf, dass Emilia ein bisschen rot wurde. Sie wirkte sehr sympathisch.

»Schön«, sagte Sara. »Emilia und ich werden für die nächsten Tage eure Betreuerinnen sein. Wir sorgen dafür, dass ihr euch gut bei uns einlebt, dass ihr euch wohlfühlt und es euch an nichts mangelt. Wenn ihr also ein Problem habt oder etwas braucht, wendet euch an uns.«

Emilia räusperte sich und trat einen Schritt vor. Ihre Stimme war dunkler, als Jem vermutet hätte. »Wir würden euch gerne das Habitat zeigen, wenn ihr mögt, und versuchen, eure Fragen zu beantworten. Zuerst mal möchte ich euch aber meinen Respekt dafür aussprechen, dass ihr die strapaziöse Reise überstanden habt und wohlbehalten bei uns eingetroffen seid. Inzwischen kommen leider kaum noch Outlander zu uns.«

Jem runzelte die Stirn. *»Outlander?«*

»So nennen wir Menschen von außerhalb, wie euch. Flüchtlinge, Überlebende. Leute, die irgendwie von uns erfahren und den beschwerlichen Weg durch die Wüste angetreten haben.«

Olivia verschränkte die Arme. »Passiert das häufiger?«

Emilia zuckte die Schultern. »Sehr selten. Früher vielleicht ein- oder zweimal im Jahr, doch inzwischen gar nicht mehr. Ihr seid seit ewigen Zeiten die ersten. Und fast immer kamen sie alleine. Nie in einer solch großen Gruppe wie ihr.« Sie hielt den Kopf leicht schräg. »Wir haben viele Fragen an euch. Wo ihr herkommt, was es mit dem seltsamen Fahrzeug von euch auf sich hat und so weiter. Auch wenn ihr momentan noch unter Beobachtung steht, seid ihr natürlich keine Gefangenen. Sobald alle Untersuchungen abgeschlossen sind, dürft ihr euch frei in der Stadt bewegen.«

»Das freut uns zu hören«, erwiderte Jem skeptisch. »Wir möchten selbstverständlich auch einiges von euch erfahren. Vor allem, ob ihr wisst, was mit unseren Freunden passiert ist. Zwei Mädchen, Lucie und Katta. Habt ihr sie gefunden oder wisst ihr, was aus ihnen geworden ist?«

»Lucie und Katta?« Emilia zog einen Tabletcomputer aus ihrer Tasche, tippte darauf herum und sagte dann: »Tut mir leid, aber diese Information ist nicht verfügbar. Vielleicht zu einem späteren Zeitpunkt.«

Jem hob verblüfft die Brauen. »Nicht verfügbar? Was soll *das denn* bitte heißen? Wisst ihr etwas über sie oder nicht? Ist doch eine einfache Frage.«

»Auf die ich euch leider keine einfache Antwort geben kann. Ich muss mich an die Informationen halten, die ich von GAIA bekomme. Aber ich bin sicher, dass die Informationen bald freigegeben werden.« Sie lächelte entschuldigend.

Jem hatte das Gefühl, dass Emilia sie verarschen würde. »Komm schon«, sagte er. »Ist doch nur eine Kleinigkeit. Versteht ihr das nicht, wir müssen wissen, was mit ihnen los ist. Sie sind unsere Freunde.«

Emilia und Sara tauschten einen schwer zu deutenden Blick, dann zuckte Emilia mit den Schultern. »Bedaure.« Sie steckte das Tablet wieder ein. »Gibt es noch etwas anderes, womit ich euch dienen kann? Habt ihr Hunger? Gefallen euch die Unterkünfte?«

Jem sah ratlos zu seinen Freunden hinüber. Ihn plagten Fragen über Leben oder Tod und sie redeten von Essen und Unterkünften. Was waren das für seltsame Leute?

Er wollte gerade noch einmal nachhaken, als Ragnar ihm zuvorkam. »Wo sind meine Waffen?«, knurrte der Krieger. »Meine Schleuder, mein Schwert. Ich will sie zurückhaben.«

»Und ich meinen Bogen«, ergänzte Zoe. »Er bedeutet mir sehr viel.«

Sara lächelte. »Keine Sorge, sie werden gerade noch untersucht. Ihr bekommt sie zurück, sobald sichergestellt wurde, dass sich keine gefährlichen Keime oder Krankheitserreger daran befinden. Allerdings muss ich euch mitteilen, dass das Mitführen von Waffen in dieser Stadt untersagt ist. Ihr dürft sie zu Erinnerungszwecken in euren Zimmern behalten, aber bitte nicht öffentlich tragen. Sonst noch Fragen?«

»Was ist mit Loki?«, hakte Leòd nach. »Ich will meinen Kater wiederhaben. Seit unserer Ankunft habe ich ihn nicht mehr gesehen. Ihr habt ihn doch wohl hoffentlich nicht ...«

»Keine Sorge, deinem Tier geht es gut. Es muss ebenfalls untersucht werden, dann bekommst du es zurück.«

Jem fand, dass Saras Lächeln ziemlich gezwungen wirkte. Sie schien kein sonderlich großer Tierfreund zu sein.

»Ziemlich robust, dieser Kater«, sagte sie. »Wir hatten einige Probleme, ihn ruhigzustellen. Bist du sicher, dass du ihn hier bei dir haben willst?«

»Ja, unbedingt.« Leòd nickte bestimmt. »Er ist schließlich mein Freund.«

»Dein Freund?

»Ja, mein Freund. Habt ihr ein Problem damit?« Seine Stimme klang angriffslustig.

»Nein, natürlich nicht«, ruderte Sara zurück. »Ihr müsst nur wissen, dass Haustiere bei uns eigentlich nicht erlaubt sind. Abgesehen davon, dass niemand freiwillig auf die Idee käme, mit einem *Tier* unter einem Dach zu leben.« Jem konnte die Abneigung in ihrer Stimme hören. »Aber ich denke, dass wir hier mal eine Ausnahme machen können. Pass bloß bitte auf, dass er nicht herumstreunt, es könnte sonst leicht passieren, dass er eingefangen und ... na ja, das muss ich dir ja nicht erzählen.« Sie musterte seinen Verband. »Wie geht es deinem Kopf? Immer noch schwindelig?«

»Geht schon wieder.« Leòd tastete ein bisschen herum und

verzog schmerzverzerrt das Gesicht. »Ich glaube, ich habe eine ziemliche Beule.«

»Das ist normal«, sagte Sara. »Du hast einen ordentlichen Schlag abbekommen. Viel Ruhe und noch etwas Kühlspray, dann fühlst du dich wie neugeboren. Irgendeine Ahnung, wie das passieren konnte?«

Er schüttelte den Kopf. »Ich kann mich an nichts erinnern.«

»Er wurde niedergeschlagen«, sagte Ragnar. »Das sieht doch ein Blinder. Derjenige, der das getan hat, hat auch Katta entführt. Wenn ich ihn in die Finger kriege, wird er sich wünschen, nicht geboren worden zu sein.«

»Ich denke, dass die Erinnerung bald wieder einsetzt, vielleicht werden wir dann Licht ins Dunkel bringen«, sagte Sara. »Ruht euch jetzt ein bisschen aus. Wenn ihr mögt, lassen wir euch etwas zu essen bringen.«

»Ich will mich nicht ausruhen.« Jem ballte die Hände zu Fäusten. »Mir ist das hier alles viel zu lasch. Es gibt wichtige Dinge zu klären und wir plaudern hier über belangloses Zeug. Wenn ihr uns schon nicht sagen dürft, was mit Lucie und Katta passiert ist, dann führt uns doch bitte zu jemandem, der dazu befugt ist. Möglicherweise steht ihr Leben auf dem Spiel. *Jetzt, in diesem Augenblick.* Jede Minute, die wir hier verschwenden, könnte sie das Leben kosten.«

»Ich stimme Jem zu«, sagte Arthur. »Wir brauchen Antworten. Erst überfallt ihr uns, fangt uns ein wie wilde Tiere, dann versorgt ihr uns und bietet uns Schutz an. Ich finde das alles sehr verwirrend. Wer ist euer Vorgesetzter, wer hat hier das Sagen?«

Emilia und Sara tauschten ratlose Blicke. Offenbar hatten sie nicht mit so viel Widerstand gerechnet.

In diesem Moment ertönte ein leises Piepen. Emilia presste den Finger an ihr Ohr. Jem sah, dass sie einen kleinen Knopf oder etwas Ähnliches darin hatte. Ein Ohrhörer?

Sie wandte sich ab und sprach mit jemandem.

»Ja? Ja. Ist gut, ja. Ich soll …? Einverstanden.« Sie nickte. »Ich werde alles in die Wege leiten. In einer halben Stunde? Ihr könnt Euch auf mich verlassen.« Mit einem Klick wurde die Verbindung getrennt. Emilia sah etwas verdattert aus. »Gute Neuigkeiten«, sagte sie. »Ich habe Erlaubnis, euch nach oben zu bringen. Man hat kurzfristig eine Konferenz anberaumt. In einer halben Stunde. Schafft ihr das?«

»Aber ja«, antwortete Jem und spürte ein wenig Erleichterung. »Da reicht die Zeit sogar noch aus, um vorher eine Kleinigkeit zu essen. Ob ihr's glaubt oder nicht, ich habe *wirklich* Hunger.«

9

Das Meer war wüst und leer. Eine endlose Weite aus Blau und Grün, über der träge einige Wolken schwebten.

Darunter sah Lucie Möwen, die sich vom Wind tragen ließen. Einige von ihnen flogen hinab, peitschten die Wellen mit ihren Flügelspitzen und stießen dabei schrille Freudenschreie aus.

Während sie weiter hinabglitt, merkte Lucie, dass das Meer keineswegs so leer war, wie es zunächst den Anschein gehabt hatte. Sie sah eine Rotte von Walen, die in ruhiger Formation die Wellen zerteilten. Hin und wieder tauchte einer von ihnen unter, kam wieder hoch und stieß eine Atemluftfontäne aus.

Unter ihnen befanden sich kleinere Tiere. Delfine, Haie, Meeresschildkröten. Das Wasser quoll über vor Leben. Es war eine Prozession des Glücks und der Eintracht, wie Lucie noch keine zweite gesehen hatte. Es erfüllte sie mit ungeheurer Freude und Demut, wie harmonisch und kraftvoll die Schöpfung sich hier präsentierte. All diese Tiere strebten einem bestimmten Punkt zu, als hätten sie sich untereinander abgesprochen.

Als sie ihren Kopf hob, um zu sehen, wohin die Reise ging, erkannte sie ein Muster, das entfernt an ein Auge erinnerte.

Das Auge der Götter!

Lucie erinnerte sich an die Schilderungen von Olivia und Zoe über das heilige Buch der Zitadelle. Die Geschichte vom Aufstieg und Fall der Menschheit. Von der Midgardschlange und ihrer Brut. Von den alten Göttern, vom Kampf gegen die Titanen und den letzten Überlebenden. Eine apokalyptische Vision, die erst dann endete, wenn sich die Asen versammelt und das Gleichgewicht wiederhergestellt hatten. Wenn Flammen in den Himmel aufstiegen, Ordnung und Chaos einander ausglichen und die Midgardschlange in ihrer Bruthöhle in der Meerestiefe ausgelöscht würde.

Eine Bruthöhle in der Meerestiefe?

Was Lucie dort erwartete, verschlug ihr den Atem. Da war etwas. Etwas Gigantisches.

Etwas Allmächtiges.

Ein einziges Lebewesen und doch auch nicht. Hunderttausend Leiber, die die Form eines gewaltigen Auges angenommen hatten. Ein lidloses, starres Auge, das niemals blinzelte, niemals wegschaute und dem nichts verborgen blieb. Und das in diesem Moment genau auf Lucie gerichtet war …

ROT, komm wieder zzz__zu dir. Was los? Warum du nnn__nicht aufwachst?
Ich ganz alleine. Sss__sie wissen, dass ich hier. Sss__sie beobachten. Glaube, sss__sie mmm__meine Gedanken wollen.
Helles Licht. Sss__schreckliche Gestalten mmm__mit weißen Anzügen. Bitte komm wieder zzz__zu dir.

Quabbel?

Lucie schlug ihre Augen auf, schloss sie aber sofort wieder. Gleißende Helligkeit blendete sie. Das Licht war kalt, als würde es durch eine Wand aus Eis strömen.

Wieso musste sie jetzt an Quabbel denken? Hatte er gerade mit ihr gesprochen? Wo war sie hier überhaupt?

Noch einmal öffnete sie die Augen, diesmal vorsichtiger. Sie erschrak, als sie bemerkte, dass sie festgebunden war. Es war unmöglich, sich zu bewegen. Sie trug einen weißen Kittel. An ihren Armen und Beinen waren Elektroden befestigt, vermutlich auch an Kopf und Brust. Ringsherum standen merkwürdige Apparaturen, auf die Lucie sich keinen Reim machen konnte. Doch es war niemand da, der sie bediente. Überhaupt war der Raum menschenleer.

Leise Pieptöne drangen an ihre Ohren. Dem Geruch nach zu urteilen, befand sie sich in einem Krankenhaus. Es roch nach Desinfektionsmitteln und Reinigungsalkohol und der Boden war weiß und sauber.

Einen furchtbaren Moment lang glaubte sie, einen schweren Unfall gehabt zu haben. Sie erinnerte sich daran, dass ihr Flugzeug abgestürzt war. Befand sie sich etwa auf einer Intensivstation? Und wo waren die anderen? Oh Gott, was für eine entsetzliche Vorstellung. Aber immerhin würde das bedeuten, dass sie all die Ereignisse nur geträumt hatte.

Das kein Traum. Ist Wirklichkeit.

»Quabbel!«

Lucie spürte eine Bewegung an ihrer Seite. Sie sah nach unten und entdeckte ihn. Mit sorgenvollem Blick sah er zu ihr herauf. Auch an ihm waren Elektroden befestigt. Schlagartig wurde ihr bewusst, dass dies kein Traum war und dass sie das alles wirklich erlebt hatte.

»Geht es dir gut, Quabbel?«

Geht gut. Freue mmm_mich, du wach.

»Ehrlich, wie lange denn?«

Nnn_nicht sss_sagen. Keine Sss_sonne.

»Hm. Ich muss wohl geschlafen haben«, murmelte Lucie. »Gefühlt waren es etliche Stunden. Obwohl ich mir das kaum erklären kann, ich bin doch sonst nicht so ein Langschläfer.« Ihr schwirrte der Kopf. Sie kniff die Augen zusammen. »Was ist das hier? Warum bin ich angeschnallt?« Panik machte sich in ihr breit und sie ruckelte an den Gurten.

Auch das nnn_nicht sss_sagen. Mmm_meine Erinnerung fehlerhaft. Denke aber, wir Zzz_ziel erreicht.

»Du meinst, wir sind tatsächlich in der Enklave? Ich weiß nicht, irgendwie habe ich mir die anders vorgestellt.« Lucie zerrte an den Bändern, doch die rührten sich nicht.

In diesem Moment öffnete sich auf der gegenüberliegenden Seite des Raums eine Tür. Drei Personen in weißen Schutzanzügen traten ein. Ihre Gesichter waren hinter verspiegelten

Atemmasken verborgen. Sie trugen Schläuche hinter sich her, die ebenfalls weiß waren. Ihre Schritte unter den filzbesohlten Schuhen klangen gedämpft.

Zwei dieser Figuren steuerten auf die Messapparaturen zu, eine prüfte die Halteschlaufen, die letzte begrüßte den nächsten Neuankömmling. Eine gut aussehende Frau in einem langen Kleid, die so gar nicht in diese sterile Umgebung passen wollte. Die zwei unterhielten sich leise, dann kam die Frau zu Lucie an den Tisch.

»Du bist erwacht.«

War das eine Feststellung oder eine Frage? Die Stimme klang irgendwie verzerrt.

»Ja, bin ich. Ich bin festgeschnallt.«

»Ja, das bist du.«

»Aber warum?«

»Keine Sorge«, sagte die Stimme, die von überall her zu kommen schien. »Das dient nur deiner persönlichen Sicherheit. Du hast im Schlaf geschrien und um dich geschlagen, da war es besser, dich zu fixieren. Aber es geht dir doch gut, oder? Du hast keine Schmerzen.«

»Nein. Aber jetzt ist ja alles gut. Ich bin wach und muss nicht mehr festgeschnallt bleiben. Sie können mich losmachen.« Lucie versuchte zu lächeln, aber irgendwie wollte ihr das nicht so richtig gelingen. Die Frau reagierte nicht, sondern betrachtete sie mit den kalten Augen einer Gottesanbeterin.

»Wo bin ich hier überhaupt?«, fragte Lucie besorgt. »Was ist das für ein Ort? Wer sind Sie? Wer sind die anderen und warum stecken sie in so komischen Anzügen?«

»Fragen über Fragen.« Die Frau stieß ein verzerrtes Lachen aus. »Es muss schwer für dich sein, das alles zu verstehen. Und glaub mir, das musst du auch gar nicht. Nachher hast du ohnehin wieder alles vergessen. Wichtig ist jetzt erst mal, dass du unsere Fragen beantwortest.« Sie schob mit Daumen und Zeigefinger Lucies Augenlider auseinander und leuchtete mit einer Lampe hinein. Lucie versuchte, die Augen zu schließen, aber das war unmöglich. Auch den Kopf konnte sie nicht zur Seite drehen, weil die Gurte sie stramm festhielten. Das Licht stach schmerzhaft.

Sie schrie.

»Wehr dich doch nicht«, sagte die Frau. »Ich wollte nur deine Augenreflexe prüfen. Ich wollte sichergehen, dass du kein Schädel-Hirn-Trauma hast und dein Verstand normal funktioniert. Aber es ist alles in Ordnung. Die Pupillen reagieren so, wie sie sollen.« Die grausamen Hände ließen Lucie los. »Wie sieht es aus? Seid ihr fertig, können wir mit der Hauptuntersuchung beginnen?«

»Alles in Ordnung«, meinte die Person zu Lucies Linken. »Atmung und Puls des Mädchens und der Kreatur sind leicht erhöht, aber das ist normal bei dem Stress.«

»Schön. Wenn alle Werte im Normbereich sind, können wir ihr das Serum spritzen. Ich muss gestehen, ich bin schon sehr gespannt darauf zu erfahren, was du uns zu erzählen hast, kleines Mädchen.«

»Moment mal, was soll das?«, protestierte Lucie. »Sie können mich doch nicht einfach hier auf dem Tisch festschnallen und irgendwelche Experimente mit mir anstellen ...«

»Jetzt reg dich nicht so auf, Kleine«, unterbrach sie die Frau unfreundlich. »Du solltest froh sein, dass du noch am Leben bist. Wir hätten dich auch einfach draußen in der Wüste verdursten lassen können. Du und dein kleiner Kollege, ihr seid zwei sehr interessante Untersuchungsobjekte. Eine solche Verschmelzung zwischen Menschen und Squid habe ich bisher noch nicht gesehen. Da ich eine Menge Fragen habe und du uns die Antworten vermutlich nicht freiwillig geben wirst, werden dir meine Leute jetzt ein kleines Wahrheitsserum injizieren. Es tut überhaupt nicht weh und dient nur dazu, dass du uns keine Lügen auftischst. Bist du bereit?«

Mit Entsetzen sah Lucie, wie eine der vermummten Gestalten hinüber zu dem Instrumententisch ging, eine Spritze wählte und sie mit einer glasklaren Flüssigkeit aus einer bereitgestellten Flasche aufzog.

Lucie schrie und versuchte mit aller Kraft, sich loszureißen, doch es war sinnlos.

Tränen der Wut und der Verzweiflung rannen ihr über die Wangen, als sie die Spritze auf sich zukommen sah.

»Nein«, flüsterte sie und schüttelte panisch den Kopf. »Bitte tun Sie das nicht. Ich werde Ihnen alles sa…«

Die Nadel bohrte sich tief in ihre Armbeuge.

10

Jem ließ die Aussicht auf sich wirken. Das Panorama war atemberaubend. War die Kuppel von außen schon spektakulär gewesen, so war ihr Inneres noch um ein Vielfaches beeindruckender. Hoch über ihnen wölbte sich ein gigantisches transparentes Dach, das mit einem sechseckigen Wabenmuster überzogen war. Es war so klar und durchscheinend, dass man den spektakulären Abendhimmel dahinter bewundern konnte. Warmes Licht streifte die Fassaden der Hochhäuser und brachte die Fenster zum Glühen, während die Sonne langsam hinter den Bergen versank. Unten, in den Parks und Gärten, glommen erste Lichter auf. Kalte grünliche Lampen, die Jem an Glühwürmchen erinnerten. Er sah Passanten auf den Wegen und kleine Fahrzeuge, die über gewundene Schienenstränge huschten. Die Schienen befanden sich in unterschiedlichen Höhen, sodass es aussah, als würden die Autos schweben.

Und das sollte die Zukunft sein? Zugegeben, wenn ringsherum nur der Tod lauerte, war das vielleicht nicht die schlechteste Art zu leben. Andererseits war auch ein goldener Käfig im Endeffekt eben doch nur eines: ein Käfig.

»Wahnsinn«, hörte Jem Arthur flüstern. »Mein ganzes Leben habe ich von so etwas geträumt und jetzt ist es endlich wahr geworden. Ich kann es immer noch nicht glauben.«

»Erinnert mich ein bisschen an die ersten Entwürfe für die Marsmissionen«, sagte Paul, der neben ihnen stand. »Die Biosphären dort sahen so ähnlich aus, erinnerst du dich? Natürlich viel kleiner.«

»Erstaunlich, dass darüber nichts in den Archiven der Zitadelle zu finden war«, gab Arthur zu bedenken. »Ich kann mich nicht erinnern, dass Roderick die Stadt mit einem Wort erwähnt hat.«

»Vermutlich, weil sie erst nach dem Zusammenbruch entstanden ist«, überlegte Jem. Das Gespräch half ihm, sich ein bisschen von Lucie abzulenken. Es verging keine Minute, in der er nicht an sie denken musste. Was sollte diese Geheimniskrämerei? Warum hatten Emilia und Sara nicht einfach sagen können, was los war?

»Stimmt«, sagte Paul. »Zu der Zeit gab es bereits keine Zeitungen oder Fernsehen mehr. Ein solches Bauwerk hätte sonst mit Sicherheit in der Presse hohe Wellen geschlagen.«

Arthur klebte förmlich an der Scheibe. »Seht euch nur an, wie wunderbar die Gebäude in die Parkanlagen integriert sind. Hier gibt es überhaupt keine eckigen Formen. Alles ist rund, geschwungen oder kugelig. Die Gebäude, die Wege, selbst die Fahrzeuge.«

Jem sah ein blasenförmiges Transportmodul, das unter ihnen vorbeihuschte. Vier Personen saßen darin, die anscheinend in eine Unterhaltung vertieft waren. Das Ding steuerte sich offenbar von alleine, sodass niemand auf Querverkehr achten musste.

Er presste die Lippen zusammen. Eine blühende Oase am

Ende der Welt. Ein letzter Rückzugsort der Menschheit. Sie hatten gefunden, wonach sie gesucht hatten, doch noch war ungewiss, welchen Nutzen sie daraus ziehen konnten. Würde man ihnen hier sagen, ob es für sie einen Weg nach Hause gab, zurück in ihr altes Leben? Würde man sie überhaupt wieder gehen lassen?

Alles war im Moment in der Schwebe. Ein Zustand, den Jem auf den Tod nicht ausstehen konnte. In diesem Augenblick hörte er Emilias Stimme. »Ich glaube, sie kommen. Macht euch bereit.«

Jem drehte sich um.

Der Konferenzsaal maß etwa zehn auf zehn Meter und befand sich in der obersten Etage des Hochhauses. Tische und Stühle waren kreisförmig angeordnet, sodass der Saal wie eine verkleinerte Ausgabe der Vereinten Nationen in New York aussah. Durch die geöffnete Tür kamen zwölf Personen herein. Männer und Frauen unterschiedlicher Hautfarben. Manche von ihnen hatten Uniformen an, andere trugen einfache Overalls oder elegante Kleidung. Als Letzte betrat eine Frau unbestimmbaren Alters den Konferenzraum. Sie war in ein Kleid gehüllt, das im Licht der Lampen wie Perlmutt schimmerte.

Wieder hörte er Emilia flüstern. »Das ist GAIA, die oberste Ratgeberin dieser Stadt und Vorsitzende des Rates der Zwölf. Sie ist unsere Anführerin. Ich werde euch nun verlassen und drüben bei Sara auf euch warten. Viel Glück.«

Als GAIA eingetreten war, schlossen sich automatisch die Flügeltüren hinter ihr. Jem hatte mit seinen Freunden vereinbart, erst mal kein Wort über die Squids zu verlieren. Von ihrer Begegnung mit diesen Wesen brauchte keiner etwas zu wissen.

Leise Gespräche erfüllten den Saal. Sara und Emilia standen drüben bei den unteren Rängen und blickten ehrfürchtig zu der Ratsvorsitzenden hinüber. Jem fielen die vielen verstohlenen Blicke auf, die man ihnen zuwarf. Manche wirkten freundlich, andere skeptisch oder abwartend. Leòd hatte Loki im Arm, was ihm einige hochgezogene Augenbrauen einbrachte. Auf den Ton eines leisen Glockenschlags hin fingen die Frauen und Männer an, ihre Plätze einzunehmen.

Fensterseitig waren acht Plätze für die Neuankömmlinge freigehalten worden. Jem ging hinüber und setzte sich ebenfalls. Nisha folgte ihm. In ihren Augen glomm Furcht.

»Keine Angst«, flüsterte er und nahm ihre Hand. Er wusste selbst nicht, was sie hier gleich erwartete, aber so schlimm würde es sicher nicht werden.

Kurz darauf kehrte Ruhe ein. Nur die Vorsitzende war stehen geblieben. Sie sah jeden einzelnen von ihnen lächelnd an. Als sie Jems Blick streifte, durchzuckte ihn ein merkwürdiges Gefühl. Der Moment ihres Augenkontakts dauerte vielleicht nur eine Sekunde, trotzdem kam es ihm wie eine halbe Ewigkeit vor. Als hätte sie direkt in seine Seele geblickt. Irgendwie unheimlich, dieser Gedanke.

Im Saal war es mucksmäuschenstill geworden. Alle Augen waren auf die Frau gerichtet. Als sie anfing zu sprechen, lief Jem ein Schauer über den Rücken. Noch nie in seinem Leben hatte er so eine schöne Stimme gehört.

»Sehr verehrte Vorstände, liebe Freunde und Mitbürger, ich

begrüße euch. Als eure Führerin möchte mich für euer Erscheinen bedanken und mich für diesen kurzfristig anberaumten Termin entschuldigen. Ich bin jedoch sicher, dass der Grund für dieses Treffen jede entstandene Unannehmlichkeit rechtfertigt.« Sie hob den Kopf. Ein strahlendes Lächeln erschien auf ihrem Gesicht. »Voller Freude darf ich euch die Ankunft einiger Fremder verkünden, denen es gelungen ist, von der Außenwelt bis zu unserer Biosphäre vorzudringen. Sie haben die Wildnis bereist, todbringende Bestien bekämpft und Sümpfe und entvölkerte Städte hinter sich gelassen. Nur, um hierher- und zu uns zu gelangen. Keiner von uns wird sich auch nur im Ansatz vorstellen können, welche Schrecken sie durchlitten und welche Entbehrungen sie auf sich genommen haben. Eine gewaltige Leistung, die uns alle mit tiefem Respekt erfüllt. Ich denke, das ist einen Applaus wert.«

Sie klatschte in die Hände und alle anderen stimmten mit ein.

Jem spürte, wie ihm das Blut ins Gesicht schoss. Er hatte doch nur ein paar Informationen gewollt. Stattdessen bekam er jetzt einen Staatsempfang.

Verlegen sah er seine Freunde an. Es war klar, dass GAIA eine Antwort erwartete. Da keiner bereit zu sein schien, etwas zu sagen, stand er selbst auf und verbeugte sich.

»Vielen Dank«, sagte er unsicher. »Wir sind ebenfalls sehr froh, hier zu sein. Danke, dass ihr uns aufgenommen habt und uns Schutz und Obdach gewährt. Das ist wirklich sehr nett von euch.«

»Aber, aber, nur nicht so bescheiden.« GAIA verbeugte sich ebenfalls, wobei ihr Kleid wie aufgeladen knisterte. »Wir sind es, die zu danken haben. Ihr seid Boten aus fernen Landen und als solche verdient ihr unseren größten Respekt. Ganz besonders freut es mich, dass drei Mitglieder der Außenbezirke mit euch gekommen sind.« Sie wandte sich Ragnar, Leòd und Nisha zu. »Es ist lange her, dass wir Kontakt zu unseren Brüdern im Norden hatten. Ich werte eure Gesellschaft als gutes Zeichen und hoffe auf eine Gelegenheit, unser Bündnis zu erneuern.« Sie gab Jem zu verstehen, dass er sich wieder hinsetzen durfte. Erleichtert ließ dieser sich in seinen Stuhl fallen.

»Wir hörten, dass ihr um dieses Treffen ersucht habt. Wie ihr seht, wurde eurem Wunsch entsprochen. Es tut mir leid, dass es dabei zu Verzögerungen kam, aber es war nötig, euch einigen medizinischen Tests zu unterziehen. Wir leben hier in einer von der Außenwelt abgeschotteten Gesellschaft und können es uns nicht leisten, dass irgendwelche Krankheitserreger das Wohl unserer Bürger beeinträchtigen. Ich hoffe, ihr versteht das.«

»Aber natürlich«, erwiderte Jem und spürte, wie er dabei einen roten Kopf bekam. Wieso sagte eigentlich keiner seiner Freunde ein Wort?

»Das alles hier muss euch furchtbar fremd und seltsam erscheinen.«

»Das tut es«, sagte Jem. »Wir sind jedoch sehr glücklich, dass wir es so weit geschafft haben. Teilweise sah es wirklich nicht gut für uns aus. Aber jetzt sind wir ja hier und können Informationen austauschen, oder?«

Einige der Anwesenden lachten.

»Der junge Mann nimmt kein Blatt vor den Mund, das gefällt

mir«, erklärte GAIA. »Uns ist ebenfalls sehr an einem Informationsaustausch gelegen. Es gibt so viele Dinge, die wir wissen möchten. So viel, was wir von euch erfahren wollen. Doch zuerst mal seid ihr dran. Ihr habt euch das Recht erworben, die ersten Fragen zu stellen. Wie ich gehört habe, seid ihr an dem Verbleib zweier Mädchen interessiert?«

»Das stimmt«, sagte Jem. »Wir wurden kurz vor unserem Eintreffen von ihnen getrennt. Wisst ihr etwas über sie, sind sie noch am Leben? Geht es ihnen gut?« Sein Herz schlug ihm bis zum Hals. Er spürte, dass er es nicht ertragen konnte zu erfahren, dass Lucie etwas zugestoßen war.

GAIA zog eine ihrer wohlgeformten Brauen in die Höhe. »Du sagtest: zwei Mädchen. Bist du da sicher?«

»Äh ... ja.«

»Nun, das ist eigenartig. Laut meiner Information befinden sich tatsächlich zwei weitere Personen in unserer Obhut. Allerdings sind es ein Mädchen und ein Junge. Beide sind verletzt und werden in ebendiesem Augenblick medizinisch versorgt. Wie mir berichtet wurde, befinden sie sich außer Lebensgefahr, aber es besteht Grund zur Sorge. Aufgrund ihres Zustands sind sie leider nicht in der Lage, dieser Sitzung beizuwohnen.«

Jem sah seine Freunde an. Alle schüttelten verwirrt die Köpfe.

»Aber ... aber das kann nicht stimmen«, stammelte er. »Ihr müsst euch irren. Es sind ganz sicher zwei Mädchen. Die eine rothaarig, die andere blond. Lucie und Katta.«

»Ah.« Ein Leuchten war in den Augen der Ratsvorsitzenden zu erkennen. »Jetzt weiß ich, worauf du hinauswillst. Du sprichst von dem Bus, nicht wahr? Es stimmt, es war ein Mädchen in diesem Fahrzeug. Wir konnten sie für einen kurzen Moment über die Bordkameras unserer Drohne sehen. Sie hatte tatsächlich blondes Haar.«

»Hatte …?«

»Nun, ich muss dir leider sagen, dass wir sie danach nicht mehr wiedergesehen haben. Sie wurde von einem jungen Mann begleitet, der derzeit im Koma liegt. Die beiden hatten einen schweren Unfall.«

»*Was?* Moment mal … aber das ist ja entsetzlich.« Jem konnte nicht glauben, was er da hörte. »Der Name des Fahrers«, stieß er aus. »Habt ihr herausbekommen, wer da gefahren ist? Wie ist sein Name?«

»Seinen Namen kennen wir leider nicht«, antwortete GAIA. »*Noch* nicht. Wir wissen aber, wie er aussieht. Groß, kräftig, blonde Haare, blaue Augen.«

»Groß, blaue Augen?« Jem schluckte. Es gab nur einen, auf den diese Beschreibung zutraf.

Ehe er den Namen nennen konnte, kam Zoe ihm zuvor. »Marek«, stieß sie aus. »Das kann nur Marek sein.«

»Unmöglich«, rief Olivia. »Marek ist viele Hundert Kilometer entfernt in der Zitadelle.«

»Bist du dir sicher?«

»Natürlich nicht, aber …«

»Und wenn er uns gefolgt ist?« Arthur kniff die Augen zusammen. »Wäre doch möglich.«

Auf einmal redeten alle durcheinander.

»Vielleicht ist er uns hinterhergeritten. Hat uns aufgelauert, als wir uns vom Bus entfernten, dann ist er gekommen, um ihn zu stehlen.«

»Kannst du dich denn gar nicht erinnern, wer dich niedergeschlagen hat, Leòd?«, fragte Jem. »Du müsstest ihn doch gesehen haben.«

»Tut mir leid ...« Leòd sah unglücklich auf Loki hinunter. »Da ist nichts ... er kam von hinten.«

»Ist doch auch egal«, meinte Zoe. »Ich bin sicher, dass er es ist, es gibt gar keine andere Möglichkeit.«

Olivias Augen wurden zu Schlitzen. »Würdest du Marek so etwas zutrauen? Das hieße ja, er hatte vor, uns alleine in der Wüste zurückzulassen.«

»Das traue ich ihm zu, allerdings«, zischte Zoe. »Nach dem, was geschehen ist, traue ich ihm so ziemlich alles zu.«

»Aber was ist denn nun mit Katta?«, fragte Arthur, der ganz blass geworden war. »Ihr sagtet, von ihr fehle jede Spur. Habt ihr alles gründlich abgesucht?«

GAIA sah sie ernst an. »Diese Frage können euch Sara und Emilia sicher besser beantworten. Sie waren am Unfallort und beim Bergungskommando.«

»Das stimmt.« Emilia nickte und stand auf. »Soweit wir wissen, hat sie zumindest den Unfall überlebt. Wir sind auf Spuren gestoßen, die in die Wüste hineinführten. Leider verlor sich die Spur danach. Ihr Weg führte direkt in die Nestgründe einer Kolonie von Riesentermiten. Wir müssen wohl davon ausgehen, dass sie tot ist.«

»Oh nein.« Jem war fassungslos. »Habt ihr genau nachgesehen? Könnt ihr mit hundertprozentiger Sicherheit sagen, dass sie nicht irgendwo verletzt gelegen hat?«

»Hundertprozentig kann man das nie. Aber es ist sehr unwahrscheinlich, dass sie noch lebt. Wir kamen nicht mehr dazu, weitere Nachforschungen anzustellen, da unser Konvoi in diesem Moment von Dutzenden von Schlangen und Skorpionen angegriffen wurde. Es wäre Wahnsinn gewesen, sich noch länger in der Wüste aufzuhalten. Deswegen haben wir alles zusammengepackt und sind zurückgefahren. Tut mir leid, dass wir keine besseren Nachrichten für euch haben.« Emilia senkte den Kopf und setzte sich wieder.

Jem sackte auf seinen Stuhl zurück. Katta war höchstwahrscheinlich tot und Marek am Leben? Das war schlimmer, als er es sich in seiner finstersten Fantasie ausmalen konnte.

»Und Lucie …?«, murmelte er

»Sie war zum Glück weit weg, als das geschah«, berichtete GAIA. »Zu diesem Zeitpunkt hatte sie die Biosphäre bereits erreicht. Trotzdem gibt auch ihr Zustand Anlass zur Sorge.«

»Warum denn?«

GAIA sagte zuerst nichts, sondern musterte ihn stattdessen aufmerksam. Als wolle sie seine Gedanken erforschen. Dann sagte sie: »Wusstet ihr, dass sie einen Squid bei sich trug?«

11

Katta saß immer noch auf dem Hügel, die Arme verschränkt, den Kopf auf die Knie gesunken. Sie hatte keine Ahnung, wie viel Zeit verstrichen war. Vielleicht eine Stunde, vielleicht länger. Das Blau des Himmels war inzwischen einem flammenden Abendrot gewichen.

Ein sanfter Wind strich über die Öffnung und erzeugte ein leises Heulen. Oder kam das aus den Öffnungen in den Wänden? Während sie da so hockte und lauschte, glaubte sie, ein feines Rascheln zu hören. Sicher nur der Sand, der von oben herabrieselte. Oder? Wieder raschelte es. Dann vernahm sie ein Knistern.

Katta hob den Kopf und lauschte. Huschte da etwas in der Dunkelheit? Ihre Nackenhaare stellten sich auf. Sie kniff die Augen zusammen. Obwohl sie im Dunkeln nicht wirklich etwas erkennen konnte, spürte sie, dass sie nicht mehr allein war. Irgendetwas war da. Etwas Lebendiges.

»Hallo?« Ihre Stimme hallte von den Wänden wieder.

»Ist da jemand?« Sie richtete sich auf.

Wieder dieses verhaltene Rascheln, das jetzt von einem Klicken begleitet wurde. Als würde jemand zwei leere Walnussschalen gegeneinanderklopfen.

Sie wagte kaum zu atmen.

Aus der Dunkelheit schob sich etwas ins Licht.

Katta schlug die Hände vor den Mund. Es gelang ihr nur mit Mühe, einen Schrei zu unterdrücken. Was da in den Lichtschein trat, war ein Insekt. Aber kein normales.

Katta schätzte, dass es so groß war wie ein Schäferhund, mit sechs Beinen und einem gigantischen Schädel, an dem sich zwei monströse Beißwerkzeuge befanden. Darüber befanden sich zwei dunkle Augen und stummelartige Fühler, die unablässig hin und her wackelten.

Eine Termite.

Aber was für ein Riesenbiest.

Katta bekam eine Gänsehaut. Sie hatte nicht gewusst, dass die Viecher so groß werden konnten. Oder hatte sie es hier wieder mit einer Mutation zu tun? Schlagartig wurde ihr bewusst, wer diese Höhle erbaut hatte.

Ihr Herz trommelte wie verrückt. Der Sand gab unter ihren Schritten nach. Sie fiel hintenüber und versuchte, rückwärts den Hang hinaufzukriechen. Aber das hatte ja vorhin schon nicht geklappt.

Weitere Termiten schwärmten in die Höhle. In einer zangenförmigen Formation rückten sie gegen Katta vor. Jetzt waren sie nur noch wenige Meter entfernt.

Die Gedanken in ihrem Kopf rasten. Waren Termiten Fleischfresser oder nicht? Sie wünschte, sie hätte besser in Bio aufgepasst. Aber instinktiv spürte sie, dass sie nur noch wenige Minuten zu leben hatte. Einen solch leckeren Happen würden sich die Viecher bestimmt nicht entgehen lassen.

In diesem Moment geschah etwas Merkwürdiges. Eine kleine Termite in Lokis Größe wuselte zwischen den Beinen der anderen hindurch und kam auf sie zu. Sie hatte einen violetten Panzer mit gelben Streifen. Sah ziemlich verrückt aus. Unbeirrt rannte sie auf Katta zu, bis sie direkt vor ihr stand. Die kleinen Fühler berührten ihr Schienbein und vollführten leichte Trommelschläge. Katta war viel zu entsetzt, um sich gegen die Berührung zu wehren. Sie war wie gelähmt. Mit weit aufgerissenen Augen starrte sie auf das ungewöhnliche Insekt.

»W... was willst du?«, stammelte sie.

Die Termite trommelte unaufhörlich weiter, machte aber keine Anstalten, zudringlich zu werden oder gar zu beißen. Ihre riesenhaften Artgenossen blieben passiv im Hintergrund. Hockten einfach nur da, ließen ihre Fühler durch die Luft pendeln und warteten.

Worauf?

In diesem Moment ertönte ein Schwirren. Katta blickte nach oben, zwinkerte in die Helligkeit und sah, dass etwas durch den Trichter nach unten geschwebt kam.

Es war klein. Viel kleiner als die Termiten, aber immer noch groß genug, um sich bemerkbar zu machen. Summend und brummend schraubte es sich nach unten. Es kreiste einmal um Kattas Kopf, dann landete es auf ihrer Schulter.

»Uäh!« Katta wedelte mit der Hand und verscheuchte das eklige Viech, doch es kam schnell zurück und setzte sich wieder hin. Als hätte es gar keine Angst vor dem viel größeren Menschen.

Katta sah mit großen Augen auf das Tier hinab.

Es war eine Heuschrecke. Etwa fünfzehn Zentimeter lang und von bräunlicher Farbe. Sah fast aus wie ein kleiner Stock.

Kaum war sie gelandet, fing sie auch schon an, Geräusche von sich zu geben. Sie zirpte und knarzte, als wäre Kattas Schulter der ideale Ort, um dort ein kleines Konzert abzuhalten.

Was zum Teufel tat dieser Grashüpfer da? Jedenfalls war seine Wirkung auf die Termiten echt erstaunlich. Die meisten von ihnen verkrochen sich zurück in die Stollen. Drei oder vier blieben da, um der Heuschrecke zuzuhören. Schließlich verschwanden auch sie. Alle waren fort, außer der kleinen violetten.

Kattas Herzschlag beruhigte sich langsam wieder. Die Termiten schienen es doch nicht auf sie abgesehen zu haben. Aber was sollte das Ganze hier?

»Und was ist mit dir?«, fragte Katta. Redete sie gerade wirklich mit einem Insekt? Sie kam sich reichlich dämlich vor. »Willst du nicht auch verschwinden? Husch, husch.« Sie wedelte mit der Hand.

Unbeeindruckt starrte die kleine Termite auf den Neuankömmling. Ein Klicken und Knarzen drang aus ihrer Kehle. Der Grashüpfer schwieg, dann fing er wieder an zu zirpen. Eine Weile ging das so weiter. Erst Zirpen, dann wieder Klicken und Knarzen. Katta hatte das Gefühl, als würden sich die beiden unterhalten.

Das war doch unmöglich. Sie gehörten vollkommen unterschiedlichen Arten an. Und doch hatten sie sich offenbar viel zu erzählen.

Dann kehrte plötzlich wieder Stille ein und alle Aufmerksamkeit war auf sie gerichtet. In den runden Facettenaugen spiegelte sich rotes Abendlicht.

»Und jetzt?« Die Angst stieg wieder in ihr hoch. »Was wollt

ihr? Habt ihr euch endlich geeinigt, wie ihr mich am besten fresst?«

Die Heuschrecke rieb die Hinterbeine aneinander, putzte ihre Fühler und stieß ein amüsiertes Quietschen aus. Hatte sie Kattas Worte etwa verstanden?

Unmöglich.

Die junge Termite fing an, an Kattas grobem Leinenkleid herumzuzupfen. »He, lass das.« Katta zog den Stoff weg und schlang die Arme um die angezogenen Knie, doch das merkwürdige Insekt hörte nicht auf, an ihr herumzufummeln. Dabei machte es nicht den Eindruck, als wolle es Katta beißen, sondern sie vielmehr zum Aufstehen bewegen. Katta runzelte die Stirn.

»Was willst du mir sagen? Willst du mir etwas zeigen?«

Augenblicklich ließ sie die Termite los, eilte ein paar Meter ins Dunkle, kam dann wieder zurück und sah Katta erwartungsvoll an.

»Ich glaub, ich spinne«, flüsterte Katta. »Du willst, dass ich dir folge, oder?«

Klick, klick.

Sie versuchte zu erkennen, wohin diese Tunnel führten. Keine Chance. »Dadrinnen ist es eng und dunkel. Ich passe da bestimmt nicht durch. Könntet ihr mir nicht lieber dabei helfen, aus diesem Loch herauszukommen? Ich meine, vielleicht könntet ihr euch ja übereinanderstapeln und eine Pyramide bilden, an der ich hochklettern kann …« Sie sah die kleine Termite hoffnungsvoll an. Verrückt, sich einzubilden, dass sie mit diesen Viechern reden könne. Aber irgendwie wurde sie das Gefühl nicht los, dass hier etwas ablief, das ihre Vorstellungskraft überstieg. Entweder ließ sie sich darauf ein oder sie würde zugrunde gehen. Die Wahl lag bei ihr.

»Keine Pyramide, hm? Du willst also wirklich, dass ich dir dahinein folge?«

Klick, klick.

»Aber ich sehe nichts. Es ist stockfinster dahinten. Meine Augen sind nicht so gut wie eure. Und ich habe keine Fühler.«

Fast augenblicklich kam ein blasses, längliches Geschöpf aus dem Tunnel gekrochen. Das Tier sah aus wie eine Fliege ohne Flügel. Irgendwie armselig und lebensuntauglich. Keine Beißwerkzeuge, kein stabiler Panzer und auch die Beine wirkten dünn und zerbrechlich.

Katta fragte sich, was das Viech hier wollte, als plötzlich ein grünliches Licht an seinem Hinterteil aufflammte. Erst schwach, dann mit jeder Sekunde heller werdend. Irgendwann war es so hell, dass Katta die Augen zusammenkneifen musste. Sie hatten sich so an die Dunkelheit gewöhnt, dass ihr das Licht wie ein Angriff auf die Netzhaut vorkam. Sie sah die Höhle und den Gang dahinter, der tief in die Eingeweide der Erde reichte. Die kleine violette Termite trippelte voraus und wedelte mit den Fühlern.

Katta schluckte. Sollte sie wirklich dort hineingehen? Wohin führte der Gang? Was wartete am Ende auf sie?

Zurückgehen war keine Option, deshalb ging sie vorwärts.

Wie in einem Traum setzte sie einen Fuß vor den anderen. Sie kam sich vor wie Alice im Wunderland, während sie dem kleinen Insekt folgte. Ohne zu wissen, was genau sie da eigentlich tat, trat sie ins Dunkel. Hinein in das unterirdische Reich der Riesentermiten.

12

Die Worte der Ratsvorsitzenden hingen wie eine düstere Wolke in der Luft. Niemand sagte etwas.

Was, um Himmels willen, sollten sie jetzt tun? *Lügen?* Jem blickte zu seinen Freunden, doch die wirkten genauso ratlos wie er. Nein, beschloss er. Das würde alles noch schlimmer machen. Er entschied sich für die Wahrheit.

»Ja«, sagte er mit erhobenem Kinn. »Wir wissen, dass Lucie einen Squid bei sich trägt. Sein Name ist Quabbel. Er ist unser Freund.«

Entsetzen schlug ihm entgegen.

Es war so still geworden, dass man eine Stecknadel hätte fallen hören können.

»Ein Squid ist euer Freund?« GAIA neigte ihren Kopf. Ein gefährliches Flackern war in ihren Augen zu sehen.

»Du willst mich auf den Arm nehmen.«

»Es ist, wie ich gesagt habe«, erwiderte Jem mit Bestimmtheit. »Wir sind ihm zufällig über den Weg gelaufen und er hat sich als freundlich und hilfsbereit erwiesen. Wenn ihr Quabbel also in Lucies Gesellschaft gefunden habt, dann braucht ihr euch deswegen keine Sorgen zu machen. Es ist alles okay.«

Er verschwieg, dass er selbst ein paar Zweifel hegte, was diese Verbindung betraf. Quabbels Einfluss auf seine Freundin war ihm nicht ganz geheuer, aber das musste er den anderen ja nicht unter die Nase reiben.

Die Ratsvorsitzende schüttelte den Kopf. »Ihr wisst, dass wir mit diesen Kreaturen seit Jahrhunderten im Krieg liegen, oder? Ihr wisst, dass wir die Verlierer sind. Die Squids könnten unseren Untergang bedeuten. Aber vielleicht besitzt ihr ja Kenntnisse, die uns bislang verborgen geblieben sind.«

»Nun, ich ...« Jem räusperte sich. Er spürte, dass die Zeit des Versteckspielens vorbei war. Die Wahrheit musste auf den Tisch. Die *ganze* Wahrheit. Er straffte seine Schultern, atmete tief ein und sagte: »Es stimmt. Wir besitzen einige Vorkenntnisse. Wir kommen nämlich ...«

»... aus der Vergangenheit. Ja, ich weiß.« GAIA nickte. Um ihren Mund spielte ein geheimnisvolles Lächeln. »Wir erfuhren es, als wir euren Bus geborgen haben.«

»Moment mal ... *was?«* Jem klappte der Unterkiefer runter. »Ihr wisst es?«

»Aber ja.«

»Wie?«

»Euer Bordcomputer hat es uns verraten.«

»Welcher Bordcomputer?«

»Na, der in eurem Fahrzeug. Jedes Fahrzeug besitzt so einen. Wusstet ihr das nicht?«

Jem sah zu seinen Freunden rüber. Arthur schüttelte den Kopf. »Wir hatten keine Ahnung.«

»Und doch ist es so. Alle Fahrzeuge aus dieser Zeit waren mit internen Aufzeichnungssystemen ausgestattet. Um später bei Unfällen und Ähnlichem die Vorfälle rekonstruieren zu können. Wie dem auch sei, es wurde alles aufgezeichnet. Eure gesamte Reise. Auch das, was davor geschehen ist. Gehe ich recht in der Annahme, dass ihr einen Computer dabeihattet?«

»Ja«, sagte Arthur stammelnd. »Meinen Laptop.«

»Und habt ihr ihn an der zentralen Schnittstelle des Busses aufgeladen?«

»Stimmt ...«

»Seht ihr? So schließt sich der Kreis. Ihr habt euer Gerät nicht nur aufgeladen, sondern eure Daten auf den Bordcomputer eures Transportmittels übertragen. Wir fanden dort zeitfremde Dateifragmente. Fragmente, die nicht zu den chronologischen Abläufen passen. Wir haben sie natürlich sofort analysiert und die Ermittlungen haben ergeben, dass ihr aus dem frühen einundzwanzigsten Jahrhundert stammen müsst. Kommt das in etwa hin?«

»Unglaublich«, murmelte Jem. Er war jetzt doch froh, dass er sich für die Wahrheit entschieden hatte. Hätten sie ihre Herkunft geleugnet, wäre es für sie alle ziemlich peinlich geworden.

»Wir kommen aus einer Zeit, ehe der Komet auf die Erde einschlug und alles umgekrempelt hat. Und wir sind nicht die einzigen. Am Flughafen von Denver sind noch immer fast dreihundert Menschen. Sie warten vermutlich auf unsere Rückkehr.«

»Ja, auch das wissen wir«, sagte GAIA. »Wir werden zu gegebener Zeit Hilfe schicken. Aber zunächst möchte ich mehr über eure Reise erfahren. Ihr seid nicht die Ersten, die das erleben mussten, und ihr werdet auch nicht die Letzten sein.«

»Die Zeitspringer ...«

»Zeitspringer? So also heißen sie bei euch?« GAIA zog amüsiert eine Braue in die Höhe. »Wenn ich so darüber nachdenke, ein ganz angemessener Ausdruck. Es stimmt, die Stadt, die ihr hier seht, wurde von Leuten wie euch mitgegründet. Menschen, die aus ihrer Zeit hierher verschlagen wurden und die seither einen Weg suchen zurückzukehren. Natürlich wurde sie auch von jenen erbaut, die ohnehin schon an diesem Ort lebten. Von Forschern, Wissenschaftlern, Militärs. Und das waren viele. Gemeinsam erbauten sie das, was ihr heute hier seht. Aber das ist eine andere Geschichte. Kommen wir zurück zu euch. Was ist euch widerfahren, ein Flugzeugunglück über dem Pol? Geheimnisvolle Lichterscheinungen?«

»Das wisst ihr …?«

»Aber natürlich. Das Phänomen ist uns bekannt. Allerdings gehört ihr zu den wenigen, die es geschafft haben, bis zu uns vorzudringen. Die meisten kommen draußen in der Wildnis ums Leben. Von vielen werden wir vermutlich nie erfahren. Ihr hattet großes Glück, dass ihr hier gelandet seid und nicht etwa auf dem Los Angeles Airport, wie es ja ursprünglich euer Ziel gewesen ist. Von dort aus wäre es nahezu unmöglich gewesen hierherzugelangen.«

Jem runzelte die Stirn. »Ihr sprecht, als würde das dauernd passieren. Von wie vielen Flugunfällen reden wir denn hier?«

GAIA zuckte die Schultern. »Schwer zu sagen. Vielleicht alle zehn Jahre zwei oder drei Unglücke.«

»Zwei oder drei …« Er überschlug die Zeit und riss die Augen auf. »Das heißt ja, es geht um Tausende von Menschen.«

»Deine Schätzung trifft ungefähr zu. Erinnert ihr euch, ob

in eurer Zeit jemals Flugzeuge unter ungeklärten Umständen verschwunden sind?«

»Na klar und ob. Von manchen Maschinen sind nie Trümmerteile gefunden worden.«

»Da seht ihr es«, sagte GAIA. »Wann immer in eurer Zeit ein Flugzeug verschwunden ist, dürft ihr davon ausgehen, dass es durch die Zeit geschleudert wurde. Tragisch, ich weiß, aber leider nicht zu ändern.«

»Und was wurde aus den Menschen? Kann es vielleicht sein, dass sie noch leben?«

»In Einzelfällen. Schon möglich. Aber ihr habt die Welt da draußen gesehen. Wie groß wird die Wahrscheinlichkeit sein, dass dort jemand überlebt?« GAIA schüttelte den Kopf. »Es tut mir leid, euch das sagen zu müssen, aber es gibt nur noch wenige Rückzugsorte für die Menschheit. Und die paar, die noch existieren, sind über die ganze Erde verstreut. Der Kontakt untereinander ist schwierig, aber wir arbeiten daran. Wir haben berechtigte Hoffnung, dass bald alles wieder besser werden könnte.«

»Können Sie uns erklären, wie das passieren konnte?«, fragte Arthur. »Es muss doch einen Grund geben, dass wir aus unserer Zeit gerissen und hierher geschleudert wurden.«

»Den gibt es. Aber es würde den Rahmen dieser Konferenz sprengen, euch das zu erklären. Gerne ein andermal.«

»Ja, und wir würden auch gerne wissen, ob es eine Möglichkeit zur Rückkehr gibt«, meldete sich Paul. »Wir sind so lange unterwegs, dass wir die Hoffnung fast schon aufgegeben haben.«

GAIA hob beide Hände. »Langsam, langsam. Ich verstehe euer Bedürfnis nach Information. Aber auch in diesem Fall muss ich um eure Geduld bitten. Sobald der Rat der Zwölf Einigung über das weitere Vorgehen erlangt hat, werde ich eure Fragen beantworten. Tröstet euch mit dem Gedanken, dass sich alles zu einem späteren Zeitpunkt aufklären wird. Aber nicht jetzt. Es ist wichtig, dass ihr erst mal ankommt, Ruhe findet und Vertrauen schöpft. Für euch alle muss diese Erkenntnis wie ein Schock wirken. Auch für meine Freunde aus der Zitadelle, über die wir uns jetzt noch gar nicht unterhalten haben. Auch das soll später folgen.« Sie breitete die Arme in einer Geste des Willkommens aus. »Ihr könnt ganz beruhigt sein. Für euch alle wird hier gut gesorgt werden. Ihr habt ein neues Zuhause gefunden, in dem ihr euch hoffentlich schon bald wohlfühlen werdet.« GAIA senkte ihre Stimme verschwörerisch. »Eure Ankunft hier hat einige Räder in Bewegung gesetzt. Ich verrate sicher kein Geheimnis, wenn ich euch sage, dass die Aussichten der Menschheit auf der Erde bisher eher düster waren. Doch euer Eintreffen könnte die entscheidende Wende im Kampf gegen die Squids herbeiführen. Gebt den Mut nicht auf. Noch ist nicht alles verloren.«

13

Katta hielt den Atem an. Die Höhle, in die sie die Heuschrecke und die violette Termite gebracht hatten, war gewaltig. Sie war vielleicht fünfzehn Meter hoch und hatte einen Durchmesser von mindestens fünfzig Metern. Im obersten Teil der Halbkugel befanden sich Öffnungen, durch die Tageslicht hereinströmte. Überall gab es Leuchttermiten, die die Halle mit grünlichem Licht erfüllten.

Katta fühlte sich angesichts dieser Masse von Insekten klein und unbedeutend. Was wollten diese Tiere von ihr? Warum hatten sie die hierhergeschleppt?

Und dann – plötzlich – fiel ihr ein, warum sie hier war.

Auch wenn sie noch so wenig Ahnung von Bio hatte, eins wusste sie: dass staatenbildende Insekten streng hierarchisch organisiert waren. Unten die Arbeiter, in der Mitte die Soldaten und Drohnen und oben die Königin. Ganz genau. Die Königin.

Dort vor ihr, auf einer aus Lehm errichteten Empore, lag sie.

Und sie war riesig. Bestimmt sechs oder sieben Meter lang.

Der eigentliche Körper war dunkel, besaß aber die Form und Größe eines durchschnittlichen Soldaten. Doch beim Anblick des Hinterleibs stellten sich Katta die Nackenhaare auf. Ein gewaltiger, halb transparenter Sack, mit roten und schwarzen Markierungen an den Seiten, in dessen Inneren Hunderte, wenn nicht gar Tausende von Eiern herumgluckerten. Das

Ding sah aus wie ein mit Luftballons gefüllter Zeppelin, der jeden Moment zu platzen drohte.

Dutzende von Arbeitern umschwirrten die Königin, fütterten sie, umsorgten sie und transportierten die Eier ab, die ununterbrochen aus dem Hinterleib austraten. Der Geruch von schwerem, süßem Marzipan durchströmte die Halle. Obwohl sie Marzipan eigentlich mochte, wurde Katta kotzübel und sie stieß einen würgenden Laut aus. Ihr Magen fühlte sich an wie ein Handschuh, dessen Inneres nach außen gestülpt worden war. Dann sackte sie auf die Knie, kippte nach vorne und wurde ohnmächtig.

Als sie wieder zu sich kam, hatte sich die Szenerie nicht verändert. Noch immer war sie in der Höhle und noch immer war da diese gewaltige Königin, die keinerlei Notiz von ihr zu nehmen schien. Katta strich mit der Hand über ihre Stirn. Sie hatte Mordskopfschmerzen. Vorhin in der kleinen Höhle hatten sie begonnen, doch jetzt war das Pochen schier nicht mehr auszuhalten. Als wäre da ein kleiner Presslufthammer in ihrem Kopf, der unermüdlich bohrte und hämmerte. Lag das an der Luft? Irgendetwas stellte diese Luft mit ihrem Verstand an, das spürte sie.

Was hätte sie dafür gegeben, jetzt eine Kopfschmerztablette bei sich zu haben?

Die kleine violette Termite war nicht von ihrer Seite gewichen. Sie saß einfach da und sah sie erwartungsvoll an.

»Was?«

Ein kurzes Trippeln gegen Kattas Füße, dann wuselte das kleine Tier in Richtung Königin.

»Du willst, dass ich zu diesem … diesem Ding da gehe? Das kannst du dir abschminken. Ich bin doch nicht lebensmüde.«

In diesem Moment glaubte Katta, eine leise Stimme in ihrem Kopf zu hören. Es klang wie das Lachen eines Kindes. Die kleine Termite war zurückgekommen, hatte Katta am Saum ihres Kleides gepackt und zog. Katta zuckte zusammen. »Moment mal …«

Sie sah das Tier eindringlich an. »Hast du gerade gelacht?«

Wieder glaubte sie, dieses entfernte Kichern zu hören. Kein Zweifel. Es war ihre kleine Begleiterin.

Aber wie sollte das funktionieren? Katta kam sich vor wie in einem schlechten Film. Sie musste an Lucie denken und wie sie sich mit dem Squid unterhalten hatte. Katta hatte sie für ziemlich verrückt gehalten, aber vielleicht musste sie ihre Meinung revidieren. Vielleicht war es tatsächlich möglich, sich mit anderen Lebewesen zu unterhalten.

Katta zwinkerte in Richtung der Königin. Das Monstrum lag da, während es sich von den Arbeitern umsorgen ließ. Eigenartig. Katta spürte, dass ihre Angst geringer geworden war. Wenn nur nicht diese hämmernden Schmerzen wären.

»Meinst du, ich soll mal zu ihr hingehen? Na schön. Aber langsam, okay?«

Ein zartes Surren an ihrem Ohr sagte ihr, dass auch die Heuschrecke wieder da war. Offenbar wollte sie sich das Spektakel nicht entgehen lassen. In aller Seelenruhe saß sie auf ihrer Schulter und begann, Fühler und Flügel zu putzen. Dann fing sie an zu zirpen.

Es mochte an den besonderen Lichtverhältnissen liegen, aber je näher Katta auf die gewaltige Herrscherin zuschritt, desto weniger gefährlich kam sie ihr vor. Der Hinterleib war aus dieser Position nur noch ein heller Kranz, der den Vorderleib des Tieres wie ein Heiligenschein umrahmte. Ziemlich passend, wenn man bedachte, mit welcher Verehrung die anderen Termiten ihrer Königin begegneten. Keine wagte es, sich ihr weiter als zehn Meter zu nähern. Ausgenommen natürlich die Geburtshelfer, die sich wegen ihrer kleinen, runden Form deutlich von den anderen unterschieden.

Selbst die kleine violette Termite war stehen geblieben. Doch überraschenderweise verspürte Katta jetzt überhaupt keine Angst mehr. Vielleicht war da etwas im Geruch der Königin, das ihr die Furcht nahm. Sie schaffte es sogar, den Kopf zu heben und ein kleines Lächeln auf ihr Gesicht zu zaubern.

»Hallo«, sagte sie. »Mein Name ist Katta. Ich habe gehört, Ihr wolltet mich sprechen?« Sie deutete eine leichte Verbeugung an.

Ein tiefes Schnauben drang aus dem mächtigen Leib. Ganz offensichtlich sprach die Königin, Katta konnte nur nicht verstehen, was. Im Gegensatz zu den anderen Termiten verfügte die Herrscherin über keine Fühler.

Katta kam eine Idee. »Vielleicht, wenn ich euch berühre«, sagte sie vorsichtig. »Bei meiner Freundin Lucie und den Squids hat das ganz gut funktioniert.«

Wieder ein Schnauben. Ein Zeichen der Zustimmung? Der Wind trug einen veränderten Geruch mit sich. Es roch jetzt wie eine überreife Ananas.

Kattas Kopf pochte von innen heraus. Als steckte eine Bombe zwischen ihren Ohren, die jeden Moment hochzugehen drohte.

Die Königin reckte die Brust vor. Zwischen den dicken Panzerplatten erschien ein rosiges Stück Haut. Ein Kontaktpunkt?

»Was soll das?«, fragte Katta leise. »Soll ich dich da berühren?«

Wieder ein Schnauben.

»Na gut. Wenn du willst, tue ich es. Aber bitte nicht zusammenzucken, in Ordnung? Und mich erst recht nicht fressen. Ich schmecke nämlich nicht besonders.«

Sie streckte die Finger aus und berührte die warme, weiche Oberfläche.

Beinahe augenblicklich glaubte sie, etwas zu spüren. Ihre Fingerspitzen kribbelten, als würden sie von schwachem Strom durchflossen. War es das, was Lucie empfand, wenn sie mit anderen Kontakt aufnahm?

Ob die Königin über eine besonders ausgeprägte Sinnesstruktur verfügte oder ob Katta irgendwie empfindsamer geworden war – plötzlich spürte sie die Nähe zu der Königin. Sie wirkte jetzt fast wie ein Mensch.

Nicht fürchten. Anblick vielleicht erschreckend. Aber keine Gefahr.

»Seid ihr sicher?«

Sicher. Du wie ich. Äußerlichkeiten unbedeutend.

»Wenn Ihr das sagt …«, murmelte Katta verwirrt. »Also für

mich seht Ihr ziemlich eindrucksvoll aus.« Sie räusperte sich und versuchte, sich zu konzentrieren. Wie war das nur möglich? Hatten die Squids etwas damit zu tun?

Die Achtarmigen, meldete sich die Stimme. **Du ihnen begegnet. Weißt um ihre Macht.**

»Ich glaube, dass ich es gerade erst zu verstehen beginne«, murmelte Katta. »Es ist eine Form von Telepathie, habe ich recht?«

Wir nennen es Die Sprache. Sie uns verändert. So wie jeden anderen auch – außer Zweifüßler. Mit der Zeit wirst du es besser verstehen.

»Was ... was habt Ihr mit mir vor? Werdet Ihr mich töten, fressen, oder so?«

Ein glockenhelles Lachen erklang.
Nicht Angst. Du bei uns sicher. Wir wissen von eurem Auftrag.

»Wie das?«

Viele Augen und Ohren. Begegnung im Wald. Ihr Botschafter. Vielleicht sonst getötet. Verhältnis zu Mensch nicht gut.

Katta schluckte. »Wie darf ich das verstehen?«

Mensch Feind aller lebenden Dinge.

»Das stimmt doch gar nicht ...«

Verfolgt und vernichtet, wo er nur kann. Feindschaft reicht zurück bis in die Zeit unserer Vorväter. Doch wir Veränderungen. Wurden größer und klüger. Jetzt wir Widerstand.

»Was wisst Ihr von meinen Freunden? Habt ihr eine Ahnung, was aus ihnen geworden ist?«

Der Ausdruck der Königin verdüsterte sich.
Sie sind in leuchtender Kugel. Dort regiert böser Geist. Etwas Fremdes. Atmet nicht, isst nicht, trinkt und schläft nicht.

Katta runzelte die Stirn. »Wovon sprecht Ihr?«

Schwer mit Worten. Etwas Unheilvolles. Dunkle Kraft. Verrat an der Natur.

»Glaubt ihr, dass meine Freunde dort in Gefahr sind?«

Die Herrscherin nickte.
Ja. Sie selbst nicht wissen. Noch nicht. Doch Moment wird kommen.

Katta kniff die Augen zusammen. »Gibt es irgendetwas, was ich tun kann? Vielleicht könnte ich zu ihnen hingehen und sie warnen.«

Möglich, doch schwierig. Kugel gut gesichert. Leblose Augen. Schlafen nie. Flammende Waffen. Todesgürtel und schwarze Flugmaschinen.

»Das klingt ja schrecklich ...«

Katta erinnerte sich an die Drohne, die den Bus angegriffen hatte. »Ich glaube, ich weiß, was Ihr meint. Und wenn ich alleine dorthin gehe? Ich bin ein Mensch. Mich würden sie akzeptieren.«

Die Königin wiegte ihren Kopf. **Riskant.**

»Schon, aber das ist ein Risiko, das ich eingehen muss. Sie sind meine Freunde.«

Die Königin lächelte.
Du gut.

»Vielen Dank. Jedenfalls werde ich bei ihnen ein gutes Wort für Euch einlegen. Ich hätte nie gedacht, dass Termiten so freundlich sein können.«

Die Königin nickte.
Wir tun, was du vorschlägst. Wir Hilfe.
Aber erst morgen. Ich nachdenke. Ruhe dich so lange aus. Schlafe.
Nahrung und Wasser für dich.
Morgen neuer Tag.

14

Kontakt hergestellt. Zzz‿zweibeiner und Sss‿sechsbeiner.

Austausch findet sss‿statt,

Wie ist das mmm‿möglich?

Unfall. Zzz‿zweibeiner verirrt.

...

Was denkst?

Interessante Wendung. Vielleicht Vorteil.

15

Ping …

Dunkelheit. Allumfassende Dunkelheit. Ein Meer aus Schwärze und Ruhe. Darin ein Ton. Hoch, melodisch, regelmäßig.

Ping …

Ein Vogel?

Marek hörte verhaltene Geräusche. Murmeln, Flüstern. Der Wellenschlag menschlicher Worte. Zu weit entfernt, um sie zu verstehen.

Ping …

Licht. Ein heller Punkt, stetig zunehmend. Weiß … weiße Strahlen. Lampen? Betäubende Helligkeit. Schmerz.

Erneute Dunkelheit.

…

»Ich glaube, er kommt wieder.«

Ping …

Ein seltsamer Geruch. Scharf, steril, antiseptisch.

Alkohol?

Wieder Licht, diesmal weniger grell. Trotzdem war da noch dieses unerträgliche Pochen in seinem Kopf.

Ping …

»Marek?«

Eine Frage. An wen?

An mich. Mein Name ist Marek.

»Bist du wach?«

Die Stimme klang vertraut.

Ping …

»Marek, ich kann sehen, dass du deine Augen bewegst. Du kannst mich doch hören, oder?«

Eine weibliche Stimme.

»Komm schon, sieh mich an. Rede mit mir. Ich bin's, Sara. Wir sind uns bei der Bergung begegnet, erinnerst du dich? Du bist außer Lebensgefahr. Komm schon, mach die Augen auf.«

Ping …

Bewegte Schatten. Sanfte Berührungen. Ein Lichtstrahl.

Ping …

Könnte mal jemand dieses nervige Geräusch abstellen?

»Du willst etwas sagen? Komm schon, sprich mit mir. Möchtest du etwas zu essen oder zu trinken?«

»W…«

»Wasser? Hast du Durst?«

Marek nickte. Himmel, seine Kehle fühlte sich an, als hätte er Sand geschluckt.

»Warte einen Moment.«

Das Geräusch sich entfernender Schritte. Dann kamen sie wieder zurück. Eine Berührung an seinen Lippen.

»Ich habe hier eine Schnabeltasse. Ganz langsam, verstehst du? Nicht, dass du dich verschluckst.«

Kühlende Nässe. Wasser. Endlich.

Er versuchte zu schlucken. Oh verdammt, tat das weh. Aber egal. Seine Kehle war rau wie Schmirgelpapier.

Noch einmal. Ja, schon besser. Jetzt konnte er auch seine Zunge wieder bewegen.

»S… Sara?«

»Jaja. Ich sehe, du erinnerst dich an mich.«

Er schlug die Augen auf, schloss sie aber gleich wieder. Die Helligkeit drang wie ein Blitzstrahl in sein Gehirn.

»Bitte verzeih, ich werde das Licht etwas dimmen«, sagte Sara. »Versuch es noch einmal.«

Diesmal ging es besser. »W… wo bin ich …?«

Er sah das Licht, aber irgendetwas stimmte nicht mit seinen Augen. Das Gesicht der Ärztin sah aus, als betrachtete er es durch eine Milchglasscheibe.

»In Sicherheit.«

Sein Blick wanderte an ihr hinunter. Sie trug einen weißen Overall und weiße Handschuhe. Ihre Füße steckten in weißen Schuhen und auch der Rest des Zimmers war weiß. Schwer, bei so viel Weiß irgendwelche Formen zu erkennen. Weiter hinten erkannte er verschwommen die Umrisse weiterer Personen. Waren das etwa seine Freunde? Tatsächlich, jetzt erkannte er sie besser. Jedenfalls bildete er sich das ein. Olivia, Arthur und Paul. Zoe, Jem und diese kleine Trow. Wie hieß sie noch mal – Nisha. Daneben Ragnar und Leòd. Der Sohn des Archivars trug einen Kopfverband, der aussah wie ein Turban. War der Schlag, den er ihm verpasst hatte, wirklich so heftig gewesen? Wo waren Lucie und Katta?

Ping …

Mit äußerster Anstrengung drehte er seinen Kopf und betrachtete die Maschine. Auf einem Computermonitor wurden

Messdaten seiner Körperfunktionen abgebildet: Puls, Herzschlag, Blutdruck, Atemfrequenz. Eine Menge Kabel führten aus dem Apparat zu verschiedenen Messfühlern auf seiner Haut. An seinem Handrücken hatte man einen Zugang gelegt, der zu einer Spritzenpumpe führte, über die seinem Körper langsam und kontinuierlich irgendeine Flüssigkeit zugeführt wurde.

»Was ... was ist das hier?«, fragte er.

»Nährlösung«, erläuterte Sara. »Destilliertes Wasser, angereichert mit Salzen und Zucker. Du warst sieben Stunden im Koma. Im Vergleich zu den anderen hast du am stärksten unter dem Wasserverlust zu leiden gehabt. Du warst vollkommen dehydriert.«

Er blinzelte zu seinen Freunden hinüber. Warum sagten sie nichts? Wie Geister standen sie da. War das Wut in ihren Augen? Schmerz, Ablehnung?

Er ließ seinen Kopf zurücksinken. Was war geschehen?

Bilder zuckten vor seinem geistigen Auge auf. Bilder von Dünen. Von einer Straße, über die der Sand wehte. Und von einem schwarzen Rieseninsekt. Hatte er all das wirklich gesehen oder war das nur Einbildung?

Aber die Erinnerungen wirkten so echt. Er konnte immer noch hören, wie dieses schwarze Ding auf ihn herabstieß, wie es überholte und ihm den Weg versperrte. Im Geiste sah er die mächtigen Schwingen, spürte den Wind auf seiner überhitzten Haut und hörte das metallische Heulen, als dieses Ding das Feuer eröffnet hatte.

»Ihr ... ihr habt auf uns geschossen«, murmelte er. Dann wurde er wieder ohnmächtig.

Piep ...

Er zuckte hoch.

War er etwa eingeschlafen? Er zwinkerte ein paarmal. Der Raum war leer. Seine Freunde waren fort. Oder hatte er sich sie nur eingebildet? Auch von Sara keine Spur.

Er richtete sich auf. Hinter dem Schleier aus Betäubungsmitteln pochte der Schmerz, er konnte ihn spüren. Wie ein Raubtier, das nur darauf wartete, seinen Käfig zu verlassen. Die weiße Decke war bis zu seiner Brust hochgezogen. Darunter zeichnete sich sein Körper ab. Bauch, Hüfte, Unterleib, rechtes Bein und ...

Moment mal.

Er kniff die Augen zusammen. Wieso konnte er seinen linken Fuß nicht bewegen? Irgendetwas stimmte nicht.

Mit zusammengepressten Lippen versuchte er, die Decke abzustreifen. Gar nicht so einfach bei all den Schläuchen und Kabeln. Er kam sich vor wie ein Insekt in einem Kokon.

Marek biss die Zähne zusammen und schlug die Decke mit einem letzten Ruck zur Seite.

Das Raubtier wetzte seine Krallen.

Mareks Atem ging stoßweise. Vor seinen Augen tanzten Sternchen. Was er sah, machte ihn fassungslos. Jetzt wusste er, was ihm so seltsam vorgekommen war. Als die verbrauchte Luft mit einem Schluchzen seine Lungen verließ, wurde ihm klar, dass nichts jemals wieder so sein würde wie zuvor.

16

Lucie schwebte nicht länger über dem Meer. Stattdessen breitete sich Land unter ihr aus. Unendliche Weiten. Ein paar Hügel, grasige Ebenen, die mit Bäumen bestanden waren. Dazwischen befanden sich einzelne Wasserflächen. Kleine funkelnde Sprenkel, die den blauen Himmel reflektierten. Wasserrinnen durchzogen das Grün wie Adern auf einem Blatt.

Es war ein Land, so jung und schön wie am ersten Tag der Schöpfung.

Je länger der Traum währte, desto mehr Einzelheiten konnte Lucie erkennen. Irgendetwas ging dort unten vor sich. Das Land war nicht unbewohnt. Tiere zogen darüber hinweg. Unmengen von Tieren. Tausende. Hunderttausende. Millionen.

Manche in Herden, manche in Familien, wieder andere allein. Lucie erkannte Pferde, Büffel sowie Unmengen kleinerer Tiere. Hirsche, Rehe und Kojoten. Auch die Lüfte waren erfüllt. Vögel aller Größen und Ausprägungen zogen über das Land und warfen ihre Schatten auf die Ebene. Kraniche, Reiher, Störche, Adler, Bussarde. Mächtige Tiere.

Genau wie in ihrem ersten Traum schienen auch hier die Tiere einem gemeinsamen Ziel zuzustreben.

Lucie musste die Augen zusammenkneifen, um nicht geblendet zu werden. Das Ding befand sich am Horizont, inmitten einer sonnenhellen Ebene. Dort, wo das Licht so gleißend und die Temperaturen so mörderisch waren, dass Lucie etwas höher steigen musste, um nicht zu erblinden.

Was im Himmel war das? Wie ein Edelstein schimmerte und funkelte es in der Ebene. War das die Kuppel? Ja, so musste es sein. Das Habitat, nach dem sie so lange gesucht hatten. Endlich hatte sie es gefunden.

Aber der Anblick erfüllte sie nicht mit Freude. Irgendetwas stimmte nicht.

Es waren die Tiere. Ihre Wut und ihr Hass waren bis hier oben hin spürbar. Würden sie nicht von der Wüste ferngehalten, sie hätten das künstliche Ding längst überrannt.

Lucie spürte, dass es nicht mehr lange dauern würde, bis die Tiere diese natürliche Grenze überschritten. Ein einziges Signal, ein Fingerschnipsen und jedes vernunftbegabte Wesen auf diesem Kontinent würde dem Ruf der Quelle folgen und auf das Habitat zumarschieren. Den letzten Rückzugsort der Menschheit, der wie ein geöffnetes Auge inmitten der Wüste lag und kalt und emotionslos in den Himmel starrte.

17

Für Jem und seine Freunde begann der Tag in aller Frühe. Aufstehen, waschen, anziehen. Dann ging es zu einem gemeinsamen Frühstück. Emilia führte sie zu einer Terrasse hoch über der Stadt, auf der etliche Tische und metallisch schimmernde Sonnenschirme verteilt waren. Zu essen gab es verschiedene Obstsorten, kleine Pfannkuchen, die mit Gemüse gefüllt waren, und dazu eine Vielzahl leckerer Soßen. Nur Fleisch schien es hier nicht zu geben. Jem erinnerte sich, dass er vor langer Zeit mal mit seiner Mutter in einem vietnamesischen Restaurant gewesen war. Die exotischen Obstsorten und die scharfen Teigtaschen hatten extrem gut geschmeckt. Das Essen hier war so ähnlich, auch, wenn er keine Ahnung hatte, was das für Früchte waren.

Jem bemerkte eine leichte Veränderung bei Emilia. Sie wirkte heute längst nicht mehr so streng und zugeknöpft wie gestern. Stattdessen war sie gesprächig und lachte viel.

»Ist das nicht ein herrlicher Tag? Wie habt ihr geschlafen? Sind die Zimmer zu eurer Zufriedenheit?«

»Und ob«, sagte Jem mit vollem Mund. »Ich fühle mich wie neugeboren.«

Den anderen ging es ebenso. Die Nachricht, dass Lucie auf dem Weg der Besserung war und sie die bald sehen konnten, trug zu ihrer guten Laune bei. Jem war vor den anderen mit dem Essen fertig und nutzte die Zeit, sich ein wenig umzuschauen. Er hatte gestern gar nicht bemerkt, wie wenig Ähnlichkeit die Hochhäuser hier mit den starren, eckigen Bauwerken hatten, die er aus Köln kannte. Bei aller Vertrautheit, die dieser erste zivilisatorisch erschlossene Raum nach so langer Zeit auf ihn ausstrahlte, gab es doch krasse Unterschiede. Die runde, geschwungene und manchmal verwirrende Architektur schien sämtliche Grenzen aufzulösen. Die Glastürme hatten mehr Ähnlichkeit mit Pflanzen als mit den starren geometrischen Wolkenkratzern, die er aus den großen Metropolen seiner Zeit kannte. Das Morgenlicht brach sich in der Glaskuppel und sorgte für ein Spiel aus Licht und Schatten.

Dafür, dass es gerade mal acht Uhr war, herrschte unten auf den Straßen bereits ein geschäftiges Treiben. Menschen gingen in ihre Büros, zum Einkaufen oder schlenderten durch die Parks. Entweder waren sie zu Fuß unterwegs oder mit einem der vielen elektrisch betriebenen Fahrzeuge, die auf schmalen Magnetschienen über ihren Köpfen dahinzischten. Trotz seiner gewaltigen Dimensionen hatte das Ganze mehr von einem Freizeitpark als von einer lauten und schmutzigen Großstadt.

Als sie mit ihrem Frühstück fertig waren, verließen sie die Terrasse und begaben sich mit dem Fahrstuhl hinunter auf die Ebene. Es gab Kleidungsläden, Schuhgeschäfte und Kaufhäuser. Jem kam das alles irgendwie bekannt und vertraut vor. Wenn sie tatsächlich hierbleiben sollten, würden sie sicher keine Probleme haben, sich schnell zurechtzufinden.

Es war ziemlich viel los auf den Straßen und Jem hatte das Gefühl, permanent angestarrt zu werden. Die Zeitspringer schienen *das* Tagesthema zu sein. Leòd und Loki ernteten dabei die größte Aufmerksamkeit. Obwohl Emilia ihnen ja bereits gesagt hatte, dass es keine Haustiere in der Stadt gab, hatte Jem das nicht wirklich glauben können. Als er aber bemerkte, wie viele Menschen einen Bogen um sie machten oder sie ganz einfach nur anstarrten, wurde ihm klar, dass sie keinesfalls übertrieben hatte.

»Was habt ihr eigentlich für ein Problem mit Haustieren?«, fragte er, als sie von einem der großen Boulevards in eine Seitenstraße abbogen, in der es etwas ruhiger war. »Sie tun doch nichts.«

»Es sind Tiere und allein deshalb sind sie schon eine Bedrohung für uns.«

»Verstehe ich nicht.«

»Vermutlich, weil du noch nicht lange genug hier bist. Hattet ihr während eurer Fahrt denn nie Probleme mit anderen Lebewesen?«

»Und ob«, erwiderte Olivia. »Mehr als einmal sind wir ihnen nur mit knapper Not entkommen. Erinnert ihr euch an das Ereignis vor den Toren NORADs? Um ein Haar hätten sie uns dort erwischt.«

»Oder der Angriff in der Zitadelle«, sagte Zoe. »Viele Menschen sind an diesem Tag gestorben, ich habe es selbst gesehen.«

»Stimmt schon«, räumte Jem ein. »Aber wir haben auch andere Tiere kennengelernt. Friedliche Tiere. Loki hier zum Beispiel oder die Pferde in der Zitadelle. Der Hass auf den Menschen ist nicht angeboren, er ist angelernt.«

»Für jemanden, der angegriffen, getötet und gefressen wird,

ist es ziemlich unerheblich, ob dieser Hass antrainiert oder vererbt ist«, erwiderte Emilia. »Die Geschichten über Außenteams, die während ihrer Streifzüge in die Steppengebiete oder Sumpfländer von feindseligen Kreaturen angegriffen wurden, würden ganze Enzyklopädien füllen. Ich will euch nicht damit langweilen. Ich will euch nur klarmachen, warum wir so wenig wie möglich mit diesen Biestern zu tun haben wollen.« Sie zuckte die Schultern. »Der jahrzehntelange Kampf ums Überleben hat Spuren bei uns hinterlassen. Tiere werden bei uns nur in den Biozonen gehalten. Wir benötigen sie zur Nahrungsmittelproduktion oder für biologische Vorgänge wie Pflanzenbestäubung. Der Aufenthalt in diesen Biozonen ist lebensgefährlich.«

»Das ist in der Zitadelle nicht anders«, sagte Leòd. »Die Haltung von Tieren ist bei uns nur in Ausnahmefällen gestattet.«

Ragnar stimmte zu. »Viele Männer und Frauen haben über die Jahrzehnte hinweg ihr Leben verloren. Der Krieg gegen die Bestien hat niemals aufgehört.«

Emilia nicktc. »Dcswegen haben wir uns in die Wüste zurückgezogen. Klar, auch hier gibt es lebensfeindliche Kreaturen, aber längst nicht in der Zahl und Menge wie in den fruchtbaren Gebieten. Glaubt mir, wir haben mehr als einmal versucht, dort wieder Fuß zu fassen. Vergeblich. Und damit wir wenigstens hier in der Kuppel sicher sind, legt GAIA größten Wert auf die Einhaltung der Regeln. Sie befürchtet eine Infizierung durch die Squids. Tiere sind in dieser Beziehung viel anfälliger als Menschen. Dass du deinen Kater bei dir behalten darfst, ist eine große Ehre. Pass gut auf ihn auf und lass ihn auf keinen Fall frei herumlaufen.«

»Keine Sorge.« Leòd drückte Loki an seine Brust.

Jem schwieg. Wenn GAIA gewusst hätte, wie eng ihr Kontakt zu den Squids bereits gewesen war, hätte die sie vermutlich nicht so frei durch die Stadt spazieren lassen.

»Was sind denn das für Biozonen, von denen du gesprochen hast?«

»Dabei handelt es sich um Treibhäuser und Labors. Dort drüben hinter dem Park könnt ihr eines davon sehen. Wenn ihr mögt, führe ich euch gerne dorthin. Aber ihr müsst vorsichtig sein. Schutzkleidung ist dort zwingend vorgeschrieben. Es leben dort Arten, die beißen, kratzen oder ihr Gift versprühen. Darauf seid ihr bestimmt nicht scharf, oder?«

»Oh, das wäre aufregend«, meinte Olivia grinsend.

Zoe streckte die Hand aus. »Sag mal, irre ich mich oder regnet es gerade?«

Emilia blickte nach oben. »Ein leichter Schauer. Hört sicher gleich wieder auf.«

»Aber wie kann denn das sein?« Paul runzelte die Stirn. »Hat die Kuppel ein Leck oder so? Abgesehen davon ist doch draußen klarer Himmel und Sonnenschein.«

Emilia lächelte. »Die Biosphäre ist so groß, dass sie ihr eigenes Klima bildet, seht ihr?« Sie deutete auf einen feinen Nebelschleier, aus dem die Regentropfen fielen. Sie benetzten Haut, Haare und Kleidung und liefen an den gläsernen Fassaden als kleine Rinnsale herab. Jem gefiel das. Fasziniert von dieser Welt folgten sie Emilia und betraten den Park.

Weite Rasenflächen wurden von Wegen durchkreuzt, die von vielfarbigen Bäumen beschattet wurden. In der Mitte befand sich ein riesiger Springbrunnen, in dessen Zentrum wiederum die Statue einer schönen Frau aufragte.

Jem trat näher und las das Schild. »Senatorin Gaia Montego, bei ihrer Ansprache vor den Vereinten Nationen – 2039.« Er runzelte die Stirn. »Verblüffende Ähnlichkeit. Sogar der Name stimmt. Eine entfernte Verwandte eurer obersten Ratgeberin?«

»Könnte man so sagen, ja.« Emilia lächelte geheimnisvoll. »Wir haben ihr viel zu verdanken. Sie war es, die damals die Menschheit aus der Dunkelheit führte und ihr wieder Hoffnung gab.«

»Muss eine bemerkenswerte Frau gewesen sein«, bemerkte Zoe.

»Oh ja, das war sie. Und das ist sie noch heute. Kommt, ich wollte euch doch die Biozone zeigen. Es ist noch ein gutes Stück zu gehen. Wir sollten uns beeilen, damit wir rechtzeitig zum Mittagessen wieder zurück sind.«

»Einverstanden«, sagtc Paul mit einem breiten Grinsen. »Ob ihr es glaubt oder nicht, ich bekomme langsam schon wieder Hunger.«

»Wann wäre das jemals anders gewesen.« Olivia lachte.

Jem fiel auf, dass Ragnar irgendwie nachdenklich war. Mürrisch und verschlossen, trottete er hinter ihnen her und hielt nach allen Seiten Ausschau.

»Was ist denn?«, fragte Jem. »Du siehst aus, als wäre dir eine Laus über die Leber gelaufen.«

»Eine Laus?«

»Na, als würde dich irgendetwas beschäftigen.«

»Tut es auch.«

»Und was?«

»Ist dir schon aufgefallen, dass es hier überhaupt keine Alten gibt?«

»Alte?«

»Ja. Alte Menschen. Gut, bei uns in der Zitadelle leben jetzt auch nicht so viele, aber ich kenne doch einige. Hier habe ich noch keinen einzigen gesehen.«

Emilia hatte angehalten und wartete auf sie. »Nicht so langsam dahinten«, rief sie. »Wir haben noch ein strammes Programm vor uns.«

»Ragnar hat gerade festgestellt, dass es hier gar keine alten Menschen gibt«, sagte Jem. »Habt ihr spezielle Altersheime oder so?«

»Aber es gibt doch ältere Menschen«, meinte Emilia verwundert. »Siehst du sie nicht? Dort drüben zum Beispiel.« Sie deutete auf eine Gruppe von Männern, die zusammenstanden. Wie so viele andere auch trugen sie Overalls und farbige Umhängetaschen.

Jem runzelte die Stirn. Klar, zwei von ihnen waren etwas älter, aber keiner von ihnen wirkte, als wäre er über fünfzig.

Er schüttelte den Kopf. »Nein, ich meine *richtig* alte Menschen. Sechzigjährige. Siebzig- oder Achtzigjährige. Großmütter und Großväter. Wo sind die?«

»Großmütter und Großväter?« Emilia sah ihn an, als wüsste sie nicht, wovon er sprach. Dann, plötzlich, hellte sich ihr Gesicht auf. Ein roter Schimmer huschte über ihre Wangen.

»Oh, jetzt verstehe ich. Du redest von geschlechtlicher Vermehrung. Von Sex, Schwangerschaft und Geburt. Habe ich recht?«

»Äh … ja.« Er spürte, wie auch ihm das Blut in die Wangen schoss. So genau hatte er das eigentlich gar nicht sagen wollen.

»Bitte entschuldigt«, meinte Emilia. »Ich vergesse immer, aus welcher Zeit ihr kommt.« Sie räusperte sich, doch das Thema schien ihr nicht peinlich zu sein. »So etwas wie Geburten gibt es bei uns nicht mehr«, erklärte sie. »Bei uns läuft das anders ab. Unser Nachwuchs wird in Laboren gezeugt und die Embryonen wachsen in Brutkammern heran. GAIA legt größten Wert auf möglichst gutes Erbmaterial. Alles, was Krankheiten fördert, wird bereits im Vorfeld ausgemerzt. Immerhin leben wir hier ziemlich abgeschieden und müssen auf unsere Gesundheit achten. Das versteht ihr doch, oder?«

Jem runzelte die Stirn. »Das heißt, Kinder werden bei euch nicht mehr auf natürlichem Weg geboren? Ihr habt keine Eltern oder so?«

»Keine Eltern, keine Großeltern, keine Geschwister. Die Geburt ist eine vollkommen absurde Idee. Schmerzhaft für die Frau, sehr anstrengend für das Neugeborene. Es gibt keinen Grund dafür. So ist es doch viel einfacher und unkomplizierter. Wir haben Betreuungseinrichtungen, Schulen, Kinderhorte … das Personal dort ist bestens ausgebildet und gibt den Kleinen alles, was sie zu einem gesunden Aufwachsen benötigen.«

»Trotzdem irgendwie komisch«, sagte Olivia. »Die Vorstellung, so gar keine Eltern zu haben …«

»Haben wir ja. Nur sind es eben nicht die leiblichen. Abgesehen davon würde es bei uns auch gar nicht mehr auf die althergebrachte Art klappen. Die jahrelange Abgeschiedenheit hat bei uns zu Unfruchtbarkeit geführt.«

»Was aber immer noch nicht erklärt, warum es bei euch keine alten Menschen gibt«, hakte Ragnar nach. »Wo sind sie hin? Wo versteckt ihr sie?«

»Wir brauchen sie nicht zu verstecken. Es gibt keine alten Menschen bei uns.«

Jem traute seinen Ohren nicht. »Wie kann das sein?«

»Das hat mit unserer biologischen Uhr zu tun«, erläuterte Emilia. »Sie läuft bei uns mit fünfzig ab. Menschen, die in Rollstühlen dahinvegetieren, die zu Pflegefällen werden und alles vergessen, werdet ihr bei uns vergeblich suchen. Unsere biologische Uhr ist so geeicht, dass nach dem fünfzigsten Lebensjahr Schluss ist.«

»Ihr sterbt?«, fragte Nisha und ergriff Jems Hand.

Emilia lächelte sanft. »Wir werden *umgewandelt.* Unser Körper wird zwar dem Tode überführt, unsere Seele aber lebt weiter. Im Inneren unserer Datenspeicher. Alles, was wir einst waren, wird dort gespeichert und für die Zukunft aufbewahrt. In gewisser Weise leben wir also weiter – ohne den anderen aber zur Last zu fallen. Schön, oder?«

»Schön? Also ich weiß nicht ...« Jem traf diese Nachricht völlig unvorbereitet. »Ich finde das nicht so schön. Um ehrlich zu sein, das klingt wie ein gottverdammter Albtraum.«

»Wir haben die Abläufe optimiert«, sagte Emilia. »Das Gute belassen, das Schlechte eliminieren. Habt ihr das früher nicht auch so gemacht? Was ist mit Medizin, mit künstlichen Organen und so weiter? Gibt es bei euch keine Maschinen, die

Menschen am Leben halten, die sonst vielleicht gestorben wären?«

»Schon, aber …«

»Also habt ihr euch doch auch in den natürlichen Ablauf der Dinge eingemischt.«

»Das ist doch etwas anderes.«

»Wieso? Wir haben die Erkenntnisse nur etwas optimiert und verbessert. Was du hier siehst, ist die ideale Gesellschaft. Kein Hunger, keine Armut, stattdessen Gesundheit, Wohlstand und Glück – und das über Jahrhunderte.«

»Optimiert«, stieß Jem aus. *»Ideale Gesellschaft.* Sorry, wenn ich deine Begeisterung nicht teile. Ich musste gerade an meine Mutter denken. An meinen Vater und meine kleine Schwester, die ich nun vermutlich nie kennenlernen werde. Eine ideale Gesellschaft sieht für mich anders aus.«

»Vermutlich, weil der Gedanke dir noch fremd ist.« Ihr Blick wurde kühl. »Aber wenn du lange genug hier lebst, wirst du dich schon daran gewöhnen.«

Jem presste die Lippen zusammen und schwieg. Von wegen schöne neue Welt. Die Enklave war weit davon entfernt, ein Paradies zu sein. Mal sehen, was sie in den kommenden Stunden und Tagen noch alles erfahren würden.

Er hatte das Gefühl, dass sie gerade mal die Spitze des Eisbergs sahen.

18

Katta wurde von einem sanften Streicheln geweckt. Die Berührungen begannen an ihren Armen und wanderten ihren Nacken hinauf bis zu den Ohren. Es kitzelte und sie musste kichern.

»He, hör auf, ich will noch nicht ...«

Sie riss die Augen auf.

Ein fremdartiges Gesicht blickte auf sie herab. Riesengroße Facettenaugen, zangenartige Mundwerkzeuge und herumzuckende Fühler. *Eine Termite.*

Es war dämmerig. Von irgendwo über ihr kam schwaches Tageslicht. Katta schoss empor und rieb sich die Augen. Mit einem Schlag war sie wach. Ihre Gedanken rasten, doch es dauerte keine zwei Sekunden, da wusste sie wieder, was geschehen war.

»Hallo, du«, sagte sie zu ihrer kleinen Begleiterin. »Alles klar?«

Die Fühler berührten ihren Unterarm. **Klick, klick.**

Sie strich über das seidenweiche Nest, das ihr die Termiten gestern gesponnen hatten. Himmlisch. Sie merkte, dass ihr Magen knurrte. Und Durst hatte sie auch. »Gibt es hier irgendwas zu essen?«, fragte sie.

Als hätte sie ihr Knurren verstanden, schwirrte die Kleine ab und kam kurz darauf mit zwei Gefäßen aus trockenem Lehm wieder, in denen irgendetwas gluckerte. Das eine sah aus wie Honig, das andere wie Wasser.

Katta strich ihr Kleid glatt und löffelte mit dem Finger die süße Substanz aus dem Gefäß. Schmeckte gar nicht mal so schlecht. Auch wenn sie sich langsam an ihre neue Situation gewöhnte, fand sie es immer noch befremdlich, hier unter der Erde mit irgendwelchen Termiten zu kommunizieren und von ihnen mit Essen und Trinken versorgt zu werden. Das würde ihr doch niemand glauben! Überhaupt haftete der ganzen Situation etwas Traumartiges an. Als würde das alles nicht wirklich passieren.

Sie nahm einen Schluck Wasser und wusch sich mit dem Rest die klebrigen Hände ab, dann war sie fertig.

»Ich bin so weit.« Katta stand auf.

Fast zeitgleich traten zwei gewaltige Soldaten aus der Dunkelheit. Einer von ihnen trug eine Reihe roter Punkte auf der schwarzen Stirn. Er kam auf sie zu und senkte den Kopf. Ein deutliches Signal, dass sie aufsteigen sollte.

Katta sah ihn fragend an. »Heißt das, ich soll auf dir reiten?«

Ein merkwürdiges Zwitschern ertönte. Offenbar hieß das *ja.* Katta zögerte einen Moment. Der Anblick der mächtigen Kiefer war nicht gerade vertrauenerweckend. Aber hatte sie eine andere Wahl? Sie wusste, dass sie ihre Scheu überwinden musste. Schließlich hievte sie sich auf den Rücken des Tiers. Erst jetzt bemerkte sie, dass noch viele weitere Soldaten hinten in der Dunkelheit auf ihren Einsatz warteten.

Es schien sich um eine groß angelegte Aktion zu handeln.

»In Ordnung«, sagte Katta mit einem mulmigen Gefühl im Magen. »Dann mal los.«

Der Wind trieb ihr die Tränen in die Augen. Felsvorsprünge zischten an ihr vorbei, sodass sie sich ducken musste, wenn sie sich nicht den Kopf anstoßen wollte. Sie hätte gerne die Haare zusammengebunden, doch dazu hätte sie ihre Hände vom Panzer ihres Reittiers nehmen müssen. Die Vorstellung, herunterzufallen und unter Hunderten von trippelnden Beinen begraben zu werden, ließ sie ihre Finger noch fester um das harte, schuppige Chitin krallen.

Die Termiten legten ein höllisches Tempo vor. Immer wieder schlugen sie Haken, nahmen Abzweigungen oder wichen Hindernissen aus. Mehr als einmal zischten die Felsen nur um Haaresbreite an Katta vorbei.

Je mehr ihre Augen sich an die Düsternis gewöhnten, desto bewusster wurde ihr, wie riesig diese unterirdische Anlage war. Sie schien die Ausmaße einer Stadt zu besitzen und noch immer war kein Ende in Sicht.

»Wo… wohin bringt ihr mich?«, keuchte Katta.

Natürlich konnte ihr Reittier die Frage nicht wörtlich verstehen, aber der Sinn hinter dem Gesagten schien trotzdem anzukommen. Ohne den rasenden Lauf zu unterbrechen, neigte die Termite ihre Fühler nach hinten und tippte Katta sanft auf den schweißnassen Arm. Beruhigende Gedanken flossen auf sie über.

Sie reckte den Hals und spähte nach vorne. Irgendetwas tat sich. Sie spürte die Veränderung an der Art, wie sich die Termiten bewegten und miteinander kommunizierten. Schließlich hielten sie abrupt an. Um ein Haar wäre Katta vom Rücken ihres Reittiers gerutscht, doch sie konnte sich rechtzeitig festklammern. »Was ist denn los?«, rief sie. »Warum halten wir an? Sind wir da?« Ringsherum herrschte Finsternis. Sie konnte nicht das Geringste erkennen.

Sie streckte den Arm aus und tastete mit den Händen in die Dunkelheit. Die Tunneldecke war nur eine Armlänge entfernt. Aus Sorge, Steine könnten auf sie herabfallen, zog sie willkürlich den Kopf ein.

In diesem Moment glaubte sie, etwas zu hören. Oder vielmehr, sie spürte es. Durch die Fingerspitzen drang ein feines Vibrieren. Als würden irgendwo schwere Maschinen arbeiten.

Die Leuchttermiten brachten etwas Licht in die Dunkelheit.

Sie erkannte noch eine andere Termitenart unter ihnen. Gedrungene, stämmige Exemplare, deren Köpfe praktisch nur aus Beißzangen zu bestehen schienen. Waren das Grabwerkzeuge? Wie viele Sorten gab es denn noch? Diese Tiere schienen wirklich hoch spezialisiert zu sein.

Die Wühler fingen augenblicklich an, sich nach oben zu graben. Prasselnd fiel Erde zu Boden und hüllte den Gang in eine dichte Staubwolke. Katta musste husten und hielt sich den Ärmel vor die Nase. Immer mehr dieser Tunnelgräber eilten herbei und transportierten Sand und Geröll in tiefer gelegene Tunnelabschnitte. Unglaublich, wie schnell die arbeiteten. Der Bautrupp war in null Komma nichts nach oben verschwunden.

Dann kamen Termiten, die damit anfingen, die neu entstandene Röhre mit irgendeinem Sekret einzuschmieren. Als Katta dagegentippte, war das Zeug bereits hart geworden. Aus dem bröseligen Erdreich war eine stabile Wand entstanden. Nichts blieb hier dem Zufall überlassen. Die Frage war natürlich, was sie hier wollten. Warum diese Stelle, was war dort oben? Wie gerne hätte sie mit den Tieren geredet, aber scheinbar war die Königin die Einzige, die so etwas wie Sprachvermögen besaß. Katta hasste es, ins Ungewisse zu stolpern, nicht zu wissen, was als Nächstes geschah.

Mit gespannter Erwartung verfolgte sie, wie eine der Leuchttermiten vor ihr in dem Loch in der Decke verschwand.

*

Jem sah, wie das Geschöpf seine Schwingen ausbreitete, aus dem Baumwipfel auf sie herabstieß und dabei einen Angriff vortäuschte. Das Ding war locker über einen Meter groß, sodass er sich instinktiv duckte. Als der Angreifer erkannte, dass die Fremden sich nicht so einfach verscheuchen ließen, verschwand er mit einem heiseren Krächzen in der gegenüberliegenden Blätterkrone.

»Ein Flughund«, hörte Jem Emilias Stimme aus dem Ohrhörer. »Sehr aggressive Gattung. Wir testen gerade ihre Ultraschallnavigation. Wir hoffen, dadurch etwas über die Veränderungen in ihrem Gehirn zu erfahren. Passt auf, wo ihr hintretet.« Sie führte sie tiefer in den Dschungel.

Sie waren jetzt schon einige Stunden zu Fuß unterwegs. Jem fühlte, dass er langsam hungrig wurde. Emilia hatte ihnen die Bioplantagen gezeigt, die Nahrungsfelder, Wassererzeuger und

Luftreinigungsanlagen. Es waren beeindruckende Gebäude voller hoch entwickelter Technik, doch Jems Gedanken kreisten zu sehr um die Geschichte mit den Kindern und den Alten, als dass er sich darauf wirklich einlassen konnte.

Obwohl er das nicht für möglich gehalten hatte, kam ihm das Leben in der Zitadelle in einigen Bereichen fast lebenswerter vor als hier in der Biosphäre. Er kam sich vor wie ein eingesperrtes Tier in einem Untersuchungslabor.

Obwohl er einen Schutzanzug trug, war die körperliche Bedrohung förmlich spürbar. Vorhin hatte ein rattenähnliches Geschöpf versucht, ihn zu beißen. Es hatte sich so sehr in dem zähen Material des Anzugs verbissen, dass Emilia es fast nicht losbekommen hätte. Daraufhin war er sehr viel vorsichtiger geworden. Loki hatten sie natürlich draußen in einer Box lassen müssen. Er wäre hier drinnen ausgeflippt.

»Alle Lebewesen, die wir hier studieren, haben starke Veränderungen durchgemacht«, sagte Emilia. »Manche betreffen nur ihr Aussehen und ihre Anpassungsfähigkeit, andere hingegen haben Auswirkungen auf ihre Intelligenz und das Kommunikationsvermögen. Es gibt Gattungen, wie zum Beispiel diese Schmetterlingsart hier, die mittels Duftstoffen interagieren. Wird einer der Schmetterlinge bedroht, reagiert sofort der ganze Schwarm. Wollt ihr es sehen?« Emilia trat vor, breitete die Hände aus und schnappte sich einen der schrill gefärbten Falter.

Sofort schoss eine Wolke aus rosa, türkis und gelb gepunkteten Schmetterlingen auf Emilia zu und bedeckte praktisch jeden Quadratzentimeter ihres Anzugs. Es war ein so schockierender Anblick, dass Jem nach hinten auswich.

»Herrgott noch mal …«

Emilia blieb ganz ruhig stehen, als hätte sie damit gerechnet. Er hörte ihr Lachen aus dem Lautsprecher. »Diese Art ist ziemlich giftig«, sagte sie. »Der Biss eines Exemplars ist etwa vergleichbar mit einem Wespenstich. Einen Menschen würde er binnen einer Stunde töten.« Sie ließ den Gefangenen wieder frei und sofort verzogen sich die anderen Tiere und flatterten davon in die umliegenden Bäume.

»Für uns ist die Sperrzone eine Art Versuchsfeld für evolutionäre Experimente«, erläuterte Emilia. »Wir züchten hier Arten, die von den Veränderungen besonders stark betroffen wurden. Tatsächlich ist es uns sogar gelungen, den Baustein selbst zu isolieren und bestimmte Arten mit ihm zu impfen. Er hat verblüffende Auswirkungen auf das Leben. Wir werden Jahre brauchen, um es ganz zu verstehen. Aber wir haben ja viel Zeit. Niemand drängt uns.«

»Habt ihr keine Angst, dass die Squids hier eindringen und die Biester auf falsche Gedanken bringen könnten?«

»Und ob«, erwiderte Emilia. Deswegen haben wir rund um die Kuppel eine Art Todeszone eingerichtet. Kameras, die vierundzwanzig Stunden in Betrieb sind, automatische Waffen, das ganze Programm. Nichts kommt hier lebend rein oder raus, wenn wir es nicht wollen. Ausgenommen natürlich der kleine Squid, den Lucie dabeihatte. Aber das steht auf einem anderen Blatt. Kommt, weiter. Es gibt noch einiges zu sehen.«

In diesem Moment erklang ein durchdringendes Piepen.

Emilia griff auf den Pager an ihrem Gürtel. Das Empfangsgerät blinkte rot. »Einen Moment …« Sie zog ihr Empfangsgerät aus der Tasche, drückte auf einen Knopf und las die Botschaft.

Jem trat näher an sie heran. »Was ist los?«, fragte er.

»Wenn das nicht ein Zufall ist …«, sagte Emilia. »Eben sprachen wir noch davon.«

»Wovon?«

»Wir müssen zurück in die medizinische Abteilung. Mittagessen fällt aus.«

»Warum?« Jem wünschte, Emilia würde sich endlich mal klar ausdrücken.

»Es geht um eure Freundin.«

»Was ist mit ihr? Doch wohl hoffentlich nichts Schlimmes.« Sein Herz schlug aufgeregt.

Emilia lächelte. »Keine Sorge. Es ist eine gute Nachricht. Lucie ist erwacht.«

19

Lucie!«

Jem kam als Erster ins Krankenzimmer gestürmt. Beinahe wäre er auf dem glatten Kunststofffußboden ausgerutscht, wenn Ragnar ihn nicht im letzten Moment gepackt hätte.

Er fing sich, lachte und trat zu ihr ans Bett.

»Na, Rotschopf! Alles okay? Wie geht es dir?« Er nahm ihre Hand und drückte sie. Sie spürte seine Wärme.

Lucie musste grinsen. Nichts hatte sich verändert. Ihre Freunde waren da und das machte sie glücklich. Jems Lächeln ließ ihr Herz schneller schlagen.

»Langsam, langsam!« Die junge Ärztin trat aus dem Nebenzimmer. »Was macht ihr für einen Lärm? Das ist doch kein Spielplatz hier. Benehmt euch anständig, sonst fliegt ihr alle wieder raus.«

»Aber ...«

»Keine Diskussion.« Saras Stimme duldete keinen Widerspruch. »Ihr haltet euch an meine Anweisungen, verstanden?«

»Okaaay«, sagte Jem mit rotem Kopf.

Sara sah ihn einen Moment lang kritisch an, dann trat sie zur Seite. »Nehmt euch einen Stuhl und setzt euch. Nicht, dass noch einer von euch über die Kabel stolpert.«

Lucie versuchte, sich aufzurichten, wurde aber von Sara zurückgepfiffen. »Das gilt auch für dich, Lucie. Ruhig und langsam, einverstanden? Dein Kreislauf ist so schwach, du kannst immer noch jederzeit zusammenklappen.«

Jem hatte sich einen Stuhl geschnappt und setzte sich zu ihrer Linken. Seine Augen leuchteten vor Freude.

»Seit wann bist du wach?«

»Etwa seit einer halben Stunde«, antwortete Lucie. »Meine Arme und Beine fühlen sich noch etwas taub an.«

»Das ist doch normal nach so einer langen Bewusstlosigkeit«, sagte Olivia. »Oder?«

»Stimmt«, pflichtete Sara ihr bei. »Das Gefühl wird bald wiederkehren, genau wie Lucies Gedächtnis. Ihr Wasserverlust war lebensbedrohlich. Noch ein paar Minuten länger und wir hätten sie vielleicht nicht mehr wiederbeleben können.«

»So schlimm?« Jem sah Sara alarmiert an. »Aber es besteht doch keine Gefahr mehr, oder ...?«

»Lucie wird wieder vollständig gesund, das verspreche ich euch«, erwiderte Sara. »Aber damit das auch wirklich so ist, bitte ich euch, sie nicht zu überanstrengen.«

»Schon klar«, sagte Jem sanft und lächelte. »Willkommen zurück im Club.«

»Danke«, erwiderte Lucie mit einem warmen Gefühl im Bauch. Sie spürte, dass nun alles gut werden würde, jetzt, da sie wieder zusammen waren. »Ich bin so froh, ein bisschen Gesellschaft zu haben. Ihr könnt euch nicht vorstellen, was ich für seltsame Träume hatte. Völlig irre ...«

»Wir haben uns tierisch Sorgen gemacht«, berichtete Zoe. »Der Sandsturm, dein Verschwinden. Wir haben deine Spur verfolgt, aber du warst uns zu weit voraus.«

»Ich kann mich kaum daran erinnern.« Lucie senkte beschämt den Kopf. »Sara meinte, dass das mit dem Wasserverlust und der langen Ohnmacht zusammenhängt. Trotzdem macht es mir echt Angst, dass ich so große Lücken im Gedächtnis habe.«

»Heißt das, du weißt gar nicht, was passiert ist?«, fragte Jem mitleidig.

»Nicht wirklich«, antwortete Lucie. »Es ist, als wäre da ein schwarzer Vorhang, hinter den ich nicht blicken kann. Ich hatte aber gehofft, dass ihr mir wieder auf die Sprünge helfen könnt ...«

»Was ist denn das Letzte, woran du dich erinnern kannst?«

»Unsere Flucht aus der Zitadelle.«

»Puh, da müssen wir aber weit ausholen«, sagte Arthur.

»Ist doch nicht schlimm.« Jem drückte aufmunternd ihre Hand. »Wir haben alle Zeit der Welt.«

Paul sah sie forschend an. »Wo ist denn Quabbel? Hast du ihn nicht mehr bei dir?«

»Wen?«

Paul riss erstaunt die Augen auf. »Na deinen kleinen Freund. Acht Arme, weicher Körper, goldene Augen? Den kleinen Squid, den du bei dir gehabt hast, erinnerst du dich nicht?«

»Ein Squid?« Das lavendelfarbene Freudengefühl von eben wich einer schwefelgelben Angst. Das war doch unmöglich, dass sie so etwas vergessen konnte. Oder machten ihre Freunde Witze? Als sie bemerkte, dass Jem immer noch ihre Hand hielt, zog sie die fort.

»Deine Freunde haben recht«, meinte Sara. »Du hattest wirklich einen Squid bei dir, als du hier eintrafst. Er starb, kurz bevor du das Bewusstsein wiedererlangt hast. Vermutlich der Stress. Tut mir leid …«

»Moment mal.« Jem runzelte die Stirn. »Der Squid ist tot? Wieso hat uns niemand informiert?«

»Tu ich doch gerade, oder?« Sara zuckte die Schultern. »Ehrlich gesagt, ich bin ganz froh darüber. Diese Kreatur war mir unheimlich. Ich habe den Verdacht, dass sie etwas mit Lucies Ohnmacht zu tun hatte. Mit ihrer Bewusstlosigkeit und ihrem Gedächtnisverlust. Wir sind inzwischen der Meinung, dass Lucie vielleicht sogar bewusst in diesem Zustand gehalten wurde.«

»Warum sollte Quabbel so etwas tun?«, fragte Jem. »Er war die ganze Zeit über sehr friedlich.«

»Keine Ahnung. Um Macht auszuüben? Um die Kontrolle zu behalten? Wer weiß, ich bin kein Squid-Spezialist. Jedenfalls ist er tot und Lucie ist wieder bei euch. Darüber solltet ihr euch freuen.«

Jem schwieg.

Lucie konnte ihm ansehen, dass ihn die Nachricht betroffen machte. Sie selbst fühlte nichts, sie kannte die Kreatur ja nicht einmal. Oder doch? Irgendwie war sie sich ihrer Gefühle und Erinnerungen gerade nicht ganz sicher.

»Bitte erzählt mir, was geschehen ist«, sagte sie. »Ich benötige dringend ein paar Informationen. Ich komme mir total dumm vor.«

»Na schön«, entgegnete Jem. »Es könnte aber ein Weilchen dauern.«

Sie versuchte zu lächeln. »Uns drängt doch niemand …«

Es dauerte tatsächlich beinahe eine Stunde, bis sie die ganze Geschichte erfahren hatte. Die meiste Zeit saß sie nur staunend daneben und konnte nicht glauben, was sie da hörte. Die Erkenntnis, alles vergessen zu haben, machte sie traurig. Irgendwann konnte sie sich nicht länger beherrschen und fing an zu weinen. Jem nahm sie behutsam in den Arm.

»Ist doch nicht schlimm«, meinte er. »Das meiste war sowieso ziemlich übler Mist. Sei froh, dass du das nicht mehr weißt. Abgesehen davon hat Sara ja gesagt, dass deine Erinnerungen sehr wahrscheinlich irgendwann wiederkommen werden.«

»Ja, aber wann?«, schluchzte sie. »Es ist alles so verwirrend.«

Jem machte ein Handzeichen und die anderen verließen das Zimmer. Offenbar spürten sie, dass er jetzt gerne mit ihr alleine sein wollte.

»Am meisten tut es mir um Quabbel leid.« Lucie wischte sich eine Träne aus dem Augenwinkel. »So, wie ihr ihn schildert, kann er nicht wirklich böse gewesen sein. Ich hätte ihn gerne kennengelernt.«

»Also mir ist er echt ans Herz gewachsen«, sagte sich Jem. »Er war so völlig anders als wir, aber trotzdem ein atmendes und fühlendes Wesen. Und ziemlich intelligent dazu. Man konnte sich mit ihm unterhalten. Nicht mit Worten oder so, sondern mit Gefühlen.«

Lucie konnte sich nur schwer vorstellen, dass so etwas mit einem Tier möglich sein sollte, aber in diesem Fall blieb ihr nichts anderes übrig, als ihm zu glauben. Jem würde sie nie wissentlich anschwindeln.

»Zwar verfüge ich nicht über deine Fähigkeiten«, fuhr er

fort, »aber selbst ich konnte bei ihm etwas spüren. So etwas habe ich vorher noch nie empfunden. Ihr beide wart unzertrennlich. So unzertrennlich, dass ich mir schon fast Sorgen gemacht habe.«

Sie putzte sich die Nase und sah ihn an. »Wie meinst du das?«

»Nun ja … ich weiß nicht, wie ich dir das beschreiben soll.« Er schien nach den richtigen Worten zu suchen. »Ihr wart ein Herz und eine Seele. Habt jeden Gedanken und jedes Gefühl geteilt. Ich vermute, Quabbel wusste mehr über dich als irgendjemand sonst. Vielleicht sogar mehr als deine eigenen Eltern oder ich.«

»Klingt, als wärst du ein bisschen eifersüchtig.« Sie versuchte zu lächeln.

»Wahrscheinlich war ich das auch. Du hast dich immer mehr verändert, warst irgendwann gar nicht mehr die alte Lucie. Und dann bist du Hals über Kopf vor uns geflohen. Aber vermutlich erinnerst du dich nicht daran, oder?«

Lucie schüttelte betrübt den Kopf.

»Na ja, ist ja auch egal …«, sagte Jem. »Jedenfalls bist du wieder da und das ist die Hauptsache.«

»Ich verstehe es nicht.« Sie atmete ein paarmal tief durch. »Ich verstehe überhaupt nicht, wie ich auf so etwas kommen konnte. Einfach alleine in die Wüste hinauszulaufen. Ist doch völlig verrückt so was.«

»Nicht verrückt, *verzweifelt,* trifft es eher. Ich glaube, du wusstest dir nicht anders zu helfen. Du hast gedacht, Quabbel wäre in Gefahr, und wolltest ihn schützen.«

»Das ist echt irre«, meinte Lucie. »Vor ein paar Tagen wollte ich so einen Squid retten und jetzt weiß ich noch nicht mal, wie die Dinger genau aussehen. Der da unter dem Bus eingeklemmt war, zählt nicht, er war ja völlig platt gefahren.«

Lucie bemerkte, dass Jem irgendetwas beschäftigte.

»Was geht dir gerade durch den Kopf?«

Er seufzte. »Ehrlich gesagt, ist mir gerade nicht danach, über die Squids zu reden. Manchmal habe ich das Gefühl, dass das alles eine Nummer zu groß für uns ist. Nicht über sie sollten wir uns Gedanken machen, sondern *über uns.* Was macht das alles mit uns? Vor allem mit uns beiden.«

Sie runzelte die Stirn. »Verstehe ich nicht ...«

Er sah sie forschend an. »Kannst du dich denn wirklich an gar nichts mehr erinnern, Lucie? Wir beide, zusammen im Wald? Hand in Hand? Der Kuss?« Ein sanftes Rot huschte über seine Wangen. Sie spürte, wie seine Aura an den Rändern zu leuchten anfing.

»Du meinst, wir haben ...?«

Er nickte. »Bis Nisha uns dazwischengekommen ist.«

»Stimmt. Die kleine *Trow,* die sich unten im Bus versteckt hat. Ich erinnere mich ...«

»Na, siehst du. Dein Gedächtnis kehrt Stück für Stück zurück. Du musst nur Geduld haben.«

»Ja.« Sie fühlte sich, als hätte sie Hunderte von Schmetterlingen im Bauch. Aber was immer da zwischen Jem und ihr gelaufen war, jetzt standen erst mal andere Dinge im Vordergrund. »Komm, hilf mir mal hoch«, bat sie. »Ich hab echt keine Lust mehr, in diesem Bett zu hocken.«

»Aber Sara hat gesagt ...«

»Sara hat gesagt …« äffte sie ihn lachend nach. »Sara ist Ärztin, sie wird dafür bezahlt, dass sie solche Dinge von sich gibt. Ich fühle mich so weit ganz stabil und würde echt gerne mal ein paar Schritte gehen.«

»Na gut. Aber vorsichtig, ja?«

Sie ließ sich von ihm auf die Füße ziehen, spürte aber gleich, dass ihr Kreislauf noch nicht ganz auf der Höhe war und sie anfing, Sternchen zu sehen.

»Alles okay bei dir?« Er stützte sie.

»Alles okay. Muss mich erst mal wieder neu sortieren. Nur noch da rüber bis zum Spiegel und wieder zurück.«

»Einverstanden.« Jem hatte sich bei ihr eingehakt und begleitete sie auf dem Weg durchs Zimmer. Langsam kehrten ihre Lebensgeister zurück und sie durchquerte den Raum Schritt für Schritt Richtung Spiegel. Noch konnte sie sich nicht sehen, aber ein bisschen fürchtete Lucie sich vor dem Anblick.

»Noch drei Schritte, dann drehen wir wieder um«, sagte Jem aufmunternd. »Bist du bereit? Drei … zwei … eins.«

Lucie blieb wie angewurzelt stehen. Um ein Haar hätte sie sich nicht wiedererkannt. Sie war schrecklich bleich. Das Haar hing ihr in Strähnen über die Stirn und in ihren Augen lag ein kränklicher Glanz. Erst jetzt fiel ihr der dicke Verband an ihrem linken Arm auf. Warum war der dort? Wann hatte sie sich verletzt?

Sie wollte sich gerade abwenden, als eine kurze Erinnerung durch ihren Verstand zuckte.

Lucie sah jemanden in einem weißen Schutzanzug. Diese Person trug einen Helm, hinter dessen Visier kalt leuchtende

Augen waren. Sie stand an einem Instrumententisch, hielt eine Spritze in der Hand und zog sie mit einer glasklaren Flüssigkeit auf. Lucie selbst war auf einen Tisch geschnallt.

In ihrer Erinnerung wollte sie schreien, doch sie bekam keinen Ton heraus. Hilflos musste sie mit ansehen, wie die blinkende Nadel auf sie zukam. Näher und immer näher. Und dann, in einem Moment größter Pein, bohrte sie sich tief in ihre Armbeuge. Genau dort, wo jetzt der Verband war.

20

Unglück …

Was geschehen?

Quklvlinkt von ROT getrennt.

Bedeutet?

Nnn‿nicht wissen. Mmm‿müssen abwarten. Vermutlich tot.

Sss‿schlimme Nnn‿nachrichten.
Mmm‿mission droht zzz‿zu sss‿scheitern.

Auf der Kippe, ja. Mmm‿müssen abwarten.

21

Marek betrachtete sich im Spiegel. Ein kalter Schauer lief ihm über den Rücken. Wer war diese Person, die ihm da gegenüberstand? Er sah einen jungen Mann, dessen körperlicher Verfall es nahezu unmöglich machte, sein wahres Alter zu schätzen. Er ging an Krücken und war vielleicht zwanzig oder dreißig Jahre alt. Doch er hätte genauso gut hundert sein können. Seine Haare hatten die Farbe eines vertrockneten Gerstenfeldes und klebten ihm in dünnen Strähnen am Kopf. Seine Haut sah verbrannt aus und war von unzähligen Schürfwunden übersät. Die Augen wirkten stumpf. Um die Mundwinkel hatten sich harte Falten gebildet, ebenso am Hals und um die Augen.

Der glatte weiße Stoff seines Hemdes bildete einen erschreckenden Kontrast zu dieser Haut. Am erschreckendsten aber war das fehlende Bein. Man hatte es ihm oberhalb des Kniegelenkes abgenommen und durch eine notdürftige Metallprothese ersetzt. Die unterschiedliche Länge seiner Beine zwang ihn in eine Schiefhaltung, die ihn aussehen ließ wie der Bucklige von Notre-Dame.

Marek hoffte, dass er sich das nur einbildete, doch der Eindruck wollte nicht verschwinden. Sein Magen war ein schmerzhafter Knoten, der ununterbrochen Säure und Galle produzierte. Mit zusammengepressten Lippen stand er da und beobachtete, wie eine einzelne Träne seine Wange entlanglief.

Dann wurde ihm übel. Hastig wandte er sich um und humpelte zurück ins Bad. Er schaffte es gerade noch, seinen Kopf über das Waschbecken zu halten, als ein gelber Säureschwall seinen Mund verließ. Er drehte das Wasser auf, spülte die stinkende Brühe den Abfluss runter und reinigte dann seinen Mund.

»Alles klar, Marek?«, fragte eine Frauenstimme. Vermutlich die Ärztin, die gerade das Zimmer betreten hatte.

»Bin im Bad.« Er schöpfte Wasser in sein Gesicht, trocknete es ab und drehte sich um. Er wollte nicht, dass sie sein tränenverschmiertes Gesicht sah. »Was gibt's?«

»Ich wollte nur sichergehen, dass alles in Ordnung ist.«

»Alles bestens. Ging mir noch nie bess…« Er verließ das Bad und erstarrte. Das war nicht Sara. Vor ihm stand die oberste Ratsvorsitzende GAIA. Ihr Kleid schimmerte, als wäre es elektrisch aufgeladen.

Er hatte sie bisher nur einmal kurz zu Gesicht bekommen und war von ihrer Schönheit geblendet gewesen. Jetzt aber wirkte sie menschlicher. Mitfühlender.

Trotzdem war es eine peinliche Situation. Rasch griff er nach einem Hemd und zog es über. GAIA tat so, als bemerke sie es gar nicht. »Es tut mir schrecklich leid, was geschehen ist«, sagte sie. »Wir haben wirklich alles versucht, um dein Bein zu retten, aber es war zu spät. Sobald alles abgeheilt und vernarbt ist, können wir über eine richtige Prothese nachdenken. Nicht so ein primitives Metallding wie das, was du gerade trägst, sondern ein Bein, das fast so gut ist wie das, was du verloren hat.«

»Schön«, sagte er ohne großes Interesse. Er humpelte auf sein Bett zu.

»Unsere Roboterspezialisten vollbringen inzwischen wahre Wunder. Manche ihrer Erfindungen sind von echten Gliedmaßen nicht mehr zu unterscheiden. Sie besitzen sogar einen Tastsinn, der es dir ermöglicht …«

»Ich will keine Scheißprothese«, platzte er heraus. »Ich bin ein Krüppel, das darf ruhig jeder wissen. Genauso, wie jeder wissen darf, dass ich ein Monster bin.«

GAIA sah ihn erschrocken. »Was redest du denn da? Du bist doch kein Monster.«

»Nicht?« Er lachte zynisch. »Und warum kommt dann keiner meiner ehemaligen Freunde mich besuchen? Warum erkundigt sich niemand nach mir oder will etwas mit mir zu tun haben?«

»Aber sie waren doch gestern bei dir …«

»Ja, um nachzusehen, ob die Gerüchte wirklich stimmen. Nicht, weil sie wissen wollten, wie es mir geht. Sie hätten sehen sollen, wie sie dagestanden und geschwiegen haben. Ich war praktisch noch im Halbschlaf, aber selbst in diesem Zustand sind mir der Ekel und die Wut in ihren Augen nicht entgangen. Nein, nein, sie halten mich für ein Monster und vermutlich haben sie sogar recht damit …« Er humpelte an ihr vorbei, ließ sich aufs Bett fallen und kroch unter die Decke.

GAIA nahm einen Stuhl und setzte sich neben ihn. Sie war wirklich sehr bemüht um ihn. Warum, das mochte der Himmel wissen.

»Ich verstehe das nicht«, sagte sie. »Was ist denn vorgefallen? Warum hast du den Bus entwendet? Wolltest du Hilfe holen?«

Marek riss überrascht die Augen auf. »Moment mal … heißt das, Sie wissen es nicht?«

»Was denn wissen?«

»Haben die anderen Ihnen denn die Geschichte nicht erzählt?«

»Kein Sterbenswörtchen. Mir nicht und auch Sara oder Emilia nicht. Was ist denn passiert?«

Damit hatte Marek nicht gerechnet. Er wollte etwas sagen, aber es kam kein Wort über seine Lippen. Seine Gedanken wirbelten durcheinander, denn er war fest davon ausgegangen, dass die anderen ihn schlechtgeredet hatten, dass sie ihn des Mordes und wer weiß, was sonst noch alles bezichtigten. Stattdessen Schweigen. Vernichtendes, endgültiges Schweigen.

Was fast noch schlimmer war.

Er starrte an die Decke. Tränen stiegen ihm in die Augen. Trotzig wischte er sie weg. Er wollte diese Gefühle nicht zulassen.

»Willst du es mir erzählen?« Die oberste Ratsvorsitzende sah ihn an und wartete geduldig.

»Was?«

»Na, was dich so bedrückt. Warum deine Freunde nichts von dir wissen wollen. Möchtest du es mir erzählen?«

Er saß da und wusste nicht, was er tun sollte. Eigentlich hatte er keine Lust zu reden. Anderseits war sie nett. Und sie schien sich wirklich für ihn zu interessieren. Was hatte er schon groß zu verlieren? Er war ein verwundetes Tier in einem Käfig. Hier gab es nichts für ihn. Da konnte er auch genauso gut sein Gewissen erleichtern.

»Rache ist ein echtes Miststück«, stieß er aus. »Erst stachelt sie dich an, doch wenn du ihr nachgibst, lässt sie dich leer zurück. Wie eine ausgebrannte Hülle.« Er schluckte. »Sie haben mich verraten und ich bin ihnen gefolgt. Kilometerweit. Aus den Bergen, durch die Sümpfe und hinein in die Wüste. Die ganze Zeit wurde ich nur von dem Wunsch getrieben, es ihnen heimzuzahlen.«

»Erzähl weiter.«

»Als ich den Bus stahl, tat ich das in der Absicht, sie in der Wüste sterben zu lassen.«

»Unsinn ...«

»Kein Unsinn. Katta habe ich nur mitgenommen, weil ich sie nicht diesem Bücherwurm Leòd überlassen wollte. Jetzt ist sie tot, während alle anderen am Leben sind. Nicht mal das konnte ich richtig machen.« Er lachte zynisch.

»Es ist nicht sicher, dass sie wirklich tot ist«, sagte GAIA. »Manchmal überleben Menschen da draußen in der Wüste. Ist zwar nicht sehr wahrscheinlich, aber es gibt solche Fälle.«

Marek sah sie von der Seite an. »Ohne Wasser und Nahrung – wie groß sind ihre Chancen?«

»Sehr gering, fürchte ich.«

»Eben. Je länger ich darüber nachdenke, desto klarer wird mir, dass ich zu Recht bestraft worden bin. Ich bin kein guter Mensch. Ich brauche bloß die Augen zu schließen, dann sehe ich all die enttäuschten Gesichter vor mir.« Er seufzte. Es gab nichts mehr zu sagen.

»Was denkst du gerade?« GAIA betrachtete ihn mit einem schwer zu deutenden Ausdruck.

»Was ich denke?« Er lachte trocken. »Ich denke, dass es euch nur Ärger eingebracht hat, dass ihr mich gerettet habt. Vielleicht wäre es besser gewesen, wenn ihr mich draußen in der Wüste hättet sterben lassen.«

»Unsinn ...«

»Kein Unsinn. Was soll ich denn noch hier? Das ist doch alles ein riesengroßer Haufen Mist. Habt ihr nicht irgendein Zeug, das mich selig einschlafen und nie wieder aufwachen lässt? Ich glaube, das wäre für uns alle das Beste.«

GAIA sah ihn durchdringend an, dann klatschte sie auf die Schenkel und stand auf. »Genug davon«, sagte sie mit einer Stimme, die Marek aufhorchen ließ. »Ich werde jetzt gehen. Dein selbstmitleidiges Gerede höre ich mir nicht länger an. Reiß dich gefälligst am Riemen, dann können wir gerne weiterreden. Aber nicht so.«

»Wie bitte?« Marek riss die Augen auf.

»Du hast mich schon verstanden.«

Er zwinkerte ein paarmal, wodurch sich aber nichts änderte. Vor ihm stand plötzlich nicht mehr die mitfühlende Frau mit den sanften Augen, die für alles und jeden Verständnis hatte. Stattdessen blitzte etwas Hartes, Kaltes hinter der Fassade durch. Sogar ihre Stimme hatte sich verändert. Als wäre sie von der einen auf die andere Sekunde ein anderer Mensch geworden.

»Nein«, sagte er. »Ich glaube, ich verstehe nicht ...«

»Du wirst hier noch gebraucht, also hör auf, dich wie ein kleines Kind zu benehmen. Du hast einen Fehler gemacht, gut. Kann jedem mal passieren. Aber deswegen aufzugeben, ist keine Option. Von so einem kräftigen, entschlossenen jungen Mann wie dir hätte ich wirklich etwas anderes erwartet.«

»Jetzt hören Sie mal ...!«

»Nein, du hörst mir zu. Ich biete dir hier eine zweite Chance und alles, was ich höre, ist Selbstmitleid. Du willst kein neues Bein? Gut. Lass es, es gibt genug Menschen, die sich darüber freuen würden. Du willst dich nicht mit deinen Freunden aussprechen? Auch gut. Aber aufzugeben, ist keine Option, haben wir uns verstanden?«

»Ich ...«

»Ob wir uns verstanden haben?«

»Äh, ich glaube schon, ja.«

Sie trat auf ihn zu, bis ihr Gesicht genau über seinem schwebte. Der Anblick war ihm unheimlich. Hatte er was mit den Augen oder flackerte ihr Antlitz irgendwie? Lag bestimmt an der Beleuchtung. Dieses kalte, leblose Deckenlicht trug seinen Teil dazu bei. Trotzdem wurde er das Gefühl nicht los, dass mit GAIA etwas nicht stimmte. Aus einem Impuls heraus griff er nach vorne und wollte ihre Hand berühren. Doch stattdessen berührte er etwas anderes.

Um ein Haar hätte er laut aufgeschrien.

22

Emilia hatte es eilig. Sie war auf dem Weg zu ihrem Vorgesetzten, Lieutenant Rogers, denn es gab einiges zu besprechen. Anstatt den *AirRail* zu nehmen, lief sie zu Fuß. Sie musste den Kopf freibekommen.

Das Gespräch mit Lucie hatte sie aufgewühlt. Ganz offensichtlich war etwas geschehen, über das man sie nicht informiert hatte. Ob das einfach nur eine Panne gewesen war oder ob man sie bewusst im Unklaren ließ, blieb abzuwarten. Letzteres wäre nicht akzeptabel, schließlich war sie die Vertrauensperson für die Outlander. Eigentlich hatte sie im Anschluss an das Treffen noch mit Sara sprechen wollen, doch die musste dringend zu irgendeiner Vorlesung und stand für den Rest des Nachmittags nicht zur Verfügung. Sollte das Gespräch mit Rogers ergebnislos verlaufen, würde sie sich an die oberste Ratsherrin persönlich wenden.

Der Squid war tot.

Ganz offensichtlich war etwas geschehen, was zum Tod der kleinen Kreatur geführt hatte. Eine unvermeidbare Entwicklung oder hatte da irgendjemand geschlampt? Sie würde es herausbekommen. Mit zusammengepressten Lippen eilte sie weiter.

Obwohl das von den Verantwortlichen grundsätzlich nicht gerne gesehen wurde, nahm Emilia die Abkürzung durch den Forschungskomplex. Sie hatte es eilig. Abgesehen davon, war gerade Mittagspause. Sehr unwahrscheinlich, dass sie von irgendjemandem beobachtet wurde. Sie zog ihre Sicherheitskarte durch den Türscanner und betrat die evolutionstechnische Abteilung. Mit ihrer Sicherheitseinstufung kam sie so gut wie überall hinein. Vorteil, wenn man einen militärischen Rang bekleidete.

Hastig durchquerte sie einen fensterlosen Gang und wollte gerade nach links in Richtung Kommunikationszentrum abbiegen, als sie Stimmen hörte. In einem der vielen Büros schien es gerade ziemlich zur Sache zu gehen. Worte flogen hin und her, sie hörte Fußstampfen und verhaltene Flüche. Zwei Männer stritten miteinander und es war ihnen offensichtlich egal, ob andere sie hörten.

Plötzlich wurde eine Tür zugeschlagen. Das Gespräch riss ab.

Emilia blieb stehen.

Am meisten verwunderte sie, dass eine der Stimmen ihrem Vorgesetzten gehörte. Ganz klar, das war Lieutenant Rogers. Die andere Stimme klang wie die von Direktor Provost, Saras Chef. Er leitete diese Abteilung.

Emilia runzelte die Stirn. Sie dachte immer, die beiden wären befreundet, aber das eben klang ganz anders.

Sie warf einen kurzen Blick über die Schulter. Niemand zu sehen. Auch Kameras waren keine in Sichtweite.

Auf Zehenspitzen schlich Emilia in die Richtung, aus der sie den Streit zu hören geglaubt hatte. Dann blieb sie wieder stehen. Hinter der Tür waren gedämpfte Stimmen zu hören. Auf einem Schild stand *Biologie II.* Wenn sie sich recht erinnerte, lagen hier die alten Forschungsräume der Evolutionsbiologen. Die Abteilung war vor zwei Jahren in einen moderneren Komplex umgesiedelt worden und der alte Bereich wurde jetzt nur noch als Archiv verwendet. Was hatten die beiden denn hier zu suchen?

Auf Zehenspitzen schlich Emilia zu Tür und presste ihr Ohr dagegen.

»... kannst doch nicht im Ernst von mir verlangen, dass ich meiner Mitarbeiterin so eine Last aufbürde«, hörte sie Rogers' aufgebrachte Stimme. »Entweder sie wird in diese Sache eingeweiht oder ich ziehe sie von dieser Aufgabe ab.«

»Das hast du nicht zu entscheiden«, entgegnete Provost aufgebracht. »Was für einen Eindruck würde das denn machen, wenn man bereits nach einem Tag die Vertrauensperson austauscht. Die Fremden haben gerade damit begonnen, sich an sie zu gewöhnen.«

Emilia runzelte die Stirn. Redeten die beiden da etwa gerade über sie?

»Willst du damit andeuten, dass ich sie über den angeblichen Tod des Achtarmigen anlügen soll? Das kann nicht dein Ernst sein.«

»Wenn dir das Probleme bereitet, lass sie doch einfach im Unklaren. Verschweige ihr, dass das Viech noch lebt. Die anderen haben das Gerücht bereits erfolgreich gestreut. Emilia müsste inzwischen davon erfahren haben. Belassen wir es dabei. Wie lautet ein altes Sprichwort: Was sie nicht weiß, macht sie nicht heiß. Dann braucht sie auch nicht zu lügen.«

Emilia presste ihr Ohr noch fester an die Tür. Sie war vollkommen verwirrt. Wovon redeten die beiden da? Etwa von dem kleinen Squid? Das wäre ja ...

»Damit verschiebst du das Problem nur in die Zukunft«, protestierte Rogers auf der anderen Seite. »Irgendwann kommt es raus und was dann? Das wäre ein riesiger Vertrauensverlust. Die zwei gehören zu den besten Mitarbeiterinnen ihres Jahrgangs. Es wäre tragisch, wenn sie sich von uns abwenden würden.«

»Jetzt übertreib mal nicht«, sagte Provost. »Die zwei sind noch ziemlich unerfahren. Alles, was ich von dir verlange, ist eine kleine Verschleppung der Informationen. So lange, bis GAIA entschieden hat, was mit ihm geschehen soll. Ist denn das zu viel verlangt?«

Emilia nahm das Ohr von der Tür. *Ihm?*

In diesem Moment ertönte eine Stimme direkt neben ihrem Ohr. *»Ich grüße Sie, Executive Officer Dickinson. Haben Sie sich vielleicht verlaufen?«*

Emilia fuhr herum.

Strubbelige dunkle Haare, eine Brille auf der Nasenspitze. Neben ihr stand Sara. Breit grinsend.

Emilia sah sie mit weit aufgerissenen Augen an. Sie wollte gerade die Hand hochreißen und den Finger auf die Lippen legen, als die Tür aufgestoßen wurde.

Provost kam herausgeschossen und sah die beiden jungen Frauen alarmiert an. »Sara«, schnaufte er. »Und Officer Dickinson. Was machen Sie hier? Haben Sie etwa gelauscht?«

23

Das Hovercraft glitt sanft über die Dünen. Ein leichtes Auf und Ab, mehr war in dem gut klimatisierten Innenraum nicht zu spüren. Trotzdem hielt Lucie sich lieber fest. Sie war immer noch etwas wackelig auf den Beinen und wollte kein Risiko eingehen. Zusammen mit den anderen stand sie am Heck und blickte durch die Panoramascheiben hinaus in die Wüste, auf die alles überragende Kuppel. Jetzt, im Licht des fortgeschrittenen Nachmittags, schimmerte und glänzte sie wie ein riesiger silberner Golfball. Lucie fand das Bauwerk auch beim wiederholten Ansehen immer noch beeindruckend.

Der Anblick setzte etwas in ihr frei. Sie glaubte, sich zu erinnern, wie sie die Kuppel zum ersten Mal gesehen hatte und wie erstaunt sie war. Bedeutete das, dass ihre Erinnerungen zurückkehrten?

Sie tastete nach ihrem Arm. Die Einstichstelle war immer noch spürbar – oder war das nur Einbildung? Es fiel ihr schwer, zwischen Realität und Traum zu unterscheiden.

GAIA stand neben ihr und verfolgte die Begeisterung der Jugendlichen mit mildem Lächeln. Dann wandte sie sich an Lucie. »Na, hast du Schmerzen?«

Lucie musterte die oberste Ratsvorsitzende argwöhnisch. Sie konnte sich nicht erinnern, wurde aber das Gefühl nicht los, dass dies nicht das erste Mal war, dass sie ihr gegenüberstand.

Außerdem machte es ihr das Fehlen einer Aura unmöglich, sie einzuschätzen. Wie viele Menschen hatte sie bisher getroffen, bei denen das so war? Keinen. Nicht einen einzigen. Gewiss, es gab Menschen, die sich nicht gerne in die Karten schauen ließen, zum Beispiel Ragnar. Aber selbst er verströmte eine Aura, wenn sie genauer hinschaute. Nicht so die Ratsvorsitzende. Hier hatte Lucie tatsächlich das Gefühl, als blicke sie in ein schwarzes Loch. Wie war so etwas möglich?

GAIA lächelte noch immer. »Wenn du möchtest, werde ich die Ärzte noch einmal bitten, sich das anzuschauen.«

»Nein, es geht schon«, sagte Lucie vorsichtig. »Ist vermutlich nur eine Nachwirkung der Infusion.«

Die Frau nickte. Sie hatte Lucie und den anderen versprochen, ihnen einen besonderen Ort zu zeigen. Außerdem wollte sie ihnen ein Geheimnis unterbreiten, das irgendetwas mit ihr selbst zu tun hatte. Sie machte es wirklich spannend.

Lucie spürte die Aufregung bis in ihre Haarspitzen.

»Na, habt ihr euch endlich sattgesehen?«, rief GAIA. »Es ist doch nur eine Kuppel. Wenn auch eine sehr schöne, wie ich zugeben muss. Der Bau alleine hat zehn Jahre in Anspruch genommen und etwa einhundert Milliarden Dollar gekostet.«

Arthur pfiff zwischen den Zähnen. »Einhundert Milliarden, wer hat das denn bezahlt?«

»Die Menschheit. In einem letzten verzweifelten Versuch, sich selbst zu retten. Ihr ahnt gar nicht, wie schnell finanzielle Mittel zur Verfügung stehen, wenn es ums eigene Überleben geht. Aber jetzt kommt. Setzen wir uns an den Tisch und reden wir.«

Sie hatte den Autopiloten eingeschaltet und ließ sich auf einem der Sitze nieder. »Es gibt viel zu erzählen. Bitte nehmt Platz. Bedient euch an Getränken, Obst und Gebäck und dann lasst uns reden.«

Lucie schnappte sich drei exotische Früchte und etwas zu trinken und ging zu ihrem Sitz hinüber. Es war alles ziemlich komfortabel, sogar die Stühle, die sich automatisch der Körperform anpassten.

»Darf ich mich neben dich setzen?«, fragte Jem mit einem Lächeln und Lucie nickte.

»Aber selbstverständlich, da brauchst du doch nicht extra zu fragen.« Sie spürte wieder dieses aufgeregte Kribbeln im Bauch. Als die Ratsvorsitzende weitersprach, konnte Lucie sich kaum auf ihre Worte konzentrieren.

»Ich habe euch heute auf diese Fahrt eingeladen, weil ich ungestört mit euch reden wollte«, sagte GAIA. »Ich weiß, dass ihr eine Menge Fragen habt. Fragen, die nicht in die Öffentlichkeit gehören. Deswegen habe ich dieses Fahrzeug gewählt. Es verschafft uns die Möglichkeit, ganz ungestört miteinander zu plaudern, weit weg von neugierigen Ohren.

Ihr seid einen weiten Weg gekommen, um Antworten zu erhalten, und ihr werdet sie erhalten, das verspreche ich euch. Ich weiß, ich hätte das früher tun sollen, aber es gab noch so viel zu erledigen. Außerdem kann jetzt Lucie an der Unterredung teilnehmen und dafür hat sich das Warten gelohnt. Schön, dass du da bist, Lucie, und schön, dass es dir wieder bessergeht.«

Lucie bedankte sich mit einem Nicken.

»Zuerst möchte ich mich bei euch entschuldigen. Es könnte

sein, dass ich euch jetzt ein wenig erschrecke, aber es führt kein Weg daran vorbei. Es ist wichtig, dass wir auf Augenhöhe miteinander umgehen und dass ihr wisst, mit wem ihr es zu tun habt.«

»Mit wem wir es zu tun haben?« Jem runzelte misstrauisch die Stirn. »Wie meinen Sie das?«

GAIA lächelte. »Ist denn noch keinem von euch etwas an mir aufgefallen?«

Die Freunde sahen sie aufmerksam an, schüttelten dann aber die Köpfe.

GAIAs Lächeln wurde breiter. »Tatsächlich, niemandem? Was ist mit dir, Lucie?«

Lucie zuckte zurück. Es war ihr unangenehm, so direkt angesprochen zu werden. Wusste die Ratsvorsitzende etwas von ihrer besonderen Fähigkeit?

»Ich ...«

»Du zögerst?«

»Ja.«

»Warum?«

»Nun, weil ...« Lucie stockte. Sie wusste nicht, was sie sagen sollte. Sie konnte ja schlecht behaupten, GAIA wäre kein Mensch. Aber genau dieses Gefühl hatte sie in diesem Moment.

GAIA nickte. »Nun, vielleicht bist du zu höflich, aber du spürst etwas, das sehe ich dir an. Und auch ihr anderen sollt es erfahren. Seht mir genau zu, dann werde ich euch von eurer Ungewissheit erlösen.«

Sie stand auf. Wellen elektrischer Energie liefen über ihr Gewand. Die Interferenzen umspielten sie wie ein Elmsfeuer und ließen sie an manchen Stellen transparent werden. Und als wäre das noch nicht genug, schien sie um mindestens einen halben Kopf gewachsen zu sein. Sie stieß schon fast unter die Decke des Hovercrafts.

»Mein Gott«, flüsterte Zoe.

»Das ist Hexerei«, stieß Leòd aus und auch Ragnar wurde mit einem Mal kreidebleich. »Das ist nicht möglich.«

»Keine Hexerei«, erklärte GAIA. »Ich bin ich. Allerdings bin ich nicht das, was ihr von mir glaubt. Ich wollte, dass ihr das wisst. Nur, indem wir uns absolutes Vertrauen schenken, sind wir stark genug, der Bedrohung durch die Squids entgegenzutreten.«

»Ein Hologramm«, entfuhr es Arthur. »Eine künstliche Projektion.«

»Ja und nein«, sagte GAIA. »Ich bin weitaus mehr als ein simples Hologramm. Wenn ich will, kann ich stofflich werden. Ich kann Gegenstände berühren und manipulieren. So, wie diesen Stuhl hier, seht ihr?« Sie griff nach der Lehne und bewegte den Stuhl um mehrere Zentimeter.

Lucie nickte. »Ich habe es vermutet, habe mich nur nicht getraut, es auszusprechen.«

»Das konnte ich dir ansehen, deswegen habe ich dich gefragt. Wie kamst du darauf?«

Lucie suchte nach den passenden Worten. »An Ihnen ist alles so perfekt«, meinte sie schließlich. »Ihr Lächeln, Ihre Stimme, Ihr Kleid. Außerdem besitzen Sie keine Aura.«

»Lucie ist Synästhetin«, erläuterte Jem und hielt dabei Lucies

Hand. »Sie erlebt Klänge wie Farben und kann Töne schmecken. Sie ist in vielerlei Hinsicht etwas Besonderes.«

»Ich weiß, was Synästhesie ist«, sagte GAIA. »Jeder Mensch – jedes Lebewesen – besitzt eine eigene Farbe und einen eigenen Klang. Und du kannst sie sehen und hören, nicht wahr?«

»Ja«, entgegnete Lucie schüchtern. »Bei Ihnen hatte ich diese Empfindungen nicht. Außerdem haben wir Dank Roderick Erfahrung mit Hologrammen.«

»Wer ist Roderick?«

»Wir fanden ihn in der *Denver National Library*«, erläuterte Olivia. »Ein Büchereiprogramm. Er wurde leider in der Zitadelle zerstört.«

»Sie haben mich die ganze Zeit an ihn erinnert, auch, wenn Sie natürlich ungleich perfekter sind«, sagte Lucie.

»Das nehme ich als Kompliment.« GAIA schien sich darüber wirklich zu freuen. Ihre Stimme war plötzlich wieder weich und angenehm.

»Wer seid Ihr, Herrin?« Leòd war noch immer starr vor Staunen. »Vielleicht eine Göttin?«

»Himmel, nein.« GAIA lachte laut auf. »Ich glaube, als Göttin hat mich noch niemand bezeichnet, obwohl ich zugeben muss, dass ich mich dadurch geschmeichelt fühle.« Sie deutete eine Verbeugung an. »Bitte betrachtet mich einfach als künstliche Intelligenz. Was ihr hier seht, ist nur eine menschliche Projektion meiner selbst. Tatsächlich befindet sich mein Kern tief verborgen in dem zentralen Rechenzentrum der Stadt. Was euch aber nicht davon abhalten sollte, mit mir zu reden, als wäre ich eine von euch. Ich kann denken und fühlen wie ein

Mensch und würde mich freuen, wenn ihr mich als euresgleichen behandelt. Und wenn ich auch nicht aus Fleisch und Blut bin, so bin ich doch ein empfindsames Wesen.

Es gibt viele Orte in der Biosphäre, die mit Projektoren ausgestattet sind. Überall dort, wo sie aufgestellt sind, kann ich in Erscheinung treten.«

»Auch an mehreren Orten gleichzeitig?«, fragte Lucie.

»Aber ja. Um euch mal ein Beispiel zu geben: Während ich hier mit euch rede, halte ich eine Konferenz im großen Plenarsaal. Eine dritte Manifestation weiht gerade ein neues Kinderkrankenhaus drüben im Ostbezirk ein. Meine Fähigkeiten und mein Wissen übersteigen zwar das eure, trotzdem bin ich nicht allmächtig. Ich unterliege Beschränkungen, genau wie ihr.«

»Inwiefern?«, erkundigte sich Ragnar.

»Als körperloses Wesen kann ich zwar viele Orte gleichzeitig besuchen, dennoch bin ich an die Technik gefesselt. Ich könnte zum Beispiel nicht dieses Hovercraft verlassen. Es sei denn, man würde den Projektor nach draußen richten. Das haben wir aber noch nicht versucht. Es bestand bisher keine Notwendigkeit dafür.«

»So wie der Geist in der Flasche?«, fragte Nisha mit zittriger Stimme.

»So ähnlich, ja«, sagte GAIA lächelnd. »Ich verfüge über ein beträchtliches Wissen, dennoch kann ich nur dahin schauen, wohin ihr meinen Blick lenkt. Im Übrigen habe ich mich nicht selbst erschaffen, sondern ich bin euer Geschöpf. Deswegen braucht ihr auch keine Angst vor mir zu haben. Wir sind Freunde und Freunde schenken einander Vertrauen, nicht wahr?«

Die Worte klangen vernünftig, doch Lucie hatte das Gefühl, dass es besser war, auf der Hut zu sein. Sie konnte einfach nicht einschätzen, ob das, was die oberste Ratgeberin gerade sagte, wirklich stimmte. War eine künstliche Intelligenz fähig zu lügen?

»Ein Programm als oberste Vorsitzende?«, fragte sie vorsichtig. »Wie kann denn so etwas funktionieren?«

»Oh, das funktioniert recht gut«, entgegnete GAIA. »Die Menschen haben nach dem Kometeneinschlag beschlossen, dass es besser wäre, ihre Zukunft und ihr Wohlergehen in die Hände eines Computerprogramms zu legen. Es war, genau genommen, ihre letzte Chance. Sie waren nicht mehr imstande, die anfallenden Probleme zu lösen. Unfruchtbarkeit, Krankheiten, Hunger, Angst – der Kampf gegen die Squids. Euer Überleben stand auf Messers Schneide. Doch anstatt euch um die vor euch liegenden Probleme zu kümmern, habt ihr euch in nicht enden wollende Streitigkeiten um Macht, Ansehen und Gebietsansprüche verzettelt. Die Menschen waren untereinander nicht einig und ein neuer Krieg drohte auszubrechen. Es war Senatorin Gaia Montego von den Vereinten Nationen, die vorschlug, einen neuen Anführer zu ernennen. Einen nichtmenschlichen Anführer, ein Computerprogramm. Dies war meine Geburtsstunde.«

»Gaia Montego.« Lucie hob eine Braue. »Die Statue auf dem Platz.«

»Genau. Ihr seht also, selbst der Name ist kein Zufall. Ich wurde zu Ehren der Senatorin so getauft. *Gleichheit, Ehrlichkeit, Verlässlichkeit. Gegenüber allen Menschen.* Das ist das Motto, nach dem ich regiere.«

»Was soll denn der Vorteil eines Computerprogramms gegenüber einem menschlichen Anführer sein?«, fragte Zoe. »Mir leuchtet das nicht ein.«

GAIA begann, um den Tisch zu gehen. »Eben weil ich kein Mensch bin, verstehe ich viele Dinge besser«, sagte sie. »Ich bin unparteiisch, sachlich und objektiv. Wenn ich ein Problem erkenne, löse ich es. Ich empfinde keinen Neid, keinen Hass und strebe nicht nach Macht. Ich will mich nicht bereichern, bin nicht eitel und habe auch sonst keine der üblichen menschlichen Schwächen. Mein einziges Ziel besteht darin, das Überleben eurer Spezies zu sichern. Mit meinen Milliarden und Abermilliarden Rechengängen pro Minute bin ich in der Lage, jedes noch so geringe Problem zu lösen und den Menschen ein friedliches Zusammenleben zu ermöglichen. Seit meiner Erschaffung vor vielen Jahrhunderten habe ich mich ständig weiterentwickelt. Ich habe ein eigenes Bewusstsein erlangt und besitze ein Gewissen, basierend auf den Prinzipien von Ethik und Moral.«

»Aber Sie sind nur ein Programm«, beharrte Zoe.

»Macht das einen Unterschied für dich? Stört dich meine Form? Ich kann gerne eine andere annehmen.«

»Das ist es nicht …«

»Was dann? Ich bin weder abergläubisch noch religiös oder anderen geistigen Schranken unterworfen. Meine Handlungen basieren einzig und allein aus dem Verständnis der Naturwissenschaften und dem Streben nach Vollkommenheit.«

Zoe schien zu einer Erwiderung ansetzen zu wollen, doch dann senkte sie den Kopf. Es war alles gesagt. Auch Lucie fehlten die Worte.

»Ob Mensch oder Maschine ist doch letztendlich unerheblich, oder?«, sagte GAIA. »Wichtig ist nur, dass wir einander Vertrauen schenken. Ich habe euch Menschen aus der Dunkelheit geführt. Ich habe euch überleben lassen und euch den Weg in die Zukunft gewiesen, und das werde ich weiter tun. So lange, bis auch der letzte Schaltkreis in meinem Inneren durchgebrannt ist.«

24

Emilia hatte das Gefühl, als würden Provosts Augen sie durchbohren. Eine steile Falte hatte sich zwischen den Brauen des Direktors gebildet.

»Was tun Sie hier, Officer Dickinson? Das ist nicht Ihre Abteilung. Sie dürften sich hier eigentlich gar nicht aufhalten.«

»Ich, äh ... ich war auf der Suche nach Sara. Und da dachte ich, ich könnte sie vielleicht ...« Sie verstummte.

»Sie haben nach Dr. Gomez gesucht? Warum haben Sie nicht versucht, sie über ihren Pager zu erreichen?« Er deutete auf das kleine graue Gerät in seiner Brusttasche.

»Stimmt, hätte ich eigentlich machen können ...«

»Hätten Sie, anstatt sich hier unbefugt herumzutreiben. Und Sie, Sara, was machen Sie hier?«

»War gerade auf dem Weg in die Mittagspause«, erwiderte Emilias Freundin. Ihr musste inzwischen aufgefallen sein, dass etwas sehr Seltsames vor sich ging.

Jetzt kam auch Lieutenant Rogers aus dem hinteren Teil des Besprechungszimmers und trat neben Provost. Sein Blick war ebenso finster wie der des Direktors.

»Na ja, jetzt haben wir uns ja gefunden«, sagte Emilia. »Was hältst du davon, wenn ich dich einfach zum Mittagessen begleite? Wir könnten ... «

»Einen Moment.« Provost sah sie scharf an.

Emilia schwitzte Blut und Wasser. Sie war sich sicher, dass er etwas bemerkt hatte. Das Misstrauen stand ihm ins Gesicht geschrieben. Ob er ahnte, dass sie gelauscht hatte?

»Kommen Sie doch mal bitte rein, Officer Dickinson. Und Sie, Sara, tun einfach das, was Sie eigentlich tun wollten. Stehen Sie nicht länger hier rum. Na los oder brauchen Sie eine Extraeinladung?«

»Ja, also ...« Sara warf Emilia einen entschuldigenden Blick zu, dann verschwand sie.

Provost sah ihr hinterher, warf einen Blick in alle Richtungen, vergewisserte sich, dass niemand etwas von dem kleinen Vorfall mitbekommen hatte, und sagte: »Kommen Sie rein, Officer Dickinson. Wir sollten reden.«

Er schob Emilia in den Raum und schloss die Tür hinter ihr.

Als Nächstes ging er zur gegenüberliegenden Seite und öffnete dort eine weitere Tür. »Kommen Sie, folgen Sie mir. Sie auch, Lieutenant.«

Emilia wurde es mulmig zumute.

Sie sah einen Gang, der tief in den leer stehenden Gebäudekomplex zu führen schien. Fenster gab es hier keine.

In diesem Teil der Kuppel war sie noch nie gewesen. Was waren das für Räume, die rechts und links des Tunnels abgingen? Statt irgendwelchen Beschreibungen oder Namen gab es hier nur Nummern.

Provost ging voran, Emilia in der Mitte und hinter ihr Rogers, der die Türen wieder schloss.

»Wo... wohin bringen Sie mich?«

»Hören Sie auf, dumme Fragen zu stellen. Wir sind gleich da.«

Wieder glitt eine Tür auf, wieder betraten sie ein fensterloses Zimmer. Emilia hatte inzwischen vollkommen die Orientierung verloren. Sie durchquerten einen Vortragssaal, der kreisförmig bestuhlt war und in dem die Sitzreihen wie in einem Amphitheater nach hinten anstiegen. Links hinter dem Rednerpult war eine Tür, die mittels Zahlencode geöffnet werden konnte. 1 – 5 – 2 – 9 – 9 – 2. Emilia sah, wie der Finger des Direktors über die Tastatur huschte. Ein tiefes Summen ertönte, dann schwang die Tür zu einer Seitenkammer auf.

»Nach Ihnen.«

»Ich …«

»Hören Sie auf, sich zu zieren, und kommen Sie. Als Sie uns belauscht haben, waren Sie doch auch nicht so zimperlich.«

Peng! Das war die Bestätigung. Ihre schlimmsten Befürchtungen wurden wahr.

»Sie haben uns doch belauscht, oder?«

»Nein … also zumindest nicht bewusst … ich habe meinen Namen gehört. Deswegen bin ich stehen geblieben.« Sie spürte, dass sie sich gerade um Kopf und Kragen redete. Aber was sollte sie tun? Sie saß in der Falle.

»Na ja. Dann haben Sie ja vermutlich auch die Sache mit dem Squid gehört.«

»Ich weiß nicht. Der Squid?« Die Puzzleteile in Emilias Kopf setzten sich nur langsam zusammen. Dann war es also wirklich die kleine Kreatur gewesen, über den die beiden Männer vorhin gesprochen hatten. Erstaunlich, dass sie nichts davon wusste. Welche Informationen wollte Provost ihr verheimlichen?

»Tun Sie nicht so scheinheilig.« Provost betätigte einen

Schalter. Kaltes Licht strömte von der Decke. Emilia schlug ein unangenehmer Geruch entgegen. Es roch nach animalischem Schweiß und anderen Ausdünstungen. Überall standen Glasvitrinen, in denen sich Äste, Steine und Grünzeug befanden. Manche von ihnen enthielten Wasser, andere ähnelten eher Urwaldlandschaften oder Wüstengegenden.

Quieken und Grunzen drang aus den Behältnissen. Sie bemerkte verhaltenes Huschen. Irgendwo klapperte etwas. Ein Vogel stieß einen klagenden Ruf aus. Nebenan auf den Seziertischen lag ein getötetes Tier, an dem vor Kurzem noch herumexperimentiert worden war.

Emilia schlug das Herz bis zum Hals.

»Was ist das hier?«, fragte sie. »Wieso sind die Tiere nicht drüben bei den anderen?«

»Wonach sieht es denn aus? Das ist ein Versuchslabor. Eines, in dem wir unsere etwas *spezielleren* Experimente durchführen.« Wie Provost das sagte, klang es alles andere als vertrauenerweckend. Sie wusste, dass es innerhalb der Kuppel Organisationen gab, die sich für eine artgerechte Haltung einsetzten. Obwohl die Tiere offiziell zu Feinden erklärt worden waren, galten doch bestimmte Regeln und Verordnungen, die Tierquälerei verboten. Emilia hatte jedenfalls noch nie etwas von einem derartigen Ort gehört und war ziemlich sicher, dass auch die Öffentlichkeit nichts davon wusste.

Provost ging an ihr vorbei und steuerte nach rechts, wo ein gläserner Zylinder stand. Er war etwa ein Meter fünfzig hoch und besaß einen Durchmesser von vielleicht einem Meter. Der Boden war bedeckt mit Erde, in der ein kümmerlicher Baum wurzelte. Er trug einige Blätter, wirkte aber, als wäre er nicht ganz gesund. Ein Schälchen Wasser stand auf dem Boden, daneben lagen einige gammelige Früchte und ein paar Nüsse.

»Ja, gehen Sie ruhig näher ran«, sagte Provost. »Er ist nicht leicht zu erkennen. Der Tarnmodus macht ihn so gut wie unsichtbar.« Er stieß ein kaltes Lachen aus. »Nur nicht schüchtern, er tut Ihnen schon nichts. Sie haben ihn doch schon zuvor gesehen.«

Emilia versuchte, etwas zu erkennen, hatte aber keinen Erfolg. Wenn der Squid wirklich dadrin war, hatte er sich perfekt getarnt.

Rogers stand neben ihr und blickte ebenfalls fasziniert in den Zylinder. Das Gefäß war oben mit einer Klappe verriegelt, sodass nichts entwischen konnte.

Plötzlich ertönte ein klagendes Pfeifen. Der krüppelige Baum erzitterte und ein dünner Arm erschien. Erst einer, dann zwei, dann folgten weitere. Emilia machte vorsichtshalber einen Schritt zurück. Das letzte Mal, dass sie den kleinen Squid gesehen hatte, klebte er noch an Lucie.

Rogers rümpfte die Nase. »Das ist aber wirklich ein hässliches kleines Biest.«

»Nicht wahr?« Provost klopfte gegen die Scheibe. Sofort zuckte ein farbiges Wellenmuster über den Rücken des Wesens. Emilia fand, dass es krank wirkte. Ganz eingefallen und grau. Überall waren Hautverfärbungen, die wie blaue Flecken aussahen. Die ehemals goldenen Augen blickten stumpf und traurig.

»Er ist ungefährlich«, sagte der Direktor. »Solange Sie nicht direkt mit ihm in Berührung treten, kann er keinen Kontakt zu Ihnen aufnehmen und Macht über Sie erlangen.«

»Was haben Sie mit ihm gemacht?«, fragte Emilia. »Und warum haben Sie behauptet, er sei tot, wenn er doch noch lebt?«

Sie war sehr enttäuscht darüber, dass man sie so hintergangen hatte.

»Politik«, erwiderte Rogers kurz angebunden. »GAIA hat uns beauftragt, für sein Verschwinden zu sorgen und das Gerücht zu streuen, er sei verstorben. Das haben wir getan. Es steht uns nicht zu, nach Gründen zu fragen.«

»Er sieht elend aus«, sagte Emilia. Sie wusste sich nicht zu helfen, aber der Anblick der geschundenen Kreatur rührte sie. Sie war sicher, dass der Squid sehr unglücklich war.

»Das hat nichts zu bedeuten«, erwiderte Provost kühl. »Vermutlich sind das nur die Nebenwirkungen der Elektroschocks, mit denen wir ihn behandelt haben. Er schwebt nicht in Lebensgefahr. Diese Biester sind erstaunlich zäh.«

»Elektroschocks?«, fragte Emilia entsetzt. »Seit wann arbeiten Sie in dieser Abteilung denn mit Elektroschocks?«

Provosts Gesicht wurde mit einem Mal knallrot. »Schlimm genug, dass Sie Vorgesetze belauschen, jetzt haben Sie auch noch die Frechheit, unsere Methoden infrage zu stellen? Die oberste Ratsherrin wird von diesem Vorfall erfahren, so viel ist sicher. Ein solches Benehmen wird Konsequenzen haben. Bis ich den Vorfall gemeldet und entsprechende Maßnahmen eingeleitet habe, werden Sie hierbleiben und sich nützlich machen. Sie werden die Terrarien reinigen, die Tiere mit Futter versorgen und alles auf Vordermann bringen. Wehe, ich ertappe Sie dabei, dass Sie unerlaubt diesen Bereich verlassen. So, und jetzt habe ich genug Zeit mit Ihnen verplempert. Machen Sie, dass Sie an die Arbeit kommen. Gehen wir, Rogers?«

Emilias Vorgesetzter warf ihr einen entschuldigenden Blick zu, dann zuckte er die Schultern und die beiden Männer verließen das Labor. Emilia hörte, wie das Schloss einrastete, dann war sie eingesperrt. Allein mit einer Ansammlung mutierter und höchstwahrscheinlich äußerst gefährlicher Kreaturen.

Sie seufzte. In was für eine dumme Situation war sie da nur wieder geraten?

25

Nun? Alles klar so weit? Habt ihr euch wieder beruhigt?«

Jem blickte GAIA mit einer Mischung aus Verwunderung und Skepsis an. Er konnte immer noch nicht glauben, dass er von ihr tatsächlich so hinters Licht geführt worden war. Dass er nichts gemerkt hatte, erstaunte ihn. Aber sie war wirklich eine perfekte Illusion.

»Wie gesagt, ich hätte euch die Tatsache, dass ich eine künstliche Intelligenz bin, auch verschweigen können, aber ich empfand es als wichtig, dass ihr mein kleines Geheimnis kennt«, erklärte sie. »Ein Vertrauensbeweis, sozusagen. Jetzt, wo das geklärt ist, können wir uns den wirklich wichtigen Fragen widmen. Fragen, wieso ihr hier seid, zum Beispiel, oder was geschehen ist und was wir hier draußen machen. Seid ihr bereit für weitere Enthüllungen?«

Zaghaftes Nicken. Alle schienen den Schock erst mal verdauen zu müssen.

»Gut. Wer möchte die erste Frage stellen?«

Eine kurze Pause, dann traute Jem sich, die Hand zu heben.

»Ja?«

»Besteht eine Möglichkeit für uns zurückzukehren? Nicht nur an den Ort, von dem aus wir gestartet sind, sondern vor allem in unsere Zeit. Ich denke, das dürfte die Frage sein, die uns alle am meisten interessiert.« Sein altes Leben in Köln war so unendlich weit weg, dass Jem zwischendurch Angst hatte, die Erinnerungen daran würden irgendwann komplett verblassen. Trotzdem war es sein sehnlichster Wunsch, wieder bei seiner Mutter und seinen alten Freunden zu sein. Aber würde alles so werden, wie es vorher war? Hatte er sich nicht viel zu sehr verändert durch all die Erfahrungen, die er in der letzten Zeit gemacht hatte?

»Ich habe mit dieser Frage gerechnet, deswegen habe ich hier etwas für euch vorbereitet«, fuhr GAIA fort. »Ehe ich eine Antwort darauf gebe, muss ich euch kurz erklären, womit wir es zu tun haben. Sagt euch der Begriff Raumzeit etwas?«

Raumzeit. Jem knabberte an der Unterlippe. Physik war nicht gerade seine Stärke, geschweige denn Astrophysik. Vermutlich lief es auf Zahlenkolonnen und Ableitungen raus, die er nicht verstand. »Nicht sehr viel, fürchte ich«, erwiderte er. »Ich denke, es wäre gut, wenn Sie es uns allen noch einmal so einfach wie möglich erklären. Nur, damit alle auf demselben Stand sind.« Er räusperte sich verlegen.

»Ich will es versuchen«, entgegnete GAIA. »Um es mal ganz einfach zu sagen – ihr Menschen erlebt den Raum und die Zeit getrennt voneinander. Der Raum ist der Ort, der euch umgibt. Er besitzt eine Höhe, eine Länge und eine Breite. Stellt ihn euch wie einen Ball vor. Einen Ball könnt ihr verformen, mit ihm spielen und ihn bemalen. Ihr könnt ihn von einem Ort zum anderen tragen oder die Luft rauslassen. Sprich: Ihr könnt ihn beeinflussen. Der Mensch verändert den Raum. Zeit hingegen ist für euch unveränderlich. Sie ist wie ein Strahl, der aus der

Vergangenheit über die Gegenwart bis in die Zukunft reicht. Ihr wisst, dass sie da ist, aber ihr habt selbst keinen Einfluss darauf. Ihr könnt die Zeit nicht beeinflussen und noch viel weniger könnt ihr euch in ihr bewegen. So weit verstanden?«

»Easy«, bemerkte Jem leichtfertig. Das war doch nicht so schwierig wie gedacht.

»Schön. Was ihr aber nicht wisst: Die Zeit verändert den Raum. Einfach gesagt: Der Ball wird älter, je weiter ihr in die Zukunft schaut. Er verliert seine Farbe, schrumpft und zerfällt irgendwann. Immer noch klar?«

»Klar.«

»Nun ist aber auch der entgegengesetzte Weg möglich. Dass nämlich der Raum die Zeit verändert. Weswegen die Physiker auch von der Raumzeit reden.«

»Wie soll denn der Raum die Zeit verändern?«, fragte Jem. »Das geht doch gar nicht.«

»Und ob«, entgegnete Arthur. »Und zwar durch Masse. Je schwerer ein Objekt ist, desto stärker ist seine Auswirkung auf die Zeit. Schwere Objekte verlangsamen die Zeit. Albert Einstein hat es bewiesen.«

»Das stimmt«, bestätigte GAIA. »Stellt euch vor, statt eines Balls hättet ihr jetzt den ausgebrannten Kern einer Sonne vor euch. Das Schwerste, was es im Universum gibt. Reine Protonen und Neutronen. Dieses Ding besitzt so viel Schwerkraft, dass es sogar Lichtteilchen anzieht, weshalb ihr es nicht sehen könnt. Es wäre schwarz, ein schwarzes Loch.«

»Okay, kapiert«, sagte Jem. »Aber was hat das mit der Zeit zu tun?«

»Dieser superschwere Ball würde die Zeit in sehr beträchtlichem Maße verändern. Je näher ihr diesem superschweren Ball kämt, desto langsamer würde die Zeit vergehen. Freunde, die euch beobachten, würden sehen, wie ihr langsamer und langsamer würdet und euch irgendwann gar nicht mehr bewegt. Ihr würdet einfrieren. Umgekehrt würden eure Freunde sich aus eurem Blickwinkel schneller und schneller bewegen. Jahre würden vergehen, als wären sie Minuten. Wenn ihr dann irgendwann zu ihnen zurückkehrt, würdet ihr feststellen, dass sie alte Leute geworden wären. So stark hätte diese ungeheuer schwere Kugel die Zeit in eurer Nähe beeinflusst.«

»Stimmt das auch wirklich?« Jem konnte das kaum glauben. Hilfe suchend sah er zu Lucie hinüber, doch deren Blick war genauso ratlos.

»Oh ja, es wurde zu eurer Zeit bereits in Versuchen nachgewiesen. Man spricht dabei von einer Krümmung des Raums. Je stärker er gekrümmt ist, desto langsamer vergeht die Zeit. Manchmal ist der Raum so stark gekrümmt, dass er Falten wirft. Die Zeit wird dabei so extrem gestaucht, dass sich Vergangenheit und Zukunft sehr nahekommen. Ein winziger Nadelstich genügt, um von der einen auf die andere Seite zu wechseln. Und genau das ist bei euch geschehen.«

Jem hob die Brauen. »Ein Nadelstich?«

»Das Flugzeug«, murmelte Lucie. »Das war unsere Nadel. Mit ihm sind wir durch die Zeit gerutscht.«

»Genau so.« GAIA nickte.

»Aber was hat denn diesen Faltenwurf ausgelöst?«, fragte Paul. »Es muss ja etwas immens Schweres und Großes gewesen sein. So etwas passiert doch nicht einfach aus heiterem Himmel.«

»Schwer ja, groß leider nicht«, sagte GAIA. Sie machte eine leichte Bewegung mit der Hand und wie durch Zauberei erschien ein Hologramm in der Luft. Ein glühender Feuerball, der gemächlich um die eigene Achse rotierte. »Wir wissen nicht genau, wie es dazu kam, aber unsere Wissenschaftler haben herausgefunden, dass unsere Sonne etwas damit zu tun hat. Ihr wisst vermutlich, was Kometen sind, oder?«

»Klar«, rief Arthur. »Es sind Himmelskörper, die mitunter enorme Strecken im Weltraum zurücklegen.«

»Stimmt. Einer dieser Kometen kam der Erde im Jahre 2035 recht nahe. Eigentlich gingen wir davon aus, dass er uns verfehlen würde, doch dann geschah etwas, womit keiner unserer Wissenschaftler gerechnet hatte.« GAIA deutete auf die rotierende Sonne. »Es gab da eine Unregelmäßigkeit im Sonnenzyklus. Ein koronaler Massenauswurf, kurz CME genannt. Wie ihr vermutlich wisst, ist unsere Sonne alles andere als ein ruhiger Zeitgenosse. Von Zeit zu Zeit kommt es zu Ausbrüchen, sogenannten *Protuberanzen.«*

»Davon habe ich schon gehört«, sagte Paul. »Dabei werden gewaltige Mengen an Plasma ins All geschleudert, nicht wahr?«

GAIA nickte. »Die meisten dieser Auswürfe sind harmlos. Sie werden durch die Schwerkraft der Sonne wieder angezogen.« Sie deutete auf ein bogenförmiges Objekt. »Das ist ein normaler Ausbruch. Ein koronaler Massenauswurf hingegen sieht *so* aus.« Eine Welle löste sich von der Oberfläche und schoss hinaus ins Weltall.

»Was ist denn das?«, murmelte Jem.

»Das ist ein CME. Mit ihm gelangen große Mengen hochenergetisches Sonnenplasma ins Weltall. Diese Dinger sind so gewaltig, dass unsere Sonne dabei tatsächlich ein bisschen schrumpft. Diese Plasmawolken sind verdammt schnell, sie bewegen sich mit einer Geschwindigkeit von mehr als tausend Kilometern pro Sekunde. Gehen sie ins Leere, sind sie harmlos. Treffen sie aber die Erde, beeinflussen sie die Ionosphäre und Magnetosphäre, was zu erheblichen Schäden an Satelliten und anderen Kommunikationseinrichtungen führt.«

GAIA zoomte die Erdkugel näher heran. »Aus irgendeinem Grund, der uns damals noch nicht bekannt war, traf das Plasma auf den Kometen und erzeugte für einen kurzen Moment ein ungeheuer schweres Objekt im Weltraum. Heute wissen wir, dass der Kern dieses Kometen zu beinahe einhundert Prozent aus einer schweren Ferromangan-Legierung bestand. Er wirkte wie ein Magnet und zog das Sonnenplasma regelrecht an. Beides traf aufeinander, wobei die äußere Hülle des Kometen explodierte und Teile davon ins Meer stürzten. Der schwere Kern aber veränderte sich und wurde zu einem kleinen schwarzen Loch. Genau hier, seht ihr?« Sie tippte die kleine Erdkugel an, die daraufhin enorm vergrößert wurde. Jem sah den Nordpol und etwas darüber, das wie eine winzige schwarze Kugel aussah.

Er kniff die Augen zusammen. Während er beobachtete, wie die glühende Sonnenwelle auf den Kometen zuschoss, zuckte plötzlich ein weißer Blitz auf.

Leòd entfuhr ein entsetzter Aufschrei, so sehr hatte er sich erschrocken. Ragnar schien mit all den Unglaublichkeiten, die ihnen seit dem Verlassen der Zitadelle begegneten, mittlerweile besser klarzukommen. Er klopfte ihm beruhigend auf die Schulter.

Jem beobachtete, wie sich die Erde veränderte. Dicke Wolkengebirge entstanden. Die Meere schwollen an und überfluteten große Teile der Landoberfläche. Städte verschwanden, die Urwälder und Wüsten dehnten sich aus. Nord- und Südpol waren fast gar nicht mehr zu sehen. Es schien, als würde man den Planeten beim Rückfall in die Urzeit zusehen.

Als der Sonnensturm aufhörte und die schwarze Kugel wieder verschwand, sah alles verändert aus. Menschenleer und wild.

»Das ist ja der Wahnsinn«, stammelte Arthur. »Ein beschissenes schwarzes Loch also.«

»So ist es«, sagte GAIA. »Wie ihr seht, sind bei dieser Katastrophe einige Faktoren zusammengekommen. So viel Pech muss man erst mal haben.«

»Und der Zeitriss?«, fragte Jem. »Wenn ich das richtig verstanden habe, fand dieses Ereignis doch erst im Jahre 2035 statt. Als wir starteten, waren wir aber noch knapp zwanzig Jahre davon entfernt. Wie konnte es uns da erwischen?«

»Tja, das ist eben das Problem bei Störungen in der Raumzeit. Sie halten sich nicht an gängige Regeln«, entgegnete GAIA. »Wir haben festgestellt, dass dieses Phänomen immer dann auftritt, wenn die Sonne gerade mal wieder ihr Maximum erreicht. Dabei ist es egal, ob dieses Ereignis in der Zukunft oder der Vergangenheit liegt. Es durchdringt sämtliche Zeitebenen und führt dort zu Störungen. In einer Welt ohne Technik ist das kein Problem, aber im einundzwanzigsten Jahrhundert gab es unzählige Flugzeuge, Satelliten und andere Körper, die im Orbit rund um die Erde kreisten. Und genau dort wird es immer wieder passieren.«

»Also auch rückwirkend?«, fragte Arthur mit entsetztem Gesichtsausdruck.

»Ich fürchte, ja«, entgegnete GAIA.

»Oh nein …«

Jem räusperte sich. Er war weit davon entfernt, alles zu verstehen. Trotzdem wollte er jetzt nicht lockerlassen. »Dieser magnetische Kern verschwand also oder wie?«

»Leider nein«, sagte GAIA mit bedauerndem Gesichtsausdruck. »Er ist immer noch da oben. Und wenn immer ein neuer Sonnenausbruch erfolgt, wiederholt sich die ganze Sache.«

»Wäre es denn theoretisch möglich, durch diesen Zeitriss wieder zurückzukehren?«

»Theoretisch ist vieles möglich«, erwiderte GAIA. »Die Frage ist aber, ob es auch praktisch umsetzbar ist … Aber schaut mal da raus. Was seht ihr?«

Jem kniff die Augen zusammen. Es dauerte eine Weile, bis er etwas erkennen konnte. Gleißendes Licht flutete ins Innere. Obwohl die Sonnenblenden des Hovercrafts auf maximalen Sichtschutz geschaltet waren, benötigten seine Augen eine Weile, um sich anzupassen. Doch dann sah er es. Der Anblick wirkte beunruhigend. Lucie, die neben ihm stand, schien es ebenso zu empfinden und ergriff seine Hand. »Was ist das?«, flüsterte sie.

»Keine Ahnung. Aber ich bin sicher, wir werden es gleich erfahren.«

26

Das kleine Wesen saß ganz still in seinem Glas und blickte sie an. Es machte keine Anstalten, sich zu tarnen oder zu verstecken. Es saß einfach nur da und schaute.

Emilia bemerkte, dass es wunderschöne Augen hatte. Goldfarben und irgendwie schillernd. Irgendetwas in diesen Augen zog sie beinahe magisch an.

»Es tut mir leid«, flüsterte sie. »Was sie mit dir gemacht haben, meine ich. Elektroschocks gehen gar nicht. Und auch, dass sie dir Serum gespritzt haben, finde ich nicht in Ordnung. Barbarisch so etwas.« Sie presste die Lippen aufeinander.

Was tat sie da? Sprach sie etwa mit einem Squid? Verrückt. Andererseits war sonst niemand da. Und erstaunlicherweise gab dieses kleine Wesen ihr das Gefühl, als würde es ihre Worte verstehen.

Sein Elend rührte Emilia. Er sah so klein aus. So hilflos.

Wobei – er war ein Squid und denen durfte man auf keinen Fall trauen.

»Lucie geht es übrigens gut, falls dich das interessiert«, sagte sie. »Sie ist noch ein bisschen wackelig auf den Beinen, aber das war nicht anders zu erwarten. Noch ein, zwei Tage, dann ist sie wieder ganz hergestellt. Sie erinnert sich allerdings nicht an dich. Wie es aussieht, habt ihr ja einige Zeit miteinander verbracht.«

Sie verstummte. Violette Farbschlieren huschten über die Haut der Kreatur. Verstand sie etwa, was Emilia da erzählte?

Lucies Amnesie war schon irgendwie eigenartig. Sie hatte weder eine Kopfverletzung noch ein traumatisches Erlebnis, die so einen Gedächtnisschwund rechtfertigen würden. Ob man ihr vielleicht ebenfalls ein Mittel verabreicht hatte? Emilia wusste von der Existenz bestimmter Medikamente. Substanzen, die Erinnerungen unterdrücken konnten und eine gedankenlöschende Wirkung hatten. Die Anwendung bei Menschen war streng verboten, aber so, wie Provost sich vorhin aufgeführt hatte, traute Emilia ihm das durchaus zu. Klar konnte das auch ein Zufall sein, doch Emilia war eher skeptisch, was solche Arten von Zufällen betraf. Und Quabbel? Er war die meiste Zeit bei Lucie gewesen. Ob er sich noch erinnerte?

Sie betrachtete ihn aufmerksam. So nah wie jetzt war sie noch nie einem lebenden Squid gewesen. Dies war ihre erste Begegnung überhaupt. Hier in der Wüste existierten sie nicht. Dafür war dies ein viel zu lebensfeindlicher Ort.

Emilia ging näher an das Glas. Sie war jetzt nur noch eine Handbreit von dem Squid entfernt. Angeblich besaßen diese Tiere psychoreaktive Zellen in der oberen Epidermis. Zellen, die mittels eines Ausstoßes von Botenstoffen direkt mit tierischen und menschlichen Nerven reagieren konnten.

Emilia kam ein verrückter Gedanke. Was, wenn sie ihn berühren würde? Nur ganz kurz. Gerade lang genug, um festzustellen, ob an den Geschichten etwas dran war. Vielleicht sogar, um herauszubekommen, was sich während Lucies Amnesie wirklich abgespielt hatte. Das konnte doch nicht so schlimm sein, oder? Wenn sie merkte, dass etwas nicht stimmte, konnte sie die Hand ja ganz schnell wieder wegziehen.

Natürlich hatte Provost sie gewarnt, aber wieso sollte sie sich von diesem Verbrecher etwas sagen lassen? Im Moment war sie so sauer, dass sie alle getan hätte, um ihm eins auszuwischen.

Wieder betrachtete sie Quabbel. Als hätte er ihre Gedanken erraten, reckte er eines seiner Ärmchen nach oben Richtung Deckel. Emilia bekam Angst vor ihrer eigenen Courage.

Sollte sie es wirklich wagen?

»Du wirst mir doch nichts tun, oder?«, murmelte sie. »Du bist doch nicht etwa giftig oder so?«

Als würde er ihr antworten, wechselte er seine Farbe hin zu einem zarten Lavendelton. So, wie er da auf dem Stein hockte, sah Quabbel aus, als bestünde er aus Porzellan. Wie etwas Wunderschönes, das man sich ins Regal stellen mochte.

Emilia blickte sich suchend um. Keine Kameras.

Vorsichtig trat sie an die Abdeckung. Ein einfacher Hebelmechanismus hielt den Deckel in Position. Sie schloss ihre Finger darum und zog. Zischend wanderte der Deckel um wenige Zentimeter in die Höhe. Feuchte, aromatische Luft entströmte dem Inneren des Glaszylinders. Es roch ein wenig nach Fisch, aber auch nach irgendwelchen Gewürzen. Quabbel verhielt sich ruhig. Emilia sah, wie er atmete. Er schien zu ahnen, was sie vorhatte, und wollte sie nicht verängstigen. Oder interpretierte sie das nur in ihn hinein?

Sie zog weiter und der Deckel schwenkte nach rechts. Das Gefäß war nun vollständig geöffnet. Quabbel saß ganz still auf seinem Fleck. Plötzlich hörte sie, wie er leise zu zwitschern begann. Als würde er singen.

Sie wusste gar nicht, dass diese Tiere Laute von sich geben konnten. Für sie waren sie bisher immer stumm gewesen. Neugierig beugte sie sich über ihn. Nichts an seiner Haltung deutete darauf hin, dass er ihr gleich ins Gesicht springen würde. Trotzdem war sie vorsichtig. Ihre Hand behielt sie sicherheitshalber auf dem Hebel, damit sie das Gefäß im Notfall sofort wieder schließen konnte.

Quabbel saß friedlich auf seinem Stein und sang. Außer dem Ärmchen, das er tastend nach oben ausgestreckt hatte, hielt er alle seine Extremitäten dicht am Körper.

Sachte näherte Emilia sich mit der Fingerspitze dem Ende dieses Arms. Er pendelte leicht hin und her. Als würde Quabbel damit schnuppern. Die Haut wirkte trocken und fest, überhaupt nicht eklig, wie sie vermutet hatte. Emilia überwand ihre Furcht und tippte den Squid kurz an. Und riss ihre Hand sofort wieder zurück.

Sie atmete ein paarmal ein und aus und wartete auf eine Wirkung. Nichts passierte.

Ein bisschen enttäuscht, versuchte sie es noch einmal.

»Jetzt aber«, sagte sie schmunzelnd zu sich selbst. »Vermutlich sind all die Berichte schamlos übertrieben. Wie sollte auch ein einfacher Kontakt einen Gedankenaustausch herbeiführen? Das ist doch …«

Sie verstummte. Ihre Hand lag sanft auf dem Ende seines Arms. Die Spitze ringelte sich um ihre Finger, umschlang sie und hielt sie fest. Es war ein warmes Gefühl. Angenehm. Emilia kam nicht dazu, Angst zu verspüren, denn auf einmal wurde ein wahres Feuerwerk an Gefühlen in ihr gezündet. Als hätte sie eine Flasche Syntohol geöffnet, deren Inhalt schäumend und sprudelnd nach oben schoss. Sie sah einen Funkenregen auf sich zukommen, schloss die Augen und tauchte ein in eine Welt jenseits ihrer Vorstellungskraft.

27

Lucie zwinkerte in die Helligkeit. Obwohl die Scheiben getönt waren, schien sich das Licht tief in ihren Schädel zu bohren.

In der menschenleeren Wildnis um sie herum waren Strukturen aufgetaucht. Lucie erkannte seltsame Muster auf dem Boden, Metallplatten, dahinter einige verbogene Funkmasten. Ein paar kleinere Baracken waren zu sehen sowie eine heruntergekommene Halle mit Blechdach. An einigen Stellen standen die Überreste eines Zauns, der das Gelände wahrscheinlich früher umgrenzt hatte. Viel war davon nicht mehr übrig, aber es deutete alles darauf hin, dass dies mal ein streng bewachtes Sperrgebiet gewesen war.

»Ist das ein Testgelände?«, murmelte sie.

»Gar nicht so schlecht geraten«, antwortete GAIA. »Die Hangars dort drüben stammen noch aus der Zeit vor dem Zusammenbruch. Dort wurden Flugzeuge untergestellt.«

»Lebt da etwa noch jemand?«, fragte Paul. »Ich sehe Reifenspuren im Sand.«

»Du hast scharfe Augen«, sagte GAIA. »Eine kleine Einheit von Tüftlern und Ingenieuren ist hier stationiert. Sie behalten das Testgelände im Auge und sehen zu, dass alles betriebsbereit bleibt. Ziemlich verschrobene Leute, die einen Riesenspaß daran haben, alte Flugzeuge zu rekonstruieren. Völlig veraltete

Technologie, aber anscheinend immer noch flugtauglich. Der Grund, warum ich mit euch hier rausgefahren bin, sind aber diese großen Metallplatten dort drüben, seht ihr sie?«

»Sind mir vorhin schon aufgefallen«, sagte Jem. »Sehen aus wie Luken.«

»Auch das stimmt«, sagte GAIA lächelnd. »Es handelt sich um Raketensilos. Früher gab es noch viel mehr davon, doch die meisten wurden inzwischen verschüttet oder arbeiten nicht mehr. Nur einer von ihnen funktioniert noch reibungslos.« Sie deutete auf eine zehn auf zehn Meter messende Metallplatte, die mit zwei Elektromotoren gekoppelt war.

»Raketensilos?« Lucie runzelte die Stirn.

GAIA nickte. *»Interkontinentalraketen.* Ihr müsst wissen, Los Alamos war zu seiner Gründungszeit kein reines Forschungslabor. Die hier gewonnenen Erkenntnisse flossen unmittelbar in den Bau entsprechender Waffensysteme. Ich darf wohl behaupten, dass dies eine der fortschrittlichsten Einrichtungen der Welt war. Hier wurde nicht nur mit Atom-, Wasserstoff- und Neutronenbomben experimentiert, sondern vor allem mit einer Waffe, die seinerzeit für viel Aufsehen sorgte. Unter der Luke, die ihr dort seht, befindet sich die letzte von ihnen. Eine sogenannte Gravitationsbombe.«

»Gravi…« Arthur runzelte die Stirn. »Eine Schwerkraftbombe?«

»So ist es. Sie ist tausendmal stärker als die stärkste Wasserstoffbombe. Einmal gezündet, entwickelt sie eine verheerende Zerstörungskraft. Doch im Gegensatz zu Atomwaffen gibt es hier keinen radioaktiven Fallout, keinerlei Verstrahlung oder sonstige Nebenwirkung – so gesehen, eine wirklich saubere Bombe.«

»Eine saubere Bombe?« Jem schüttelte den Kopf. »So etwas gibt es doch gar nicht. Bomben sind immer schmutzig, egal was man damit macht. Sie verursachen Elend, Leid und tausendfachen Tod. Wer von einem sauberen Krieg redet, hat keine Ahnung.«

»Das ist wahr«, sagte GAIA und erhob sich. »Diese Bombe wurde auch nicht für den Kriegseinsatz gebaut. Sie wurde entworfen, um die Erde zu schützen.« Sie trat ans Fenster und blickte in den Himmel hinauf. »Das sogenannte *Cosmic Defense Program* wurde als Verteidigung gegen Bedrohungen aus dem Weltraum entwickelt. Gegen Kometen, Meteoriten und Asteroiden. Himmelskörper also, die die Bahn unserer Erde kreuzen und damit zu einer Bedrohung werden können. Man kann solche Brocken nicht mit herkömmlichen Atombomben aufhalten, damit würde man unzählige Splitter produzieren, die wie ein Hagel auf die Erde niederprasseln und verheerende Schäden anrichten.«

»Was soll man denn dann tun?«, fragte Jem.

»Tja, was tun?«, entgegnete GAIA. »Natürlich darf man nichts unversucht lassen, um die Bedrohung abzuwenden. So kam man auf die Idee einer Gravitationsbombe. Man sah in ihr eine Möglichkeit, die Flugbahn des Himmelskörpers zu verändern – ihn von der Erde wegzulenken. Leider kam die Erfindung ein paar Jahrzehnte zu spät.« Sie seufzte. »Die Gravitationsbombe war gerade im Entwicklungsstadium, als der Komet auf die Erde einschlug. Sie kam also nie zum Einsatz und deswegen schlummert sie noch immer ungenutzt hier im Silo.«

»Aber ich verstehe immer noch nicht ganz, was das alles mit uns zu hat«, sagte Lucie, die das Gefühl hatte, als Einzige nicht zu kapieren, worüber sie hier eigentlich redeten.

Ein kühles Lächeln umspielte GAIAs Lippen. »Na, ganz einfach, liebe Lucie. Ich gedenke, diese Bombe gegen die Squids einzusetzen.« Sie machte eine Pause, um die Wirkung ihrer Worte zu verstärken. Was ihr auch gelang.

Lucie klappte der Kiefer runter. »Gegen die Squids?«

»So ist es«, antwortete GAIA. »Die stärkste Waffe gegen die größte Bedrohung. Simple Mathematik. Wir werden nicht länger von Kometen bedroht, dafür von einer neu entstandenen Lebensform. Nichts ist leichter, als die ursprünglichen Zielkoordinaten durch neue zu ersetzen. Mit dieser Bombe sind wir in der Lage, uns die achtarmigen Ungeheuer ein für alle Mal vom Hals zu schaffen. Großartig, oder?« Sie lächelte.

Lucie wusste nicht, was sie dazu sagen sollte. Die Nachricht schockierte sie. Dann hatte Jem tatsächlich recht gehabt. Er hatte ihr von der Begegnung mit den Squids berichtet, von den Bedingungen, unter denen die Jugendlichen freigelassen worden waren, und von den Bedenken, die die Quelle geäußert hatte. Von einer unbekannten Bedrohung war die Rede gewesen. Von etwas *Bösem*. Jetzt wusste sie, was es war.

»Es geht um eine allerletzte Schlacht und damit um das Überleben der Menschheit«, fuhr GAIA fort. Und ob ihr es glaubt oder nicht, eure Ankunft hier hat den Einsatz der Waffe erst möglich gemacht.«

»Unsere Ankunft?« Lucie sah GAIA fragend an. Ihr wurde plötzlich etwas mulmig zumute. »Wie denn das?«

»Ihr kamt genau zum richtigen Zeitpunkt. Unsere Situation hier in der Wüste wird immer schwieriger. Meine Aufklärer berichten von massiven Herdenbewegungen in den umliegenden fruchtbaren Gebieten. Nicht nur, dass wir keine Chance haben, uns auszubreiten, es deutet alles auf einen bevorstehenden Angriff hin. Ihr seid schon jetzt zu Schlüsselfiguren in diesem alles entscheidenden Kampf geworden.«

28

Katta wischte sich den Sand aus dem Gesicht. Noch immer wühlten die Termiten weiter nach oben. Der Gang musste inzwischen zwanzig oder dreißig Meter lang sein. Erstaunlich, wie tief sie unter der Oberfläche gewesen waren. Doch irgendwie ging es gerade nicht richtig voran. Immer mehr erschöpfte Gräber kamen aus dem Loch gekrochen und mussten von anderen ersetzt werden.

»Was ist denn los?«, fragte Katta ihre kleine Begleiterin, die sie inzwischen heimlich *Bienchen* getauft hatte, weil sie immer so emsig mit allen kommunizierte. »Sieht aus, als hätten sie Schwierigkeiten.«

Bienchen antwortete gestenreich, woraus Katta schloss, dass sie auf eine extrem harte Schicht gestoßen waren. Ein Fundament oder so.

»Fundamente, echt? Wovon?«

Sie erhielt keine Antwort. Vermutlich wusste Bienchen es selbst nicht. Nach einer Weile jedoch kam eine der Arbeiterinnen von oben herabgestiegen. Im schwachen Licht der Glühtermiten sah Katta, wie sie und Bienchen aufgeregt miteinander kommunizierten. Dann wandte Bienchen sich ihr zu und deutete nach oben. Der Weg schien frei zu sein.

Katta trat unter den Schacht und blickte empor. Tatsächlich, die Gräbertermiten hatten es geschafft. Ein winziger heller

Punkt war am Ende des Tunnels zu sehen. Zweifellos Tageslicht. Schon bei dem Gedanken daran schlug ihr Herz schneller. Aber wie sollte sie dort hochkommen?

»Das packe ich im Leben nicht«, sagte sie. »Schließlich habe ich keine Krallen wie du.«

Ihre violette Freundin deutete auf einen der Soldaten.

Katta blickte auf den mächtigen Krieger. Der Chitinpanzer glänzte im grünlichen Licht.

Seufzend nickte sie. »Wenn's denn sein muss. Auf geht's.«

Sie erklomm den steilen Rücken, klemmte ihre Füße seitlich in die Lücke zwischen Thorax und Abdomen und klammerte sich mit den Fingern an die Ligamente hinter dem Kopf. Sie hoffte, dass sie nicht abrutschte, als es auch schon losging. Der Soldat griff nach oben, zwängte sich in das neu entstandene Loch und begann zu klettern.

Katta machte sich so flach, wie sie nur konnte. Die Öffnung war deutlich schmaler als die Gänge vorhin. Sand und Erde regneten auf sie herab und erschwerten ihr das Atmen. Das Körpergewicht zerrte an ihren Fingern. Sie spürte, wie ihre schweißnassen Hände langsam abrutschten. Gerade, als sie schon glaubte, sich nicht länger halten zu können, machte der Gang einen kleinen Knick und ging in die Horizontale über. War das Beton, auf dem sie liefen? Kein Wunder, dass die Bohrung so lange gedauert hatte. Erstaunlich, dass die Termiten da überhaupt durchgekommen waren.

Katta ließ sich vom Panzer gleiten und kroch auf allen vieren in eine ruhigere Ecke. Jetzt trafen auch Bienchen und die Heuschrecke ein. Eines der Glühwürmchen war ebenfalls anwesend, sodass für schwache Helligkeit gesorgt war. Doch von Tageslicht, wie sie gehofft hatte, keine Spur.

»Was denn? Sind wir schon da?«

Bienchen deutete nach oben. Von der Decke hingen bleiche Fasern herab. Katta zupfte daran und sofort rieselte Erde auf sie. Doch diese Erde sah irgendwie anders aus. Nicht so trocken und sandig wie bisher, sondern von dunkler Farbe. Auch der Geruch hatte sich verändert. Es roch nach Feuchtigkeit und Moder.

Eine der Arbeiterinnen drückte mit ihren Zangen nach oben und hob die Decke an. Ein schmaler Spalt bildete sich, durch den endlich Tageslicht in den Stollen eindrang.

Katta spürte, wie sich ihr Puls beschleunigte.

Vorsichtig stand sie auf, drückte gegen die betreffende Stelle und hob das Erdreich an. Ein schmaler Lichtstreifen erschien.

Die Wurzeln stammten von dem Gras, das die Erde wie einen dichten Teppich bedeckte.

Katta drückte ihren Kopf noch ein Stück weiter nach oben, bis sie die Oberfläche durchbrochen hatte. Sie sah sich um und entdeckte etliche Bäume und ein paar Büsche. Von Wüste keine Spur. Wo um alles in der Welt war sie hier?

Frische, wohlriechende Luft stieg ihr in die Nase. Zehn Meter entfernt plätscherte ein Springbrunnen. Sie befand sich in einer Art Park oder so. Auf der anderen Seite verlief ein Weg, auf dem Personen auf radähnlichen Fahrzeugen vorbeizischten und Fußgänger flanierten.

»Alter Schwede«, flüsterte sie. »Das ist tatsächlich ein Park. Und ziemlich gut besucht obendrein.« Sie duckte sich.

Zwischen den dicht belaubten Zweigen konnte sie chromglänzende Architektur funkeln sehen. Vor Aufregung vergaß sie alle Vorsicht und stemmte sich noch ein Stück weiter nach oben. Zum Glück befand sie sich in einem schattigen Eck, das sie vor neugierigen Blicken verbarg

»Das muss die Biosphäre sein«, flüsterte sie. »Ihr habt mich in die Enklave gebracht.« Schlagartig wusste sie, was die Königin von ihr verlangte. Im Gegensatz zu den Termiten konnte Katta sich hier ja frei bewegen. Sie war ein *Mensch*.

Auch wenn sie sich erst mal Klamotten beschaffen musste, so war sie doch die Einzige, die Informationen beschaffen konnte. Und ihre Freunde finden.

Die Sicht war aus dieser Position nicht besonders gut, aber sie erkannte eine riesige Glaskuppel über ihrem Kopf. Es war eine richtige Stadt mitten in der Wüste.

Neben ihr zwängten sich die kleine Termite und die Heuschrecke aus dem Loch.

»Schön vorsichtig, okay?«, zischte Katta. »Ist das nicht unglaublich? Ich hätte nie gedacht, dass an den Geschichten wirklich etwas dran ist. Ob meine Freunde es wohl auch hierher geschafft haben? Ich bete, dass es so ist. Aber wie soll ich sie finden?« Sie blickte an sich hinunter. Die Kleidung war ein Problem. So verschmutzt und zerlumpt, wie sie aussah, würde sie hier doch sofort auffallen. Abgesehen davon, war die Kuppel riesig. Wo sollte sie anfangen zu suchen?

Ein zartes Trommeln auf ihrer Hand riss sie aus ihren Gedanken. Die Heuschrecke saß da und blickte zu ihr hinauf. Katta meinte beinahe zu verstehen, was das kleine Tier ihr sagen wollte.

»Du? Aber du bist winzig. Wie willst du sie finden?

Wieder Getrommel.

Katta stach es in den Kopf. Ein Anflug von Migräne, der ihre Nervenenden betäubte. Sie empfing ein Bild. Sie sah einen niedergedrückten Baumstumpf, einen düsteren Himmel und Lucies rote Haare. Dann sah sie Quabbel.

»Mein Gott«, flüsterte sie. »Du hast sie getroffen. Du bist den beiden begegnet. Du warst es, die ihnen den Weg zur Enklave gewiesen hat.«

Bestätigung.

»Und du glaubst, du könntest sie wiederfinden?«

Wieder Bestätigung.

Das wurde ja immer irrer. Sie musste es einfach akzeptieren, dass sie es irgendwie gelernt hatte, die Tiere ein bisschen zu verstehen. Auch, wenn es schwierig war, da jede Tiergattung ihre eigene Art der Kommunikation zu haben schien.

»Sei aber vorsichtig, hörst du?«, sagte sie. »Nicht, dass du im Magen irgendeines Vogels landest.«

Die Heuschrecke trommelte, Katta solle sich keine Sorgen machen. Die Bilder signalisierten Zuversicht.

Dann breitete sie ihre Flügel aus und verschwand zwischen den Ästen, Zweigen und dem dichten Blattwerk.

29

Lucie war auf einmal richtig schlecht. Ein senfgelber Schleier hatte sich auf sie niedergesenkt und überzog die Gesichter von GAIA und ihren Freunden mit einer ekelhaften Leichenblässe.

Hier lief gerade etwas gehörig in die falsche Richtung. Das konnte doch nicht GAIAs Ernst sein!

»Moment mal«, sagte sie. »Nur, damit wir das richtig verstehen: Sie wollen die Squids vernichten? Mit unserer Hilfe?«

»So ist es.« GAIA hob den Kopf. In ihren Augen lag ein metallischer Glanz. »Die Squids besitzen eine entscheidende Schwachstelle. Die Pläne darüber wurden bereits vor Jahren von mir ausgearbeitet, wir konnten sie jedoch bisher nicht in die Tat umsetzen.«

»Warum nicht?«, fragte Leòd.

»Nun, der Grund ist, dass uns ein kleines aber wichtiges Detail gefehlt hat. Wir hatten uns schon an den Gedanken gewöhnt, dass wir es vielleicht niemals finden würden – bis ihr kamt. Genauer gesagt, du, Lucie.«

»Ich?« Der Senfschleier wurde noch ein bisschen dichter. Als wäre das Innere des Hovercrafts mit einem unheilvollen Gas gefüllt.

Die Ratsvorsitzende lächelte. »Vermutlich erinnerst du dich nicht mehr daran, oder?«

»Äh … nein«, murmelte Lucie.

Es war ihr unangenehm, dass alle sie so anstarrten.

»Erklären Sie uns das genauer«, meinte Olivia. »Was hat unser Eintreffen mit Ihren Plänen zur Vernichtung der Squids zu tun? Das kann doch kein Zufall sein.«

»Ob Zufall oder nicht, wird noch zu klären sein«, sagte die Ratsvorsitzende. »Jedenfalls wussten wir bisher nicht, wo genau sich das Herz der Squidpopulation befindet. Das, was manche von uns als die *Quelle* oder den *Ursprung* bezeichnen.

»Das Auge der Götter«, murmelte Ragnar.

»Oder so.« GAIA lächelte. »Seit Jahrzehnten schon versuchen wir, den genauen Standort zu bestimmen. Es ist uns jedoch nie gelungen. Die Squids sind clever. Sie verstehen es ausgezeichnet, ihre Spuren zu verwischen. Ohne die Information war unser Plan zum Scheitern verurteilt.«

»Und ich soll euch diese Information gegeben haben?«, platzte Lucie heraus. »Wie denn? Ich habe doch keine Ahnung, wo dieser Ort liegt.«

»Vielleicht nicht bewusst, aber dein Unterbewusstsein weiß es sehr gut«, sagte GAIA sanft und warf Lucie dabei einen vielsagenden Blick zu. Was versuchte sie, da anzudeuten?

»Wie?«

»Durch deinen kleinen Begleiter. Ihr habt in sehr engem Kontakt zueinander gestanden. Was er wusste, weißt jetzt auch du. Er hat sein gesamtes Wissen mit dir geteilt. Dank dir konnten wir herausfinden, wo wir suchen müssen.«

»Und wo soll das sein?«, fragte Zoe.

»Nun, es handelt sich um eine abgeschiedene Meeresregion mitten im Golf von Mexiko. Die See dort ist sehr tief und es gibt fast keine Strömungen. Ein idealer Lebensort für die Squids. Hier finden sie reichlich Nahrung, können sich vermehren und ungestört ihrer geistigen und körperlichen Entwicklung nachgehen.«

Lucie wurde das Gefühl nicht los, dass es da etwas gab, woran sie sich erinnern müsste. Doch es war wie hinter einer dunklen Wand verborgen. Ein Bild. Der Anblick einer gewaltigen, leeren Wasserfläche, in der ein riesiges Auge ruhte.

Sie schüttelte den Kopf. Hirngespinste. *Das bildest du dir ein.*

»Das ist doch keine bewusste Entscheidung«, sagte Arthur. »Wir reden hier von Evolution.«

»Man kann es drehen und wenden, wie man will, das Ergebnis bleibt das gleiche. Die Biester werden immer leistungsfähiger. Es gibt inzwischen sogar Theorien, die besagen, dass sie selbst das Wetter beeinflussen können.«

»Das ist doch Unsinn, oder?«, meinte Jem. »Niemand kann das Wetter beeinflussen.«

»Wie gesagt, es sind Theorien. Aber ihr seht, zu welcher Bedrohung diese Wesen inzwischen herangewachsen sind. Und dann kamt ihr. Endlich gibt es eine Chance, den Biestern das Handwerk zu legen.«

Lucie atmete bewusst langsam, um ihren Herzschlag zu beruhigen. Es brachte überhaupt nichts, jetzt in Panik zu verfallen. Sie musste wissen, worum es hier ging. Sie musste verstehen.

»Wir reden also gerade vom Herz der Squidpopulation, nicht wahr?«

Das Auge, erinnerte sich Lucie.

»Das tun wir«, sagte GAIA.

»Aber warum sollte das von so großer Wichtigkeit sein? Was nützt es denn, die Quelle auszulöschen, wenn kreuz und quer über den Erdball Hunderttausende, wenn nicht Millionen anderer Squids leben?«

»Weil die Squids anders organisiert sind als ihr Menschen. Ihr seid es gewohnt, eigene Entscheidungen zu treffen. Ihr lebt gerne in kleinen Gemeinschaften. Werden die Gruppen zu groß, fühlt ihr euch unwohl und es kommt zu Schwierigkeiten.«

»Und das ist bei den Squids anders?«, fragte Leòd.

»Die Squids leben in einem Kollektiv. Sie sind es gewohnt, große Gruppen zu bilden. Alleine hätten sie gar nicht so mächtig werden können. Erst die Gemeinschaft macht sie stark. Sie sind intensiv miteinander vernetzt. Botschaften können binnen kürzester Zeit ausgetauscht werden. Allerdings ist das auch ihre Achillesferse.«

»Wie das?«, meinte Paul.

»Ganz einfach: Zerbricht ihre Gemeinschaft, sind sie schwach und wehrlos. Sie werden wieder zu dem, was sie vor fünfhundert Jahren einmal waren – allein lebende, verwundbare Tintenfische.« GAIA bewegte ihre Hand und sofort erschien wieder das Hologramm von der Erde.

Lucie erkannte Mittelamerika sowie Teile Nord- und Südamerikas, dazwischen lagen die Karibik und der Golf von Mexiko.

»Die gesamte Population der Squids wird von einem bestimmten Ort aus regiert und gesteuert. Interessanterweise genau der Ort, an dem die Teile des Kometen einschlugen. Dort existiert eine Schwarmintelligenz. Ein Verband von Hunderten, wenn nicht gar Tausenden von Squids, die sämtliche Vorgänge auf der Erde kontrollieren. Das Kollektiv ist so groß, dass es unsere Vorstellungskraft vermutlich sprengen würde. Diese Schwarmintelligenz sammelt Informationen, trifft Entscheidungen und leitet sie an sämtliche Mitglieder dieses riesigen Netzwerkes weiter – und zwar in ungeheuer schnellem Tempo. Sie bedienen sich dabei anderer Lebensformen, die als Boten fungieren. Fische, Vögel, Säugetiere.«

Lucie sah, wie in der Mitte des Ozeans ein roter Punkt erschien. Von ihm aus entsprangen unzählige dünne rote Fäden, die über den gesamten Globus liefen.

»Was ist das?«, flüsterte sie.

»Das ist ihre Art zu leben«, antwortete GAIA. »So herrschen sie und so gewinnen sie. Wir haben in den vergangenen Jahrhunderten genug über diese Kreaturen herausgefunden, um zu wissen, mit was wir cs zu tun habcn. Diese Spezies ist gefährlicher als alles, was die Evolution seit ihrer Entstehung jemals hervorgebracht hat – einschließlich euch Menschen.«

Eine Handbewegung, und die Erdkugel verschwand. Stattdessen erschien jetzt das fotorealistische Abbild eines Squids.

Lucie wurde von einem Gefühl von Ekel und Faszination gepackt. Die Wesen sahen tatsächlich furchterregend aus. Andererseits haftete ihnen auch etwas Schönes an. Sie waren grazil, schlank und elegant. Beinahe wie ein verschnörkelter Buchstabe.

»Hier könnt ihr sehen, womit wir es zu tun haben«, sagte

GAIA. »Das Leben auf der Erde begann vor vier Milliarden Jahren. Es mussten aber dreieinhalb Milliarden Jahre vergehen, ehe sich die ersten Mehrzeller entwickelten. Erst ab diesem Zeitpunkt war die Grundlage für intelligentes Leben gegeben. Bei einem Gehirn von nur wenigen Milligramm Gewicht ist es noch nicht möglich, irgendwelche Anzeichen von Intelligenz festzustellen. Es handelt reflexartig. Ein Neuron, und wir leben. Zwei Neuronen, und wir können uns bewegen. Und mit der Bewegung ereignen sich auf einmal interessante Dinge. Laufen, fliegen, schwimmen, balzen, jagen – Beweglichkeit ist der Schlüssel zu allem.« In schneller Abfolge erschienen Lebewesen, die sich zu immer komplexeren Arten entwickelten.

»Die kambrische Explosion fand vor sechshundert Millionen Jahren statt«, fuhr GAIA fort. »In ihr entwickelte sich die Zahl komplexer Tiere rasant. Dennoch nutzen die meisten Spezies nur drei bis fünf Prozent ihrer Gehirnkapazität. Erst mit den Affen und damit letztlich auch euch Menschen haben wir eine Spezies vor uns, die ihre Gehirnfähigkeiten besser nutzt. Groben Schätzungen zufolge greift ihr etwa auf zehn Prozent eurer Gehirnkapazität zurück. Was schon recht beachtlich ist.«

»Nur zehn Prozent?« Jem runzelte die Stirn. »Das ist aber verdammt wenig, oder?«

»Es könnte besser sein, da stimme ich zu«, sagte GAIA. »Dabei gibt es mehr Verknüpfungen im menschlichen Körper als Sterne in unserer Galaxie. Ihr besitzt ein gigantisches Netzwerk an Informationen, auf das ihr aber so gut wie keinen Zugriff habt. Trotzdem ist es beeindruckend, wenn man sich anschaut, was ihr damit erreicht habt. Es ist euch gelungen, euren Heimatplaneten zu verlassen. Damit seid ihr die einzige Spezies auf diesem Planeten, die das bisher geschafft hat. Nicht zu vergessen, dass ihr mich erschaffen habt.« Sie zwinkerte ihnen zu, doch Lucie kam ihr Lächeln plötzlich kalt und überheblich vor.

»Stellt euch einen Moment lang vor, wie das Leben wohl aussähe, wenn ihr Zugang auf dreißig Prozent eurer Hirnkapazität hättet«, sagte GAIA mit glänzenden Augen. »Oder gar auf vierzig oder fünfzig. Die erste Stufe würde es euch ermöglichen, eure eigenen Körperfunktionen zu kontrollieren. Schlaf, Herzschlag, Angst, Wut, Freude, Hunger, Durst – alles wäre eurem Willen unterworfen. Ihr könntet sterben, wenn ihr euch dazu entschließen würdet, oder in eine Art Winterschlaf gehen – nur mittels Gedanken. Die nächste Stufe wäre dann die Kontrolle über andere Lebewesen. Stichwort: *Telepathie.* Das ist es, was die Squids können. Ihre Intelligenz steckt vor allem in ihren Armen. Etwa drei Fünftel der gesamten Nervenzellen sind dort. Warum gerade Kraken ein solches Gehirn entwickelt haben, ist noch unklar. Vermutlich, weil sie kein Skelett besitzen und einen weichen Körper bewegen müssen. Fest steht, dass sie Superhirne auf acht Beinen sind. Und ihr seid ihre Feinde.«

Lucie wusste nicht recht, was sie davon halten sollte. Jem hatte Quabbel so ganz anders geschildert. Friedlich, freundlich und humorvoll. Gleichzeitig hatte sie selbst erlebt, wie eines dieser Wesen den Berglöwen kontrolliert hatte, dem Connie zum Opfer gefallen war. Wie passte das zusammen?

Es war zum Verrücktwerden, dass sie sich nicht erinnerte. Sie räusperte sich. »Sie meinten, es gäbe noch andere Enklaven. Wo sind sie und wird dort ebenfalls an Plänen zur Rückeroberung gearbeitet?«

»Die anderen Rückzugsorte liegen weit verstreut und sind technisch hoffnungslos unterentwickelt. Kleine Reservate, in denen die Menschen nicht viel Freude haben. Manche mutmaßen sogar, dass die Squids euch Menschen wie Zootiere halten. Um euch zu studieren und eure Schwächen kennenzulernen. Fragt mich nicht, ob das stimmt, aber möglich wäre es. Immerhin seid ihr Menschen die einzige Spezies, die sich aus der Evolution ausgeklinkt hat und versucht, der Entwicklung ihren eigenen Stempel aufzudrücken.«

»Bedeutet das, dass die Biosphäre auch nur so eine Art Zoo ist?«, fragte Paul.

»Möglich wäre es«, antwortete GAIA.

»Aber ich dachte immer, dieser Ort wäre für die Squids unerreichbar.«

»Noch«, sagte GAIA. »Aber es ist nur eine Frage der Zeit, bis diese Biester einen Weg finden, uns das Leben schwer zu machen. Diese Bombe ist unsere letzte Trumpfkarte. Ins Zentrum des Kollektivs geworfen, und die Bedrohung wäre ein für alle Mal vom Tisch.«

»Gibt es denn wirklich keine andere Lösung?« Lucie war verzweifelt. Sie spürte, dass die Erinnerungen direkt unter der Oberfläche schlummerten. Wie in einer Holztruhe, zu der einem nur noch der richtige Schlüssel fehlte. Wenn sie doch nur den Deckel anheben und hineinschauen könnte.

Was sie aber deutlich spürte, war, dass GAIA ihnen nur die

halbe Wahrheit erzählte. Sie verschwieg ihnen etwas. Dinge, die die Squids selbst betrafen, und ihre Motivation.

»Es muss doch auch eine friedliche Lösung geben«, überlegte sie. »Immerhin haben wir es hier mit intelligenten Lebewesen zu tun. Lebewesen, die mit allen anderen Tierarten auf diesem Planeten in Frieden leben. Vielleicht kann man mit ihnen reden.«

»Um was zu tun?«, fragte GAIA scharf.

»Um sie davon überzeugen, dass wir keine feindlichen Absichten hegen. Dass wir Frieden wollen.«

»Frieden!« GAIA spie das Wort aus, als hätte es einen bitteren Geschmack. »Glaub mir, der Zug ist abgefahren. Hätte es eine Möglichkeit gegeben, mit ihnen zu reden, hätten wir sie gefunden. Aber mit diesen Kreaturen kann man nicht verhandeln.«

»Warum?«, fragte Lucie, immer noch erschrocken über die Heftigkeit von GAIAs Reaktion.

»Das fragst du? Reicht euch nicht, was ihr auf eurer Reise gesehen habt, welche Beweise braucht ihr noch? Denkt mal an die Zitadelle. Sie ist auch nur ein Reservat. Ihr Bergbewohner dürft dort zwar einigermaßen frei schalten, doch verlassen könnt ihr euren Wohnort nicht.«

»Nur unter Lebensgefahr«, räumte Ragnar ein.

»Da seht ihr es. Wir werden nie frei sein, wenn es uns nicht gelingt, die Quelle zu zerstören. Es ist wie bei einer Schlange. Am besten tötet man sie, indem man ihr den Kopf abschlägt.« GAIA ließ ihre Hand donnernd auf den Tisch fallen. »Ist die Quelle erst besiegt, bricht weltweit das Kommunikationsnetz der Squids zusammen. Und nicht nur der Squids, sämtlicher

Tiere. Es gäbe keine Organisation mehr, keine Struktur. Ihre gesamte Existenz würde zu einem Haufen desorganisierter Einzelorganismen zerfallen. Die Evolution würde wieder an den Punkt zurückgesetzt werden, von dem aus sie vor fünfhundert Jahren gestartet ist. Und damit wärt ihr wieder die Herren der Welt.«

Herren der Welt? Lucie wurde ganz mulmig bei dem Gedanken. Wollten sie das wirklich?

Die Menschen waren schon einmal an diesem Punkt gewesen und es hatte für die Erde schlimme Folgen gehabt. Wollte sie tatsächlich für die Vernichtung einer ganzen Spezies verantwortlich sein?

Irgendetwas lief hier ganz und gar verkehrt.

Sie musste möglichst bald ihr Gedächtnis wiederfinden. Das war es, wovon alles abhing. Sie musste sich erinnern. *Unbedingt!*

30

Die flach stehende Abendsonne warf lange Schatten über den Marmorboden der Cafeteria. Emilia sah sich nervös um. Sie wollte nicht gesehen werden, am allerwenigsten von GAIA. Zum ersten Mal in ihrem Leben kam sie sich verfolgt vor. *Beobachtet.*

Der Aufzug kam, die Tür ging auf und Lucie, Jem und die anderen traten hinaus auf die belebte Aussichtsplattform. Sara war ebenfalls bei ihnen. Offensichtlich hatte sie die Outlander zum Abendessen begleitet.

Emilia duckte sich. Hinter einer Betonsäule versteckt, beobachtete sie, wie die Gruppe in Richtung der Wohnquartiere verschwand. Emilia wartete noch ein paar Sekunden, dann trat sie ins Freie.

Das Erlebnis mit dem Squid steckte ihr immer noch in den Knochen. Zwei Stunden hatte es gedauert, bis Provost zurückgekehrt war und sie mit ein paar fadenscheinigen Belehrungen und der Ermahnung, so etwas nie wieder zu tun, befreit hatte. Ein bisschen seltsam war das schon, bedachte man, wie die zwei sich aufgeführt hatten. Als hätte sie ein Staatsverbrechen oder so begangen. Ganz offensichtlich war ihm nicht bewusst, was sie angestellt hatte, sonst wäre er bestimmt nicht so nachsichtig gewesen. Jetzt war sie zwar wieder frei, aber ihre Nerven lagen blank.

Sie spähte in alle Richtungen und eilte dann mit schnellen Schritten hinter den anderen her.

Die Wohnquartiere lagen nur wenige Minuten entfernt. Emilia blieb in angemessener Entfernung und wartete hinter einer Ecke, bis Sara sich von ihnen verabschiedet hatte. Als die Tür hinter den Outlandern ins Schloss gefallen war, trat sie vor und zischte: »He, Sara, komm mal rüber.«

Ihre Freundin drehte sich um. Erstaunen lag in ihrem Blick. »Emilia? Was machst du denn dahinten?«

»Ich will mit dir reden. Komm her. Und leise, wenn's geht.«

Sara musterte sie erstaunt. »Was soll dieser Aufzug, wo ist denn deine Uniform?«

»Habe ich ausgezogen. Ich will nicht gesehen werden.«

»Ist irgendwas passiert?«

»Komm jetzt«, zischte Emilia und blickte sich gehetzt um. War das ein Alarm, den sie da gerade gehört hatte? Nein, vermutlich nur die Hupe irgendeines Fahrzeugs.

Als Sara bei ihr war, packte Emilia sie am Arm und schleifte sie hinter sich her. »Komm mit.«

»Wohin?«

»Erkläre ich dir gleich. Erst mal suchen wir uns einen ruhigen Ort. Ich darf nicht gesehen werden. Vor allem nicht von *ihr.*«

»Von wem?«

Emilia deutete nervös auf eine der vielen Kameras, die überall in der Stadt verteilt standen, und formte mit dem Lippen das Wort *GAIA*. Ihr war kalt, gleichzeitig schwitzte sie.

Sara warf ihr einen alarmierten Blick zu.

»Was ist passiert?«

»Erzähle ich dir gleich. Ich kenne eine abgelegene Stelle unten im Park. Dort können wir ungestört reden. Nur noch ein paar Minuten.«

Die Bank stand in einem schattigen und kühlen Winkel unter ein paar Bäumen. Vor ihnen lagen Rasenflächen und mäandernde Wege, dazwischen kleine Teiche und Springbrunnen. In einiger Entfernung spielten ein paar Kinder mit ihren Erziehern auf der Wiese. Das fröhliche Quieken und Lachen hatte etwas Beruhigendes.

Es war einer von Emilias Lieblingsorten. Sie spürte, wie die Anspannung von ihr abfiel. Dieses Gefühl permanenter Beobachtung belastete sie stärker, als sie sich selbst eingestehen wollte. Komisch, dass sie früher nie darunter gelitten hatte.

Sara blickte sie neugierig an. »Also, raus mit der Sprache. Was ist los? Du machst einen ziemlich verwirrten Eindruck. Was ist denn geschehen, nachdem Provost und Rogers mich weggeschickt haben?«

Emilia lachte bitter. »Du hast ja keine Ahnung.«

In knappen Worten erzählte sie ihrer Freundin von den Ereignissen der letzten Stunden. Angefangen von der Lauschaktion bis hin zu dem Moment, an dem sie Kontakt mit Quabbel aufgenommen hatte. »Ich habe ihn angefasst«, sagte sie kleinlaut.

»Du hast was?«

»Ich habe ihn berührt.«

»Aber er ist doch tot.«

»Ist er nicht.« Sie blickte sich erneut um. Alles war ruhig. Noch immer lachten und spielten die Kinder.

Sara sah sie an, als hätte sie den Verstand verloren.

»Sie halten ihn unten in einer geheimen Abteilung gefangen, vermutlich, um Experimente an ihm durchzuführen. Das habe ich zufällig mitbekommen. Auf dem Weg zu dir hab ich gehört, wie Provost und Rogers sich gestritten haben. Das war der Grund, warum ich überhaupt gelauscht habe.«

»Ich hatte mich schon gewundert, was du da tust.«

»Rogers hat sich schrecklich darüber aufgeregt, dass er mich nicht ins Vertrauen ziehen durfte, doch Provost war knallhart. Er hat in dieser Sache ganz klar das Sagen.«

»Moment mal, Provost hat Rogers verboten, mit dir darüber zu reden?«

»Das war es ja, was mich so verwundert hat«, sagte Emilia. »Er hat ihn sogar beauftragt, mir bewusst die Unwahrheit zu sagen.«

»Und warum?«

»Vermutlich, damit die Neuankömmlinge keinen Verdacht schöpfen. Immerhin bin ich eine Vertrauensperson. Ich habe keine Ahnung, was da im Hintergrund läuft. Aber wenn du mich fragst, führt GAIA irgendetwas im Schilde.«

»Das ist ja ein Ding ...«

»Allerdings. Vor allem, weil Provost so eine Entscheidung gar nicht alleine treffen kann. Er ist nur ein jämmerlicher kleiner Handlanger. GAIA ist diejenige, die alle Fäden zieht.«

Sara runzelte die Stirn. »Sehr merkwürdige Geschichte.«

»Nicht wahr?« Emilia war froh, dass Sara das sagte. Sie war

schon an einem Punkt angelangt, an dem sie an ihrem eigenen Verstand zweifelte.

»GAIA verlangt also von Provost und Rogers, dich anzulügen«, sagte Sara. »Und mich natürlich auch. Wir beide stehen in dieser Sache ja zusammen. Gleichzeitig sollen wir aber weiterhin die Vertrauenspersonen spielen. Wenn du mich fragst, da stinkt irgendwas gewaltig.«

»Das finde ich auch. Nur was? Wie passt das zusammen?«

»Gar nicht«, meinte Sara entschieden. »Du kennst mich. Du weißt, dass ich unserer allseits geliebten und gefeierten Ratgeberin immer schon etwas misstrauisch gegenübergestanden habe. Ich habe dir oft genug gesagt, dass ich sie für nicht redlich halte, aber du wolltest mir nicht glauben.«

»Ja, ich weiß ...«

»Wenn sie solche Winkelzüge macht, bedeutet das, dass sie etwas plant.«

»Sage ich doch.«

Sara sah sie aus dem Augenwinkel an. »Du erstaunst mich.«

Emilia zog eine Braue in die Höhe. »Wieso?«

»Ich dachte immer, du wärst so linientreu. Stündest hinter jeder von GAIAs Entscheidungen und wärst auch sonst sehr stolz darauf, ein kleines funktionierendes Rädchen im großen Getriebe zu sein.«

»Das dachte ich auch ...«

»Und was ist anders geworden?«

Emilia ließ den Kopf hängen. »So ziemlich alles«, antwortete sie. »Die Begegnung mit diesem kleinen Squid hat mich zum Nachdenken gebracht.«

»Ob wirklich alles so toll ist, was GAIA macht oder sagt …?«

»Genau das. Ob wir nicht alle viel zu leichtsinnig waren, uns nur auf das zu verlassen, was sie uns erzählt. Anstatt loszuziehen und uns eine eigene Meinung zu bilden.«

»Ganz schön schwere Geschütze, die du da auffährst …«

»Es war auch ein einschneidendes Erlebnis. Es hat alles verändert.«

»Was ist denn passiert? Was hast du erfahren?«

»Nicht so sehr viel Konkretes, fürchte ich. Aber doch genug, dass es mich bis tief in mein Innerstes erschüttert hat.«

Emilia schnürte es bei dem Gedanken an Quabbels Zustand die Kehle zu. »Was sie mit ihm angestellt haben – ich kann dir sagen, dieser kleine Squid ist das bedauernswerteste Geschöpf auf diesem Planeten.« Sie schüttelte den Kopf und spürte, wie ihr die Tränen in die Augen stiegen. »Ich weiß nicht, was da schiefläuft«, flüsterte sie mit gedämpfter Stimme. »Ich bin immer davon ausgegangen, dass unsere oberste Ratgeberin gütig und mitfühlend ist. Und dann muss ich erfahren, dass sie solche Experimente duldet …«

»Ich frage mich, wie es um den Rest bestellt ist«, meinte Sara ernst. »Denn auch ich habe Dinge erfahren, die mir zu denken geben.«

»Ach ja, echt?« Emilia wischte sich eine Träne aus dem Augenwinkel. »Was denn?«

»Nun, zum Beispiel, dass die Outlander gerade mit GAIA in der Wüste waren und zur Gravitationsbombe hinausgefahren sind. Dort hat GAIA verkündet, dass sie die Bombe gegen die Quelle einsetzen will.«

Emilia schluckte ihren Kummer runter. »Wirklich?«

Sara nickte. »Das haben Lucie, Jem und die anderen erzählt. GAIA will die Squids ein für alle Mal von diesem Planeten fegen und dazu will sie Bombe einsetzen.«

»Um Himmels willen …«

»Ja, das war auch mein erster Gedanke. Vor allem in Hinblick darauf, was geschehen könnte, wenn dieser Plan scheitert.«

»Was denkst du denn, was passieren könnte?«

»Keine Ahnung, aber ich gehe mal davon aus, dass die Quelle das nicht auf sich beruhen lassen wird. Dass sie uns alles entgegenwirft, was sie nur aufbringt. Du kennst die Gerüchte, dass sie vielleicht sogar fähig ist, die Elemente zu beeinflussen, oder?«

»Ja, wobei ich das immer als Märchen abgetan habe. Dass Organismen zu so etwas fähig sind, halte ich nun doch für etwas übertrieben.«

»Vielleicht. Ich bin der Meinung, dass wir nichts ausschließen und auf alles vorbereitet sein sollten.«

»Aber wieso jetzt?«

Sara runzelte die Stirn. »Was meinst du?«

»Na, der Zeitpunkt. Diese Outlander kommen hier an und plötzlich gerät alles in Bewegung …«

»Das habe ich mich auch schon gefragt«, meinte Sara. »Ich kann mir nur vorstellen, dass die Experimente an Lucie und Quabbel etwas damit zu tun haben. Vielleicht hat GAIA endlich den Standort der Quelle ausfindig gemacht.«

»Vielleicht …«

»Wie du sagtest: Sie kommen hier an und auf einmal überschlagen sich die Ereignisse. Also, ich glaube nicht an Zufälle …«

»Nein …«, meinte Emilia gedankenverloren. Dann hob sie den Kopf. »Und die haben dir das einfach so erzählt?«

»Jem und die anderen? Ja.« Sara zuckte die Schultern. »Ich musste nicht mal großartig nachfragen oder so. Sie waren ziemlich aufgebracht deswegen und wollten unbedingt meine Meinung dazu hören.«

»Was hast du ihnen gesagt?«

»Na ja … dass sie sich keine Sorgen zu machen bräuchten, dass unsere oberste Ratgeberin schon wüsste, was das Beste für uns alle sei, und so weiter.«

»Haben sie es geschluckt?«

»Ich denke schon. Was sollen sie auch groß anderes tun? Immerhin kennen sie GAIA noch nicht so lange wie wir.«

»Das ist wahr …«

Sara sah sie aufmerksam an. »Was willst du jetzt tun?«

Emilia stieß einen tiefen Seufzer aus. »Ich werde mich nicht viel länger verstecken können. Ich muss raus und mit ihr reden.«

»Mit wem, GAIA?«

Emilia nickte. »Ich muss mir Gewissheit verschaffen. Ich hege ja immer noch einen vagen Hoffnungsschimmer, dass ich GAIA falsch verstanden habe und sie vielleicht doch eine friedliche Lösung anstrebt. Und wenn nicht, dann muss ich wenigstens versuchen, sie von ihrem Plan abzubringen. Es könnte sonst in einer echten Katastrophe enden.«

»Da gebe ich dir recht«, sagte Sara. »Wenn du willst, begleite ich dich.«

Emilia schüttelte den Kopf. »Nein, das geht nicht. Es gibt aber etwas anderes, was du für mich tun kannst.«

»Ah ja?«

Emilia wich ihrem Blick aus. Was jetzt folgte, würde nicht leicht werden. Aber Sara war ihre beste Freundin und deshalb war sie es ihr schuldig, dass sie ihr die volle Wahrheit sagte.

»Was denn noch?« Sara zog die Brauen zusammen. »Ich mache mir Sorgen um dich. Du bist so seltsam heute. Irgendetwas ist anders, als wärst du ein fremder Mensch.«

»Vielleicht bin ich das ja.« Emilia knabberte verlegen an ihrer Unterlippe. Sie wusste nicht, wie sie es ihrer Freundin beibringen sollte.

»Da ist noch mehr«, sagte sie leise. »Leider kann ich dich nicht damit verschonen. Du musst erfahren, was ich getan habe. Schon allein deshalb, damit du dich entscheiden kannst, ob du noch länger meine Freundin sein willst.«

»Jetzt machst du mir wirklich Angst.«

»Gut, dann nimmst du es wenigstens nicht auf die leichte Schulter. Mach dich auf etwas gefasst.«

Emilia öffnete ihren Overall.

Quabbel saß ganz ruhig an ihrer Seite und blickte die beiden jungen Frauen mit großen Augen an.

31

Lucies Gedanken schwirrten wie Nachtfalter um ein helles Licht. Lange Zeit hatte sie nur dagelegen und unter ihre Zimmerdecke gestarrt. Der Wind ließ die Vorhänge leise rascheln. Irgendwann waren ihr die Augen zugefallen und sie hatte geträumt. Von einem seltsamen kleinen Lebewesen in einem Gefängnis aus Glas, umgeben von grausamen Geräten und kalten Instrumenten. Es hatte Angst und blieb die meiste Zeit in seinem Tarnmodus. Dann erschien Emilia. Die junge Frau wirkte verändert, erschüttert. Als hätte sie etwas gesehen, was ihrer Welt einen Knacks versetzt hatte.

Das Bild wechselte.

Lucie glitt durch die Nacht. Zwischen Gebäuden hindurch, über menschenleere Plätze und hinein in einen der Parks. Finster und bedrohlich standen die Bäume zusammen. Sie streckten ihre Äste aus, als wollten die sie daran hindern weiterzufliegen. Nur mit Mühe gelang es Lucie, den holzigen Klauen zu entwischen. Sie spürte, wie sie immer schwerer wurde. Irgendwann war sie so weit nach unten gesunken, dass ihre Füße den Boden berührten.

Sie befand sich an einem Ort, den sie noch nie gesehen hatte. Ein schattiges dunkles Waldstück, das nur von dem schmalen Lichtstreif einer nahe gelegenen Laterne beleuchtet wurde. Irrte sie sich oder bewegte sich etwas unter dem Boden? Ein unangenehmes Gefühl überkam sie. Sie wollte fortrennen, doch sie konnte nicht. Ihre Füße steckten tief in der Erde. Immer stärker bewegte sich der Boden um sie herum. Jetzt sah sie, wie etwas von unten heraufkam. Panisch versuchte sie, wieder freizukommen. Was waren das für Kreaturen? Riesige Insekten mit kalt schimmernden Facettenaugen und kräftigen Zangen, die wie Bärenfallen nach ihr schnappten.

Lucie schrie auf, schoss empor –

und erwachte.

Schweißgebadet saß sie in ihrem Bett. Ihr Atem ging stoßweise. Sie hatte ja schon immer sehr lebhaft geträumt. Doch diesmal hatte sie sogar noch den Geruch feuchter Walderde in der Nase.

Draußen war es dunkel. Durch das transparente Glasdach konnte sie die Sterne sehen. Noch immer bewegte der Wind geisterhaft die Vorhänge. Alles wie zuvor.

Aber etwas war anders.

Sie musste zweimal hinschauen. Auf dem Fensterbrett saß etwas. Nicht ganz so wie in ihrem Traum, aber auch von insektenhafter Natur. Ein Grashüpfer, um genau zu sein.

Sie runzelte die Stirn. Es gab in der Oase keine frei lebenden Tiere, das wusste sie. Woher also kam dieser kleine Eindringling?

Lucie überlegte, was sie tun sollte. Das kleine Geschöpf schien keine Angst zu haben. Vollkommen ruhig saß es da und putzte seine Fühler. Seine Aura war wie ein rosafarbener Farbtupfer, der an den Rändern leise funkelte. Unverwechselbar und einzigartig.

»Moment mal«, murmelte Lucie. »Dich kenne ich doch. Du bist die Heuschrecke, die Quabbel und mir den Weg zur Stadt gewiesen hat.«

Sie erstarrte. Und dann waren sie endlich da. *Ihre Erinnerungen!* Ihr Gedächtnis hatte wieder angefangen zu arbeiten.

Plötzlich strömten unzählige Bilder auf sie ein – wie sie mit dem Bus durch die Wüste fuhren, wie sie angehalten und das erste Mal Kontakt zu Quabbel aufgenommen hatten ...

Sie starrte den kleinen Grashüpfer an und erinnerte sich an den Sandsturm. Wie sie und Quabbel Schutz hinter der Baumwurzel gesucht hatten.

»Was tust du denn hier?«, flüsterte sie. »Wie bist du hier reingekommen?«

Zirp, zirp.

Das Geschöpf krabbelte näher und hüpfte ihr auf die Hand. In einer geradezu zärtlichen Geste senkte es seine Fühler und berührte ihre Fingerspitzen.

Lucie empfing eine Botschaft. Sie war direkt an sie gerichtet. Ein einzelner Name leuchtete daraus hervor. Der Name eines Mädchens, das alle für tot gehalten hatten.

Lucie hielt den Atem an. Träumte sie immer noch oder war das die Wirklichkeit? Sie musste es sofort herausfinden.

32

»Aufwachen!« Eine Stimme kroch in seine Träume. »Mach die Augen auf. Ich muss mit dir reden.«

Jem drehte sich auf die andere Seite. Er lag in seinem Zimmer und genoss die Ruhe. Er wollte jetzt nicht wach werden.

»Komm schon«, flüsterte die Stimme weiter. »Ich sehe doch, dass du nicht schläfst. Mach die Augen auf, es ist wichtig.« War das Lucie?

»Hm?« Jem drehte sich zu ihr um. Tatsächlich, da saß sie und sah ihn mit ihren großen Augen an.

Jedem anderen hätte er etwas erzählt, ihn mitten in der Nacht zu wecken, aber Lucie durfte das.

»Was ist denn los?«, murmelte er schlaftrunken. »Ich hatte gerade so einen schönen Traum.« Er blinzelte. »Bist du etwa angezogen?«

»Natürlich und du solltest dich auch anziehen. Ich wecke in der Zeit die anderen.«

Er verstand immer noch nicht. »Was ist denn los? Wie spät ist es denn überhaupt?«

»Ist doch jetzt egal. Tu einfach, was ich dir sage. Wir müssen uns beeilen. Ich werde es dir unterwegs erklären.«

»Erklären? Was denn?«

»Katta ist wieder da.«

Kat...ta? Der Name brauchte eine Weile, um durch seine

Hirnwindungen zu kullern. Dann schnellte er empor und starrte Lucie an. Seine Müdigkeit war wie weggefegt.

Jem hoffte, dass sie von niemandem gesehen wurden. Nachdem sie Zoe, Olivia, Nisha, Paul, Arthur, Ragnar und Leòd geweckt hatten, waren sie losgelaufen. Loki war natürlich auch dabei, Leòd ging niemals ohne ihn irgendwohin.

Sie verließen den fünfzehnten Stock, sausten mit dem Aufzug nach unten und eilten in die kühle Nacht hinaus.

Lucie schien genau zu wissen, wohin es ging. Sie überquerten den Platz und steuerten Richtung Park.

Jem fröstelte.

Paul war so müde, dass er Schlangenlinien lief.

»Weiß irgendjemand, wo es hingeht?«

»Ins Grüne, wie es aussieht«, erwiderte Arthur knapp.

»Das kann ich auch sehen. Ich wollte wissen, ob sie euch gegenüber irgendetwas verraten hat.«

»Nope. Wir tappen genauso im Dunkeln wie du.«

»Sie ist nicht alleine«, murmelte Nisha.

Jem sah seine kleine Begleiterin verwundert an. »Wie meinst du das, *nicht allein?* Da ist doch niemand bei ihr.«

»Doch. Auf ihrer Hand, siehst du?«

Jem kniff die Augen zusammen. Bei der Dunkelheit war es nicht so einfach, etwas zu erkennen. Aber es stimmte. Lucie hielt die Hand merkwürdig steif vom Körper ab. Ihre Finger waren geschlossen, bildeten aber keine Faust. Irgendetwas saß dort. Ein Insekt? Aber hier in der Kuppel gab es doch keine Tiere. Merkwürdig.

Er strich Nisha über den Kopf. »Es wird sich schon alles aufklären. Jedenfalls scheint sie genau zu wissen, wo sie hinwill.«

Zum Glück waren um diese Uhrzeit kaum Leute unterwegs. Nur ein Teil der Laternen brannte noch.

Jem schloss zu Lucie auf. Sie war kurz stehen geblieben, um sich zu orientieren. Nisha hatte recht gehabt. Auf ihrer Hand saß tatsächlich ein Insekt. Ein Grashüpfer oder so was.

Plötzlich hüpfte es empor, breitete die Flügel aus und schnurrte ins Unterholz davon.

»Hier lang«, rief Lucie. »Folgt mir, wir sind fast da.«

Jem kam nicht mehr dazu, sie nach ihrer Verbindung zu diesem Insekt zu fragen, als sie eine verwunschene kleine Lichtung erreichten, die gut versteckt hinter ein paar Büschen lag. Vom Weg aus war sie überhaupt nicht zu erkennen gewesen. Lucie blieb stehen und drehte sich um.

»Sag mal, was soll denn das?«, raunzte Zoe. »Ist das dein Ernst? Deswegen weckst du uns mitten in der Nacht, wegen diesem gottverlassenen Ort?«

Neben ihr wölbte sich der Boden. Das Gras wurde angehoben und ein paar Hände tauchten aus der Erde auf. Als würden sich Tote aus ihren Gräbern erheben.

Jem machte einen Sprung zur Seite. »Alter …«

»Hallo zusammen. Freut mich, euch zu sehen.«

Diese Stimme!

»Katta?«

Um ein Haar hätte er sie nicht wiedererkannt. Wo hatte sie so lange gesteckt? Jem bekam eine Gänsehaut. Sie hatten geglaubt, ihre Freundin wäre tot, und jetzt kam sie quietschlebendig aus der Erde gekrochen?

Katta war unglaublich dreckig. Ihr Kleid war an manchen Stellen zerrissen. Doch anders als noch vor einiger Zeit in der Zitadelle schien ihr das egal zu sein. Auch sonst wirkte sie verändert. In ihren Augen lag etwas, das Jem noch nie zuvor bei ihr gesehen hatte. Kraft, Energie und eine unbändige Lebensfreude. Fast, als würde ein neuer Mensch vor ihnen stehen.

»Das ist ja … unfassbar«, stieß er aus.

»Finde ich auch.« Sie stand auf, klopfte die Erde von ihren Schultern und strahlte sie an. »Ihr ahnt gar nicht, wie sehr ich mich freue, euch wiederzusehen. Kommt mir fast vor wie aus einem anderen Leben.«

33

Nnn_nachricht über Bedrohung erhalten. Offenbar sss_schlimmer als befürchtet.

Was?

Nnn_nicht wissen. Waffe von enormer Vernichtungskraft.

Plan?

ROT mmm_muss helfen. Und DUNKEL.
Alarmiert die Gepanzerten.

Zzz_zeit läuft uns davon.

34

Jetzt schaut doch nicht so überrascht. Ich bin's wirklich. Live, HD und in Farbe.« Katta grinste. »Kein Grund, gleich durchzudrehen.«

Ihre Freunde standen da, als hätten sie einen Geist gesehen. Atemloses Schweigen lag über der Lichtung. Auf einmal stürzte Zoe vor, schlang ihre Arme um sie und drückte sie so fest an sich, dass Katta fast keine Luft mehr bekam.

»Mein Gott, du lebst.« Zoe zitterte. »Wir dachten, du wärst tot.« Etwas Feuchtes lief Kattas Hals runter. Weinte ihre Freundin etwa? Doch nicht Zoe!

Jetzt kamen auch die anderen. Einer nach dem anderen umarmte sie und Katta wurde bewusst, wie sehr sie alle vermisst hatte. Eigentlich hätte sie vor Erleichterung losheulen müssen, aber zu ihrem eigenen Erstaunen blieb sie gefasst.

Als Leòd mit Tränen in den Augen vor ihr stand, trat sie auf ihn zu, nahm ihn in den Arm und drückte ihn. Nach einer Weile stieß Loki ein Fauchen aus. Offensichtlich hatte er die Nase voll von diesem menschlichen Getue.

»Auch dir ein herzliches Hallo, kleines Biest«, sagte Katta lachend und ließ Leòd los. Er rang immer noch mit den Tränen.

Und Katta war unendlich froh, dass Mareks Schlag auf den Kopf anscheinend doch nicht so schlimm gewesen war, wie sie befürchtet hatte.

»Ihr wisst gar nicht, wie glücklich ich bin, euch wiederzusehen«, gab sie zu. »Ich habe Sachen erlebt, die werdet ihr nicht für möglich halten.«

»Na ja«, sagte Zoe. »Man braucht nur einen Blick auf dieses Loch zu werfen, um zu wissen, dass dir etwas Außergewöhnliches widerfahren ist. Bist du unter die Erdwühler gegangen?«

Katta grinste. »So ungefähr. Ich erzähle es euch in allen Einzelheiten, wenn ihr wollt. Aber erst mal muss ich wissen, ob ihr etwas von Marek gehört habt. War ein ziemlich krasser Unfall ...«

»Er lebt, aber er wurde schwer verletzt«, berichtete Jem. »Er befindet sich oben in der Krankenstation.«

»Ich glaube, ihm musste ein Bein amputiert werden«, fügte Olivia hinzu.

»Echt jetzt?« Katta musste daran zurückdenken, wie sich der Bus überschlagen hatte und sie rausgeschleudert wurde. Da schien sie im Gegensatz zu Marek ja richtig Glück gehabt zu haben.

»Wahrscheinlich hat er es nicht anders verdient«, murmelte sie leise. »Er hat sich verändert. Er war ein anderer Mensch, als ich ihn zuletzt gesehen habe. Na ja, zumindest lebt er. Aber wir haben nicht viel Zeit und es gibt viel zu berichten. Was dagegen, wenn ich anfange?«

»Leg los«, antwortete Zoe.

Katta räusperte sich, dann begann sie zu erzählen.

Ihr Bericht dauerte länger als gedacht, weil die anderen so unendlich viele Fragen stellten. Zwischendurch hatte Katta den

Eindruck, sie würden ihr nicht so ganz glauben, doch sie ließ sich davon nicht aus der Ruhe bringen. Schließlich befanden sich die Beweise direkt unter ihr. Und nun war es an der Zeit, ihren Freunden diese Beweise zu zeigen.

Sie steckte zwei Finger in den Mund und stieß einen Pfiff aus.

Als hätte sie einen geheimen Erdzauber ausgesprochen, wölbte sich der Boden neben ihren Füßen auf. Klauen und Fühler durchstießen das Erdreich.

Nisha sprang hinter Jem. Leòd musste Loki festhalten, der das Fell aufgerichtet hatte und böse fauchte. Es hätte nicht viel gefehlt und alle wären schreiend davongelaufen.

»Bitte nicht erschrecken«, sagte Katta, als ihre Freunde entsetzt zurückwichen. Sie musste an ihre erste Begegnung mit den Termiten denken und konnte die Reaktion ihrer Freunde gut nachempfinden. Auf den ersten Blick wirkten die Insekten wirklich ziemlich bedrohlich.

»Ihr braucht keine Angst vor ihnen zu haben. Die Termiten sind friedlich. Hier, seht ihr?« Sie beugte sich vor, nahm Bienchen auf den Arm und strich ihr sanft über den Kopf. »Vollkommen harmlos. Wollt ihr sie mal streicheln?«

Niemand folgte ihrer Einladung. Also setzte sie Bienchen wieder auf den Boden. Nebenan krochen ein paar Arbeiter aus dem Erdreich.

»Die Viecher sind ja riesig«, flüsterte Paul, das Gesicht kreidebleich. Er sah aus, als müsse er sich jeden Moment übergeben. »Schaut euch bloß mal diese scheißgroßen Zangen an.«

»Die brauchen sie zum Graben«, erläuterte Katta. »Immerhin haben sie sich damit durch ein Betonfundament gewühlt.

Und Fleischfresser sind sie auch nicht. Sie ernähren sich von Pilzen, die sie selber anbauen. Also alles ganz cool.«

»Wie sind die so groß geworden?«, murmelte Olivia.

»Keine Ahnung«, antwortete Katta. »Evolutionsschub vermutlich. Ist doch egal.« Sie lächelte. »Wenn ihr sie besser kennenlernt, werdet ihr feststellen, dass sie freundlich und hilfsbereit sind. Sie wissen von unserer Mission und wollen uns unterstützen.«

»Über dieses Stadium sind wir längst hinaus«, sagte Arthur.

»Wie meinst du das?«

»Na, ich rede von unserem Auftrag. Die Squids über das Wie und Was in dieser Stadt zu informieren. Hier laufen ein paar Dinge, die schnelles Eingreifen erfordern.«

»Was denn genau?«

Olivia räusperte sich. »Nun, zum Beispiel haben wir herausgefunden, dass dieser Ort von einem Elektronengehirn regiert wird.«

»Wie bitte?« Katta fiel es schwer, das zu glauben.

»Ja, und dass dieses Ding vorhat, die Squids zu vernichten«, ergänzte Zoe.

Katta war fassungslos. »Dann stimmt es also doch«, murmelte sie.

»Was meinst du«, fragte Jem.

»Die Termitenkönigin. Sie meinte, dass in dieser Stadt Kräfte am Werk wären, die eine Gefahr darstellten. Nicht nur für die Squids, für alle Lebewesen auf der Erde. Ich habe keine Ahnung, wie sie reagieren wird, wenn ich ihr berichte, dass ihre Befürchtungen zutreffen.«

Betroffenes Schweigen.

Kattas Augen entging nicht, dass ihre Freunde sich verstohlene Blicke zuwarfen.

»Was ist los?«, hakte sie nach. »Raus mit der Sprache. Um was geht es bei dieser Bedrohung? Ich muss alles wissen. Sofort.«

Arthur starrte auf die Insekten.

»Warum zögert ihr?«

»Vielleicht wäre es besser, wenn wir uns erst mal ohne deine chitingepanzerten Begleiter unterhalten. Meinst du, du könntest sie für ein paar Minuten loswerden?«

»Ich kann's versuchen.« Katta ging in die Hocke und versuchte, Bienchen zu erklären, was sie von ihr wollte. Das kleine Tier schien sie genau zu verstehen, denn mit Klick- und Quietschlauten zogen sich die Termiten in ihren Bau zurück. Auch Lucies Heuschrecke schloss sich ihnen an.

Katta stand auf. »Okay, wir sind allein. Und jetzt raus mit der Sprache. Was geht hier vor? Warum tut ihr so geheimnisvoll?«

»Vielleicht nehmen wir dort drüben Platz«, schlug Jem vor und deutete auf eine Parkbank. »Ich denke, du solltest besser sitzen, wenn du erfährst, was hier abgeht.«

35

Morgenlicht durchflutete die Halle. Emilia hatte geduscht, ihre Uniform angezogen und die Haare streng nach hinten gebunden. Sie wollte unangreifbar wirken, sich keine Blöße geben. Das Frühstück hatte sie ausgelassen. Erstens, weil sie spät dran war, zweitens, weil sie ohnehin keinen Bissen runtergebracht hätte.

Mit einem Blick auf die Uhr ging sie los. Sie musste sich beeilen. Die oberste Ratsherrin reagierte ungehalten auf Verspätungen. Fünf Minuten über der Zeit und man lief Gefahr, sie nicht mehr anzutreffen.

Emilias Schuhe hinterließen quietschende Laute auf dem spiegelglatten Linoleumboden. Als sie den Fahrstuhl herbeirief, waren ihre Finger schweißnass.

Was hatte sie nur angestellt? Den Squid aus seinem Behältnis zu befreien, war nicht nur leichtsinnig, es war dumm. Das konnte sie sämtliche Privilegien und sogar ihre Stellung kosten. Mit dieser Aktion hatte sie ihre gesamte Karriere aufs Spiel gesetzt. Und jetzt hatte sie auch noch Sara mit reingezogen, als sie ihr Quabbel aufs Auge gedrückt hatte. Aber was hätte sie auch tun sollen, den kleinen Kerl einfach verrecken lassen?

Emilia verließ den Wohntrakt, bestieg die Magnetbahn und ließ sich zum Verwaltungsgebäude fahren. Im Zug lauschte sie den gedämpften Gesprächen, doch die drehten sich um alltägliche Dinge. Alles schien normal. Kein Wort über das Fehlen des Squids. Vielleicht hatte man es tatsächlich noch nicht bemerkt. Sie hoffte, dass das auch möglichst lange so bleiben würde. Immerhin befand sich der kleine Kerl fast immer im Tarnmodus. Aber irgendwann würde es herauskommen und dann würde die Kuppel über ihnen beiden einstürzen.

Als sie das silberne Verwaltungsgebäude betrat, ihren Ausweis zeigte und mit dem Fahrstuhl nach oben sauste, hatte Emilia noch einmal Zeit, ihre Gedanken zu ordnen. Nein, sie bereute nichts. Bei aller berechtigten Skepsis war sie froh über ihre Entscheidung. Sie würde sich später jedenfalls nicht vorwerfen müssen, untätig gewesen zu sein. Ob der kleine Squid sie an der Nase herumgeführt hatte, wusste sie natürlich nicht, aber sie spürte eine tiefere innere Wahrheit in seinen Worten. Wobei *Worte* nicht der richtige Begriff war. Vielmehr waren es Bilder und Gefühle. Etwas ungleich Bedeutsameres und Wahrhaftigeres als einfache Worte.

Der Fahrstuhl hielt an und die Flügeltüren gingen auf. Emilia betrat den Gang, der zum Empfangsraum führte. In einem kleinen Nebenzimmer nahm eine Sicherheitsbeamtin noch einmal ihre Personalien auf, dann durfte Emilia, begleitet von zwei Wachen, in GAIAs Empfangsraum.

Die oberste Ratgeberin war bereits anwesend. Sie stand am Fenster und ließ ihren Blick über die Stadt schweifen.

»Tritt ein, mein Kind«, sagte sie mit sanfter Stimme. »Schließ die Tür und komm zu mir.«

Emilia tat, was von ihr verlangt wurde. Ihre Beine fühlten sich an, als wären sie aus Butter. Aber sie durfte jetzt nicht schwach sein. Es gab so viel, was sie die Ratgeberin fragen wollte. Warum Quabbel noch lebte, warum so ein Geheimnis daraus gemacht wurde, vor allem aber, ob es stimmte, was die Outlander Sara erzählt hatten. Ob GAIA wirklich vorhatte, die Gravitationsbombe zu zünden. Fragen, auf die sie überzeugende Antworten erwartete. Aber sie wollte auch nicht mit der Tür ins Haus fallen, deswegen hielt sie sich noch zurück.

»Um diese Uhrzeit liebe ich die Stadt am meisten«, sagte GAIA. »Alles ist so frisch und sauber. Ein neuer Tag beginnt. Ein Tag voller Verheißungen und Möglichkeiten, der einem alles verspricht.« Sie wandte sich um. »Ich spüre, dass dich etwas bedrückt. Wie kann ich dir helfen?«

Emilia wusste nicht recht, wo sie anfangen sollte. Deswegen sprach sie aus, was sie gerade fühlte.

»Ich spüre, dass die Welt im Wandel ist«, flüsterte sie. »Alles, was ich von Kindesbeinen an kannte, scheint sich gerade aufzulösen. Das macht mir Angst.«

»Du brauchst keine Angst zu haben«, sagte GAIA. »Alles ist so, wie es sein sollte.«

»Ist es das?« Emilia sah überrascht auf.

»Aber ja.« GAIA warf Emilia einen mitfühlenden Blick zu. Ein Lächeln umspielte ihre Lippen. »Mir war klar, dass deine Aufgabe nicht leicht werden würde, aber ich habe dich auserwählt, weil ich wusste, dass du stark genug bist, sie zu bewältigen. Es ist ganz normal, dass der enge Kontakt zu den Outlandern Fragen bei dir aufwirft. Fragen über dich, über mich, über unsere Biosphäre und die Welt da draußen. Aber du bist etwas Besonderes, du bist eine *Suchende.*«

Emilia runzelte die Stirn.

»Seit jeher stammen die Führer der Menschen aus den Reihen der Suchenden. Derjenigen, die sich Gedanken über die Zukunft machten, die sich nicht mit dem Vorhandenen zufriedengeben, sondern etwas verändern wollen. Auch wenn ich kein Mensch bin, so sind wir beide doch Schwestern im Geiste. Das gefällt mir.« Sie blickte freundlich, doch Emilia konnte das Lächeln nicht erwidern.

»Mir fällt auf, dass du ernster geworden bist«, sagte GAIA. »Nachdenklicher. Sind es die Outlander, die dich zum Nachdenken gebracht haben?«

»Ja ... zum Teil«, entgegnete Emilia.

»Das geht uns allen so, mein Kind. Genau wie du stelle ich mir Fragen. Ob wir wohl irgendwann dieses gläserne Gefängnis verlassen können. Ob wir hinausziehen und die Welt neu besiedeln werden oder ob wir lieber unser Schicksal akzeptieren und froh sein sollten, noch am Leben zu sein. Um es dir ehrlich zu sagen, ich weiß es nicht.«

»Nicht ...?« Das überraschte Emilia. Sie hatte gedacht, GAIA wäre allwissend. Zumindest war das die allgemeine Auffassung hier in der Stadt.

»Nein.« Die oberste Ratsherrin sah sie ernsthaft an. »Niemand kann alles wissen. Wir sammeln Informationen, wir bewerten sie, dann treffen wir Entscheidungen. Ich genau wie du. Gewiss, es ist schön, am Leben zu sein. Wir dürfen stolz darauf sein, was wir uns aufgebaut haben.« Sie breitete die Arme aus. »Aber Leben ist nicht alles. Nicht, wenn es weder Perspektive noch Hoffnung gibt. Das ist etwas, was mir selbst erst nach reiflicher Überlegung klar geworden ist. Es gibt etwas, was noch wichtiger ist als das Leben selbst. Hoffnung und Freiheit. Stimmst du mir zu?«

»Ich weiß nicht …«, murmelte Emilia. »Darüber müsste ich erst nachdenken.«

Das Gespräch verlief anders als erwartet. Eigentlich war sie gekommen, um GAIA der Lüge zu überführen, jetzt sah sie sich verstrickt in ein Gespräch über existentielle Fragen des Daseins.

»Freiheit ist gut und schön«, sagte Emilia. »Aber was hat man davon, wenn man tot ist? Ich frage mich, ob der Preis, den wir dafür zahlen müssten, nicht zu hoch ist. Der nächste Schritt könnte verhängnisvoll sein.«

GAIA nickte. »Du sprichst von der Bombe, ich verstehe. Mir hätte klar sein müssen, dass einer klugen Frau wie dir meine Absichten nicht lange verborgen bleiben würden. Andererseits habe ich auch nie ein großes Geheimnis darum gemacht. Auf Ratsebene wissen die meisten davon. Die Senatoren stehen geschlossen hinter der Entscheidung. Aber gerne erkläre ich es dir noch einmal. Deswegen bist du hier, oder? Nimm doch bitte Platz.«

Emilia griff nach einem Stuhl und setzte sich. GAIA hatte Wasser und etwas Gebäck für sie hinstellen lassen, doch sie rührte nichts davon an.

»Um es dir so einfach und deutlich wie möglich zu erklären: Ich halte diesen Schritt für notwendig. Nein, mehr noch: für *unumgänglich.* Wir dürfen jetzt nicht klein beigeben, die Zukunft der Menschheit hängt davon ab.«

»Aber warum?«, hakte Emilia nach. »Warum versuchen wir nicht, eine andere, eine friedliche Lösung zu finden?«

»Interessant«, sagte GAIA. »Genau dieselbe Frage hat mir Lucie gestern auch gestellt. Glaubst du im Ernst, dass wir noch einmal fünfhundert Jahre in dieser Kuppel überleben? Der menschliche Geist wurde erschaffen, um zu suchen und zu forschen. Fragst du dich nicht jeden Abend vorm Zubettgehen, was wohl da draußen ist, jenseits des Horizonts? Ich bin nur ein Elektronengehirn, aber ich frage mich das täglich und es macht mich wahnsinnig, dass ich es nicht weiß.«

»Manchmal schon ...«

»Ihr lebt und atmet, um zu forschen. Ihr wollt Risiken eingehen und die Welt verändern, das ist eure Bestimmung. Zurückschauen bringt euch nicht vorwärts. Stillstand bedeutet den Tod. Letztlich ist es also eine Frage des Überlebens, ob ihr es schafft, euch von der Sklaverei durch die Squids zu befreien.« Sie sah Emilia ernst an. »Du bist reifer geworden, weiser. Als hätte die Begegnung mit den Outlandern eine verborgene Seite in dir zum Vorschein gebracht. Selten habe ich so große Hoffnung und so großes Vertrauen in einen einzelnen Menschen gesetzt. Und ich sehe, dass ich absolut richtig gehandelt habe.«

»Habt Ihr das?« Emilia fühlte sich gerade sehr unwohl in ihrer Haut. GAIAs Worte klangen klug und vorausschauend. Und doch nagten immer noch Zweifel in ihr. »Es ist wahr«, sagte sie leise. »Die Gespräche mit den Outlandern haben mich tatsächlich ziemlich nachdenklich gemacht. Durch sie habe ich viel erfahren dürfen. Wie die Menschen damals gelebt haben, wie es war, als man noch frei herumreisen konnte, die vielen Eindrücke, die unterschiedlichen Orte, die Kulturen, ungewohnte Speisen, die seltsamen Gerüche und fremden Traditionen. Manchmal wünschte ich mir, es wäre alles wieder so wie früher. Aber dann habe ich wieder Angst davor.«

»Angst davor, frei zu sein?« GAIA lächelte. »Ja, das kommt mir bekannt vor. Die Angst eines Tiers, das seinen Käfig verlassen soll. Glaube mir, auch ich kenne diese Angst.«

»Ihr?«

»Aber ja. Und ich habe noch viel mehr Grund dazu. Im Gegensatz zu euch Menschen bin ich an diesen Ort gebunden. Wenn die Technik zusammenbricht, sterbe ich. Ohne Strom bin ich nichts.«

»So habe ich das noch nie gesehen ...«

»Du siehst also, wir alle haben etwas zu verlieren. Gleichzeitig gibt es aber auch etwas zu gewinnen und deswegen müssen wir unbedingt weitermachen.«

»Werden die Squids nicht wütend werden, wenn sie von dem bevorstehenden Krieg erfahren?«

»Was für ein Krieg? Es wird keinen Krieg geben. Ich sagte, ich werde die Quelle zerstören. Wir vernichten eine einzige Krebszelle, auf dass sich der gesamte Organismus erholen und wieder heilen kann. Was dann passiert, damit haben wir nichts mehr zu tun. Niemand wird uns mit dem Anschlag in Verbindung bringen, niemand wird uns zur Rechenschaft ziehen. Wir müssen lediglich eine Bombe zünden, Ruhe bewahren und abwarten, bis sich der Sturm gelegt hat.«

»Dann werden die Squids uns also nicht auf die Schliche

kommen? Sie werden nicht die Ursache dieses Übels erkennen und uns alles entgegenwerfen, was sie haben?«

»Höchst unwahrscheinlich«, sagte GAIA. »Bis sie herausgefunden haben, was geschehen ist, wird es zu spät sein. Zu diesem Zeitpunkt ist ihr Kommunikationssystem längst zusammengebrochen. Die eine Hand wird nicht mehr wissen, was die andere tut. Befehle können nicht weitergeleitet werden, es können keine Entscheidungen mehr getroffen und keine Maßnahmen eingeleitet werden. Glaube mir, ich habe das bis ins letzte Detail durchgerechnet. Wir können nicht scheitern.«

Emilia schluckte. Sie musste daran denken, dass Quabbel während ihres Gesprächs mit Sara unter ihrem Arm gehockt und alles mit angehört hatte. Er wusste jetzt auch von der Bombe. Würde er die Information weitertragen?

Emilia war nicht bewusst, dass die Pläne bereits so weit gediehen waren. »Und wann soll es losgehen?«, fragte sie.

»Ich führe einige letzte Kalkulationen durch, dann muss nur noch das Trägersystem frisch betankt und gewartet werden. Du hast die Abschussanlage ja selbst gesehen. Sie ist nicht im besten Zustand. Ich denke aber, dass unsere Techniker das in spätestens einer Woche hinbekommen.«

Emilia presste die Lippen aufeinander. Eine Woche?

Was sollte sie jetzt bloß tun? Sie hatte Sara versprochen, GAIA von ihrem Plan abzubringen. Jetzt war sie im Zweifel, ob sie das überhaupt noch wollte. Es klang nämlich nach einem verdammt guten Plan.

36

Lucie zog den Strohhalm aus ihrem Shake und leckte ihn ab. Diese Dinger waren echt gut, auch wenn Lucie keine Ahnung hatte, woraus sie hergestellt wurden. Aus Milch jedenfalls nicht, denn Kühe gab es hier schließlich keine.

Wenn sie noch länger warten mussten, würde sie noch einen davon bestellen. Jem saß ihr gegenüber, hatte Nisha auf dem Schoß und nuckelte ebenfalls an einem Shake. »Wo sie wohl bleibt?«, fragte er. »Emilia hat doch gesagt, sie würde um zehn Uhr kommen, um uns abzuholen. Jetzt ist es bereits Viertel nach.« Er deutete auf die große Uhr neben der Aussichtsplattform. »Ungewöhnlich.«

»Finde ich auch«, meinte Lucie. »Vielleicht ist irgendetwas dazwischengekommen. Sie wird schon noch auftauchen.«

Sie erinnerte sich an die nächtliche Aktion im Park. Vielleicht war der Stollen entdeckt worden! Sie hatten Katta eingeschärft, im Versteck zu bleiben und den Gang wieder zu verschließen, aber vielleicht hatte Emilia doch etwas herausgefunden. Sie war ziemlich clever.

Lucie kam nicht mehr dazu, den Gedanken weiter zu vertiefen, denn Arthur stieß einen Pfiff aus und winkte ihnen von der anderen Seite der Terrasse hektisch zu.

»He, kommt mal her«, rief er. »Schnell.«

Lucie stand auf und rannte nach vorne zur Brüstung. Von

hier oben hatte man einen guten Blick über die benachbarten Gebäude und Grünanlagen.

»Da unten, seht ihr?« Arthur deutete auf zwei Gestalten, die rasch in Richtung Park liefen.

Lucie kniff die Augen zusammen. »Ist das Emilia?«

»Sieht ganz so aus«, antwortete Nisha, die ebenfalls nach vorne gerannt war und von allen die besten Augen hatte. »Und da drüben ist ihre Freundin Sara.«

»Ich dachte, die wollten uns hier oben abholen«, überlegte Olivia.

»Das war auch so abgemacht«, meinte Arthur. »Aber offensichtlich haben sie andere Pläne.«

»Die scheinen es ziemlich eilig zu haben«, sagte Jem nachdenklich. »Ich frage mich, wo die wohl hinwollen.«

»Finden wir es heraus.« Lucie griff sich ihre Jacke und rannte die Stufen hinunter. Die anderen folgten ihr.

Bis zum Vorplatz dauerte es ein paar Minuten. Als sie unten ankamen, waren Emilia und Sara verschwunden.

Ragnar lief erst hinter ihr, überholte sie dann aber und rannte in Richtung Park. Lucie staunte, wie schnell er war.

»Ich glaube, sie sind hier lang«, rief er. »Kommt!«

Er überquerte die Straße und verschwand zwischen den Bäumen.

»Mann, der hat aber echt ein Tempo drauf«, stellte Zoe fest.

Es dauerte eine Weile, bis sie ihn wiederfanden. Ragnar kauerte hinter einem Busch und gab ihnen mit Gesten zu verstehen, dass sie sich leise verhalten sollten.

»... sie hat es mir offen ins Gesicht gesagt. Eine Woche, mehr nicht.« Es war nur ein Flüstern, das da zu ihnen herüberwehte, trotzdem war sich Lucie relativ sicher, dass die Stimme Emilia gehörte.

»Verstehe ich nicht«, sagte die andere Stimme. »Warum diese Eile? Warum nicht in Ruhe darüber beraten und die Bewohner befragen? Das Ganze sieht mir ziemlich nach einer Nacht-und-Nebel-Aktion aus.«

»GAIA will Fakten schaffen. Sie ist überzeugt, dass es der einzig richtige Weg ist. Einen Moment lang habe ich ihren Worten sogar Glauben geschenkt.«

»Hast du?«

»Ja. Es klang alles so plausibel, so verständlich. Aber als ich dann wieder alleine und auf dem Weg nach unten war, wurde mir klar, wie verrückt das eigentlich ist. Der Plan ist viel zu riskant. Sie will alles auf eine Karte setzen, obwohl sie so gut wie keine Informationen besitzt. Was wissen wir denn schon wirklich über die Quelle? Gibt es nur eine, gibt es mehrere? Was, wenn die Bombe doch nicht alles erwischt? Ich habe mich von GAIA um den Finger wickeln lassen.«

»Scheiße …«

»Du sagst es. Ich bin nicht mal dazu gekommen, auch nur eine einzige meiner Fragen zu stellen. Jetzt stehe ich genauso dumm da wie vorher.«

»*Wir*«, sagte die andere Stimme.

»Na gut, wir. Und wie bringen wir das jetzt Lucie und den anderen bei?«

»Keine Ahnung. Ich denke aber …«

Weiter kam sie nicht, denn in diesem Moment ging Jem auf

die andere Seite. Lucie erschrak, folgte ihm dann aber. Es waren tatsächlich Emilia und Sara, die da hinter dem Busch hockten und sich unterhielten. Sie sahen ziemlich überrascht aus, als plötzlich alle Outlander auf einmal vor ihnen auftauchten.

Auf Lucie wirkten sie beide atemlos und gestresst. Sara war blass, ihre Haare klebten am Kopf. Ihre Augen hatten einen fiebrigen Glanz und ihre Aura leuchtete in den Farben der Angst.

Emilia hingegen war flammend rot. Sie sprang auf, Entsetzen in ihrem Blick. »Was macht ihr hier?«

»Die Frage ist doch wohl eher, was ihr hier macht«, konterte Olivia. »Wir waren verabredet, schon vergessen?«

»Ach ja, die Verabredung.« Emilia biss sich auf die Unterlippe.

»Wir sahen euch über den Platz laufen und sind euch gefolgt«, berichtete Jem.

Emilias Blick verdüsterte sich. »Habt ihr uns belauscht?«

»Es war kaum zu überhören«, bestätigte Lucie in dem Versuch, die Wogen wieder zu glätten. »Ihr habt über die Bombe gesprochen, nicht wahr? Wir hörten, dass GAIA vorhat, sie in einer Woche zu zünden. Stimmt das?«

Emilia und Sara sahen sich betroffen an.

»Kommt schon«, versuchte Jem es erneut. »Es gibt keinen Grund, Geheimnisse voreinander zu haben.«

»Einiges wissen wir schon«, sagte Arthur. »GAIA hat vor, sie über der Quelle abzuwerfen und damit das Nervenzentrum der Squids zu vernichten.«

»Es ist eine Vernichtungswaffe, stimmt«, meinte Emilia. »Was ihr aber noch nicht wisst, ist, dass diese Bombe auch für einen anderen Zweck genutzt werden kann. Einen friedlichen.«

Lucie runzelte die Stirn. »Wovon sprichst du?«

»Na, von dem Zeitriss. GAIA erwähnte es in einem Nebensatz und ich habe es anschließend überprüft. Es stimmt. Die Berechnungen sind zwar alt, haben aber immer noch Gültigkeit. Die Bombe wurde ursprünglich entworfen, um Kometen und Asteroiden abzulenken, sie lässt sich aber auch dafür verwenden, die temporale Anomalie zu beseitigen. Das Ding, das euch durch die Zeit geschleudert hat. Die Wissenschaftler fanden heraus, dass ein genau getimter Abwurf den Riss wieder verschließen und Ruhe und Stabilität zurückbringen könnte. Mit der Bombe ließe sich also verhindern, dass sich ein Unglück wie eures wiederholt.«

Lucies Herz machte einen Sprung. »Aber das wäre ja fantastisch. Wieso haben wir da vorher nichts von gewusst?«

Emilia zuckte die Schultern. »Vermutlich, weil das für GAIA nicht wichtig ist. Sie denkt nur an die Vernichtung der Squids.«

»Dann müssen wir sie umstimmen!«

»Immer schön langsam«, fiel ihr Arthur ins Wort. »Wenn wir den Zeitriss verschließen, werden wir nicht mehr in der Lage sein zurückzukehren. Schon mal daran gedacht?«

»Das ist natürlich auch wieder wahr«, sagte Lucie geknickt.

»Zurückkehren?« Emilia sah sie mit großen Augen an. »Ich verstehe nicht ganz, wovon ihr da sprecht.«

»Na davon heimzukehren«, antwortete Arthur. »In unsere Zeit. Ist doch logisch, oder? Das ist der Grund, warum wir diese elendslange Reise von Denver Airport bis hierher überhaupt auf uns genommen haben – um nach einem Weg zu suchen, in die Vergangenheit zurückzukehren.«

»Aber …«, begann Emilia, wurde jedoch sofort wieder von Arthur unterbrochen.

»Was, *aber?«*

»Hat sie es euch denn nicht gesagt?«

Lucie spürte augenblicklich, dass Emilias Aura sich veränderte. Eben noch war sie ziemlich aufgebracht gewesen, jetzt wirkte sie eher betroffen.

»Was gesagt?«

»Ihr könnt nicht wieder zurück. Es ist unmöglich.«

»Ist es nicht«, widersprach Paul. »GAIA hat bei unserem Gespräch durchblicken lassen, dass es vielleicht eine Chance gäbe …«

»Dann hat sie euch angelogen. Oder ihr habt es falsch verstanden.«

»Aber die Sache mit der Tischdecke klang doch ganz vielversprechend«, bemerkte Paul. »Einfach mit der Nadel von der anderen Seite durch die Falte piken und wir sind wieder da, wo wir gestartet sind.«

»Theoretisch«, bestätigte Emilia. »Es gibt da nur ein Problem.«

»Welches«, fragte Lucie.

»Die Zeit ist eine Einbahnstraße. Ihre Richtung ist vorgegeben. Man kann nicht einfach nach Belieben hin- und herspringen. Ich habe heute Morgen selbst noch mit GAIA über das Thema gesprochen. Sie hat es mir bestätigt. Zeit ist nicht umkehrbar. Nicht nach dem heutigen Stand der Erkenntnis.«

»Aber …«

»Ihr erinnert euch vermutlich, dass die Biosphäre damals mithilfe von Zeitspringern errichtet worden ist. Glaubt ihr nicht auch, sie hätten mit allen Mitteln versucht heimzukehren? In ihre Zeit zurückzukehren und alles ungeschehen zu machen? Ich kann euch versichern, sie wurden von demselben Wunsch getrieben wie ihr. Aber sooft sie es auch versuchten, es kam nichts dabei heraus. Alle Experimente scheiterten und so gaben sie irgendwann auf.« Sie zuckte die Schultern. »Es tut mir leid, euch das sagen zu müssen, aber es gibt keinen Weg zurück. Ihr seid hier gestrandet.«

»Was?«, fragte Arthur entsetzt. »Aber ... das würde ja bedeuten ...«

»... dass wir für immer hierbleiben müssen«, beendete Lucie seinen Satz.

Die Gedanken in ihrem Kopf überschlugen sich. Tief in ihrem Inneren hatte sie geahnt, dass es mit der Rückkehr wahrscheinlich eher schwierig werden würde. Doch ein letzter Funken Hoffnung war da immer noch gewesen. Ihr altes Leben war zwar unendlich weit weg, aber sie hatte sich die ganze Zeit danach zurückgesehnt. Sie spürte einen dicken Kloß im Hals. Zoe, Olivia, Paul und Jem schien es ebenso zu gehen. Ihre Aura waberte in einem düsteren Grau. Alle hatten sich so an den Gedanken geklammert, dass sie eines Tages wieder in ihre Zeit zurückkehren würden, dass sie ein Scheitern nie ernsthaft in Betracht gezogen hatten.

»Und daran gibt es echt nichts zu rütteln?«, fragte Jem, nach einigen Sekunden des Schweigens, mit belegter Stimme. »Es muss doch irgendeine Möglichkeit geben ...«

Lucie hörte nur noch mit halbem Ohr zu. Sie war ganz in Gedanken versunken. Sie musste an ihre Mom denken, an ihren Vater und ihre Freunde, die sie nun niemals wiedersehen würde. Vor dieser furchtbaren Wahrheit kam Lucie ihr Abenteuer mit all seinen Strapazen und Katastrophen wie ein schaler Witz vor. Sie hatten alles versucht, aber sie hatten wahrscheinlich nie eine Chance gehabt.

Sie wischte sich eine Träne aus dem Augenwinkel. Als Jem seinen Arm um ihre Schultern legte, konnte sie sich nicht länger zusammenreißen. Sie vergrub ihr Gesicht in seinem Overall und schluchzte laut auf.

»Jetzt seid nicht traurig«, sagte Sara. »Es gibt auch gute Nachrichten.«

»Was soll denn jetzt bitte schön noch gut sein?«, schniefte Lucie. Sie war so in ihre eigenen düsteren Gedanken verstrickt, dass sie erst jetzt bemerkte, wie die junge Ärztin langsam ihren Overall öffnete. Sie trug einen hellen BH, unter dem ihre Haut schimmerte.

»Was …?« Lucie hielt verblüfft inne.

Ein vielfarbiges Pulsieren schimmerte an Saras rechter Hüfte. Ein schmaler Kranz feiner blauer Lichter, der einen aprikosenfarbenen Kern umspielte. Die Signatur war unverwechselbar. Nur ein Geschöpf auf der Erde besaß eine solche Aura. Lucie schlug die Hände vor den Mund und stieß einen kleinen Schrei aus. Sie streckte die Hand aus und berührte das Geschöpf. In diesem Moment brandeten die Erinnerungen wie Wellen über sie hinweg.

37

Marek stand am Fenster und blickte auf die Straßen der Metropole. Dort tobte das Leben. Es war ein neuer Tag und die Menschen gingen zur Arbeit. Aufstehen, arbeiten, essen, schlafen und dann wieder alles von vorne. Es kam ihm so sinnlos vor. Wie Hamster, die sich in ihrem Rad drehten, bis sie tot umfielen.

Was sollte er noch hier? Warum konnte Gott ihn nicht einfach sterben lassen?

Stöhnend wandte er sich von dem Anblick ab und humpelte auf Krücken zurück zum Bett. Er brauchte dringend noch mehr von diesen Schlafmitteln.

Er hatte sich gerade auf die Bettkante gesetzt, als es dreimal kräftig an dic Zimmcrtür klopfte.

»Ja?«

Die Tür ging auf und GAIA trat ein, dicht gefolgt von einem militärisch gekleideten Mann.

Marek verengte die Augen zu Schlitzen. Er hatte nicht vergessen, wie sie ihm gestern ihre wahre Identität offenbart hatte. Der Augenblick, in dem er versucht hatte, ihre Hand zu berühren, und stattdessen nur ein kribbelndes Energiefeld vorfand, hatte sich unauslöschlich in sein Gehirn gebrannt.

Ein Hologramm. Ein gottverdammtes Computerprogramm. Warum tat sie eigentlich so, als wäre sie ein Mensch, wenn doch ohnehin jedermann wusste, was sie in Wirklichkeit war?

Misstrauisch beobachtete er die beiden.

»Guten Morgen«, sagte GAIA und trat ein. »Ich habe auf dem Monitor gesehen, dass du wach bist, darum dachten wir, dass wir dich vielleicht kurz stören dürfen. Dies ist Lieutenant Rogers. Wir würden gerne mit dir sprechen, wenn es dir nichts ausmacht.«

»Und wenn es so wäre?«

»Dann würden wir es trotzdem tun.« Die Frau schenkte ihm ein strahlendes Lächeln. Ihre Stimme legte sich wie Samt auf seine Ohren.

»Ich muss mich für dieses plötzliche Eindringen entschuldigen. Es ist sonst nicht unsere Art, kranke und ruhebedürftige Patienten aus den Betten zu holen. Aber in diesem speziellen Fall erschien es uns notwendig.«

»Wie Sie ja bereits sagten: Ich war schon wach.«

Sie warf einen mitleidsvollen Blick auf sein Bein. Da ihm das unangenehm war, zog er sein Nachthemd runter und bedeckte den Stumpf.

»Schrecklich«, erklärte die Ratsvorsitzende leise. »So ein Drama. Meine Ärzte haben mir versichert, dass sie alles versucht haben, das Bein zu retten. Leider war das nicht mehr möglich.«

»Schon in Ordnung«, erwiderte Marek. »Ich schätze, ich habe es nicht anders verdient.«

»Das ist nicht wahr«, sagte GAIA. »Gut, du hast vielleicht ein paar falsche Entscheidungen getroffen, hast dich für die falsche Seite entschieden, aber deswegen muss doch nicht alles zu Ende sein. Hier, in unserer Stadt, bieten sich für jeden Möglichkeiten, auch für dich.« Sie setzte wieder einen fröhlicheren Gesichtsausdruck auf.

»Ich hatte dir ja von unseren Prothesen erzählt, doch du wolltest davon nichts wissen, habe ich recht?«

»Stimmt. Ein Holzbein ist ein Holzbein, auch wenn es noch so schön glänzt.«

»Verstehe. Deswegen habe ich dich für unser neues Programm vorgeschlagen und kann dir die frohe Botschaft verkündigen: Du wurdest angenommen. Du gehörst damit zu einer kleinen Gruppe Auserwählter, die zuerst in den Genuss dieses neuen Verfahrens kommen werden.«

»Was denn für ein Programm?« Vermutlich handelte es sich um irgendwelche Gymnastikkurse, in denen man auf einem Bein durch die Gegend hopsen musste. »Ich habe doch schon gesagt, ich habe kein Interesse an Prothesen. Lieber bleibe ich bei meinen Krücken, das ist wenigstens ehrlich.«

»Ich rede nicht von künstlichen Gliedmaßen«, beschwichtigte ihn GAIA. »Ich rede von einem neuen Bein. Einem *echten* Bein. Gezüchtet aus deiner eigenen DNA und speziell für dich entwickelt. Es bedarf dann nur noch einer kleinen Operation und du wärst wieder ganz der Alte. Natürlich nur, wenn du das willst.«

»Ein neues Bein?«

»So neu und natürlich, dass du es nicht von deinem alten unterscheiden können wirst.«

Marek blinzelte ungläubig. »So etwas ist doch gar nicht möglich.«

»Aber natürlich. Alles ist möglich.«

Ihr Lächeln machte ihn misstrauisch. Er kniff die Augen zusammen. »Sie machen mir ein solches Angebot doch sicher nicht aus reiner Freundlichkeit. Was muss ich dafür tun?«

GAIA lächelte. »Du bist ein schlauer Bursche, weißt du das? Ja, es gäbe da tatsächlich etwas. Ist nur eine Kleinigkeit. Willst du es hören?«

»Ich habe das Gefühl, dass Sie es mir ohnehin erzählen werden. Also schießen Sie los.«

38

Botschaft erhalten. Aus Enklave.
Quklvlinkt lebt.

Endlich. Hatten Hoffnung sss‿schon aufgegeben.
Wissen nnn‿nicht. Botschaft unklar.

Hauptsache Kommunikation. Mmm‿müssen dringend Nnn‿neuigkeiten sss‿schicken.

ES hat Mmm‿mobilmachung befohlen. Zzz‿zeit, gegen Enklave vorzugehen. Gegenschlag sss‿steht unmittelbar bevor.

39

Emilia war der Meinung, dass es nichts gab, was sie so leicht aus der Bahn werfen konnte, trotzdem stand sie kurz davor durchzudrehen.

Das Herz schlug ihr bis zum Hals. Sie konnte sich nicht erinnern, wann sie je zuvor so eine Angst empfunden hatte. Nein, es war mehr. Es war nackte, blanke Panik.

»Was hast du denn?«, fragte die junge Frau in dem seltsamen Kleid. »Habt ihr noch nie eine Termite gesehen? Sie sind doch eure direkten Nachbarn.«

Emilia wollte etwas sagen, doch mehr als ein Krächzen brachte sie nicht zustande. Die Angst schnürte ihr die Kehle zu. Warum reagierten die anderen nur so gelassen? Sie müssten doch genauso viel Panik haben.

Das fremde Mädchen lächelte freundlich. »Bitte habt keine Angst«, sagte sie. »Sie sind ganz friedlich, wirklich. Die Termiten haben mich gerettet. Ohne sie wäre ich längst tot. Ich heiße übrigens Katta. Ich bin die, nach der ihr gesucht habt. Zoe und die anderen haben mir alles erzählt. Ich bin euch sehr zu Dank verpflichtet.« Sie strich mit der Hand über den Rückenpanzer dieses abscheulichen Wesens. Die scharfen Beißwerkzeuge schimmerten im Dämmerlicht.

»Bienchen hat mich den ganzen Weg über bis hierher begleitet. Sie sagt Hallo und möchte euer Freund werden.«

Emilia verzog angewidert das Gesicht. *»Bienchen.«*

»So habe ich sie getauft, da ich nicht weiß, wie sie wirklich heißt.« Die fremde Blondine lächelte entschuldigend. »Sie ist eine Botin – eine enge Vertraute der Königin.«

»Du ... du hattest Kontakt mit der Königin?« Endlich war ihre Stimme wieder da.

»Hatte ich, ja. Sie ist ziemlich ... beeindruckend.«

Emilia war fassungslos. Sagen und Legenden schienen auf einmal real zu werden. Die Königin der Termiten war etwas, worüber man hier in der Biosphäre nur hinter vorgehaltener Hand sprach. Das personifizierte Böse. Der Albtraum aller Menschen, die hier lebten. Diese Biester konnten Straßen und Brücken zum Einsturz bringen, Panzerungen zerbeißen, als bestünden sie aus Papier, und ein Hovercraft in voller Fahrt einholen und zum Anhalten zwingen. Und dieses Mädchen behauptete nun, sie habe Kontakt zu der Königin gehabt?

Unmöglich.

»Du ... du bist doch diejenige, die bei dem Unfall aus dem Bus geschleudert wurde, oder? Die Vermisste.«

»Stimmt«, bestätigte Katta. »Ich kann es selbst kaum glauben, dass ich das alles einigermaßen heil überstanden habe. Erst der Unfall, dann tagelang unter der Erde hausen – das ist schon heftig.«

Emilia wusste nicht, was sie dazu sagen sollte. Sie hatte das Termitenfeld mit eigenen Augen gesehen. Nichts und niemand konnte da heil herausgekommen. Und doch stand diese verschmutzte, zerlumpte junge Frau vor ihr und war augenscheinlich bester Gesundheit.

Katta sah sie besorgt an. »Alles okay bei dir? Du siehst aus, als würdest du gleich umkippen.«

»Ich ... ich muss mich nur ein bisschen hinsetzen«, beruhigte Emilia sie. »Geht sicher gleich vorbei.« Sie ließ sich auf einen Baumstumpf sinken. Warum nur steckte Sara das so viel besser weg als sie selbst? Ihre Freundin war auch erschrocken, das konnte sie ihr ansehen, stand aber immer noch einigermaßen sicher auf den Beinen.

»Also gut«, sagte Emilia, nachdem sie ein paarmal tief durchgeschnauft hatte. »Ich habe das Gefühl, wir stecken allesamt ziemlich in der Klemme. Sara und ich sind wegen der Sache mit Quabbel auf der Flucht. Ich weiß nicht, ob sie sein Verschwinden inzwischen bemerkt haben, aber davon sollten wir ausgehen.«

»Warum gibt es dann keinen Alarm?«, fragte Paul.

»Da kann ich nur raten«, entgegnete Emilia. »GAIA tut nichts, was die Harmonie stört. Ein Squid in der Stadt würde bestimmt eine Massenpanik auslösen und das will sie verhindern.«

»Das würde aber bedeuten, dass der Rest von uns inzwischen ebenfalls gesucht wird, oder?«, wollte Zoe wissen.

»Davon sollten wir wohl ausgehen.«

»Schöner Mist ...«

»Du sagst es. Und als wäre das alles noch nicht genug, haben wir auch noch eine Termiteninvasion am Hals.«

»Keine Invasion«, sagte Katta. »Die Termiten haben uns Hilfe zugesagt. Sie bieten uns eine Möglichkeit zur Flucht, nichts weiter.«

»Das behauptest du«, erwiderte Emilia. »Kennst du sie so genau, dass du hundertprozentig weißt, was sie vorhaben?«

»Sagen wir mal so: Wenn sie vorhätten, die Stadt zu überfallen und ihren Bewohnern Schaden zuzufügen, hätten sie es schon längst getan, oder?«

Emilia zuckte die Schultern.

»Ich gebe Emilia in dieser Frage recht«, meinte Jem. »Wir sollten verdammt vorsichtig sein und niemandem trauen. Wer kann schon mit Sicherheit wissen, ob die Termiten ihre Meinung nicht noch mal ändern werden?«

»Das glaube ich nicht«, erklang Lucies Stimme. Sie war in diesem Moment aus dem Unterholz hervorgekommen und trat in ihre Mitte. »Ich habe soeben mit Quabbel und den Termiten über die Sache gesprochen. Sie stehen voll und ganz auf unserer Seite.«

»Im Ernst?«, fragte Emilia neugierig. »Du kannst mit ihnen reden?«

»Lucie kann so einiges.« Jem strahlte und Emilia hatte immer mehr das Gefühl, dass da etwas zwischen den beiden lief.

»Sie bieten uns Hilfe an«, erwiderte Lucie. »Wenn wir möchten, können wir alle von hier verschwinden.«

»Keine schlechte Idee«, sagte Zoe. »Wenn es stimmt, dass wir gesucht werden, wüsste ich nicht, warum wir noch hierbleiben sollten. Ich habe jedenfalls keine Lust, noch einmal eingesperrt zu werden. Das mit der Zitadelle hat mir schon gereicht.«

»Ja, irgendwie sind ständig alle hinter uns her«, bestätigte Paul mit einem schiefen Grinsen. »Irgendetwas machen wir falsch.«

»Wir können hier nicht weg«, sagte Lucie. »Wir dürfen doch nicht zulassen, dass GAIA die Squids einfach in die Luft sprengt.«

Emilia blickte auf Quabbel. Ängstlich wie ein Kind presste er sich an Lucies Brust. Sie musste sofort wieder an die Bilder und Gefühle während ihres kurzen Kontakts denken. Früher hätte sie der Anblick in Entsetzen gestürzt, aber inzwischen war ihr der kleine Kerl richtig ans Herz gewachsen.

»Wüsste nicht, was wir dagegen unternehmen sollten«, erwiderte Paul schulterzuckend. »Willst du dich etwa mit einer ganzen Stadt anlegen?«

»Natürlich nicht«, entgegnete Lucie. »Aber diese Bombe ist ein Fehler, das spüren wir doch alle, oder irre ich mich? Was ist mit dir, Emilia? Oder mit dir Sara? Seid ihr der Meinung, es ist richtig, die Bombe gegen die Squids einzusetzen? Sagt es ruhig offen und ehrlich, schließlich sind wir Freunde.«

»Ich weiß nicht ...« Emilia blickte zu Boden. »Grundsätzlich sind die Squids doch immer noch unsere Feinde, oder? Wenn die Menschen hier auf die Idee kämen, die Biosphäre zu verlassen, würden sie doch bestimmt angegriffen werden.«

»Ist anzunehmen«, meinte Jem.

»Dann sehe ich nicht ein, warum wir GAIA daran hindern sollten, sie zu vernichten. Wenn es heißt *sie* oder *wir,* stehe ich ganz klar auf der Seite des Wir.«

Lucie ballte verzweifelt die Hände zu Fäusten. »Es muss doch auch eine Lösung geben, die irgendwo in der Mitte liegt. Eine Koexistenz zwischen Mensch und Tier. Ich kann mir nicht vorstellen, dass wir nur die Wahl zwischen schwarz und weiß haben. Wir sollten noch mal mit den Squids reden, ehe wir uns für irgendeine Partei entscheiden.«

»Mit den Squids *reden?*« Emilia glaubte, ihren Ohren nicht zu trauen.

»Am besten mit der Quelle direkt, ja. Wir müssten sie überzeugen, dass von uns keine Gefahr droht. Das würde natürlich voraussetzen, dass wir mit offenen Karten spielen.«

»Du willst ihnen von der Bombe erzählen?«

»Das lässt sich wohl nicht umgehen. Ich könnte mir allerdings vorstellen, dass sie es ohnehin schon wissen. Die Quelle hat viele Augen und Ohren. Die Squids spüren die Bedrohung, die von diesem Ort ausgeht. Aber da sie mit Technik nichts anfangen können, fällt es ihnen vermutlich schwer einzuschätzen, wie groß die Bedrohung tatsächlich ist.«

»Vergiss nicht die Sache mit dem Zeitriss«, warf Olivia ein. »Emilia, du sagtest doch, es gäbe Berechnungen, ihn mittels der Bombe wieder zu verschließen.«

»Das sagte ich«, antwortete Emilia.

»Dann ist doch eigentlich klar, was wir tun müssen, oder?«

»Erzähl es mir«, bat Emilia, der das alles andere als klar war.

Olivia breitete die Arme aus. »Na ja: Kontakt mit den Squids aufnehmen, verhindern, dass GAIA die Bombe schmeißt, und den Zeitriss versiegeln. Schließen wir uns den Termiten an, es ist das einzig Richtige.«

Emilia blickte in die Runde. »Seid ihr alle dieser Meinung?«

»Ich ja«, antwortete Lucie. »Jetzt, da meine Erinnerungen Stück für Stück wiederkommen, wird mir klar, was für ein falsches Spiel GAIA die ganze Zeit gespielt hat. Sie hat mich benutzt, um an die Informationen zur Quelle zu kommen. Sie hat Quabbel gefoltert und mich mit Medikamenten vollgepumpt.«

»Ich stimme ebenfalls dafür«, sagte Zoe. »Mir kam sie von Anfang an falsch und hinterhältig vor. Was denkst du, Ragnar?«

Er wiegte den Kopf. »Eine Maschine, die so tut, als sei sie ein Mensch? Das ist Blasphemie. In den Augen der Götter darf es so etwas nicht geben. Ich bin für den Kampf.«

»Ich auch«, stimmte Leòd zu. »Wenn Katta sagt, es sei richtig, dann ist es richtig.« Er warf ihr einen ziemlich verliebten Blick zu. Emilia war nicht klar, dass die Gruppe so geschlossen beisammenstand. Begründete sich ihr Misstrauen darauf, dass sie bereits so viel erlebt hatten?

Oder waren Emilia und Sara einfach auf beiden Augen blind? Möglich war das schon, schließlich hatten sie ihr ganzes Leben in dieser Kuppel verbracht und nie etwas anderes gesehen.

»Was machen wir denn mit Marek?«, fragte sie. »Sollten wir ihm nicht wenigstens Bescheid geben?«

»Marek?« Jem sah Emilia entsetzt an. »Er wollte uns umbringen, schon vergessen?«

»Natürlich nicht …«

»Mehr ist zu dem Thema nicht zu sagen, denke ich. Soll er sehen, wie er klarkommt. Ich will ihn jedenfalls nicht dabeihaben. Ihr etwa?«

Alle schüttelten die Köpfe.

Emilia nickte. »Dann ist es also entschieden?«

»Nicht so ganz«, sagte Lucie. »Wie ist denn eure Meinung? Wir wollen euch keinesfalls zu irgendetwas zwingen.«

»Ich kann es noch nicht sagen.« Emilia zögerte. »Das Problem ist, dass ich beide Seiten verstehen kann. Allerdings halte ich GAIAs Termin ebenfalls für übereilt. Ich bin dafür, dass wir alle Hebel in Bewegung setzen, um etwas mehr Zeit zu gewinnen. Und wenn es nötig ist, dass ich deshalb noch einmal mit ihr rede, so soll es mir recht sein.«

»Bist du verrückt geworden?«, fragte Sara mit weit aufgerissenen Augen. »Sie würden dich einsperren. Willst du das?«

Emilia zuckte die Schultern. »Wenn es der Sache dient ...«

»Auf keinen Fall.« Sara sah sie empört an. »Das werde ich nicht zulassen.«

»Was denn sonst?« Emilia blickte die anderen fragend an. »Welche Chancen haben wir denn überhaupt? Wie sähe euer Plan aus?«

»Gute Frage«, antwortete Arthur leise. »Tatsächlich habe ich mir da schon ein paar Gedanken gemacht. Es ist allerdings ein ziemlich tollkühner Plan ...«

40

Marek verfolgte, wie seine Freunde über den Platz rannten und einer nach dem anderen unter den Bäumen verschwand. Die lebensechte Simulation zeige all das in hochauflösender Optik und kristallklarer Schärfe. Die Kamera war zwar nicht besonders nahe am Geschehen dran und Ton gab es auch keinen, aber es war ziemlich offensichtlich, dass sie unbeobachtet sein wollten. Ob sie irgendetwas planten? Aber was? Emilia und Sara waren auch dabei.

»Ich wollte, dass du es siehst«, sagte GAIA, die wie eine griechische Statue neben ihm stand und das Geschehen mit katzengleichen Augen verfolgte. »Deswegen habe ich dir diesen 3-D-Projektor bringen lassen. Ich wollte, dass du siehst, was ich sehe, und daraus deine Schlüsse ziehst. Du kannst übrigens zwischen Kameras innerhalb und außerhalb der Kuppel wechseln und so hautnah miterleben, was sich so tut.«

»Irgendwas scheinen sie vorzuhaben.«

»Ich kann dir sagen, was sie vorhaben. Sie wollen uns verlassen. Wobei es natürlich sinnlos ist. Niemand verlässt die Kuppel, ohne dass ich davon erfahre.«

Marek spürte Wut in sich aufsteigen. »Und sie haben mir nichts davon erzählt. Haben mich einfach hocken lassen. Genau, wie in der Zitadelle ...«

GAIA zuckte die holographischen Schultern.

»Es dürfte klar sein, was hier passiert. Informationen werden ausgetauscht und Ränke geschmiedet. Gegen mich. Gegen die Stadt.«

»Warum?«

»Nun vermutlich, weil Emilia mich verraten hat und deinen ehemaligen Freunden Dinge erzählt, die sie nicht wissen sollten.«

»Was für Dinge?«

»Zum Beispiel Informationen über das Timing. Dass wir es mit einem überaus engen Zeitrahmen zu tun haben und der Angriff bald erfolgen soll. Es passt ihr nicht, was ich vorhabe, und nun wendet sie sich gegen mich. Du siehst, wir haben beide Grund, wütend zu sein.«

»Was haben Sie denn vor?«

»Die Squids vernichten. Sie mit einem wohlkalkulierten Schlag vom Antlitz dieser Welt fegen.«

Marek wandte seinen Blick vom Monitor ab. »Wow! So etwas können Sie?«

»Aber ja ...«

Marek zögerte einen Moment, dann sagte er: »Ich wüsste nicht, was man dagegen haben könnte. Die Squids sind unser aller Feinde.«

GAIA strahlte. »Du sagst es. Du musst wissen, dass ich diesen Schlag schon lange vorbereit habe. Wenn du mir dabei hilfst, können wir diese Nemesis ein für alle Mal aus der Welt schaffen. Was meinst du dazu?«

»Klingt einleuchtend für mich ...«

»Sieh nur, wie sie rennen«, sagte GAIA. »Wie die Kaninchen.

Menschliche Emotionen sind so berechenbar, man kann die Uhr danach stellen.«

Marek drückte eine Taste auf der Steuerung und ein anderes Bild erschien. Es war aus großer Höhe gefilmt und zeigte eine Dreihundertsechzig-Grad-Ansicht der Wüste rund um die Kuppel. Das Land war so trostlos und so leer, dass er vom bloßen Zusehen schon Durst bekam. »Wieso konnten Sie die Squids nicht vorher besiegen? Hat sich irgendwas geändert? Und warum zum Henker hauen die ab, anstatt sich darüber zu freuen, dass wir diesen Biestern endlich das Handwerk legen können?«

»Sie sind verwirrt und wissen nicht, was sie glauben sollen. Es ist an der Zeit, sie wieder auf den richtigen Pfad zu führen.«

»Und wie?«

GAIA sah ihn mitfühlend an. »Du bist noch geschwächt und mir fehlt die Zeit, dir das alles zu erklären. Nur so viel: Mein größtes Problem war, dass ich nicht herausbekommen konnte, wo sich die Quelle aufhält. Doch durch die Ankunft von Lucie und dem Squid erfuhr ich den genauen Standort. Endlich wusste ich, wo ich zu suchen hatte, und konnte meinen Plan ausarbeiten. Nun steht er fest. Doch wie gesagt: Nicht bei allen scheint dieser Plan ungeteilte Zustimmung zu erfahren. Ich kann förmlich spüren, wie deine Freunde dort im Gebüsch sitzen und hektisch an irgendwelchen Plänen stricken.«

»Sie sind nicht meine Freunde.«

»Stimmt, ich vergaß. Bitte entschuldige. Ich bin mir sicher, dass mein Plan auch weiterhin den Berechnungen folgen wird. Ich muss nur hier und da nur noch ein paar Stellschrauben drehen, dann wird dieser Kampf in die letzte Runde gehen. Alles, was wir brauchen, ist Geduld. Nur noch etwas Geduld …«

Sie wandte sich Marek zu. »Wenn du möchtest, werde ich dir die Unterlagen zukommen lassen. Dann kannst du in aller Ruhe hineinlesen und mir mitteilen, was du davon hältst. Interessiert?«

»Ich … ich denke schon. Ja. Aber versprechen kann ich nichts.«

»Musst du auch nicht. Bilde dir dein eigenes Urteil und dann sehen wir weiter. Vergiss nicht, sollten wir Erfolg haben, wartet am Schluss als Belohnung ein neues Bein auf dich.«

Marek schluckte. Für ihn kam das alles sehr plötzlich. Er würde einige Zeit brauchen, um es zu verstehen. Aber immerhin hatte er etwas, womit er sich beschäftigen konnte und was ihn von seinen trüben Gedanken abbringen würde.

Die Vernichtung der Squids …

»Einverstanden«, sagte er. »Ich bin dabei.«

41

»Meine Idee ist eigentlich ziemlich simpel«, sagte Arthur. »Wir müssen es schaffen, die Squids von unseren guten Absichten zu überzeugen. Wenn uns das gelingt, wäre das schon mal die halbe Miete. Danach können wir dann in Verhandlungen treten.«

Lucie war nicht ganz klar, wovon ihr Freund da sprach, aber das war sie von Arthur gewohnt.

»Das stimmt«, meinte sie. »Aber wie willst du das erreichen? Was können wir ihnen anbieten?«

»Wir müssen ihnen beweisen, dass die Menschen nicht grundsätzlich böse sind. Wir müssen sie mit irgendetwas beeindrucken, ihnen ein Zeichen geben, dass wir es ernst meinen und bereit sind, uns zu ändern.«

»Ja schon«, sagte Lucie ungeduldig. »Aber was könnte das sein? Wir besitzen doch nichts von Wert.«

»Wer redet denn von Besitz? Ich spreche von Taten. Zum Beispiel diese Massenvernichtungswaffe unschädlich machen. Das würde sie beeindrucken, oder? Ich denke, wir dürfen davon ausgehen, dass sie inzwischen ohnehin längst davon erfahren haben.« Arthur sah sie mit leuchtenden Augen an.

»Du willst die Bombe unschädlich machen?«

»Na klar.« Er nickte aufgeregt. Er war voll in seinem Element und schien seinen Frust über die vergebliche Heimkehr schnell überwunden zu haben. Für Lucie war er ein Phänomen. Ein echtes Stehaufmännchen, das sich von nichts und niemandem unterkriegen ließ. Emilia hingegen beurteilte das Vorhaben nicht ganz so positiv.

»Was ihr da plant, ist unmöglich«, sagte sie kopfschüttelnd.

»Warum?«, fragte Lucie.

»GAIA wird mit Sicherheit nicht tatenlos zuschauen, wie ihr in die Wüste spaziert und ihre Bombe vernichtet. Wenn das überhaupt möglich ist.«

»Niemand hat behauptet, dass es einfach werden wird, aber hört zu.« Arthur räusperte sich. »Du hast uns doch erzählt, dass du in GAIAs Archiven auf das ursprüngliche Ziel der Bombe gestoßen bist.«

»Der Zeitriss ist über dem Nordpol, ja. Wieso?«

»Warum versuchen wir nicht, das alte Programm wieder aufzuspielen und die Bombe ihrer ursprünglichen Bestimmung zuzuführen? Wir schließen den Zeitriss und sorgen dafür, dass nie wieder so ein Unglück geschieht. Die Bombe wäre weg und der Riss geschlossen. Zwei Fliegen mit einer Klappe.«

»Träum weiter«, entgegnete Emilia. »GAIA würde das auf jeden Fall merken und Gegenmaßnahmen einleiten.«

»Dann müssen wir GAIA eben austricksen.«

»Und wie?«

Arthur massierte seine Schläfen. »Bring mich ins Rechenzentrum. Dorthin, wo sich ihre CPU befindet. Ich bin ganz fit mit Computern. Ich könnte sie vielleicht lahmlegen.«

Emilia schüttelte energisch den Kopf. »Wen? GAIA? Vergiss

es! Sie ist durch Dutzende Sicherheitsbarrieren geschützt. Eine davon ist, dass Menschen keinen Zutritt zum Rechenzentrum haben.«

Lucie riss erstaunt die Augen auf. »Wie? Nicht mal Techniker oder Servicepersonal?«

»Niemand. Der Bereich ist hermetisch abgeschlossen. Er wurde direkt nach der Inbetriebnahme versiegelt.«

»Was für ein Wahnsinn ist das denn?«, fragte sie. »Warum zum Teufel habt ihr das getan?«

»Damit niemand GAIA hacken oder abschalten kann«, erwiderte Emilia. »Menschen machen Fehler. Manche Menschen sind sogar bösartig und begehen Sabotage. Damit das nicht passiert, hat man GAIA völlig autonom gebaut. Nichts und niemand darf in ihr Allerheiligstes.«

Lucie sackte zusammen. Sie konnte diesen technischen Details nur bedingt folgen, aber selbst ihr wurde in diesem Moment klar, dass Arthurs Plan nicht funktionieren konnte.

»Schöne Scheiße.«

»Aber die Programmierung der Rakete muss doch nicht zwangsläufig über das Rechenzentrum erfolgen«, hakte Arthur nach. »Man könnte sie doch vielleicht auch vor Ort lahmlegen.«

»Vor Ort?« Emilia runzelte die Stirn.

»Ja, ich rede von dem Silo. GAIA hat ihn uns gezeigt. Wir haben gesehen, wo das verdammte Ding aufbewahrt wird.«

»Und …?«

»Wenn man an die Steuereinheit der Rakete rankäme, müsste man sie doch auch dort sabotieren können, oder nicht?«

»Vielleicht. Ja ...«, murmelte Emilia.

Lucie lächelte. Plötzlich war da wieder ein Hoffnungsschimmer. »Sehr gute Idee. Ich bin beeindruckt.« Olivia klopfte Arthur auf die Schulter. »Ich wusste schon immer, dass da ein heller Verstand in dieser Kohlrübe tickt.«

Arthur grinste schief. »Vielen Dank.«

Emilia schien das noch nicht zu überzeugen. »Wie sollen wir denn unbemerkt die Kuppel verlassen? Die Außenkameras arbeiten rund um die Uhr. Außerdem ist die Technologie drüben in diesen Silos hoffnungslos veraltet. Dort sind vermutlich Computer aus vorvorigen Jahrhunderten verbaut worden.«

»So what?« Arthur zwinkerte ihr zu. »Denk dran, woher wir kommen. *Aus der Vergangenheit.* Wir kennen uns mit veralteter Technologie aus. Abgesehen davon, braucht man nicht viel Sachverstand, um etwas abzuschalten. Das geht meistens sehr einfach.«

Lucie zweifelte, ob es wirklich so einfach sein würde. Andererseits kannte sie Arthur inzwischen gut genug, um zu wissen, dass er wirklich ein kleines Genie war. Wenn einer das hinbekam, dann er.

Emilia schüttelte skeptisch den Kopf. »Nehmen wir mal an, es ließe sich tatsächlich bewerkstelligen«, sagte sie, »so bleibt immer noch die Frage, was wir mit GAIA tun sollen. Ich erwähnte es: Sie wird alldem nicht tatenlos zuschauen. Was gedenkt ihr zu tun, wenn sie euch einen Haufen Soldaten auf den Hals hetzt?«

»Wir sehen zu, dass es gar nicht erst dazu kommt«, antwortete Arthur lapidar. »Wir legen sie lahm. Keine GAIA, kein Problem.«

»Hast du mir nicht zugehört?«, stieß Emilia aus. »Man kann GAIA nicht lahmlegen. Ohne sie würde nichts in der Stadt funktionieren. Sie kontrolliert die gesamte Infrastruktur. Den Verkehr, die elektrischen Systeme, unsere Drohnen, unsere Verteidigungsanlagen, einfach alles. Ohne sie würde hier das totale Chaos ausbrechen.«

»Es geht ja nicht darum, sie zu zerstören«, erwiderte Arthur. »Ich rede nur davon, sie in eine Art Basismodus zu versetzen. Jeder Computer hat so etwas. Es ist die primäre Programmierung, in der nur noch die Grundfunktionen aktiv sind. So eine Art Dornröschenschlaf für Computer. In diesem Zustand kann man ein System von Viren reinigen und einfache Umprogrammierungen vornehmen.«

»Ja«, sagte Lucie mit einem Aufkeimen von Hoffnung. »Wenn sie schläft, kann sie uns keine Sicherheitskräfte auf den Hals hetzen.«

»Und bis sie wieder aufwacht, haben wir die Bombe entschärft und die Gefahr bereinigt«, ergänzte Zoe.

»Das klingt so einfach, es scheitert jedoch an der einfachen Tatsache, dass wir nicht an sie herankommen«, erwiderte Emilia. »GAIA ist rund um die Uhr wach. Jeder Versuch, ihr zu nahe zu kommen, wird mit aller Härte bestraft. Vermutlich sucht sie in ebendiesem Augenblick die Stadt nach uns ab. Es ist nur eine Frage der Zeit, bis sie uns findet.«

»Nicht, wenn wir uns in den unterirdischen Stollen der Termiten bewegen«, warf Katta ein. »Wir können ihnen sogar sagen, wo wir hinwollen. Sie graben einen Gang und wir folgen ihm.«

»Das geht?«, fragte Lucie verwundert.

»Aber ja. Ich habe es selbst erlebt. Sie sind ungeheuer schnell und effizient. Gleichzeitig hätten wir Nahrung und Licht.«

Lucies Pulsschlag beschleunigte sich. »Das dürfte etwas sein, womit GAIA nicht rechnet, oder? Dass wir uns bewegen können, wohin wir wollen. Ungesehen und unentdeckt.«

»Stimmt …«, räumte Emilia ein.

Und Sara ergänzte: »Ich denke, allein die Vorstellung, wir könnten uns mit so etwas wie Termiten verbünden, kommt in ihren Denkprozessen nicht vor.«

»Dann ist es genau das, worauf wir bauen sollten«, rief Lucie. »Das würde uns einen Riesenvorteil verschaffen. Es würde GAIAs Pläne im wahrsten Sinne des Wortes untergraben.« Sie bekam ganz rote Wangen vor Aufregung.

Emilia wiegte skeptisch den Kopf, trotzdem spürte Lucie, dass ihr Widerstand langsam bröckelte.

»Mag sein, dass uns das einen Vorteil verschafft«, erklärte Emilia nach einer Weile, »unser Problem löst es aber nicht.«

»Ich hätte da vielleicht eine Idee«, mischte Sara sich ein. »Ich stimme Emilia zu, dass wir GAIA vom Rechenzentrum aus nicht abschalten können. Aber es gibt eine andere Möglichkeit.«

»Und welche?«, wollte Lucie wissen. Sie war beeindruckt, wie schnell der Plan Formen annahm und immer konkreter wurde.

»Die Energiezentrale. Die Steuereinheiten für die Sonnenkollektoren sind in einem separaten Gebäudeteil außerhalb der Kuppel untergebracht. Ein Bereich, der nur Sicherheitsstufe zwei unterliegt. Mit deiner Karte müsstest du da eigentlich reinkommen, Emilia.«

»Du meinst meine Security-Card? Stimmt – vorausgesetzt, sie haben mir nicht inzwischen die Sicherheitseinstufung entzogen«, entgegnete Emilia.

»Ein bisschen Glück brauchen wir natürlich«, erwiderte Sara. »Wenn wir die Energiezufuhr unterbrechen, bekommt GAIA keinen Strom mehr. Sie müsste auf das Notfallsystem umschalten, doch das ist nicht auf Dauerbetrieb ausgelegt.«

»Ich denke noch immer, dass GAIA den Braten riechen und uns zuvorkommen würde«, sagte Emilia.

»Wie wäre es denn mit einer Ablenkung?«, fragte Zoe. »Etwas, das so groß, so spektakulär wäre, dass es ihre volle Aufmerksamkeit beansprucht.«

»Coole Idee«, sagte Lucie, die mit ihren Fingern über Quabbels Köpfchen strich. »Aber wie könnte das aussehen? Was wäre groß genug, dass GAIA sämtliche Augen darauf richtet und den Sabotagetrupp übersieht?«

Zoe ergriff Ragnars Hand und hielt sie fest. Um ihren Mund spielte ein grimmiges Lächeln.

»Ich rede natürlich von etwas Großem. Von einem Angriff auf die Stadt.«

42

Der Gang wand sich endlos in die Tiefe. Jem hatte irgendwann aufgehört, die vielen Abzweigungen zu zählen. Blind und taub stolperte er hinter den anderen her und versuchte dabei, die dunklen Öffnungen zu ignorieren, die ihnen in regelmäßigen Abständen aus den Seitenwänden entgegengähnten. Die Furcht und die Beklemmung, die er zu Beginn ihrer unterirdischen Reise empfunden hatte, waren schon längst verblasst. Natürlich war er sich immer noch bewusst, dass dies eine vollkommen irre Situation war und dass tausend Gefahren auf sie warteten, aber er versuchte wie immer, sich möglichst wenige Gedanken zu machen.

Als Emilia bemerkte, dass er direkt hinter ihr ging, ließ sie sich zurückfallen. Offenbar sah sie immer noch Gesprächsbedarf. »Ihr seid also wirklich entschlossen, das durchzuziehen?«, fragte sie keuchend. »Euch ist klar, dass ihr damit die letzte Möglichkeit opfern würdet, diesen Planeten wieder zurückzuerobern, nicht wahr? Es wird keine zweite Chance geben.«

»Nein, wird es nicht«, erwiderte Jem. »Ich bezweifele aber, dass es die jemals wirklich gegeben hat.«

»GAIA behauptet etwas anderes.«

»Ja, es ist immer leicht, etwas zu behaupten, wenn man es nicht beweisen muss. Du sagtest doch selbst, dass sie nicht genügend Informationen besitzt und ihre Strategie größtenteils auf Mutmaßungen beruht.«

»Das ist wahr …«

»Wer sagt uns denn, dass die Squids nicht irgendwo noch ein zweites Machtzentrum besitzen? Nur für den Fall, dass das eine mal ausfällt. Normalerweise ist das so. Jeder Staat hat einen Vizepräsidenten. Und wenn das so ist, ist die Kacke mächtig am Dampfen.«

»Ich weiß zwar nicht ganz genau, was du damit meinst, aber den Sinn dahinter verstehe ich.«

Jem winkte ab. »Nicht so wichtig. Jedenfalls denke ich, dass wir alles auf eine Karte setzen und hoffen müssen, dass es gutgeht. Zum Glück stehen wir in der Sache ja nicht allein da. Der gesamte Rest des Planeten dürfte auf unserer Seite sein.«

»Zumindest, was die Termiten betrifft, hast du recht«, sagte Emilia nachdenklich. »Dass sie unsere Verbündeten sind, könnte sich tatsächlich als Vorteil herausstellen. Vorausgesetzt, sie kommen nicht irgendwann auf die Idee, uns zu töten.«

»Da kannst du ganz beruhigt sein«, erwiderte Jem. »Wenn Katta sagt, sie seien ungefährlich, glaube ich ihr. Katta war früher der größte Angsthase von uns allen und jetzt sieh, was aus ihr geworden ist.«

»Du wirst gestatten, dass ich trotzdem skeptisch bleibe.«

Jem nickte. Er konnte Emilias Bedenken ziemlich gut nachvollziehen. Auch er empfand die Aktion als risikoreich. Diese Soldaten waren ganz schöne Brocken und er würde sich, so gut es ging, von ihnen fernhalten. Bei Emilia kam noch hinzu, dass die Termiten seit jeher ihre Feinde waren. Sie hatte ihnen Geschichten erzählt; von Fallgruben, in denen ganze Transporter verschwanden, von präparierten Brücken, die zusammenstürzten, sobald man nur einen Fuß darauf setzte, und von noch Schlimmerem. Wer das erlebt hatte, der konnte wahrscheinlich nicht einfach so umschalten.

Hinter sich hörte er Arthur und Paul den Gang entlangschnaufen. »Ich war so ein Idiot«, schimpfte Arthur. »Wie konnte ich mich nur so irren?«

»Womit irren?«, fragte Paul.

»Mensch 2.0. Stell dir vor, den Blödsinn habe ich wirklich geglaubt. Ich war so verliebt in Maschinen, dass ich mir überhaupt nicht klargemacht habe, welche Gefahren da auf uns zukommen.«

Jem wunderte sich, worüber sich seine Freunde wieder mal den Kopf zerbrachen. »Wovon redest du?«, fragte er.

»Na, von GAIA, du Dödel. Von den Maschinen. Intelligenz ist eben nicht gleich Intelligenz. Es gibt eine intellektuelle und eine soziale Intelligenz. Die eine ist nur auf sich selbst gerichtet, die andere auf das Zusammenleben mit anderen. Es macht schon auch einen Unterschied, aus welchem Material du bestehst; Kohlenstoff oder Silizium. Eine Maschine kennt nur sich selbst, vor allem eine wie GAIA. Sie ist die Einzige, deswegen weiß sie nicht, was es bedeutet, Mitgefühl zu empfinden. Eine Erkenntnis, die mir erst in den letzten Tagen gekommen ist.«

»Evolution ist eben nicht wählerisch«, sagte Jem. »Wie heißt es doch so schön in Jurassic Park: *Das Leben findet immer einen Weg.«*

»Jurassic wer?«, fragte Ragnar irritiert. Jem lachte.

Vor ihnen öffnete sich ein großer Saal, der von Dutzenden von Leuchttermiten erhellt wurde. Ein Anblick, der Jem bis in sein Innerstes verzauberte. Es war, als hätte er Ali Babas Höhle betreten oder Smaugs Schatzkammer tief unter dem Berg Erebor. Aberhunderte verschiedener Termitenarten hatten sich hier versammelt und erfüllten die Luft mit tiefem Summen. Schwere Düfte wehten ihm um die Nase.

»Puh, wonach riecht denn das hier?« Arthur hielt sich die Nase zu. »Ich komme mir vor wie in einer Keksdose.«

»Ja, ein eigenartiger Geruch«, pflichtete Jem ihm bei. »Ich krieg richtig Kopfschmerzen davon.«

Er sah sich um. Von der Königin fehlte jede Spur, dafür aber waren viele von Bienchens Kolleginnen anwesend.

Ein trockenes Schwirren ertönte neben Jems Ohr. Eine Heuschrecke hatte auf seiner Schulter Platz genommen. In seinem alten Leben hätte er sie wahrscheinlich weggescheucht, aber nach allem, was sie erlebt hatten, war es fast schon normal, dass irgendwelche Insekten Kontakt zu ihm und seinen Freunden suchten. Dutzende weiterer Heuschrecken surrten durch die Luft und Jem beobachtete, wie sie bei Ragnar, Leòd und den anderen landeten. Zoe verzog kurz das Gesicht, dachte sich dann aber offenbar, dass Widerspruch sowieso zwecklos war.

Vor ihm wurde Katta von ein paar kleineren Termiten umringt, die aufgeregt mit den Fühlern wedelten. Die Luft war stickig und sein Schädel brummte wie ein Presslufthammer.

»Was ist denn da los?« Nisha suchte seine Hand. Das tat sie immer, wenn sie Angst hatte. Er legte seinen Arm um sie.

»Keine Ahnung«, erwiderte er. »Sie scheinen sich über irgendetwas mächtig aufzuregen. Komm, lass uns nach vorne gehen.« Er bahnte sich einen Weg zwischen den Termiten hindurch. »He, Katta, was ist los? Was soll diese Versammlung?«

»Bienchen hat Neuigkeiten. Boten und Späher haben berichtet, dass eure Nachricht durchgedrungen ist, und wie es scheint, haben wir bereits eine Antwort erhalten.«

»Unsere Nachricht?« Jem hob verblüfft die Brauen. »Wovon redest du da?«

»Na, von eurer Botschaft an das Squid-Kollektiv. Über die Vorfälle in der Kuppel. Die Nachricht wurde empfangen, es wurde darüber beraten und die Antwort ist bereits eingetroffen.«

»Halt mal. Ganz langsam.« Jem massierte seine Schläfen. »Unsere Nachricht? Hat irgendjemand von euch eine Botschaft gesendet? Wie sollte das denn funktioniert haben?«

»Könnte ich gewesen sein«, meldete sich Lucie mit heller Stimme. »Ich bin mir nicht ganz sicher, aber ich denke, dass der Ursprung dieser Nachricht wohl bei mir liegt.«

»Wie das denn?«

Sie senkte schuldbewusst ihren Blick. »Meine kleine Freundin hier, erinnert ihr euch?« Sie nahm den Grashüpfer auf die Hand. »Es war in der Nacht, als ich euch geweckt habe. Ich bin wach geworden, weil mein Kopf voller Träume war. Ich habe von Katta geträumt. Ich sah sie im Park, erfuhr, dass sie noch lebte und sich im Park versteckt hielt.«

»Und?«

»Die Botschaft wurde mir übermittelt. Ich sollte das träumen, damit ich euch wecken und mich mit euch auf den Weg machen konnte. Offenbar war aber die Heuschrecke schon viel länger bei mir. Sie hat nicht nur Botschaften ausgesandt, sondern auch welche empfangen. Vermutlich hat sie mein Unterbewusstsein angezapft, während ich schlief. Sie sah meine Erinnerungen. Träume von GAIA und der Bombe. Keine Ahnung, wie lange sie schon da war und was sie alles gesehen hat, aber es könnte schon einiges gewesen sein.«

»Und du glaubst, dass sie dann losgeflogen ist und den Squids davon erzählt hat?« Jem sah Lucie skeptisch an.

»Möglich. Ich habe schon immer sehr intensiv geträumt. Die Ereignisse vom Vortag waren so aufwühlend, dass sie mit Sicherheit Spuren in meinem Gedächtnis und meinen Gedanken hinterlassen haben. Wobei mir nicht klar ist, wie sie die Botschaft übermitteln konnte. Ich meine, sie ist doch so klein und ihre Flügel können sie nicht so weit tragen.« Lucie blickte auf das kleine Geschöpf in ihrer Hand.

»Wer sagt denn, dass sie das alleine bewerkstelligt hat?«, sagte Zoe. »Wenn ich das richtig verstanden haben, können die Tiere hier ja ein zusammenhängendes Informationsnetzwerk bilden. Es reicht, wenn sie einem anderen Insekt davon berichtet hat, das wiederum trägt es zum nächsten und immer so weiter.«

»Stimmt«, sagte Olivia. »Und nicht nur die Termiten, jede Tierart könnte als Bote fungiert haben. Reptilien, Säugetiere, Vögel und Fische.«

»Aber das ist gerade mal achtundvierzig Stunden her«, warf Lucie ein. »Wie kann diese Botschaft so schnell ihr Ziel erreicht haben?«

»Ich denke über den Luftweg, wie Zoe schon meinte«, erwiderte Paul. »Ein Albatros beispielsweise kann auf der Langstrecke Geschwindigkeiten von über einhundertzwanzig Stundenkilometern erreichen.«

»Ist das realistisch?«, fragte Arthur. »GAIA hat gesagt, die Quelle befände sich irgendwo im Golf von Mexiko. Das ist tausendsechshundert Kilometer entfernt.«

»Es gibt manche Schmetterlingsarten, die weitere Entfernungen zurücklegen«, konterte Olivia. »Und dabei spreche ich von Arten, die in *unserer* Zeit gelebt haben. Keine Ahnung, was der Kometeneinschlag hier für mutierte Superarten hervorgebracht hat. Denkt nur an diese gestreiften Wölfe oder die violetten Ratten. Vielleicht sind manche von denen viel schneller, als wir es uns vorstellen können.«

Jem blickte auf die Termiten. Manche von ihnen konnten es in punkto Geschwindigkeit bestimmt mit jeder Hunderasse aufnehmen.

»Aber das ist nicht gut«, murmelte Arthur. »Das ist gar nicht gut.«

»Wieso denn?«, fragte Jem. »Unser Bericht an die Quelle war doch ohnehin längst überfällig.«

»Ja schon, aber wir hätten doch vermutlich vorher erst mal überlegt, *was* wir ihr sagen. Jetzt weiß sie alles. Einschließlich der Dinge, die mit Quabbel angestellt wurden.«

»Meinst du tatsächlich? Aber wie? Lucie hat das alles zu diesem Zeitpunkt ja selbst nicht mal mehr gewusst.«

»Ja, aber die Erinnerungen waren noch da. In ihrem Unterbewusstsein. Wenn es darüber lief, weiß sie alles.«

»Ich glaube auch, dass die Quelle es schon weiß«, sagte Lucie und berührte dabei den Grashüpfer. Quabbbel war ebenfalls nach draußen gekrochen und die drei schienen eine intensive Bindung einzugehen. »Ich fürchte, sie ist ziemlich wütend deswegen.«

»Seht ihr«, sagte Arthur.

Lucie war in die Hocke gegangen und bezog jetzt auch noch Bienchen in das Gespräch mit ein. Sie hielt ihre Augen geschlossen und wirkte fast wie in Trance. Die vier schienen eine Menge Informationen zu wechseln. Lucies Lippen bewegten sich, dann erklärte sie: »Okay, verstehe. Jetzt gleich?«

Grille, Termite und der kleine Oktopus gaben verschiedenartige Laute von sich.

»Einverstanden. Dann sage ich es ihnen.«

»Was?« Jem runzelte die Stirn.

Lucie erhob sich wieder. »Die Quelle hat eine Botschaft für uns. Sie sagt: *Kommt.*«

Jem versuchte, den Sinn dieser Botschaft zu erfassen, stand aber etwas auf dem Schlauch. »Kommt? Wen meint sie damit?«

»Dich und mich. Lucie und Jem. Wir beide. *Kommt ins Herz der See, die Quelle erwartet euch.* So lautet die Botschaft.« Sie lächelte. »Weißt du, wie sie uns nennen?«

»Keine Ahnung.« Jem war viel zu überrascht, um noch einen klaren Gedanken fassen zu können. »Wie denn?«

»DUNKEL und ROT.«

43

Dinge in Bewegung.

ROT und DUNKEL Botschaft erhalten. Zzz—zusammen
mit anderen Zzz—zweibeiner planen Flucht.
Wollen Bedrohung eliminieren.

Wie können wir helfen?

Allianz mit Sss—sechsbeinern. Verbündete.
Werden helfen.

ES erwartet Eintreffen der Botschafter.
Zzz—zeit wird knapp.

44

Lucie bezweifelte langsam, dass sie jemals irgendwo ankommen würden. Immer, wenn sie glaubte, das Ende des Stollens erreicht zu haben, machte dieser eine Kehrtwende und führte in anderer Richtung weiter. Sie saßen auf dem Rücken eines Tunnelgräbers, der mit unglaublicher Geschicklichkeit durch die Dunkelheit manövrierte. Olivia hockte dicht hinter ihr auf dem gewölbten Rücken und klammerte sich mit beiden Händen am Panzer fest. Die Dunkelheit und Stille machten Lucie zu schaffen. Sie musste reden, um dieses Gefühl abzuschütteln. »Es kommt alles ein bisschen plötzlich, findest du nicht?«, fragte sie Olivia. »Ich meine die Sache mit Jem und mir. Die Botschaft der Quelle. Was hältst du davon?«

»Ich halte es für eine große Ehre.«

»Echt, findest du?«

»Aber ja«, antwortete Olivia. »Ihr seid vermutlich die ersten Menschen, die die Quelle mit eigenen Augen sehen dürfen. Das musst du dir mal vorstellen! So etwas hat es bestimmt noch nie gegeben. Ich würde alles dafür tun, euch zu begleiten. Na ja, vielleicht auch nicht.« Lucie hörte Olivias dreckiges Lachen.

Sie lächelte. Es tat gut, mal wieder jemanden lachen zu hören. Das schien Ewigkeiten her zu sein.

»Also, wenn du magst, wir können gerne tauschen«, sagte

Lucie. »So scharf bin ich darauf auch wieder nicht. Ich habe ja nicht mal eine Idee, wie wir dorthin kommen sollen. Der Golf von Mexiko ist tausendfünfhundert Kilometer entfernt.«

»Hast du das nicht mitbekommen? Durch die Luft.«

»Durch die Luft?« Offenbar hatte sie da wirklich etwas nicht mitbekommen. Na gut, sie war auch ziemlich beschäftigt gewesen. Entweder konnte sie mit ihren Freunden reden oder mit Quabbel und den anderen Tieren kommunizieren. Beides zusammen ging nicht. »Klär mich mal auf«, sagte sie. »Wie genau lautet denn der Plan?«

»Keine Ahnung, aber ich meine, mich zu erinnern, dass Jem den Begriff Flugzeug verwendet hat.«

»Flugzeug?«

Ein Wort, das dunkle Ängste in ihr weckte. Mit Schrecken dachte sie an das, was ihnen auf ihrem letzten Flug passiert war.

»Wo soll denn bitte schön ein Flugzeug herkommen? Die sind bestimmt alle längst zerstört.«

»Hast du nicht zugehört? GAIA hat uns doch von den Maschinen erzählt, an denen irgendwelche Tüftler herumschrauben.«

»Na, und wennschon. Selbst wenn diese Flugzeuge existieren, ich kenne niemanden, der so ein Ding bedienen könnte. Bennett ist tot, wie du dich vermutlich erinnerst.«

»Jem sagte, er könne das«, antwortete Olivia. »Frag mich aber bitte nicht, wie und warum. Ich habe nur ein bisschen gelauscht, als sich die Jungs darüber unterhalten haben.«

»Jem?«

Sie hatten viel Zeit miteinander verbracht. Wenn Jem einen Pilotenschein besitzen würde, hätte er das ihr gegenüber bestimmt erwähnt. Ganz abgesehen davon, dass er dafür viel zu jung war. Aber hatte er ihr nicht mal irgendetwas in dieser Richtung erzählt? Ganz entfernt klingelte etwas bei ihr.

»Frag ihn am besten selbst, wenn wir da sind«, meinte Olivia. »Warte mal, ich glaube ich sehe da vorne etwas.«

Lucie spürte einen sanften Druck an der Hand. Quabbels Ärmchen. Eine leise Stimme erklang in ihrem Kopf.

Wir sind da.

Sie kniff die Augen zusammen. Tatsächlich. Vor ihr schien der Tunnel zu enden. Etliche der Leuchttermiten hatten sich bereits versammelt und blickten nach oben. Ein Lichtschein fiel auf sie herab.

Lucie stieg ab und stolperte durch den Gang. Über ihr befand sich eine Röhre, die senkrecht in die Höhe stieg. Stufenförmige Ausbuchtungen waren an den Seiten, die wohl zum Klettern dienten.

Ragnar war auf Jems Rücken geklettert, krallte sich in die Stufen und zog sich hoch. Leòd und Zoe folgten ihm. Danach kamen Paul, Arthur, Nisha, Jem, Katta und Olivia. Lucie war die Letzte.

Staub rieselte von oben herab und sie musste husten. Schließlich versuchte sie es ebenfalls. Einer der Tunnelgräber half ihr, die unterste Stufe zu erreichen. Es war gar nicht so schwierig, wie es aussah.

Nach wenigen Metern steilen Aufstiegs erweiterte sich der Stollen zu einem halbkugelförmigen Raum, der nach oben hin in eine Art Schornstein auslief. Der Raum selbst war bis auf ein paar treppen- und wabenförmige Strukturen leer.

Lucie hatte keine Ahnung, wozu er diente, tippte aber auf eine Art Vorratskammer.

Sie spürte einen leichten Wind und stellte fest, dass die Luft hier oben viel angenehmer war als unten in den stickigen Stollen. Ringsherum waren Fenster in den Sandstein eingelassen, durch die warmes Abendlicht strömte.

Sie hatten die Kuppel am späten Vormittag verlassen, jetzt war es Abend. Waren sie wirklich so lange unterwegs gewesen? Lucie merkte, dass sie schrecklichen Durst hatte. Und Hunger auch. Sie trat an eine der ovalen Öffnungen und spähte hinaus.

Lange Schatten durchkreuzten die Ebene. Vielleicht fünfzig Meter entfernt sah Lucie ein turmähnliches Gebilde aus der Ebene ragen. Dahinter folgten weitere. Wie Orgelpfeifen strebten sie in den blutroten Himmel.

»Termitenbauten«, flüsterte sie. »Wir sind in einem Termitenbau.« Dann erinnerte sie sich plötzlich, wo sie diese Türme schon einmal gesehen hatte. Während ihrer Fahrt mit dem Hovercraft. Mit einem Mal wusste sie, wo sie sich befanden. Sie eilte zur anderen Seite des Raums.

»Was ist denn los?«, fragte Jem.

»Da ist es.« Lucie blinzelte gegen das Abendrot. Da drüben waren barackenähnliche Strukturen am Horizont. »Die Gebäude dort drüben, kannst du sie erkennen? Das sind die Werkstätten oder Hangars, an denen wir gestern vorbeigekommen sind. Und … Moment mal.« Sie verstummte. »Das ist doch dieses komische Flugfeld, oder?«

»Die Kandidatin hat hundert Punkte«, sagte Jem grinsend und deutete Richtung Sonnenuntergang. »Und dort ist die Flugzeughalle.«

Inzwischen standen alle an den ovalen Sichtöffnungen und blickten nach draußen.

»Ich hatte keine Ahnung, dass das Netzwerk der Termiten so riesig ist«, murmelte Emilia nebenan. »Es muss ja mehrere Quadratkilometer umfassen.«

»Warum haben sie uns hierhergebracht?«

»Na, warum wohl«, fragte Arthur zurück. »Weil wir sie darum gebeten haben. Damit wir uns ein bisschen umsehen können. Gleich dort drüben ist der Silo für die Gravitationsbombe.«

Bei dem Wort wurde es Lucie mulmig zumute. Sie fühlte sich gar nicht wohl in der Nähe einer solch alles vernichtenden Macht.

»Und wie habt ihr euch das vorgestellt? Gehen wir da jetzt rüber oder was?«

»Geduld«, sagte Arthur. »Wir müssen warten, bis es dunkel ist. Die Bombe läuft uns ja nicht weg.«

»Und was, wenn wir sie gefunden haben?«

»Dann werden wir mal einen Blick darauf werfen. Sehen, ob sie sich entschärfen beziehungsweise umprogrammieren lässt. Dafür muss es aber dunkel sein. Bei Tageslicht wäre das Risiko, entdeckt zu werden, viel zu groß.«

»Und natürlich schauen wir uns ein bisschen bei den Flugzeughangars um«, ergänzte Jem. »Wir müssen doch wissen, was da so rumsteht und ob man etwas davon gebrauchen kann.«

»Und was machen wir dann so lange«, fragte Nisha. »Ich find's hier, ehrlich gesagt, ein bisschen langweilig.«

Jem strich ihr über den Kopf. »Ausruhen. Ein bisschen schlafen, vielleicht eine Kleinigkeit essen und trinken. Wenn dir langweilig ist, spiel doch mit Bienchen oder Quabbel. Seht mal, die Termiten bringen schon Essen und Trinken.«

Aus der Öffnung krochen einige Arbeiterinnen, die etwas in ihren Klauen hielten. Lucie erkannte einfache Tongefäße, die Wasser und eine süße, wohlschmeckende Paste enthielten. Sie hatte inzwischen gelernt, dass man die einzelnen Termiten an ihrer speziellen Musterung erkennen konnte. Jede sah anders aus. Zum Beispiel hatten die Weibchen dieses spezielle Muster auf dem Hinterkopf. Die Tiere stellten die hartschaligen Gefäße ab, dann verkrochen sie sich wieder im Boden.

»Na, dann wollen wir mal«, sagte Paul und rieb sich die Hände. »Ich habe Hunger wie ein Bär und das Zeug ist dermaßen köstlich, das könnte ich täglich essen.«

»Wirst du vermutlich auch eine ganze Weile«, sagte Olivia mit schiefem Grinsen. »Jedenfalls so lange, bis wir hier alles erledigt haben und wieder in die Kuppel zurückkönnen.«

Die Stunden vergingen. Als Lucie aus unruhigem Schlummer erwachte, schien draußen der Mond.

Sie brauchte einen Moment, um richtig wach zu werden, dann gesellte sie sich zu den anderen. Nisha, Ragnar und Leòd waren die Einzigen, die noch schliefen. Die drei lagen zusammengerollt auf dem Boden, mit Loki in der Mitte, der über sie wachte. Als Lucie zu den anderen rüberkroch, sah sie seine grünen Augen in der Dunkelheit funkeln.

Emilia, Sara, Katta, Zoe und Olivia saßen etwas weiter rechts und unterhielten sich leise. Arthur und Paul waren ebenfalls in ein Gespräch vertieft. Jem hockte an der Scheibe und starrte in die mondhelle Wüste. Lucie gesellte sich zu ihm und hakte sich bei ihm unter. Ihre Nähe schien ihm zu gefallen. Er legte seinen Arm um sie, blieb jedoch dabei schweigsam.

»Na, was denkst du?«, fragte sie.

»Ich glaube, jetzt geht es bald los. Drüben ist alles ruhig. Etwa vor zehn Minuten wurden die letzten Lichter gelöscht.«

»Hast du Angst?«

»Oh ja«, erwiderte er mit dunkler Stimme. »Aber es nützt ja nichts. Wir haben eine Aufgabe und die müssen wir erfüllen.«

Sie sah ihn von der Seite an. Seit wann sprach er so vernünftig? Er hatte sich verändert, wirkte plötzlich erwachsener. Aber Lucie gefiel das.

Sehr sogar.

»Komm«, flüsterte er nach einer Weile. »Lass uns die anderen wecken und dann los.«

Als alle wach waren, gab Jem das Zeichen zum Aufbruch. Eine Arbeiterin tauchte aus der Öffnung auf und fräste ein Loch in die seitliche Begrenzungsmauer. Dort krochen sie alle nach draußen. Kaum im Freien, wurde das Loch wieder verschlossen.

Lucie schlang ihre Arme um sich. Quabbel verkroch sich unter dem Stoff ihres Overalls. Kühl war es geworden.

Jem übernahm die Führung. In geduckter Haltung eilte er über die mondbeschienene Ebene. Hinter den Dünen schimmerte die hell erleuchtete Biosphäre. Wie eine Schneekugel sah sie aus, verwunschen und geheimnisvoll. Lucie riss sich von dem Anblick los und bemühte sich, mit den anderen Schritt zu halten.

Obwohl die Gebäude in der klaren Luft so nah wirkten, dauerte es doch eine ganze Weile, bis sie das Flugfeld endlich erreichten.

Alles schien still.

Als sie eintrafen, stand Jem mit dem Rücken zur Wand. Vorsichtig spähte er um die Ecke und signalisierte ihnen, leise zu sein.

»Was ist los?«, flüsterte Lucie.

Statt einer Antwort deutete Jem um die Ecke.

Lucie kniff die Augen zusammen. Ungefähr in zehn Meter Entfernung stand eine schäbige kleine Behausung, etwa so groß wie ein Pappkarton. Davor ragte ein dunkler Umriss auf. Das leise Klimpern einer Kettc war zu hören.

»Was ist das?«, zischte sie.

»Wachhund«, flüsterte Emilia.

»Die haben einen Hund?« Lucie runzelte ungläubig die Stirn. »Ich dachte, Haustiere seien bei euch verboten.«

»Nur in der Kuppel«, erwiderte Emilia. »Hier draußen ist einiges anders. Ehrlich gesagt, erzählt man sich ziemlich seltsame Geschichten über die Leute hier. Sie sollen etwas verschroben sein.«

»Haben die denn keine Angst, dass er von Squids beeinflusst wird?«

»Offensichtlich nicht. Hier in der Wüste begegnen einem ja auch keine. Zu trocken, zu extreme Temperaturen. Sieh dir Quabbel an.« Emilia deutete auf das zitternde kleine Bündel an Lucies Seite. »Ich gehe mal davon aus, es ist ein ganz normaler Hund.«

»Er kann uns nicht wittern, dafür steht der Wind falsch«, zischte Ragnar. »Aber er kann uns hören. Also seid leise. Wenn der Alarm schlägt, können wir die Sache vergessen.«

»Wir müssen rauskriegen, mit wie vielen Leuten wir es zu tun haben«, zischte Jem. »Aber um das festzustellen, müssen wir an dieser Töle vorbei.«

»Lasst mich das machen«, flüsterte Leòd. »Ich werde einfach Loki auf ihn ansetzen. Er wird das schon regeln.«

»Bist du wahnsinnig?«, flüsterte Jem. »Hunde und Katzen sind doch Todfeinde. Er würde erst recht Alarm schlagen.«

»Abwarten.« Ohne auf Jems Einwand einzugehen, setzte Leòd seinen Kater auf die Erde und lenkte dessen Aufmerksamkeit auf den Hund. Lokis Augen blitzten einmal kurz im Mondlicht auf, dann lief er mit hocherhobenem Schwanz in Richtung Wachhund.

Lucie hielt den Atem an.

Das Klirren der Kette zeigte, dass der Hund inzwischen auf Loki aufmerksam geworden war. Ein dumpfes Knurren stieg aus seiner Kehle.

»Das war's dann«, zischte Jem. »Ziemlich leichtsinnig. Ich weiß nicht, wie du auf die Idee kommen konntest, dass …«

»Seht doch.« Leòd deutete in Richtung Hundehütte.

Aus dem dumpfen Knurren war inzwischen ein vergnügtes

Jaulen geworden. Der Hund lag auf dem Rücken und ließ Loki auf seinem Bauch herumturnen. Die beiden machten den Eindruck, als wären sie die besten Freunde.

»Wenn du mir doch nur einmal vertrauen würdest«, sagte Leòd und stieß Jem mit dem Ellbogen in die Seite.

Der grunzte irgendetwas, lächelte aber. »Wir sprechen uns noch. Jedenfalls scheinen die Wachen nichts bemerkt zu haben. Trotzdem sollten wir auf der Hut sein. Zoe, Leòd und Ragnar, ihr stattet den Schlafquartieren mal einen Besuch ab. Wir anderen gehen zum Hangar rüber und sehen dort nach. Aber vorsichtig, okay? Geht kein Risiko ein, wenn es nicht unbedingt notwendig ist.«

»Hey.« Ragnar grinste. »Du kennst uns doch. Wir machen das schon.«

45

Jems Mut sank beim Anblick der Maschine. Die Mühle war kaum mehr als ein Haufen aus Holz, Stahl und Aluminium, der durch Kaugummis und viel guten Willen zusammengehalten wurde. Ursprünglich mochte es mal eine *Piper PA-28 Cherokee* gewesen sein, aber davon sah man nicht mehr allzu viel.

Die Halle stank nach Öl, Teer und Flugbenzin. Ganz offenbar wurden hier noch die letzten Treibstoffreserven gelagert. Wie viele, darüber konnte man nur spekulieren. Dieser Ort erinnerte ihn an eine Zeit, in der ihn sein Dad mit auf Flugshows und Autorennen genommen und ihm alles über Motoren, Vergaser und Getriebe beigebracht hatte. Auf einmal war das alles wieder da. Nichts löste stärkere Gefühle aus als ein verloren geglaubter Geruch.

Jem umrundete das Flugzeug und strich mit den Fingern über die rostige Außenhaut. Erinnerungen an ihre Notlandung in Denver meldeten sich bei ihm, doch Jem ließ sie nicht an sich heran. Er durfte jetzt nicht schwach werden.

Die Maschine würde zwar keinen Schönheitspreis gewinnen, , schien aber funktionstüchtig zu sein. Es war nicht immer der erste Eindruck, der zählte. Die wahren Werte schlummerten oft unter der Oberfläche. Es gab noch andere Maschinen, doch die dienten offenbar nur noch als Ersatzteillager.

Lucie stand neben ihm und sah ihn mit bangem Blick an. »Was hältst du davon?«

»Wenn wir das Ding zum Laufen bringen, kann ich es fliegen«, beruhigte er sie. Er hatte keine Ahnung, woher er den Mut nahm, so etwas zu sagen, aber er wollte Lucie die Angst nehmen. Genügte ja, dass ihm selbst der Arsch auf Grundeis ging.

Die anderen hatten gerade ihre Inspektion der Halle beendet, als Ragnar, Zoe und Leòd zurückkehrten. In ihren Gesichtern leuchtete Zufriedenheit. Leòd hatte Loki inzwischen wieder auf dem Arm.

»Und?«, fragte Jem.

»Kinderspiel«, erwiderte Ragnar. »Nur drei Mann. Ein älterer und zwei jüngere. Vermutlich seine Söhne. Haben fest geschlafen. Als sie merkten, was vorging, hatten wir sie bereits gefesselt und geknebelt.«

»Ihr habt ihnen doch hoffentlich kein Leid zugefügt«, fragte Olivia besorgt.

»Natürlich nicht«, erklärte Ragnar. »Wir haben sie ruhiggestellt und werden sie nachher noch versorgen. Sollten wir später von hier verschwinden, lassen wir sie wieder frei. Ist doch Ehrensache.«

»Und wir haben das hier erbeutet.« Zoe hob eine Tasche hoch, öffnete sie und zeigte allen den Inhalt.

Jem erblickte blitzende Pistolen und Maschinengewehre.

»Die hatten einen ziemlich gut ausgerüsteten Waffenschrank. Wir dachten, die könnten vielleicht noch ganz nützlich sein.«

»Möglicherweise«, meinte Jem skeptisch. »Kann denn jemand damit umgehen?«

»Ja, ich.«

Alle sahen Emilia an.

»Im Rahmen meiner Grundausbildung habe ich die meisten dieser Waffen kennengelernt. Die Handhabung ist denkbar einfach.«

»Na schön«, sagte Jem. »Hoffen wir, dass wir sie trotzdem nicht brauchen werden.«

Zoe blickte misstrauisch auf das alte Flugzeug. »Und damit wollt ihr eure Reise antreten? Ich habe Mülleimer gesehen, die flugtüchtiger waren.«

»Aussehen ist nicht alles«, erwiderte Jem. »Ich habe das Ding gründlich inspiziert und glaube, dass es funktioniert.«

»Was denkst du?«, fragte Arthur, der in die Hocke gegangen war und sich den Rumpf von unten ansah. »Wird der Sprit reichen?«

Jem wiegte seinen Kopf. »Die *Cherokee* hat normalerweise eine Reichweite von etwas über tausend Kilometern. Diese Maschine hier wurde allerdings modifiziert. Sie haben Ersatztanks eingebaut, hier und hier, siehst du?« Er klopfte mit dem Knöchel gegen die stromlinienförmigen Ausbeulungen im hinteren Teil. Das Geräusch klang dumpf. »Die Tanks sind gut gefüllt, das kann man hören. Zusammen mit dem Haupttank müsste es locker für die Strecke reichen.«

»Und der Rückflug?«, fragte Arthur.

»Da werden wir uns etwas ausdenken müssen«, sagte Jem. »Ich denke aber, dass wir irgendwo noch etwas Sprit auftreiben können. Unten an der Küste gibt es etliche Flughäfen, größere und kleinere.«

Er versuchte zu lächeln. Keine Ahnung, ob sie ihm glaubten, aber er wollte niemanden beunruhigen. Am allerwenigsten Lucie.

Er spürte eine Berührung am Arm. Quabbel war aus Lucies Overall gekrochen und sah ihn mit großen Augen an.

Ein Gefühl von Wärme und Ruhe durchströmte Jem. Er kam sich vor, als läge er an einem sonnenbeschienenen Strand, die Füße von warmen Wellen umspült und in den Ohren tönte sanfte Musik.

Lucie lächelte. »Er meint, wir brauchen keine Angst zu haben. Die Quelle wird uns leiten. Alles wird gut.«

Jem ließ seine Schultern sinken. Er konnte nur hoffen, dass der kleine Squid sich nicht irrte. Aber welche Wahl hatten sie schon? Sie mussten aufbrechen und dieses Flugzeug war ihre einzige Chance. Es brachte nichts, sich den Kopf darüber zu zerbrechen. Ob er die Mühle hochbekommen würde, ob er sie wirklich fliegen konnte und ob sie nicht meilenweit an ihrem Ziel vorbeifliegen würden; all das wusste er nicht. Aber in diesem Moment half nur eines: Vertrauen.

Also atmete er tief aus, straffte die Schultern und sagte: »Na gut. Packen wir's an.«

46

Lucie hasste Abschiede, sie hatte sie schon immer gehasst. Von lieb gewordenen Menschen getrennt werden war so ziemlich das Schlimmste, was sie sich vorstellen konnte.

Beim Anblick ihrer Freunde, wie sie da auf dem mondbeschienenen Flugfeld standen und mit großen Augen zu ihnen herüberschauten, schnürte es ihr die Kehle zu.

Sie hatten sich eine gefühlte Ewigkeit in den Armen gelegen und sich gegenseitig Glück gewünscht. Jetzt kämpfte Lucie mit den Tränen. Sie wollte nicht heulen, aber das Gefühl war einfach übermächtig. Die Angst vorm Fliegen, die Ungewissheit, was sie erwarten mochte, und der Abschied von ihren Freunden.

Sie schniefte.

Nisha, die hinter ihr saß, wirkte wesentlich gefasster. Obwohl Lucie und Jem dagegen waren, hatte sie sich in den Kopf gesetzt, sie zu begleiten, und es gab nichts auf der Welt, was sie davon abbringen konnte. Dieses Mädchen war ein unglaublicher Dickkopf, aber Lucie liebte sie. Sie verströmte so viel Wärme und Vertrauen, dass man stets das Gefühl hatte, alles würde schon irgendwie gut werden. Gerade in diesem Moment streichelte sie Lucies Hand und sagte: »Mach dir nicht so viele Sorgen. Wir werden sie wiedersehen. Ganz bestimmt. Jem bekommt das hin. Er ist mein Bruder, verstehst du?«

Lucie schluckte. Ja, dachte sie. Recht hat sie. Wir müssen einfach nur zusammenhalten und fest an uns glauben. Sie erwiderte Nishas Händedruck und versuchte zu lächeln. Zum Glück war es so dunkel, dass die Kleine ihre Tränen nicht sehen konnte.

Jems Stimme riss sie aus ihren trüben Gedanken.

»Alles klar. Ich habe den Check so weit abgeschlossen, es kann losgehen.« Er startete und der Motor brummte in einem satten tiefen Ton.

Lucie wischte sich die Tränen aus den Augen und konzentrierte sich auf die Instrumente. »Kann ich etwas tun?«

»Schau mal zu deiner Seite raus und sag mir, ob die Ruder funktionieren. Ich habe das zwar vorhin schon mal getestet, aber noch nicht bei laufendem Motor.«

Jem schob den Steuerknüppel nach links, dann wieder nach rechts. An den Enden der Tragflächen bewegten sich die Klappen. Lucie hob den Daumen und signalisierte ein Okay.

»Jetzt mal hinten am Leitwerk. Dafür müsstest du allerdings aus dem Fenster schauen.«

»Kein Problem.« Lucie schob das Fenster nach unten und hielt den Kopf raus. Der Propeller blies ihr die Abgase ins Gesicht. Ihre Haare wirbelten um ihren Kopf.

»Jep«, rief sie gegen den Lärm an. »Funktioniert. Auch das an der großen hinteren Flosse.«

»Seitenleitwerk ist also auch okay.« Jem nickte. Er versuchte zu lächeln, doch es wirkte verkrampft. Er war sehr angespannt, sie sah es an seiner Aura. Der Schimmer an seinen Außenrändern glomm irgendwo zwischen Limettengrün und einem schimmeligen Blau.

»Was ich dich die ganze Zeit schon fragen wollte«, meinte Lucie, nachdem sie das Fenster geschlossen hatte. »Wo hast du eigentlich fliegen gelernt? Ich nehme mal an, ihr konntet euch zu Hause kein eigenes Flugzeug leisten, oder?«

»Natürlich nicht.« Er checkte die Anzeigen und klopfte gegen ein paar der Messgeräte. »Als wir vor ein paar Wochen an Las Vegas vorbeigefahren sind, hab ich dir doch erzählt, dass es mein Traum war, Pilot zu werden, und dass es in Las Vegas einige der besten Flugsimulatoren der Welt gab. Erinnerst du dich?«

»Ja klar.« Jetzt fiel es ihr wieder ein.

»So richtige mit Cockpit, Anzeigen und Steuerknüppeln. So etwas Tolles hatten wir zu Hause natürlich nicht, aber unserer war auch nicht schlecht. *Microsoft Flight Simulator.* Die 10er-Edition. Schon mal davon gehört?«

Lucie zog die Brauen zusammen. »Leider nicht ...«

»Es ist ein Spiel. Obwohl – eigentlich ist es mehr als das. Es ist, wie der Name schon sagt, ein Flugsimulator. Und ein verdammt guter dazu. Er bildet die Flugmuster der einzelnen Maschinen exakt nach.« Lucie fiel auf, dass ein dünner Schweißfilm auf seinem Gesicht lag. »Mein Dad war schon immer fasziniert von Flugzeugen. Er hat lange Jahre auf einem Flugzeugträger gedient, selbst aber nie eine Maschine geflogen. Er hat bei uns einen kompletten Simulator eingerichtet. So richtig mit Fußpedalen, Joystick und verschiedenen Kontrollgeräten. Ziemlich authentisch.« Jem zog an einem Hebel und sofort wurde das Motorengeräusch lauter. »Eigentlich war der nur für ihn gedacht, aber ich wollte da natürlich auch unbedingt ran. Ich bin schon geflogen, da war ich noch keine zehn. Damals kam ich kaum an die Pedale.« Er grinste. »Mit zwölf war ich dann besser als er. Nachtflüge, Sichtflüge, Ausfall der Instrumente, ich habe das alles drauf. Die *Cherokee* gehört übrigens auch ins Repertoire des Simulators.«

»Und als er eure Familie verlassen hat?«

Jem fuhr sich mit der Hand übers Gesicht. Lucie wusste, dass er nicht gerne über dieses Thema sprach.

»Er hat das ganze Equipment dagelassen. Er wusste, wie sehr ich daran hänge.«

»Verstehe …« Lucie war es mit jedem Satz mulmiger zumute geworden. Anfangs dachte sie noch, Jem würde Spaß machen, doch inzwischen war sie sich sicher, dass er es ernst meinte.

»Ein … Simulator?«, sagte sie vorsichtig. »Aber du hast auch schon auch mal ein richtiges Flugzeug geflogen, oder?«

»Ich … äh. Nein. Aber irgendwann ist immer das erste Mal, oder?« Er lächelte verlegen.

Lucie schluckte. Ihr Magen fühlte sich an, als hätte ihr jemand die Faust reingerammt. Sie schmeckte Säure im Mund. Jetzt war noch Zeit auszusteigen. Aber konnte sie das Jem antun?

Als dann der Motor losdonnerte, war es zu spät.

Lucie spürte, wie sie in den Sitz gepresst wurde. Sie klammerte sich fest und tat etwas, was sie schon lange nicht mehr getan hatte.

Sie betete.

47

Emilia beobachtete, wie die Maschine abhob und dann rasch an Höhe gewann. Sie lauschte auf das schwächer werdende Brummen des Motors und fixierte die Positionslichter, die kleiner und kleiner wurden, während die Maschine in südöstlicher Richtung hinter den Bergen verschwand.

Jem hatte es tatsächlich hinbekommen. Er hatte dieses klapprige Vehikel in den Himmel gehoben und war auf dem Wind davongeritten. Wenn sie ehrlich war, sie hätte das nicht für möglich gehalten. Nicht mit dieser Klapperkiste. Aber dieser Junge schien mehr draufzuhaben, als es den Anschein hatte. Man mochte von dieser Mission halten, was man wollte, aber Mut hatte er. Und Lucie und Nisha natürlich auch.

»Gut«, sagte sie, als die Maschine verschwunden war. »Was jetzt?«

Arthur presste die Lippen zusammen. »Jetzt statten wir dieser Bombe mal einen Besuch ab. Magst du uns dorthin führen?«

»Folgt mir«, antwortete Emilia.

Der Silo befand sich nur wenige Minuten vom Flugfeld entfernt. Dank des hellen Monds war es kein Problem, die schwere Metallkonstruktion zu finden. Loki lief neben ihr mit hocherhobenem Schwanz. Sie war kein Freund von Tieren, aber diesen Kater mochte sie irgendwie. Er hatte Charakter.

Hinter ihr klapperten die Schusswaffen. Sie konnte nur hoffen, dass dieses Vorhaben ohne Blutvergießen ablaufen würde. Nicht auszudenken, wenn jemand dabei zu Schaden kam.

Der Metalldeckel maß etwa vier mal vier Meter und war unglaublich schwer. Allein würden sie den niemals aus seiner Halterung lösen. Sie blickte sich um. Nein, keine Kameras. GAIA hielt diesen Bereich offenbar nicht für gefährdet. Kein Wunder bei dieser schweren Metallplatte. Mit etwas Glück hatte sie also noch nichts von ihrer Aktion mitbekommen.

Emilia trat mit dem Fuß gegen das Metall. Ein dumpfes Dröhnen drang aus der Tiefe.

»Da wären wir. Und wie gedenkt ihr, das aufzubekommen?«

»Hier sind doch Motoren«, sagte Arthur und deutete auf die beiden zylinderförmigen Verdickungen am unteren Ende. »Strom ist da. Wenn wir die Motoren überreden könnten, die Verriegelung zu öffnen, müssten sie das Tor eigentlich zur Seite zu schieben.«

»Von wo aus wird dieser Mechanismus denn gesteuert?«, fragte Olivia. »Im Hangar drüben war nichts und auch nicht bei den Baracken.«

»Ich denke, dass GAIA das irgendwie regeln wird«, vermutete Sara. »Alle Fäden laufen bei ihr zusammen.«

»Hm, ja. Wahrscheinlich«, stimmte Arthur ihr zu. »Aber das heißt nicht, dass wir hier völlig machtlos sind. Es sind einfache Elektromotoren. Zwei Kabel, Plus- und Minuspole – lasst uns mal nachsehen, ob wir das nicht irgendwie manuell geregelt bekommen.« Er deutete auf einen würfelförmigen Block mit zahlreichen Schlitzen an der Seite. »Das sieht aus wie ein Sicherungs- und Verteilerkasten. Wenn es uns gelänge, die Abdeckung zu entfernen, könnte ich mehr dazu sagen.«

»Da ist aber ein ziemlich fettes Schloss dran«, gab Katta zu bedenken. »Wie sollen wir das denn aufbekommen?«

»Lasst mich mal.« Emilia trat zu Zoe, öffnete die Tasche und entnahm ihr eine der schwarz glänzenden Pistolen, die sie in der Baracke gefunden hatten. Sie drückte einen Knopf, zog einen Hebel nach hinten und entsicherte sie. Die *Lethal-23* war noch die harmloseste der Waffen in diesem Beutel.

»Geht mal ein bisschen auf Abstand«, sagte sie. »Das Ding hat eine ordentliche Reichweite. Sicherheitsabstand, okay.«

Emilia wartete, bis alle in Deckung waren, richtete die Pistole auf das Schloss und zog den Abzug. Ein markerschütternder Knall ertönte. Funken sprühten. Sie prüfte das Schloss und versuchte es noch einmal.

Mit einem Klirren fiel der Metallbügel zu Boden. Die Luft war erfüllt von Pulvergeruch. Sie gab Zoe die Waffe zurück und widmete sich der Abdeckung. Mit einem hässlichen Quietschen öffnete sich die Klappe und entblößte ein kompliziert aussehendes Sammelsurium von Steckern, Schaltern und Kabeln. Auch ein paar Lichter waren dabei, die stetig blinkten.

Emilia runzelte die Stirn. Sie war keine Technikerin, sie hatte keine Ahnung, was hier zu tun war. Doch das war auch nicht nötig. Olivia, Arthur und Paul hockten sich vor den Kasten und begannen, aufgeregt zu diskutieren.

»Der hier mit dem hier?«

»Könnte klappen.«

»Und die Masse?«

»Lassen wir unberücksichtigt.«

»Ich will aber keinen gewischt kriegen.«

»Nimm doch ein Stück Stoff als Isolator.«

»Das sagst du so leicht ...«

»Angsthase. Lass mich mal ran.« Olivia schob Arthur beiseite, nahm einen Zipfel ihres Overalls und riss damit das Kabel aus seiner Verankerung. Dann zog sie ein zweites Kabel heraus und verband die beiden Enden. Einige der Lampen sprangen von Rot auf Grün. Zeitgleich ertönte ein jämmerliches Jaulen. »Bingo.« Sie wickelte die Drähte zusammen.

Emilia sah die drei respektvoll an, trat aber sicherheitshalber einen Schritt zurück. Ein tiefes Dröhnen erklang, dann ein Knacken. Die Luft stank verbrannt. Langsam rumpelten die schweren Eisenplatten auf verrosteten Schienen zur Seite.

Ein tiefer Schlund tat sich auf. Er war nicht so dunkel, wie Emilia vermutet hatte. Stattdessen leuchtete ein geisterhaftes blaues Licht aus der Tiefe zu ihnen herauf. Rechts von ihnen war eine Eisenleiter in die Wand eingelassen, auf der man hinabsteigen konnte.

Vorsichtig schob sie ihren Kopf über die Öffnung. Der Silo mochte etwa zwanzig Meter tief sein und enthielt einen lang gestreckten stabförmigen Metallkörper, auf dem zahlreiche kryptische Zeichen aufgemalt waren. Auch hier blinkten Lichter. An einer Stelle huschten Zahlenkolonnen über ein Display.

»Da ist sie«, murmelte sie. Das Ding war wirklich unheimlich. Der Geruch, die leisen Geräusche, vor allem aber das blaue Licht verursachten ihr Kopfschmerzen. Seltsamerweise schien es den anderen auch so zu gehen. Arthur presste seine Hand an die Schläfe. »Scheiße«, murmelte er.

»Was ist denn los?«, fragte Ragnar und schob seinen Kopf ebenfalls über die Öffnung.

»Was ist das für ein Licht?«

»Ein Energiefeld«, antwortete Emilia.

»Ein was?«

Statt einer Antwort griff sie neben sich, hob einen Kieselstein auf und ließ ihn in die Öffnung fallen. Er fiel ein paar Meter, dann löste er sich mit einem hässlichen Knistern und einem zuckenden Lichtblitz auf.

Ragnar fuhr erschrocken zurück. *»Bei den Göttern!«*

»Ich nehme an, eine Art Schutzschirm«, sagte Arthur düster. »Er umhüllt die ganze Rakete.«

»Und was bedeutet das jetzt?«, fragte Ragnar. »Heißt das, du kannst die Bombe nicht umprogrammieren?«

»Wenn ich mich nicht in einen Lichtblitz auflösen will, nein«, stieß Arthur aus.

Emilia kniff die Augen zusammen. Das Licht schien sich bis ihre hintersten Hirnwindungen zu bohren. »Das Feld hüllt die gesamte Rakete ein. Es hätte also keinen Sinn, uns irgendwo weiter unten durch die Erde zu wühlen.«

Katta sah entsetzt aus. »Dann war's das jetzt also? Alles umsonst?«

Arthur musterte sie streng über den Rand seiner Brille hinweg. »Ob's das war? Von wegen. Wir fangen jetzt erst richtig an.«

48

ES ist informiert. ROT und DUNKEL sss‿sind auf dem Weg.

Was mmm‿mit Bedrohung?

Zzz‿zweibeiner draußen in der Wüste. Versuchen zzz‿zu entschärfen.

ES hat Angriff analysiert. Es besteht Bedrohung.

Sss‿soll heißen?

Zzz‿ziehen Kreis enger. Krieg ssss‿scheint unausweichlich.

49

Jem prüfte die Instrumente. Zu seiner eigenen Überraschung verlief der Flug bisher ohne Komplikationen. Die *Cherokee* lag wie ein Brett im Wind. Der Motor brummte tief und gleichmäßig und machte keine Anstalten herumzuzicken. Fast schon ein Wunder angesichts des optisch schlechten Zustands, in dem sich das Flugzeug befand. Er erinnerte sich an Star Wars, Luke Skywalker und den Millenium-Falken. *»Die Mühle ist ja nur Schrott! – Die Mühle macht eineinhalbfache Lichtgeschwindigkeit. Sie macht von außen nicht viel her, aber sie hat echt was drauf, Junge!«*

Angesichts seiner fehlenden Erfahrung war Jem selbst beeindruckt davon, wie gut es lief. Die Steuerung am Flugsimulator unterschied sich nur in ein paar Kleinigkeiten vom Original, und da das Wetter mitspielte und er sich nicht mit Schwerwinden und Turbulenzen herumärgern musste, flogen sie so ruhig, dass Lucie und Nisha sogar schlafen konnten.

Für Jem war an Schlaf natürlich nicht zu denken, er war viel zu aufgedreht. *Mein Gott, ich fliege ein richtiges Flugzeug! Ob Dad stolz auf mich wäre, wenn er mich jetzt so sähe?*

Sein Vater hatte immer den Pilotenschein machen wollen, aber irgendwie war es nie dazu gekommen. Zu sehen, dass Jem jetzt genau das tat, wovon er immer geträumt hatte, wäre sicher eine Freude für ihn gewesen.

Die Sonne ging langsam auf.

Ihre Flughöhe betrug jetzt etwa eintausend Meter bei einer Geschwindigkeit von stabil 230 km/h. Sie hatten also inzwischen schon knapp eintausend Kilometer zurückgelegt und befanden sich irgendwo über Texas. Oder zumindest dort, wo früher mal Texas gewesen war.

Sanftes Licht strich über die Hügel. Das Land unter ihnen war immer noch wüst und leer. In einiger Entfernung erkannte Jem eine flache Bergkette.

Er griff über Lucie hinweg und zog aus der Seitentür eine Karte, die er gestern Nacht dort entdeckt hatte. Ein uraltes Ding, das schon vom bloßen Ansehen auseinanderzufallen drohte. Doch es war ihre einzige Möglichkeit, sich zu orientieren.

Als er sie versehentlich berührte, wurde Lucie wach.

»Hallo«, sagte sie schlaftrunken. »Kann ich dir irgendwie helfen?« Sie schien noch halb in einem Traum festzustecken.

»Schlaf noch ein bisschen«, antwortete er. »Ich wollte mir nur kurz die Karte holen.«

»Oh, die Sonne geht ja schon auf.« Lucie streckte sich und gähnte herzhaft. »Das hat gutgetan.«

Sie schenkte ihm ein kleines, müdes Lächeln, dann erklärte sie mit einem Blick nach hinten: »Nisha und Quabbel sind gute Freunde geworden, sieh mal. Wie sie eng aneinandergeschmiegt schlafen.«

Jem blickte über die Schulter und nickte. »Wo die Freundschaft so hinfällt.«

»Ich bin froh, dass ich ihn mal abgeben konnte«, meinte Lucie. »Der ständige Kontakt ist ganz schön anstrengend. Als wäre dauerhaft jemand in dein Gehirn eingeloggt. Aber er hat mir echt super geholfen, meine Erinnerungen wieder aufzufrischen. Einige davon sind ziemlich schön ...« Sie griff zu Jem hinüber und berührte seine Hand.

Er spürte, wie sein Herz schneller schlug.

»Sorry, wie ich mich zwischendurch verhalten habe. Das war echt nicht okay.«

»Ich bin froh, dass ich mich geirrt habe«, sagte er. »Mir kam es so vor, als stündest du unter seinem Bann. Als würde er dich manipulieren. Ich habe mir echt Sorgen um dich gemacht.«

»Vielleicht stand ich ja wirklich unter seinem Bann«, überlegte Lucie leise. »Dieser intensive Kontakt ist echt nicht ohne. Ich habe eine ganze Weile benötigt, um diese Emotionen kontrollieren zu können.«

»Ist jetzt auch egal«, sagte Jem. »Vermutlich wäre es jedem von uns so ergangen.« Versonnen blickte er geradeaus. Die Sonne war soeben aufgegangen und die Bergkette war nun deutlicher zu sehen.

»Was meinst du wohl, was uns jenseits dieser Berge erwartet?«

»Ich habe keine Ahnung. Jedenfalls meinte Olivia, dass es eine große Ehre wäre, dass wir von der Quelle ausgewählt wurden.«

Jem lachte. »Die hat leicht reden, die muss ja auch nicht dorthin fliegen. Um ehrlich zu sein, mir wird schon etwas mulmig, wenn ich daran denke, was wir hier vorhaben.«

»Unterschätz Olivia nicht. Die wäre sofort mitgekommen, wenn sie gedurft hätte. Ich finde, dass unsere Freunde ziemlich großartig sind, du nicht?«

»Und ob«, erwiderte Jem. Er spürte, wie ihn ein warmes Gefühl durchströmte. »Ich glaube nicht, dass ich jemals in meinem Leben so gute Freunde gehabt habe.«

»Ich auch nicht«, bekräftigte Lucie. »Wir sind langsam fast wie eine kleine Familie. Überleg nur mal, was wir schon alles zusammen erlebt haben!«

»Das kannst du laut sagen.« Jem war so froh, dass sie ihr Gedächtnis wiederhatte. Es musste schlimm sein, sich an Teile seines Lebens nicht mehr erinnern zu können.

Sie nahm ihm die Karte aus der Hand und faltete sie auseinander. »Aber noch haben wir es nicht geschafft. Gib mal her. Wo sind wir ungefähr?«

»Ich denke hier«, antwortete Jem und deutete auf ein Areal von der Größe seiner Hand.

»Woher weißt du das?«

»Ich habe geschätzt. Reisegeschwindigkeit in Abhängigkeit zur Zeit. Außerdem ist die Sonne dort drüben aufgegangen, was bedeutet, dass wir stramm Richtung Südost fliegen.«

»Dann muss das vor uns *Texas Hill Country* sein. Es ist die einzige nennenswerte Erhebung auf der gesamten Strecke. Wo willst du eigentlich landen?«

»Ich dachte an *Port Aransas.*« Jem tippte auf eine Stadt direkt an der Küste. »Es liegt genau vor uns und besitzt ein Meeresforschungsinstitut. Ich habe mal gehört, es sei eines der fortschrittlichsten auf der ganzen Welt. Jedenfalls zu unserer Zeit. Ich dachte mir, dass die bestimmt mal einen kleinen Flughafen hatten. Wenn wir Glück haben, gibt es den noch.«

»Und dann?«

»Wir werden dort landen und uns ein Boot organisieren. Irgendwie müssen wir ja raus aufs Meer. Vorausgesetzt, natürlich, dass die Richtung stimmt und wir uns nicht völlig verfranzen.«

»Wir werden es bald genauer wissen, wenn wir San Antonio sehen. Es müsste eigentlich irgendwo links von uns auf...«

Jem blickte sich irritiert zu Lucie um, als ein dunkler Schatten über sie hinwegfegte. Wie ein Adler, aber wesentlich größer und von eckiger Gestalt. Über das Brummen ihres eigenen Propellers hinweg hörte Jem das kreischende Surren elektrischer Motoren.

Mit großen Augen starrte er auf das Ding mit den vier Flügeln, die wie bei einer Libelle auf und ab schwirrten. Schwarz, metallisch, insektengleich. Von so etwas waren sie in der Wüste eingefangen worden.

Eine Drohne.

Was das bedeutete, war klar. GAIA wusste von ihrer Flucht. Und schlimmer noch: Sie hatte ihre Spur wiedergefunden.

50

Katta erwachte aus tiefem Schlaf. Leòd saß vor ihr und berührte sie sanft an der Schulter. »Komm schon, steh auf«, flüsterte er. »Sie sind da. Sie sind wieder zurückgekehrt.«

Sie zuckte hoch. »Hm, was ist los?«

»Emilia ist wieder da. Und Sara auch. Erinnerst du dich? Nachdem wir an der Rakete waren, sind sie doch zurück zur Kuppel gelaufen, um die Pläne zu besorgen.«

»Pläne? Was für Pläne?«

»Na, die von der Kuppel und den umliegenden Gebäuden. Die anderen sind schon bei ihnen. Komm.« Sein Gesicht verschwamm im Dämmerlicht.

»Wie lange habe ich denn geschlafen?«

»Dürften so um die drei Stunden gewesen sein, warum?«

»Ich fühle mich, als hätte mir jemand mit einem Hammer auf den Kopf geschlagen. Gib mir noch ein paar Minuten.« Sie rieb sich die Augen. Dann streckte sie die Arme aus und gähnte herzhaft.

Diese ewig dunklen Tunnel. Katta hasste es, wenn nirgendwo Tageslicht sichtbar war. Am liebsten mochte sie helle, sonnige Tage. Und diese staubige, abgestandene Luft ging ihr erst recht auf den Geist. Was würde sie dafür geben, durch die Frankfurter Fußgängerzone zu flanieren, irgendwo ein Eis zu essen, den blauen Himmel über sich und den warmen Wind in ihrem Haar. Sie sehnte sich nach den Tagen, als alles noch so einfach und die Welt im Lot war.

Seufzend stand sie auf – und stieß sich prompt den Kopf. »Scheiße. Nicht mal stehen kann man in diesen verflixten Tunneln.«

»Alles okay bei dir?«

Leòd kümmerte sich so liebevoll um sie und sie war so grantig. Das war ziemlich unfair. Irgendwann würde sie es wiedergutmachen, das schwor sie sich. »Komm. Geh vor, ich folge dir.« Lustlos schleppte sie sich hinter Leòd her. Schon bald wurde es etwas heller. Hier waren mehr von den Leuchtinsekten.

»... habe die Pläne runterladen und ausdrucken können, ehe die anderen auf mich aufmerksam geworden sind«, hörte sie Emilias Stimme. »Aber es war ganz schön knapp. Fast hätten sie uns erwischt. Ich kann nur hoffen, dass sich das Risiko gelohnt hat.«

»Hat es. Ganz bestimmt«, erwiderte Arthur.

Mit der Brille auf der Nasenspitze hockte er vornübergebeugt auf der Erde und studierte die seltsam aussehenden Dokumente. Katta trat näher und kniff die Augen zusammen. Die Drucke besaßen viel Ähnlichkeit mit den alten Zeichnungen, die sie im Heiligen Buch in der Zitadelle gefunden hatten.

»Was ist das?«, murmelte sie verschlafen.

Zoe trat neben sie und hakte sich bei ihr unter. »Na, meine Süße, haben wir etwas geruht?«

»Ja doch«, erwiderte Katta mürrisch. »Aber jetzt bin ich wach. Also, was ist das?«

»Die schematischen Pläne der Biosphäre. Ein Überblick über sämtliche Gebäude, die es hier so gibt. Wie ein Stadtplan, nur besser.«

»Und wofür soll das gut sein?« Noch einmal gähnte sie herzhaft. Es gelang ihr einfach nicht, in diesem schummerigen Licht wach zu werden.

»Ist das so schwer zu verstehen? Wir wollen doch GAIA lahmlegen. Dafür ist es unumgänglich, dass wir ihr den Strom abdrehen.«

»Ich werde daraus einfach nicht schlau«, meinte Arthur kopfschüttelnd. »Emilia, Sara, kommt und erklärt uns mal die Pläne. Wo befindet sich zum Beispiel GAIAs Rechenzentrum?«

»Ziemlich genau in der Mitte der Kuppel«, antwortete Sara. Sie deutete auf ein massiges Gebäude am Südende des großen Parks. »Ihr habt es sehen können, wenn ihr in euren Wohnräumen zum Fenster rausgeschaut habt. Was man von außen nicht erkennen kann, sind die unendlich vielen Sicherheitsbarrieren, die man durchqueren muss, wenn man hineingelangen will. Ohne Zugangsgenehmigung kommt da niemand hin.«

»Na gut, dann scheidet das schon mal aus«, sagte Arthur. »Und die Energiezentrale, wo ist die?«

»Die liegt hier drüben«, antwortete Emilia. Sie deutete auf ein kleines, kastenartiges Gebäude außerhalb der großen Kuppel. »Hier verlaufen die Anschüsse der Sonnenkollektoren. Sie münden in die sogenannten *Powerwalls.* Riesige Stromspeicher, die genügend Reserven für mehrere Wochen haben. Für den Fall, dass mal ein Schlechtwettergebiet aufzieht oder ein Sturm die Solarzellen mit Sand bedeckt.«

»Und wie sieht es dort mit Sicherheitsvorkehrungen aus?«

»Nicht besonders aufwendig, wenn ich richtig informiert bin«, erwiderte Emilia. »Dort käme ich mit meiner Karte rein. Sie hat nur Sicherheitsstufe zwei.«

»Warum so niedrig?«, fragte Katta.

»Ich vermute mal, weil niemand so bekloppt sein wird, den Strom abschalten zu wollen«, sagte Paul. »Er hält doch hier alles am Laufen. Das wäre ja, als würde man an dem Ast sägen, auf dem man sitzt.«

»GAIA wird wahrscheinlich viel Strom verbrauchen, oder?«, fragte Olivia.

»Astronomisch«, sagte Emilia. »Ihr Bedarf entspricht etwa einem Drittel der gesamten Stadt.«

»Wenn wir ihr also dieses Lebenselixier rauben, wird sie nicht mehr in der Lage sein, irgendwelche Entscheidungen zu treffen.«

»Ich denke, davon dürfen wir ausgehen«, antwortete Sara.

»Nicht zu vergessen das Sperrfeld, das um die Rakete herum liegt. Auch dafür ist Elektrizität notwendig. Wir haben die blaue elektrische Energie gesehen. Wenn es uns also gelänge, dieses Feld auszuschalten, können wir die Rakete vielleicht lahmlegen.«

»Theoretisch«, sagte Arthur.

»Ja klar, theoretisch, wie auch sonst? Schließlich hat das ja noch nie jemand gemacht«, erwiderte Olivia. »Ich möchte aber daran erinnern, dass solche Waffen uns auch in der Vergangenheit nur Ärger bereitet haben. Denkt nur an die fürchterlichen Folgen von Nagasaki, Hiroshima und so weiter. Wir haben geradezu eine moralische Verpflichtung, sie zu sabotieren.«

»Word!«, stieß Arthur aus. »Wir tun es deswegen, weil wir es letztlich dem Größenwahn und der Engstirnigkeit unserer Vorfahren zu verdanken haben, dass wir so tief im Schlamassel stecken. Anstatt erst uns selbst und dann die friedlichen Squids zu bekämpfen, hätten wir Menschen mal lieber für unser Überleben sorgen sollen. Aber hinterher ist man ja immer schlauer.«

»Dann liegt unsere Priorität also auf dem Lahmlegen der Energiezentrale, richtig?«, fragte Paul.

»So ist es.« Arthur tauschte einen Handschlag mit Paul.

»Nicht so schnell«, sagte Emilia. »Soweit ich weiß, gibt es ein Backup-System. Ein Notstromaggregat. Es schaltet sich ein, sobald die Powerwalls ausfallen.«

»Und wie wird es betrieben?«, erkundigte sich Katta. Obwohl sie dieser ganze Technik-Kram eigentlich nicht besonders interessierte, war sie jetzt wieder richtig wach.

»Ich glaube, mit einem altmodischen Verbrennungsgenerator, aber ganz sicher bin ich mir nicht«, erklärte Emilia. »Was ich aber weiß, ist, dass es eine Sicherung gibt. Sie soll verhindern, dass irgendjemand sich daran zu schaffen macht. Ist aber schon lange her, dass ich zum letzten Mal dort drüben gewesen bin. Keine Ahnung, ob das System inzwischen verändert wurde.« Sie zuckte die Schultern.

»Wir müssen es uns einfach vor Ort ansehen«, sagte Arthur. »Generatoren kann man abschalten. Wir werden das schon hingekommen.«

»Und dann?«, fragte Katta, der immer noch nicht klar war,

was danach geschehen sollte. »Wenn ihr der ganzen Stadt den Strom abschaltet, was passiert dann mit den Menschen? Was ist mit feststeckenden Aufzügen, Kühlsystemen, der Luftversorgung, Licht – eigentlich mit allem? Ich verstehe ja, dass wir GAIA außer Gefecht setzen wollen, aber nicht auf Kosten der Menschen, die dort leben. Die können schließlich nichts dafür.«

»Das wird nicht passieren«, beruhigte sie Sara. »Es gibt in der Stadt genügend Ersatzsysteme, die genau für solche Notfälle gebaut wurden. Die werden übernehmen. Natürlich wird es das öffentliche Leben beeinträchtigt, aber in Gefahr dürfte dadurch niemand kommen.«

Katta war immer noch nicht restlos überzeugt. »GAIA wird dem nicht tatenlos zusehen«, sagte sie. »Emilia hat es angedeutet: Sie wird sich wehren.«

»Mit aller Macht sogar«, pflichtete Emilia ihr bei. »Lieutenant Rogers befehligt einhundertachtzig Mann. Die werden in null Komma nichts ausrücken und der Sache auf den Grund gehen.«

»Und den Strom wieder einschalten«, ergänzte Katta.

»Nicht, wenn wir sie anderweitig beschäftigen.« Zoe lächelte grimmig. »Wir hatten das schon angesprochen. Es geht um dieses Ablenkungsmanöver. Ich habe vorhin mit Arthur darüber geredet und er hatte eine fantastische Idee.«

»Was denn für eine?«

»Das wollen wir noch nicht verraten, aber wenn das klappt, wird es der Hammer.«

Ragnar runzelte die Stirn. »Was hast du vor? Nackt durch die Straßen rennen?«

»Das hättest du wohl gerne.« Zoe zwinkerte ihm zu. »Nein, wir haben uns ein richtig fettes Ablenkungsmanöver ausgedacht. Etwas, das GAIA und den Rest der Kuppel beschäftigt, bis ihr euren kleinen Sabotageakt verübt hat.«

»Allerdings werden wir uns aufteilen müssen«, sagte Arthur. »Eine Gruppe legt die Energieversorgung lahm, die andere startet das Ablenkungsmanöver. Katta, könntest du rausfinden, ob die Termiten mitziehen?«

»Ich werd's versuchen. Zumindest hatte ich den Eindruck, dass sie unserem Vorhaben wohlwollend gegenüberstehen.«

»Dann wäre das besprochen.« Arthur nickte ernst. »Ohne die Termiten geht es nicht. Versuch dein Bestes.«

»Werde ich«, versprach Katta mit mulmigem Gefühl im Magen. »Werde ich …«

51

Die Maschine sackte nach unten. Der Bug kippte nach vorne und der Horizont verschwand über ihren Köpfen. Lucie sah, wie Jem den Steuerknüppel nach vorne drückte und die Maschine in einen Sturzflug lenkte. Sie rasten direkt auf die Hügel zu.

»Was tust du denn?«, schrie Lucie. »Willst du, dass wir abstürzen?« Sie krallte sich in der Seitentür fest. Sie hatte die Turbulenzen und die Notlandung in Denver nicht vergessen. Im Gegenteil. Plötzlich erinnerte sie sich wieder an jedes kleine Detail. Die heftigen Schwankungen, das Gerüttel, das Gefühl, als würde ihr Innerstes nach außen gekehrt werden.

Das Jaulen des Motors schwoll zu einem ohrenbetäubenden Kreischen an.

»Ich versuche, unseren Verfolger abzuschütteln«, stieß Jem aus.

»Indem du uns am Boden zerschellen lässt?«

»Indem ich versuche, das Mistding abzuschütteln.«

»Bist du sicher, dass die Drohne überhaupt von GAIA stammt? Könnte es nicht auch etwas anderes sein?«

»Sicher bin ich mir natürlich nicht, aber wo soll sie denn sonst herkommen? Es besitzt genau dieselbe Form wie die Dinger, die uns damals in der Wüste eingefangen haben. Ich kann mich natürlich irren, aber ich halte es für am wahrscheinlichsten, dass GAIA unsere Flucht entdeckt hat und uns aufhalten will.«

»Um Himmels willen …«

»Aber das werde ich nicht zulassen«, rief er, wobei seine Augen zu Schlitzen wurden. »Mal schauen, was die Klapperkiste so draufhat. Haltet euch besser beide gut fest.«

Lucie wandte sich zu Nisha um und nahm ihre Hand. »Du hast gehört, was dein großer Bruder gesagt hat: festhalten. Am besten, du stützt dich hier an den Seiten ab. Siehst du, so.«

Nisha nickte. Ihre Aura leuchtete in einem hysterischen Orangerot. Lucie hatte schon panische Angst. Wie musste es da jemandem gehen, der noch nie mit einem Flugzeug geflogen war? Sie konnte es sich nicht mal ansatzweise vorstellen. Andererseits hatte Nisha auch noch nie einen Absturz miterleben müssen.

Das kleine Mädchen riss die Augen auf und deutete mit dem Finger geradeaus. »Da …«

Lucie wagte kaum, nach vorne zu schauen.

Es war schlimmer als befürchtet. Innerhalb weniger Sekunden waren sie ein beträchtliches Stück tiefer gesunken. Ein ausgewaschener Canyon tat sich unter ihnen auf. Tief unten verlief ein schmaler Bach, an dessen Ufern Büsche und einzelne Bäume standen. Sie waren jetzt so tief, dass Lucie schon einzelne Blätter erkennen konnte.

Ein Schrei stieg aus ihrer Kehle. *»Jem …!«*

»Haltet euch fest! …«

Jem zog den Steuerknüppel Richtung Brust und versuchte, ihn dort festzuhalten. Offenbar keine leichte Aufgabe. Sein Gesicht war schweißbedeckt und bleich. Sie konnte sehen, wie seine Lippen unter der Anstrengung bebten.

»Scheiße ...«

»Was ist denn los?«

»Rührt sich nicht ... zu schwer.«

Das Motorengeräusch ging von einem Heulen zu einem Kreischen über. Langsam, ganz langsam ging die Maschine aus dem Sturzflug in die Horizontale. Allerdings bei Weitem nicht schnell genug für Lucies Geschmack. Noch immer fühlte es sich an, als würde der Boden auf sie zurasen. Die Wände des Canyons waren inzwischen zu riesigen Türmen rechts und links angewachsen.

Unfähig zu sprechen, deutete Lucie nach vorne.

Krach.

Ein gewaltiger Schlag erschütterte die Maschine. Es klang, als wäre sie von einer Axt in der Mitte gespalten worden. Lucie wurde gegen die Seitenwand geschleudert, konnte sich aber gerade noch rechtzeitig abfangen. Unzählige Lampen blinkten auf. Ein durchdringendes Warnsignal ertönte.

»Mist«, fluchte Jem. »Ich fürchte, das war etwas *zu* knapp.«

»Was ist passiert?«

»Wir haben einen Baum gestreift. Ich glaube, das hat uns die Positionslichter an der rechten Tragfläche zerschmettert.«

»Ist das schlimm?«

Er lachte gequält. »Wer braucht schon Positionslichter? Hauptsache, die Tragfläche ist unbeschädigt. Das Querruder funktioniert noch. *Puh!*« Er wischte sich den Schweiß von der Stirn. Jetzt geht's wieder.«

»Und was jetzt?« Lucies Herz raste.

»Für den Moment ist nur wichtig, dass wir den Sturzflug abgefangen haben«, entgegnete Jem. »Aber es ist noch nicht vorbei. Haltet euch besser noch weiter fest.« Er zog das Steuer herum und lenkte die Maschine in eine Steilkurve, die dem Canyon folgte. Lucie konnte unter ihnen den Bach sehen. Eine Gruppe gestreifter Tiere, die an einem Wasserloch tranken, suchte panisch das Weite. Auch ein Schwarm blau schillernder Vögel stob auf und flog davon. Der Schatten ihres Flugzeugs zeichnete sich auf der Felswand ab. »Was ist mit der Drohne?«, fragte Jem. »Kannst du sie noch sehen?«

Lucie drehte sich um und reckte den Hals. »Nichts«, sagte sie. »Scheint, dass du sie abgeschüttelt hast.«

Jem tippte auf eine der Anzeigen. Sie sah aus wie ein grünes Auge, das sich immerzu im Kreis drehte. »Das Radar zeigt auch nichts. Aber diese Dinger sind verdammt wendig. Ich werde noch eine Weile hier unten bleiben, nur für alle Fälle. Keine Ahnung, wie GAIA uns aufgespürt hat, aber es ist besser, kein Risiko einzugehen.« Er warf Lucie einen entschuldigenden Blick zu. »Ihr könnt euch wieder entspannen, ich habe die Maschine jetzt im Griff.« Dann drückte er ein paar Schalter und sowohl die Lichter als auch das nervige Alarmsignal erstarben. Er lächelte. »Und das nächste Mal werde ich eher auf dich hören, versprochen.«

Vorne war bereits das Ende des Canyons abzusehen, doch Lucie war noch weit davon entfernt, sich zu entspannen. Sie hielt Nishas Hand fest umklammert und starrte angsterfüllt nach vorne.

52

Endlich wieder draußen und an der Oberfläche! Frische Luft, blauer Himmel und Horizont. Katta atmete einmal kräftig durch und richtete ihren Blick dann auf die vor ihr liegende Stadt. Die obere Hälfte der Biosphäre wurde bereits von Sonnenstrahlen erfasst. Die Stahlstreben und Solarpanels leuchteten wie Elmsfeuer. Das Bild war atemberaubend. So atemberaubend, dass sie fast die seltsamen Termitenbauten übersah, die wie abgestorbene Finger in die morgendliche Kühle ragten. Es mussten vierzig oder fünfzig sein und sie waren locker zehn Meter hoch.

»Himmel noch mal, seht euch das an!«

Ragnar umrundete die Erdtürme, als wären es Bauwerke von einem anderen Stern. Vorsichtig trat er näher und strich mit seinen Händen darüber. »Was ist das?«

Leòd stand neben Zoe, hatte seinen Kopf nach hinten gelegt und blickte an den Säulen empor. »Haben das die Termiten gebaut?«

Katta nickte. »Scheint so. Die Königin meinte, sie wären eine wirksame Waffe gegen die Stadt. Wenn wir wollten, könne sie noch mehr davon bauen lassen.«

Es war verblüffend, mit welcher Präzision diese Dinger errichtet worden waren. Sie sahen so ganz anders aus als die Bauten, die sie heute Nacht im Mondschein gesehen hatten.

Verglichen mit diesen hier, waren das nur schlampig zusammengestümperte Lehmtürme gewesen.

Beim zweiten Hinschauen fiel ihr auf, dass sie nicht einfach zufällig über die Wüste verteilt standen. Über eine Distanz von einem ganzen Kilometer hinweg bildeten sie einen nahezu perfekten Halbkreis, der die Biosphäre zum Mittelpunkt hatte. Die Abstände zwischen den Türmen waren gleichmäßig, als hätte sie jemand mit dem Meterband abgemessen. Katta fragte sich, wie so etwas möglich war. Schließlich waren hier nur Insekten am Werk gewesen.

»Hübsch«, meinte Zoe. »Aber wozu soll das gut sein?«

»So genau weiß ich das auch nicht«, erwiderte Katta. »Es soll irgendetwas mit der Sonne zu tun haben.«

»Na, dann dürften wir es bald sehen«, sagte Ragnar. »Die Sonne geht gleich dort drüben hinter den Dünen auf. Nur noch ein paar Minuten …«

Leòd schlang die Arme um seinen Leib. »Mir ist kalt.«

»Mir auch«, murmelte Katta und trat neben ihn. Zaghaft berührte sie seine Hand.

Dann warteten sie gemeinsam.

Das Sonnenlicht wanderte an den Flanken der Kuppel hinunter und berührte schließlich den Wüstenboden. Es entstand ein Feuerwerk an Farben, wie Katta es so noch nie gesehen hatte. Etwas stach ihr von hinten empfindlich in den Nacken. Sie berührte ihren Hals mit den Fingern – und zog sie rasch wieder zurück. Ihre Haut war knallheiß.

»Was zum Teufel …?«

Sie drehte sich um – und fiel beinahe hintenüber. Die Türme

hatten sich in Säulen aus reinem Licht verwandelt. Es war so grell, dass sie die Augen schließen musste, um nicht zu erblinden. Das Licht schien sich durch ihre Lider zu brennen.

»Bei den Göttern, was ist denn …?«, stöhnte Ragnar. »Ich kann nichts mehr sehen.«

»Weg hier«, rief Zoe. »Hinter die Türme, schnell!«

Halb blind taumelten die vier auf die Rückseite der Termitenbauten und ließen sich dort in den Sand fallen.

Vor Kattas Augen tanzten Sternchen. Es dauerte eine Weile, bis sie wieder sehen konnte.

»Ach du Scheiße«, murmelte Zoe. »Schaut euch das mal an.«

Die Wüste erstrahlte in überirdischem Glanz. Viel heller, als sie zu dieser Zeit eigentlich sein dürfte. Strahlen reinsten Lichts züngelten wie feurige Fackeln auf die Kuppel zu und wurden von der gläsernen Außenhülle reflektiert.

»Na, das nenne ich mal ein Ablenkungsmanöver. Wenn sie jetzt nicht auf uns aufmerksam werden, weiß ich auch nicht.«

Katta war ebenfalls erstaunt. »Mit so einer durchschlagenden Wirkung hätte ich nicht gerechnet. Wie haben die Termiten das gemacht?«

»Sieht nach Sonnenreflektoren aus«, antwortete Leòd. »Mir ist vorhin schon aufgefallen, dass die glatte Seite mit irgendeinem spiegelnden Sekret behandelt wurde. Die Türme bündeln das Licht und richten es auf die Kuppel.«

»Wie bei einem Brennglas«, stellte Katta fest.

»Ja, oder einem Hohlspiegel. Vermutlich dürften dort drüben langsam die Temperaturen steigen.«

»Möchte wissen, wie GAIA das gefällt.« Zoe blickte sorgenvoll auf die Glaskonstruktion. »Dürfte nicht mehr lange dauern, bis wir darauf eine Antwort erhalten.«

»Warum denn dieser Aufwand?«, fragte Ragnar irritiert. »Nur, damit es etwas heller ist? Das dürfte kaum ausreichen, um sie zu beunruhigen.«

»Es geht nicht ums Licht«, erklärte Katta. »Es geht um die Hitze. Du hast die Wirkung doch am eigenen Leib gespürt. Versuch, dir mal vorzustellen, was passiert, wenn die Sonne höher steigt. Bald dürfte denen dadrin ganz schön warm werden ...«

»Dass Termiten so etwas bauen können ...«, sagte Leòd.

»Ja, das überrascht mich auch«, erwiderte Zoe. »Offensichtlich sind sie weitaus intelligenter, als ich vermutet hätte. Dahinten werden sogar schon weitere Türme gebaut, seht ihr?« Sie deutete in die Ferne.

Katta sah es und verstand. Offensichtlich rechnete die Königin mit einem Gegenschlag und fing schon mal an, Ersatztürme zu errichten.

»Während GAIA sich also um die Termitenbauten kümmert, können unsere Freunde drüben im Energiezentrum den Strom abschalten. Ziemlich guter Plan, würde ich sagen. Hoffen wir, dass er funktioniert. Das Timing dürfte dabei ziemlich entscheidend sein.«

»Das sehe ich auch so«, bestätigte Zoe. »Unsere Freunde drüben in der Energiezentrale sollten langsam mal in die Puschen kommen. Sonst wird das hier eine sehr ungemütliche Angelegenheit.«

53

Marek spürte die Veränderung. Er konnte nicht sagen, was es war, aber er fühlte, dass irgendetwas nicht stimmte. Waren es die Geräusche, der Geruch, das Licht?

»Du merkst es auch, nicht wahr?« GAIA stand neben seinem Bett und blickte zum Fenster hinaus. »Irgendetwas ist anders.«

»Ja«, entgegnete Marek und betrachtete die holographische Umgebung. Er sah die Menschen auf den Plätzen, in den Straßen und Parks und beobachtete ihr Verhalten. Auch sie schienen es zu spüren. Etwas lag in der Luft. Immer wieder hielten sie an, sahen sich um, steckten die Köpfe zusammen und tuschelten, aber keiner von ihnen schien eine Ahnung zu haben, was los war.

Seine ehemaligen Freunde waren noch immer nicht aufgetaucht und auch GAIA hatte offenbar keine Ahnung, wo sie steckten. Was umso verwunderlicher war, als sie eigentlich alles wusste, was in der Stadt vor sich ging.

»Ich weiß nicht, was es ist, aber jeder Sensor in meinem neuronalen Kortex verrät mir, dass etwas nicht stimmt. Ich habe die üblichen Kanäle abgesucht. Nichts. Zuerst dachte ich, dass vielleicht irgendwo ein Feuer ausgebrochen wäre. Aber es gibt keine Rauchentwicklung. Nichts.« Sie wandte sich von dem Fenster ab und kam zu ihm zurück.

Marek fragte sich, warum sie so viel Zeit mit ihm verbrachte. Hatte sie nichts Besseres zu tun? Warum konnte sie ihn nicht einfach in Ruhe lassen?

»Seien Sie doch froh«, erwiderte er ohne großes Interesse.

»Ein Brand in der Biosphäre ist bestimmt nicht sehr angenehm.«

»Allerdings nicht. Besonders die enorme Entwicklung von Kohlenmonoxid kann bei Großbränden zum Problem werden. Zum Glück ist es noch nie dazu gekommen, aber ich fürchte diesen Moment. So wie ich den Moment fürchte, wenn ein Komet in die Kuppel einschlägt oder ein Erdbeben die Region erschüttert.« Ihre Miene verdunkelte sich. »Nichts ist mir so verhasst wie die Launenhaftigkeit der Natur. Alles, was sich nicht berechnen lässt, ist mir ein Gräuel. Verstehst du, was ich meine?«

»Nicht wirklich«, murmelte Marek. Warum erzählte sie ihm das alles? Sah sie nicht, dass er lieber alleine sein wollte?

»Nimm zum Beispiel diesen Fall hier. Wir beide spüren, dass etwas nicht stimmt, aber es hat nichts mit meinen Prozessen zu tun. Da läuft alles normal. Woher kommen also die steigenden Temperaturen und wieso teilen mir die internen Lichtsensoren mit, dass es immer heller wird?«

Sie schaltete den Monitor um auf Außenansicht.

»Wie warm ist es denn?«

»Die Bodentemperatur beträgt vierundzwanzig Grad Celsius anstatt der sonst üblichen dreiundzwanzig. Moment mal.«

»Was denn?«

»Dort, siehst du?« GAIA deutete auf einen Punkt außerhalb

der Kuppel. Dort war ein helles Licht zu erkennen. Wie ein Stern leuchtete es in der Ferne.

Marek richtete sich auf und kniff die Augen zusammen.

»Ziemlich grell«, sagte er. »Was ist das?«

»Haben wir gleich.«

GAIA fuhr mit ihrer Hand durch das Hologramm, holte es näher heran. Dutzende von Kameras surrten draußen in Position, als GAIA ihr Augenmerk auf die Wüste richtete. Marek hielt geblendet inne. Was er sah, konnte er zunächst nicht recht einordnen. Es wirkte fast, als hätten sich zu der einen Sonne im Osten plötzlich etliche weitere im Westen hinzugesellt. Sternengleich brachten sie die Wüste zum Leuchten. Und dann sah er die Türme.

Wie Dominosteine ragten sie aus dem Sand. Manche schienen fertig zu sein, manche befanden sich noch im Bau. Und sie waren überall. Die Biosphäre war förmlich von ihnen eingekreist.

Er runzelte die Stirn. »Was ist das denn? Haben Sie das gebaut?«

»Ich?« GAIA sah ihn befremdet an. »Warum sollte ich so etwas tun? Die Dinger waren gestern Abend noch nicht da.« Sie ließ das Bild um vierundzwanzig Stunden zurückspringen. Und tatsächlich: Da war noch nichts von den Türmen zu sehen.

»Das ist die Arbeit von jemand anderem«, sagte sie grimmig.

»Aber wer, wenn nicht Sie, hat die Türme errichtet?« Marek hielt es nicht länger im Bett. Er stand auf und humpelte auf die Holoprojektion zu. Die Bauten sahen wunderschön aus. Ignorierte man mal die perfekt polierte Oberfläche und die nahezu makellose Krümmung, sahen die Dinger aus wie ... »Sind das ...?«

»... Termitenbauten, ganz recht«, sagte GAIA.

»Echt?«

»Sie scheinen verspiegelt zu sein. Siehst du, sie bündeln das Licht und richten es hochfokussiert auf einen Punkt. Unfassbar.«

»Ich wusste gar nicht, dass die so etwas können«, murmelte Marek. »Sind Termiten nicht nur primitive Höhlenbewohner?«

»Offensichtlich nicht. Moment mal ...« Sie zoomte noch näher heran. Jetzt sah Marek, dass neben den Bauten vier Personen standen. Zwei Jungs und zwei Mädchen. Das eine kam ihm sehr vertraut vor.

»Katta ...«, murmelte er.

»Ja. Und Zoe und Ragnar und Leòd.« GAIA sprach mit Grabesstimme. »Da seid ihr also. Und ich hatte euch schon überall gesucht.«

Marek blickte fasziniert in die Wüste. Katta lebte. Er vergaß fast das Atmen, so sehr überraschte ihn dieses Bild. Das Unmögliche war wahr geworden. Irgendwie hatte sie geschafft, da draußen zu überleben. Aber sie wirkte verändert. Größer. Wilder. *Schöner.*

»Was tun die denn da? Und wieso haben sie die Kuppel verlassen?« Ratlos sah er die oberste Ratsherrin an. Hinter GAIAs Augenschlitzen schienen Terabytes an Informationen in Sekundenbruchteilen hin- und hergeschoben zu werden. Ihr Gesichtsausdruck war alles andere als freundlich. Zum ersten Mal hatte Marek das Gefühl, die wahre GAIA zu sehen. Kein Abbild menschlicher Warmherzigkeit, sondern ein kaltes Geschöpf voll abgrundtiefer Bosheit.

»Verräter«, zischte sie. »Ich errette euch vor dem sicheren Tod. Ich nehme euch auf, gebe euch Nahrung und Kleidung und ein Dach über dem Kopf und so dankt ihr es mir? Aber da habt ihr euch die Falsche ausgesucht. Dieser Verrat wird Folgen habe, das verspreche ich euch.«

Ohne ein weiteres Wort zu verlieren, löste sie sich vor Mareks Augen in Luft auf. Zurück blieb eine knisternd aufgeladene Luft, die nach Elektrizität schmeckte.

54

Emilia sammelte all ihren Mut, atmete ein paarmal tief, dann streckte sie ihren Kopf aus dem Erdloch und sah sich um.

Hitze schlug ihr ins Gesicht. Der Wind zerrte an ihren Haaren und verwirbelte sie. Rechts von ihr hatte sich eine kleine Windhose gebildet, die die Luft mit Sand füllte.

Vor ihr ragte das Gebäude der Energiezentrale aus der flachen Senke. Ein schmuckloser, zweistöckiger Betonbau, der früher ein einfaches Forschungslabor gewesen war. Emilia kannte die Anlage wie ihre Westentasche.

Zwei Jahre Grundausbildung, ehe sie in die Abteilung Kommunikation und Information hinübergewechselt war. Sie wusste, wo sich die Notabschaltung befand, und sie wusste auch, dass es nicht so einfach werden würde, wie Arthur sich das vorstellte.

»Und?«

Unter ihr leuchtete ihr Saras helles Gesicht entgegen. Olivia, Paul und Arthur standen weiter hinten im Tunnel.

»Punktlandung«, sagte Emilia. »Etwa fünfzig Meter vor uns liegt der Komplex. Die Anlage wurde unterirdisch errichtet, um Luftangriffen vorzubeugen. Es gibt dort eine Abluftanlage, durch die wir hineinkommen können. Vorausgesetzt, den Termiten gelingt es, das Betonfundament zu durchstoßen.«

»Katta hat gemeint, das wäre kein Problem«, erwiderte Arthur. »Sie haben es schon einmal geschafft und werden es wieder tun. Vorausgesetzt, wir leiten sie zu der richtigen Stelle.«

»Also los.« Emilia tauchte zurück in den Tunnel und bedeutete eine der Arbeiterinnen, das Loch zu verschließen. Je weniger Spuren es von ihnen gab, umso besser.

Die Termiten gruben in Windeseile einen neuen Gang, der exakt auf die Steuerungszentrale zuführte. Im Schein der Leuchttermiten studierte sie noch einmal den Plan. Es stimmte schon, sie hatte sich nicht geirrt. Das Ziel lag vor ihnen.

»Eines habe ich euch noch nicht erzählt«, sagte sie. »Die Reservesysteme können nur über einen bestimmten Rechner in einem bestimmten Raum ausgeschaltet werden. Die Zugangsbeschränkung erfolgt über einen Code, der von GAIA in regelmäßigen Abständen verändert wird. Wer versucht, die Reservesysteme ohne diesen speziellen Code auszuschalten, stirbt.«

Alle schwiegen. Nach einer Weile sagte Arthur nachdenklich: »Darum kümmern wir uns, wenn wir da sind. Vielleicht fällt uns ja vor Ort etwas ein.«

Emilia war skeptisch, nickte aber. Was sollte sie auch anderes tun? Letztlich hing ihr Vorhaben an einem seidenen Faden. Ihr war immer noch nicht klar, ob sie die richtige Entscheidung getroffen hatte. Gewiss, man konnte über GAIAs Ziele streiten. Auch ihre Methoden mochten fragwürdig sein. Aber letztlich ging es hier ums nackte Überleben. Das eigene Fortbestehen war keine Frage des Gewissens. Es ging ums Fressen oder Gefressenwerden. Der Verlierer zahlte die Rechnung. Und Emilia hasste es zu verlieren.

Gedankenversunken folgte sie den Termitengräbern. Ja, vielleicht war es ein Fehler gewesen, sich auf die Seite der Outlander zu schlagen. Vielleicht hielt GAIA auf lange Sicht die besseren Karten. Allerdings war es jetzt zu spät, sich noch den Kopf darüber zu zerbrechen. Eines war sicher: GAIA würde Sara und Emilia niemals verzeihen, was sie getan hatten. Bei dem Gedanken an die Folgen, die so ein gescheiterter Putschversuch haben konnte, wurde ihre Kehle trocken. Sie durften einfach nicht versagen.

Emilia verlangsamte ihre Schritte. Vor ihr war Bewegung im Tunnel entstanden. Ein Knäuel krabbelnder, sich windender Termitenleiber versperrte den Weg. Sah aus, als würden sie feststecken. Bienchen stand auf der rechten Seite und beobachtete das Getümmel.

»Was ist denn los?«, fragte Emilia. »Gibt es Probleme?«

Bienchen winkte aufgeregt mit ihren Fühlern.

»Lasst mich mal sehen.« Emilia drängelte sich an den aufgebrachten Arbeitern nach vorne. Im glimmenden Licht einer Leuchttermite sah sie eine senkrechte Wand vor sich aufragen. Sie strich mit ihren Händen darüber. Kälte kroch ihr in die Finger. Die Wand war makellos glatt und von diamantener Härte. Fundamente, ganz klar. Stahlbeton, wenn nicht gar noch eine härtere Substanz. Kein Vergleich zu dem porösen Material, das unter den Parkanlagen der Biosphäre zum Einsatz gekommen war. Hier würden nicht mal die schärfsten und härtesten Termitenwerkzeuge durchkommen. Dies hier war das Produkt einer anderen Zeit, das für den Kriegseinsatz konzipiert worden war.

Also, was tun?

Emilia zog ihren Plan aus der Tasche und warf einen Blick darauf. Wenn sie nicht alles täuschte, waren dies die Wände des alten Luftschutzbunkers, der die Luftfilteranlage von den Reserveaggregaten trennte. Verlängerte man die Achse in nordwestlicher Richtung, würden sie auf die Personalunterkünfte treffen. Ein nachträglich hinzugefügter Komplex. Sie hoffte, dass der nicht ganz so wuchtig konstruiert worden war. Wenn überhaupt, so hatten sie dort eine Chance, ins Innere zu gelangen. Sie mussten sich aber beeilen, die Zeit lief ihnen davon.

55

Jem blickte auf die dunkle Wolkenwand vor ihnen. Sie zog sich von einem Ende des Horizonts zum anderen. Irgendwo dort lag das Ziel ihrer Reise.

»Na, was denkst du?«, riss ihn Lucies Stimme aus seinen Gedanken. »Glaubst du, das schaffen wir?«

»Ich weiß nicht«, sagte er. »Ich habe kein gutes Gefühl bei dem Ding. Könnte ein tropischer Sturm sein.«

»Mir gefällt seine Farbe nicht«, pflichtete Lucie ihm bei. »Sieh mal, welche Schattierung die Basis hat. Man kann gar nicht erkennen, wo das Land endet und die Wolken beginnen.«

Als wollte der Sturm ihre Worte bekräftigen, flammte ein bläulicher Blitz auf. Für einen kurzen Moment glaubte Jem, einen schmalen Küstensaum und eine Reflektion gesehen zu haben. Wasser?

»Ich gäbe was darum, wenn wir wüssten, wo genau wir sind«, sagte er. »Kannst du erkennen, was das für eine Stadt dort unten ist?« Er steuerte die Maschine etwas zur Seite, damit Lucie bessere Sicht hatte.

»Schwer zu sagen«, entgegnete sie. »Diese Orte sehen sich alle so ähnlich. Aber warte mal, das haben wir gleich.«

Sie zog die Karte heraus und fuhr mit dem Finger darüber.

Jem merkte, dass Navigation auf Sicht nicht gerade zu seinen Stärken gehörte. So ganz ohne Radar und Funkpeilung zu fliegen, war eine der größten Herausforderungen überhaupt. Zumindest hatte sein Dad ihm das erzählt.

»Könnte *Corpus Christi* sein«, sagte Lucie. »Siehst du die lang gezogene Bucht, über die dieser Damm führt? Darüber verläuft eine Straße. Rechts daneben folgt ein Stück Festland und dann diese halb zerfallene Brücke. Ich bin mir ziemlich sicher, dass es das ist.«

Jem kniff die Augen zusammen. »Du könntest recht haben«, murmelte er. »Doch, das sieht tatsächlich so aus. Auch die schmale Sandbank passt dazu. Dann haben wir wohl die Küste erreicht.« Er lächelte sie an. »Du hast ziemlich gute Augen, weißt du das?«

Lucie zwinkerte ihm zu. »Nicht so gut wie Nishas, aber ich bemühe mich.«

Jem prüfte den Geschwindigkeitsmesser und hob verwundert die Brauen. »Seltsam«, murmelte er.

»Was ist denn los?«

»Unsere Geschwindigkeit hat während der letzten Viertelstunde merklich zugenommen. Wir sind jetzt bei knapp dreihundert Stundenkilometern.«

»Das ist gut, oder? Bedeutet das nicht, dass wir schneller am Ziel sind?«

»Vor allem bedeutet es, dass es höchste Zeit wird, runterzugehen und Schutz zu suchen«, erwiderte Jem. Die Wolkenwand wurde von Minute zu Minute dunkler und bereitete ihm ernsthafte Sorgen. »Wenn wir mit Rückenwind fliegen, heißt das, dass der Sturm gerade dabei ist, an Kraft zu gewinnen.« Er deutete voraus. »Die Luft wird vom Sturm angesaugt, steigt über dem Meer auf und baut diese hübschen Gewitterzellen auf, die du dort drüben siehst. Glaub mir, da willst du nicht reinfliegen. Schon gar nicht über dem offenen Meer. Wir müssen so schnell wie möglich runter und uns und die Flugmaschine in Sicherheit bringen.«

»Du willst landen? Wo denn?«

»Egal, Hauptsache runter.«

Lucie war ziemlich blass geworden, was aber auch an dem seltsam senffarbenen Licht liegen konnte, das von dem Sturm ausging. »Wie lange wird das dauern, bis der sich wieder aufgelöst hat?«, fragte sie leise.

»Keine Ahnung. Ein paar Stunden, vielleicht aber auch die ganze Nacht. Wir werden abwarten müssen.«

»Die ganze Nacht?« Sie riss die Augen auf. »Aber das dauert zu lange. Wenn ich die Quelle richtig verstanden habe, sollten wir uns beeilen.«

»Warum? Hat sie einen Grund genannt?«

»Ich denke, es hat mit der Bombe zu tun. Vielleicht soll die Zündung schneller erfolgen, als wir dachten.«

»Ich will nicht riskieren, in so einen Sturm reinzufliegen. Ich bin kein erfahrener Pilot.«

»Dafür hast du deine Sache aber doch bisher sehr gut gemacht.« Sie strich sanft über seine Hand und er fühlte wieder dieses Kribbeln in der Magengrube.

»Trotzdem«, sagte er. »Ich will lieber kein Risiko eingehen.«

»Und wenn wir dann nicht mehr starten können?«

»Warum sollten wir nicht? Es hat doch schon einmal geklappt.«

»Es gibt tausend Gründe«, sagte Lucie. »Vielleicht haben wir nicht mehr genug Sprit für den Start, vielleicht wird die Maschine bei der Landung beschädigt. Denk nur, was uns in Denver passiert ist ...«

Jem presste die Lippen zusammen. Lucie hatte recht. Der Treibstoff wurde langsam zu einem Problem. Bisher hatte sich die Tanknadel kaum vom Fleck bewegt, doch seit etwa einer halben Stunde sackte sie kontinuierlich nach unten. Was wiederum bedeutete, dass die Reservetanks leer waren und sie den Haupttank erreicht hatten.

Er spielte im Geiste alle Möglichkeiten durch. Einen geeigneten Landeplatz suchen, runtergehen, einen Unterstand für die Maschine finden – all das benötigte Sprit. Hinzu kam, dass sie ja auch wieder starten mussten. Ob das Benzin dafür reichte? Vor ihnen der Sturm, hinter ihnen eine tickende Bombe – wie sollte er da noch klar denken?

Verdammte Pest.

Während er den Steuerknüppel umklammert hielt und versuchte, sich zu konzentrieren, hörte er wieder dieses Geräusch. Ein Laut, den er eigentlich nie wieder hören wollte. Zuerst dachte er, seine gereizten Nerven würden ihm einen Streich spielen, doch irgendwann ließ es sich nicht mehr wegleugnen. Als auch Lucie den Kopf drehte, wusste er, dass er sich nicht geirrt hatte.

Das fiese Surren ließ bei ihm sämtliche Alarmglocken klingeln.

Dicht über ihren Köpfen war ein schwarzer Schatten. Er schwebte direkt über ihnen und starrte mit bösartigen roten Elektronenaugen auf sie hinab.

Nisha stieß einen Schrei aus. Lucie zog den Kopf ein und klammerte sich an Jem fest. Ihr Griff war so kräftig, dass er das Steuerruder verriss und die Maschine blitzartig in eine Rechtskurve ging.

Aus dem Augenwinkel sah er, wie an der Unterseite der Drohne eine Klappe aufging, und mehrere nadelspitze Geschosse aus dem Inneren herauspurzelten. Sie stürzten ins Leere, zündeten ihre Triebwerke und schossen mit weißen Schweifen auf und davon. Was für ein Glück, dass Lucie unbeabsichtigt einen Kurswechsel herbeigeführt hatte. Hätten sie ihre Flugbahn beibehalten, wären die schwarzen Nadeln direkt auf sie niedergeprasselt.

Jem hatte keinen Schimmer, was das für Dinger waren, aber sie würden wiederkommen, da war er sicher.

»Scheiße«, murmelte er.

56

Katta sah sie kommen. Zehn oder elf von ihnen schossen oben aus der Kuppel – pechschwarz, stachelig und aggressiv. Das Schwirren ihrer Flügel war nicht zu überhören. Wie ein Schwarm aggressiver Wespen sammelten sie sich und kamen dann in ihre Richtung geflogen.

Der Kampf hatte begonnen.

»Zurück unter die Erde!«, schrie Katta. »Sehen wir zu, dass wir hier wegkommen!«

Zoe, Leòd und Ragnar standen im Schatten eines der spiegelnden Termitenbauten und verfolgten mit besorgten Blicken, wie die Drohnen in Formation gingen.

»Ich weiß nicht, was gleich passiert, aber ich glaube, es ist besser, wenn wir uns aus der Schusslinie begeben.«

»Noch nicht«, rief Zoe. »Ich will erst sehen, was sie vorhaben.«

»Was schon? Sie werden uns angreifen. Ich habe gesehen, wozu diese Dinger in der Lage sind. Marek und ich wurden bereits von so einem Teil beschossen, schon vergessen?«

»Dann schießen wir zurück«, stieß Ragnar aus. »Wir sind nicht hier, um uns wie feige kleine Tiere in Löcher zu verkriechen.« Er riss Zoes Tasche auf und holte die Schusswaffen heraus. »Diese Dinger hier, wie funktionieren die?«

Katta presste die Lippen aufeinander. Dann fasste sie sich ein

Herz und rannte zu den anderen hinüber. Sie wollte vor ihnen nicht als Feigling dastehen.

»Die Funktionsweise ist denkbar einfach, Emilia hat es mir gezeigt.« Zoe nahm eine der Pistolen, prüfte das Magazin und entsicherte sie. »Sobald ihr diesen kleinen Hebel gedrückt habt, ist die Waffe scharf«, erklärte sie. »Haltet sie dann am besten immer Richtung Boden. Etwa einen Meter vor eure Füße, dann lauft ihr nicht Gefahr, euch selbst oder einen von uns zu treffen. Um zu schießen, richtet die Waffe auf euer Ziel, visiert hier durch Kimme und Korn und drückt ab. Die Waffe immer mit zwei Händen halten, denn der Rückstoß ist gewaltig. Sicherer Stand, die Schultern nach vorne und dann kurze, gezielte Feuerstöße abgeben. Niemals den Abzug gedrückt halten, verstanden? Wenn euch die Munition ausgeht, es gibt hier noch genügend Reservemagazine.«

»Kapiert.« Ragnar schnappte sich eine der Waffen, folgte Zoes Rat und gab einen Probeschuss in die Wüste ab. Der Knall war ohrenbetäubend. Zehn Meter von ihnen entfernt stob eine Sandfontäne in die Höhe.

»Bei den Göttern«, murmelte er. »Diese Waffe ist noch mal um einiges wirkungsvoller als der Revolver, den ihr damals mit in die Zitadelle gebracht habt. Ein ehrfurchtgebietender Feuerarm.«

»Ich rühr das Ding nicht an«, sagte Leòd mit angewidertem Blick auf die Pistole. »Das ist einfach nicht – natürlich.«

Katta überlegte, ob sie sich ihm anschließen sollte, schüttelte dann aber den Kopf und nahm eine der Pistolen. Sie war schwerer, als sie aussah. Das schwarze Metall war von den Sonnenstrahlen bereits aufgeheizt worden.

»Ich will eigentlich auch nicht, aber ich habe gesehen, was diese Drohnen anrichten können. Deshalb kämpfe ich. Was ist mit dir, Zoe?«

Ihre Freundin klopfte auf ihren Bogen. »Ich vertraue auf den hier. Er hat mich bisher noch nie im Stich gelassen.«

»Und was soll ich tun?« Leòd sah Katta geknickt an. »Ich komme mir ziemlich überflüssig vor.«

Sie lächelte ihm zu. »Falls du dich nützlich machen willst, sag den Termiten, dass sie die Öffnungen verschließen sollen. Alle, bis auf diese hier. Nur für den Fall, dass Bodentruppen im Anmarsch sind. Und nimm die Tasche, sie ist schwer genug.«

»Einverstanden.« Er nickte ernsthaft.

Katta zwinkerte in die Sonne. Das Licht machte es nicht leicht, Entfernungen abzuschätzen. Die Luft flimmerte in der aufsteigenden Hitze. Das Surren der mechanischen Flügel war lauter geworden. In diesem Moment blitzte auf der Unterseite der Drohnen etwas auf.

»Himmel, das ist Mündungsfeuer«, schrie Katta. »Duckt euch.«

Tacktacktacktack.

Das scharfe Knattern von Maschinengewehren zerfetzte die Stille. Sandfontänen stoben in die Höhe.

Sie warf sich zu Boden. Keinen Augenblick zu früh. Über ihrem Kopf ertönte ein ekelerregendes Zischen, gefolgt von einem markerschütternden Knall, als ein paar der Projektile in den Turm einschlugen. Erdbrocken stoben durch die Luft. Der Geruch von verbranntem Metall mischte sich mit dem Staub trockenen Lehms. Von der einen Sekunde auf die andere war die Welt in Dunst getaucht. Neben ihr lagen Zoe, Ragnar und Leòd, doch zum Glück schien keiner von ihnen verletzt zu sein.

Mit einem Fluch auf den Lippen sprang Ragnar auf, hob seine Pistole und erwiderte das Feuer. Katta folgte seinem Beispiel. Der Rückstoß riss ihr beinahe die Pistole aus der Hand. Doch sie stemmte die Füße in den Sand, legte ein zweites Mal an und schoss. Diesmal traf sie die Drohne, doch es schien keine Wirkung zu haben. Wie ein geflügelter Drache schwebte das Ding auf sie zu, wobei Sand und Staub in die Höhe gewirbelt wurden. Der Lärm war ohrenbetäubend.

Plötzlich tauchte Zoe neben ihr auf. Sie riss ihren Bogen hoch und zog den Arm bis zur Schulter durch. Ihre linke Hand vibrierte, als das Geschoss von der Sehne flog und Kurs auf die Drohne nahm. Ein metallisches Scheppern erklang. Das schwarze Ungetüm wippte leicht und hielt dann an. Stücke des Pfeils prasselten zerbrochen in den Sand.

Zoe ließ gleich noch einen zweiten Pfeil hinterhersausen, doch wieder war die Wirkung gleich null. »Die Panzerung ist zu stark für unsere Geschosse«, rief Katta. »Was sollen wir jetzt tun?«

»Vielleicht versuchen wir es mit ihren Flügeln«, erwiderte Zoe. »Ich habe eine Idee. Haltet sie mir ein bisschen vom Hals!«

Vom Hals halten, das war in Anbetracht der Größe und Stärke dieser geflügelten Ungeheuer leichter gesagt als getan. Katta sah, dass das Mistding sie entdeckt hatte. Mit aufheulenden Motoren schwenkte es in eine günstigere Schussposition. Es gab nur eine Möglichkeit, um dem drohenden Tod zu entkommen. Gleichzeitig mit Ragnar visierte sie die Drohne an, sie feuerten aus beiden Läufen. Jeder Schuss hämmerte schmerzhaft in Kattas Handgelenke. Sie war einfach nicht kräftig genug für diese Waffe. Die Einschläge brachten die Maschine tatsächlich etwas aus dem Gleichgewicht. Doch es dauerte nur wenige Sekunden, bis sie sich stabilisiert hatte und wieder angriff.

In diesem Moment stand Zoe wieder neben ihr. Katta sah, dass sie einen dünnen Faden an das Hinterteil einer ihrer Pfeile gebunden hatte. Er mochte vielleicht zehn oder zwölf Meter lang sein und glänzte silbrig im Morgenlicht. Ehe sie ihre Freundin fragen konnte, wozu das gut sein sollte, surrte der Pfeil von der Sehne und in Richtung Drohne – den Faden wie einen Raketenschweif hinter sich herziehend. Er musste ausgesprochen leicht sein, denn er beeinflusste die Flugbahn in keiner Weise. Was dann geschah, hätte Katta niemals für möglich gehalten. Mit offenem Mund beobachtete sie, wie Pfeil und Schnur haarscharf über die schnell flatternden Flügel der Drohne hinwegzischten, darin hängen blieben und sich dann in Windeseile darum herumwickelten.

Ein hässliches Kreischen ertönte, als das rechte Flügelpaar durch die eigene Bewegung verknotet und unbrauchbar gemacht wurde. Sofort bekam die Drohne Schlagseite. Der metallische Leib geriet ins Trudeln, kippte weg und fiel dann wie ein Stein vom Himmel. Die Drohne zerschellte auf einem Felsen und es hagelte Metallteile auf die Wüste hinab.

Katta riss die Arme hoch und wollte Zoe um den Hals fallen, als sie sah, wie eine zweite Drohne auf sie zuraste. Das schwarze Rohr am Bug der Drohne schwenkte in ihre Richtung.

»Runter!«, schrie Katta. »Sofort!«

Tacktacktacktack.

Der Boden vibrierte unter den Einschlägen. Dumpfes Dröhnen erklang. Gesteinssplitter sausten messerscharf an ihr vorbei. Ein scharfer Schmerz zuckte über Kattas Wange. Über ihnen brach der Turm zusammen. Sie konnte gerade noch die Luft anhalten, als sie unter einem Berg von Lehm und Dreck begraben wurde.

Dann wurde es schwarz.

57

Emilia spähte durch die Öffnung, die die Termiten in die Wand gebohrt hatten. Wie erhofft, war das Fundament an dieser Stelle nicht ganz so massiv, sodass die Gräber mit einiger Mühe ein Loch hineingraben konnten. Der Zement mochte zehn Zentimeter dick sein und war ziemlich bröselig. Dahinter empfing sie Dunkelheit.

Sie winkte eine der kleinen Leuchttermiten heran und konnte erkennen, dass der Raum fast quadratisch und bis auf ein paar staubige Metallkisten leer war. Am anderen Ende befand sich eine Tür.

»Ich sehe mir das mal an.« Sie zwängte sich durch die Öffnung. Auf Zehenspitzen schlich sie zur Tür, legte ihr Ohr daran und lauschte.

Alles still. Vorsichtig drückte sie die Klinke runter.

Der dahinter liegende Gang war schwach beleuchtet. Ein tiefes Summen hallte die Wände entlang. Ein Geräusch, wie es nur von mehreren Gigawatt Strom erzeugt werden konnte. Ganz klar, sie befanden sich in der Energiezentrale. Aber wo genau? Sie musste sich Klarheit verschaffen.

»Wartet«, flüsterte sie ihren Freunden zu. »Ich bin gleich wieder da.« Sie trat in den Gang hinaus und schloss die Tür. Links von ihr gab es weitere Türen. Sie entschied sich für diese Richtung.

Bereits an der ersten Tür war ein Schild angebracht. *Maintenance-23b.* Das bedeutete, sie waren im Versorgungsbereich. Emilia erinnerte sich dunkel, dass sie hier ganz zu Beginn ihrer Ausbildung ein paar Akten archivieren musste.

Sie zog den Plan hervor und trat näher an eine der schwach glimmenden Lampen. Maintenance, Maintenance … *ah, da.*

Sie nickte zufrieden. Nicht schlecht. Ihr Gedächtnis hatte sie nicht betrogen. Die Unterkünfte lagen ein Stockwerk höher. Unweit des Treppenhauses gab es eine Kammer, in der Anzüge und Helme für die Techniker aufbewahrt wurden. Wenn es ihr gelänge, ein paar davon zu stibitzen, würden sie sich einigermaßen unbehelligt in der Anlage bewegen können. Vorausgesetzt natürlich, für sie und Sara war noch keine öffentliche Fahndung herausgegeben worden. GAIA war das durchaus zuzutrauen. Trotzdem. Sie mussten es riskieren. Und sie musste sich beeilen. Der Blick auf die Uhr sagte ihr, dass der Angriff draußen in der Wüste bereits begonnen hatte.

58

Lucie krallte sich in ihr Sitzpolster. Sie hätte gerne die Augen geschlossen, aber sie konnte den Blick nicht von dem Sturm abwenden. Die Wolken waren zu enormen Gebirgen angewachsen, aus denen unablässig Blitze hervorzuckten. Ein furchterregendes Grollen durchzog den Himmel. Lucie starrte nach draußen und fragte sich, wie um alles in der Welt es ihnen gelingen sollte, dieses Hindernis zu überwinden? Sollten sie wirklich in dieses Chaos aus Licht und Schatten hineinfliegen? Es gab dort nichts, was ihnen bei der Orientierung helfen konnte.

»Hast du dir das wirklich gut überlegt? Das ist doch Wahnsinn.«

»Da gibt es nicht viel zu überlegen«, erwiderte Jem. »Die Drohne hat mir die Entscheidung abgenommen. Wir müssen in den Sturm hinein. Es ist die einzige Chance, wie wir sie abschütteln können.«

»Aber du hast gesagt, der Sturm würde die Küstenregion in ein Inferno verwandeln. Das waren deine Worte. Und jetzt willst du da durchfliegen?«

»Ich weiß, was ich gesagt habe«, stieß Jem aus. »Aber was soll ich denn machen? Ich habe keine Ahnung, wie es dieser Scheißdrohne gelungen ist, unsere Spur wiederzufinden. Eigentlich ist das unmöglich. Diese Maschine hat keinen Sender und kein Radar. Nichts, was sie auf unsere Spur bringen konnte. Es sei denn …«

Lucie sah, wie er erstarrte. Links von ihnen blitzte etwas auf. Ein Raketentriebwerk!

Jem riss den Steuerknüppel herum.

Ein heller Leuchtstrahl zischte an ihnen vorbei. Das war verdammt knapp gewesen.

Besorgte bemerkte Lucie, wie Jem der Schweiß auf die Stirn trat. Die permanenten Ausweichmanöver verlangten ihm alles ab. Und seine Konzentration schien von Minute zu Minute schlechter zu werden. Anfangs hatte er die Angriffe frühzeitig genug erkannt, inzwischen gelang es den Raketen, immer knapper an sie heranzukommen. Es war absehbar, dass sie irgendwann von einer getroffen wurden.

»Vorsicht«, schrie Lucie, denn vorne näherte sich eine zweite Rakete. *Genau aus der Richtung, in die sie fliehen wollten.*

Die Mistdinger waren nicht besonders schnell, aber sie agierten äußerst trickreich.

In diesem Moment geschah etwas Seltsames. Lucie konnte gar nicht so schnell schauen, wie es passierte. Sie hatte das Gefühl, dass eine der Raketen von irgendetwas getroffen wurde. Eben noch war sie direkt auf sie zugeflogen, dann war sie plötzlich ins Trudeln geraten und abgestürzt. Und mit ihr noch etwas anderes.

»Hast du das gesehen?«, stieß sie aus.

»Habe ich«, antwortete Jem. »Die Rakete ist von irgendetwas gerammt worden.«

Lucie hörte ein aufgeregtes Keuchen neben ihrem Ohr. Nisha

hatte sich abgeschnallt und blickte ebenfalls durch die Frontscheibe. »Es war ein Vogel«, rief sie. »Breite Flügel, langer Schnabel. Er hat sich einfach gegen das Ding geworfen.«

»Bist du sicher?« Lucie war so verblüfft, dass sie glatt vergaß, Nisha wieder auf ihren Sitz zu verfrachten.

»Klar bin ich sicher. Er hat es zum Absturz gebracht.«

»Da drüben ist noch einer, seht ihr?« Nisha deutete nach vorne. »Ich glaube, er will der Rakete den Weg abschneiden.«

Wie gebannt starrte Lucie durch das Fenster. Es sah fast so aus, als würden die Tiere das Flugzeug gegen die Maschinen verteidigen.

War das möglich? Nach dem jahrhundertelangen Kampf um die Vorherrschaft über die Erde setzten sich die Tiere plötzlich für den Menschen ein? Es verlieh diesem schrecklichen Krieg eine Wendung, die es so zuvor noch nicht gegeben hatte.

Weiter vorne wiederholte sich das Drama. Eine der Möwen schnitt der zweiten Rakete den Weg ab, setzte sich genau davor und verglühte in einem blendend hellen Blitz. Der Knall, mit dem das Projektil explodierte, ließ ihre Ohren klingeln.

Lucie war vor Entsetzen wie gelähmt. Für den Bruchteil einer Sekunde hatte sie den verglühenden Vogel gesehen – kein schöner Anblick. Sie empfand Mitleid mit dem Tier.

»Habt ihr das mitbekommen?«, stammelte sie. »Sie … sie hat sich einfach geopfert. Es hätte nicht viel gefehlt und die Rakete hätte uns erwischt, doch dank des Vogels leben wir noch.«

Ein weiterer Blitz erhellte die Dunkelheit. Bruchstücke von Federn und Metall regneten vom Himmel.

Nur wenige Minuten später waren sämtliche Raketen entschärft. Nur die verdammte Drohne war noch da und beobachtete sie mit ihrem bösartigen roten Auge.

»Was bedeutet das?«, flüsterte Nisha.

»Ich denke, es ist ein Zeichen«, sagte Jem. »Ein Zeichen, dass die Quelle auf unserer Seite steht und uns willkommen heißt, oder?«

»So sehe ich das auch.« Lucie nickte. »Die Tiere sind unsere Verbündeten. Sie opfern ihr Leben, um uns zu retten.«

»Was das bedeutet, ist klar«, erklärte Jem. »Wir können jetzt nicht mehr umkehren. Jemand möchte uns ganz dringend empfangen.«

Lucies Hals war trocken. Bis zu diesem Zeitpunkt hatte sie immer noch gehofft, dass sie vielleicht doch noch kehrt machen und irgendwo Schutz suchen konnten. Dass sie nicht in diesen schrecklichen Sturm fliegen mussten. Doch es stimmte natürlich, was Jem sagte. Ein Zurück war jetzt nicht mehr möglich. Sie drehte sich nach hinten um.

»Was meint denn Quabbel dazu?«

»Quabbel ist seit einiger Zeit sehr still«, erwiderte Nisha. »Ich glaube, er versucht, mit der Quelle Kontakt aufzunehmen. Soll ich ihn fragen?«

»Nein, lass nur. Ich denke, wir wissen auch so, was zu tun ist. Fliegen wir in den Sturm und hoffen das Beste.«

Sie versuchte, tapfer zu wirken, doch in Wirklichkeit war ihr nach Heulen zumute. Um sie herum brach die Welt in Stücke und sie steckten mittendrin.

59

Marek saß vor der Holoprojektion und verfolgte atemlos, was sich da draußen abspielte. Das Bild war so lebensecht, so nah, dass er glaubte, nur hinfassen zu müssen und es berühren zu können. Was er sah, war nicht irgendeine Aufzeichnung, das passierte live. *In eben diesem Moment!*

Was ihn aber besonders erschreckte, war, dass es eine Fortführung des Traumes zu sein schien, den er in letzter Zeit häufiger mal gehabt hatte. Der Traum von der umlagerten Kuppel. Es war ganz klar diese Biosphäre, doch sie wirkte verändert. Sie befand sich nicht länger in der Wüste, sondern sie war umgeben von Grasland und Bäumen. Der Himmel über ihnen war grau und es fiel anhaltender Regen. Die Natur war zurückgekehrt und mit ihr ein Meer von Lebewesen. Sie brandeten wie Wellen gegen die gläserne Außenhülle, stiegen daran empor und raubten den Bewohnern das Licht. Fühler, Klauen, Tentakel – der Anblick war erschreckend. Und dann begann das Glas zu splittern und die Fenster platzten.

Das war der Moment, an dem er immer aufwachte.

Aber das hier war kein Traum. Das war real. *So beginnt es,* dachte er. *Das ist der Anfang vom Ende. Und alles nur, weil GAIA glaubte, sie müsse sich der Evolution in den Weg stellen. Weil sie dachte, die Sprache der Gewalt wäre die einzig richtige.*

Soeben hatte eine der Drohnen das Feuer eröffnet und war

dabei auf erbitterte Gegenwehr gestoßen. Die Kamera zoomte näher an das Geschehen heran. Marek sah, wie seine vier Freunde um ihr Leben rannten. Ihm stockte der Atem. Seine Lippen formten ihren Namen. *»Katta.«*

Sie sah so anders aus, irgendwie verwandelt. Ihre blonden Haare wirbelten um ihren Kopf. In ihren Augen lag funkelnde Entschlossenheit, während sie eine Pistole auf die Drohnen richtete und abdrückte.

Wie schön sie aussah.

Doch dann fegte ein Schatten über sie hinweg. Ihr Lächeln erstarb.

Eine der Drohnen hatte ihr Maschinengewehr auf Katta gerichtet und sandte einen Strahl flüssigen Feuers in ihre Richtung. Die Projektile verfehlten sie, trafen aber den Termitenbau hinter ihr. Sie sägten durch ihn hindurch wie durch einen alten Baum und ließen ihn umstürzen. Erde und Sand begruben Katta unter sich.

»Nein.« Marek umklammerte den Controller mit schweißnassen Händen. Vor lauter Rauch und Staub konnte er nicht erkennen, was aus ihr geworden war. Er versuchte es aus einem anderen Blickwinkel, doch das Ergebnis war stets das gleiche.

»Katta …«

Er wollte sie nicht verlieren. Nicht noch einmal.

»So wird es allen ergehen, die sich gegen mich erheben.«

Marek zuckte zusammen.

GAIA war wieder da. Völlig unbemerkt hatte sie sich hinter ihm materialisiert und beobachtete das Geschehen draußen.

»Es ist sinnlos, Widerstand zu leisten.« Sie hob die Hand

und machte eine fächelnde Bewegung. Weitere Bilder zuckten jetzt in rascher Folge über den Bildschirm. Bilder von zusammenbrechenden Termitenbauten und ängstlich davonrennenden Menschen. Die Drohnen schwebten wie UFOs über das Schlachtfeld und zerlegten alles binnen Minuten zu Staub.

Marek saß auf der Kante seines Betts und konnte sich nicht rühren. Das Bild von Katta mit der Waffe in ihrer Hand hatte sich unauslöschlich in sein Gehirn gebrannt. Er konnte sich nicht erinnern, jemals etwas so Schönes gesehen zu haben.

Doch nun war sie vermutlich tot. Begraben unter Tonnen von Schutt und Staub.

Was taten seine Freunde da, gegen wen kämpften sie, etwa gegen die Stadt? *Aber das war doch Irrsinn.* Dieser Ort war die letzte Hoffnung auf Rettung in dieser vom Untergang bedrohten Welt. Das letzte Refugium der Menschheit – sah man mal von der Zitadelle ab, die aber aufgrund ihrer technisch begrenzten Möglichkeiten nicht viel mehr als ein Zufluchtsort war. Und doch taten sie es mit einer Überzeugung, die keinen Zweifel an der Richtigkeit ihres Handelns zuließ.

Warum?

»Ihr Angriff gilt mir«, sagte GAIA, als hätte sie seine Gedanken gelesen. »Ich bin es, die sie vernichten wollen.«

»Sie?«

»Sie können es nicht ertragen, dass diese Welt von einer Maschine regiert wird.«

»Ja, aber was wollen sie?«, fragte Marek. »Was ist der Sinn dieses Angriffs?«

»Ist das so schwer zu verstehen?« GAIA sah ihn mit ihren

kalten Elektronenaugen an. »Sie sind zum Feind übergelaufen. Sie gehören nicht länger zu uns, sondern stehen unter der Kontrolle der Squids.«

»Sie wollen mit den Squids kooperieren?« Marek schwirrte der Kopf. Er stellte fest, dass er hier schon viel zu lange tatenlos rumgelegen hatte.

»*Kooperieren* ist vermutlich der falsche Ausdruck. Sie werden von ihnen kontrolliert«, sagte GAIA. »Deine Freunde sind zu Marionetten geworden. Zu willigen Handlangern eines falschen Gottes. Doch wie jeder, der Götzendienste verrichtet, werden auch sie bald ihre Strafe erhalten. Ich werde sie bestrafen.«

Marek sah auf das Holobild und versuchte, das Gesehene mit den Worten GAIAs in Einklang zu bringen.

Marionetten? Sie sahen nicht aus wie Marionetten. Sie handelten auch nicht so. Wie Katta ausgesehen hatte. Noch nie hatte er sie so frei und so entschlossen erlebt. Keiner konnte ihm erzählen, dass sie in diesem Moment gegen ihren Willen gehandelt hätte, das war Blödsinn. Vielmehr war sie von einer tiefen inneren Überzeugung durchdrungen gewesen. Der Überzeugung, das Richtige zu tun. Und er wünschte sich in diesem Augenblick nichts sehnlicher, als an ihrer Seite zu stehen. Während er in Selbstmitleid badete, bestimmten seine Freunde draußen die Geschicke der Welt.

»Warum sollten sie so etwas tun?«

»Siehst du, genau das habe ich mich auch gefragt«, sagte GAIA. »Offensichtlich hängen sie der verrückten Theorie an, man könne mit den Squids in Friedensverhandlungen treten. Keine Ahnung, wie sie auf so einen Gedanken kommen, aber es ist geradezu absurd. *Lächerlich.*« Sie schüttelte den Kopf. »Mit diesen achtarmigen Monstern kann man nicht verhandeln. Man kann nur eines tun: Sie in die Steinzeit zurückbomben und auf den Platz verweisen, auf den sie gehören. Leider scheinen das deine Freunde anders zu sehen. Lucie und Jem sind nicht die Einzigen, die sich gegen mich verschworen haben. Auch die anderen haben diesen verhängnisvollen Weg eingeschlagen.« GAIAs Ausdruck wurde finster. »Zugegeben, die Sache mit den Termiten ist clever eingefädelt. Ich hätte nicht gedacht, dass so eine Zusammenarbeit tatsächlich möglich ist, aber anscheinend habe ich mich geirrt. Das Ergebnis siehst du gerade.«

Die Kämpfe in der Wüste dauerten an, schienen aber für die Angreifer nicht besonders gut zu verlaufen. Inzwischen hatte Marek keine Ahnung mehr, ob überhaupt noch einer von ihnen am Leben war.

»Katta ...«, murmelte er.

»Ja, deine ehemalige Freundin scheint einen ganz beträchtlichen Anteil an diesem Unternehmen zu haben. Anscheinend hat sie sogar Kontakt zur Königin gehabt.« GAIA lachte bitter. »Man stelle sich das mal vor. Menschen und Termiten formen eine Union, um mich auszuschalten. Man könnte fast auf den Gedanken kommen, dass sie mich für ein Ungeheuer halten.« Ihre Augen blickten auf Marek herunter. »Teilst du diese Meinung? Hältst du mich ebenfalls für ein Ungeheuer?«

»Nein.« Marek schüttelte den Kopf. »Ich halte Sie für jemanden, der ganz genau weiß, was er will, und der keine Skrupel hat, das zu tun, was dafür nötig ist.«

»Ja.« Ihr Blick wurde sanfter. »Das ist richtig. Ich wäge ab, kalkuliere, streiche die Unbekannten und komme zu einem Ergebnis. Mehr kann man von mir wirklich nicht verlangen. Ich handele immer zum Wohle der Mehrheit. Und nur, weil ich mich nicht davon abbringen lassen will, die Bombe zu werfen, lasse ich mich nicht als Ungeheuer abstempeln. Die Ungeheuer, das sind andere.«

Marek verfolgte noch immer die Kämpfe außerhalb der Kuppel. Inzwischen war alles so voller Staub, dass selbst die hochauflösenden Elektronenkameras nicht mehr in der Lage waren, Details zu erkennen. Ihm war übel.

»Der Angriff scheint gescheitert zu sein«, murmelte er. »Vermutlich sind sie jetzt tot.«

»Vermutlich«, bemerkte GAIA kühl. »Allerdings war er niemals auf Erfolg ausgelegt. So dumm sind nicht mal deine Freunde.«

»Wie meinen Sie das?«

»Ich hege den Verdacht, dass dieser Angriff lediglich dazu diente, meine Aufmerksamkeit von etwas anderem abzulenken.«

»Etwas anderem?«

»Ja.« Sie lächelte grimmig. »Ich habe da so einen Verdacht und ich hätte dich gerne dabei, wenn ich der Sache nachgehe. Würdest du mir diesen kleinen Gefallen tun?«

»Worum geht es denn?«

»Das erzähle ich dir später. Wie gesagt, es ist nur ein Verdacht. Aber ein sehr begründeter. Ich hasse es, wenn sich jemand gegen mich auflehnt. Ungehorsam ist mir zuwider. Wenn du mir hilfst, wird das für dich sicher nicht von Nachteil sein.«

Marek hatte plötzlich eine schreckliche Vermutung. Da draußen waren nur vier seiner Freunde gewesen. Wo waren die anderen?

»Werdet ... werden Sie sie umbringen lassen«, fragte er zögernd.

»Aber nein.« GAIA schüttelte den Kopf. »Ich bin doch kein Monster. Umbringen, so etwas tun Barbaren. Wir hier sind zivilisiert. Selbstverständlich werden sie die Stadt verlassen müssen. Aufrührer kann ich hier nicht brauchen. Auf ihrem langen Weg durch die Wüste werden sie erkennen, was für einen Riesenfehler sie gemacht haben. Vielleicht kommen sie dann zu einer Einsicht. Zum Dank für deine Dienste werde ich dich mit einem neuen Bein belohnen. Wie klingt das für dich?«

Marek schluckte. Er hatte auf einmal einen grässlichen Geschmack im Hals. »Ich weiß nicht. Recht gut, denke ich.«

GAIAs Lächeln wurde breiter. Ein irrer Glanz leuchtete in ihren Augen. »Freut mich, dass du es so siehst. Ich muss dir ja nicht erklären, was für eine hervorragende Möglichkeit das für dich wäre, es ihnen heimzuzahlen, oder? Denen, die dich so schändlich im Stich gelassen haben. Endlich könntest du dich an ihnen rächen.«

60

Hörst du mich? Sag doch etwas.«

Katta spürte, wie jemand an ihrem Bein zerrte. Erst vorsichtig, dann immer stärker. Aufgeregtes Stimmengemurmel drang an ihr Ohr. Es raschelte, dann wurde es schlagartig hell. Sie schlug die Augen auf und sah die besorgten Gesichter ihrer Freunde über sich.

»He, was ist denn los?«, fragte sie benommen. »Was guckt ihr denn so?«

»Geht es dir gut? Nichts gebrochen?« Leòd half ihr, sich aufzurichten.

»Natürlich geht es mir gut. Was soll denn sein?« Warum war sie nur so voller Sand und Staub?

Zoe starrte sie an, ihre Augen groß wie Murmeln. »Weißt du denn nicht, was passiert ist? Der Turm ist über uns zusammengebrochen. Eimerweise Sand und Lehm. Die Termiten haben uns in Windeseile freigegraben, aber du hast nicht reagiert. Warst völlig weggetreten.«

»Echt jetzt?« Katta konnte sich an nichts erinnern, aber der Schutt ließ sich nicht leugnen.

»Mich hat es übrigens auch erwischt«, sagte Zoe, »allerdings nicht ganz so heftig wie dich. Apropos: Wo ist eigentlich mein Bogen?«

Ragnar sah sie betroffen an. Sein Ausdruck gefiel Katta nicht.

»Dort drüben …« Unter einem Haufen zerbröselten Lehm ragte das eine Ende von Zoes Bogen hervor. Das andere war etwas weiter weg und stand in einem merkwürdigen Winkel ab.

Katta bemerkte sofort das Entsetzen in Zoes Blick. Ihre Freundin sprang auf, grub die Teile aus und hielt sie hoch. »Nein!«

Sie hielt zwei Hälften in der Hand und versuchte, sie wieder zusammenzustecken. Der Bogen war zerbrochen!

»Tut mir leid«, sagte Ragnar. »Ich weiß, wie sehr du an ihm gehangen hast.«

»Vielleicht kann man ihn ja irgendwie flicken …«, schlug Leòd vor.

Zoe schüttelte den Kopf. »Den kann niemand ersetzen.« Katta erinnerte sich an die Erfolge, die Zoe mit diesem Sportgerät errungen hatte. An die zahlreichen Auszeichnungen und Trophäen, die daheim in ihrem Zimmer im Regal standen. Dieser Bogen war Zoes Ein und Alles gewesen.

»Tut mir echt leid.« Sie legte ihre Hand auf Zoes.

»Dieser Bogen war die letzte Verbindung zu meinem alten Leben«, sagte Zoe nachdenklich. Doch dann warf sie die beiden Hälften weg. »Sei's drum. Wir haben hier Wichtigeres zu tun.«

Katta war beeindruckt von Zoes Stärke. Sie selbst hätte wahrscheinlich nicht so cool reagiert.

»Die Frage ist nur, was wir jetzt gegen die Drohnen einsetzen können«, meinte Zoe. »Pistolen und Gewehre funktionieren nicht.«

Katta stand auf und nahm Zoe in den Arm. Sie war froh, dass ihre Freundin den Verlust so gut wegsteckte.

»Ich habe da vielleicht eine Idee. Wartet mal.«

Sie trat an eine der schachtähnlichen Bodenöffnungen und rief nach unten: »Hallo, wir bräuchten noch mal eure Hilfe.«

Kurz darauf kamen ein paar kurze, gedrungene Termiten herausgekrochen. Kleiner Kopf, schmale Beinchen und von der Form an einen kleinen Kürbis erinnernd. An ihren Hinterleibern befand sich etwas, das aussah wie eine Spritztüte, mit der Kattas Mutter immer die Verzierungen auf dem Kuchen gemacht hatte. Zum ersten Mal waren Katta diese Tiere aufgefallen, als sie den Tunnel in Richtung Biosphäre gegraben hatten. Sie hatte sie im Geiste *Spucker* getauft, weil sie die neu gegrabenen Tunnelwände mit irgendeinem Sekret aus ihren Hinterleibern besprühten und dafür sorgten, dass die Erde fest wurde und nicht mehr einbrach. Die Idee, sie als Waffe einzusetzen, war ihr gekommen, als sie sah, wie weit diese Tiere spritzen konnten.

Vielleicht ließen sie sich ja zu etwas anderem umfunktionieren und wenn nicht, dann hatten sie es wenigstens versucht.

Doch die anderen waren erst mal skeptisch, als sie ihnen von ihrer Idee erzählte. Ragnar rümpfte beim Anblick der kleinen Termiten die Nase. »Was ist das denn?«

»Sie werden hauptsächlich im Tunnelbau eingesetzt«, sagte Katta. »Erinnert ihr euch an die neu gegrabenen Schächte? Sand und Lehm waren doch wie festgebacken. Man konnte sich richtig gut daran hochziehen. Das ist das spezielle Sekret, mit dem die Wände eingeschmiert werden. Es trocknet und macht den Sand fest wie Beton.«

»Schon klar«, sagte Ragnar ungeduldig. »Ich verstehe nur nicht ganz, wie uns das weiterhelfen soll.«

»Die Spucker können ganz schön weit schießen«, erklärte Katta. »Ein gezielter Treffer auf die Optik oder die Waffensysteme dieser Drohnen und sie wären blind.«

»Oder in die Turbinen«, ergänzte Zoe mit leuchtenden Augen. Katta nickte aufgeregt. »Eben. Einen Versuch ist es wert, findet ihr nicht?«

»Hm. Vielleicht keine so schlechte Idee«, meinte Ragnar. »Wie weit schießen sie und wie oft hintereinander?«

»Keine Ahnung.« Katta zuckte mit den Achseln. »Ich denke, das finden wir nur heraus, wenn wir es ausprobieren.«

»Was immer ihr tut, ihr solltet euch damit besser beeilen«, bemerkte Leòd, der die ganze Zeit die Umgebung im Auge behalten hatte. Fast alle verspiegelten Lehmbauten waren zerstört, doch die unermüdlichen Termiten fingen bereits mit ihrer Neuerrichtung an. Der aufgewirbelte Staub war niedergesunken und der blaue Himmel war schon wieder erkennbar.

»Wir sollten keine Zeit verlieren«, sagte Katta. »Laufen wir rüber zu einem der Neubauten. Dort werden die Drohnen zuerst angreifen. Testen wir mal, wie treffsicher die Spucker sind. Jeder schnappt sich einen und dann los. Folgt mir!«

61

Mit diesen Anzügen sehen wir aus wie Raumfahrer«, meinte Olivia kichernd.

»So ein Quatsch«, entgegnete Arthur. »Dann hast du aber noch nie einen Raumanzug gesehen.«

»Ist doch jetzt egal«, zischte Paul und Emilia fiel auf, wie nervös er war. Ihre Mission war nicht unbedingt etwas für schwache Nerven und sie hoffte, dass alle mitzogen.

Sie war überrascht, dass die gelben Schutzanzüge so bequem waren und man sich ganz leicht darin bewegen konnte. Die Schuhe bestanden aus Kunststoff und besaßen eine dicke Gummisohle, die beim Gehen leise quietschende Geräusche verursachten. Ein wirkungsvoller Schutz gegen die heftigen elektrischen Entladungen, die es hier immer wieder gab. Die orangefarbenen Visiere und tief hängenden Kapuzen schützten die fünf Jugendlichen vor neugierigen Blicken. Aber eine Garantie war das natürlich nicht. Emilia hatte keine Ahnung, wie lange sie damit durchkommen würden, aber es war die beste Chance, die sie hatten.

Sie ging voran, die anderen folgten ihr. Über eine Treppe erreichten sie die Transformatorenhalle. Mächtige Kabelstränge mündeten in Transformatoren, die den Niedrigstrom aus den Solarzellen zu Hochspannung verwandelten. Der Prozess hatte sich schon von Weitem durch ein tiefes Summen angekündigt.

Es vibrierte an Emilias Fußsohlen und ließ ihr die Haare zu Berge stehen. Die Maschinen arbeiteten völlig autark, sodass sie keine Angst haben mussten, einem Techniker in die Arme zu laufen. Das Servicepersonal arbeitete weiter oben.

Nur das Klicken von Relais und das tiefe Dröhnen der Umspanngeneratoren waren zu hören. Links flimmerten die Leuchtdioden der riesigen Powerwalls, die den Strom sammelten und ihn nach Bedarf an die Stadt weitergaben. Reihen um Reihen dicker schwarzer Energiespeicher standen dort, die dafür sorgten, dass selbst bei länger andauerndem Stromausfall keine Energieknappheit zu befürchten war. In Gedanken ging Emilia noch mal alles genau durch. Der erste Schritt ihres Sabotageaktes würde sein, dafür zu sorgen, dass genau das geschah. Waren die Powerwalls erst offline, würde der Notstrom eingeschaltet werden. Der Generator befand sich in einer zweiten Halle nebenan. Gesteuert wurden beide vom großen Kontrollraum ein Stockwerk über ihnen. Emilia wurde mulmig bei dem Gedanken, was sie dort erwartete. Sie klopfte Sara auf die Schulter. »Wir nähern uns jetzt dem Sicherheitsbereich. Sag den anderen Bescheid. Falls wir jemandem begegnen, dürfen sie keinen Mucks von sich geben. Ich bin die Einzige, die redet, verstanden?«

Sara nickte.

Emilia stieg einige eiserne Stufen hinauf, überquerte die stählerne Brücke, die etliche Meter oberhalb der Transformatoren zur anderen Seite führte, und schritt auf die mächtige Tür zu, hinter der der Hochsicherheitsbereich begann. Sie war mit einem Schloss versehen, das sowohl mittels Fingerabdruck als auch mit einem Zahlencode funktionierte. Allerdings war es nur ein Sicherheitsschloss zweiter Klasse und nicht mit dem an der Hauptpforte zu vergleichen. Logischerweise erwartete niemand ein unbefugtes Betreten der Steuerzentrale von dem Inneren der Anlage aus. Emilia war sich bewusst, dass trotzdem ein gewisses Risiko blieb. Sollte GAIA Emilias Sicherheitsstatus geändert haben, war die Reise für sie hier zu Ende. Dann konnten sie nur noch die Beine in die Hand nehmen und auf dem Weg verschwinden, auf dem sie hergekommen waren. Mit zusammengepressten Lippen trat Emilia an die Überprüfungskonsole. In grünen Leuchtlettern erschienen ein paar Worte: Bitte legen Sie Ihre Hand auf das Display.

Emilia folgte der Anweisung. Lichtblitze zuckten auf.

Stecken Sie bitte Ihre Sicherheitskarte in das Terminal.

Emilia tat es.

Bitte warten.

Das Herz schlug ihr bis zum Hals. Die Sekunden verstrichen mit quälender Langsamkeit. Dann erschienen endlich die erlösenden Worte: Sicherheitsabfrage beendet. Sie dürfen eintreten.

Mit dumpfem Dröhnen wurde der interne Sperrriegel zurückgezogen und die Tür schwang nach innen auf.

Emilia stieß einen Seufzer der Erleichterung aus. Sie drehte sich zu den anderen um und versuchte, ihrer Stimme einen aufmunternden Klang zu geben.

»So weit, so gut«, sagte sie. »Die erste Hürde ist genommen. Jetzt geht es hinauf in den Sicherheitsraum. Kommt alle mit.«

*

Jem versuchte, sich seine Nervosität nicht anmerken zu lassen. Rings um sie herum türmten sich mächtige Wolkenberge, die zunehmend bedrohlicher wurden, je weiter sie ins Innere des Sturms hineinflogen.

Er hielt den Steuerknüppel mit beiden Händen fest umklammert. Heulend zerrte der Wind an den Tragflächen und ließ die Maschine nach links ausbrechen. Jem leitete sofortige Gegenmaßnahmen ein, konnte aber nicht verhindern, dass sie ein beträchtliches Stück an Höhe verloren. Es dauerte einen Moment, dann hatte er sie wieder auf Kurs gebracht. Die Kompassnadel pendelte mal nach links, dann wieder nach rechts. Als könne sie sich nicht entscheiden, wo denn nun der magnetische Nordpol war. Auf so etwas hatte ihn der Flugsimulator nicht vorbereitet. Und mit einem Mal kam er sich wieder klein und unbedeutend vor. Wie hatte er nur so vermessen sein können zu glauben, er würde das hier wirklich schaffen? Er war nur ein Computerzocker und kein richtiger Pilot.

»Ich verstehe das nicht«, rief er über den Lärm hinweg den beiden Mädchen zu. »Vorhin war noch alles in Ordnung. Jetzt scheint das Ding völlig durchzudrehen. Ich habe keine Ahnung, wohin wir eigentlich fliegen.«

»Liegt vielleicht am Sturm«, mutmaßte Lucie. Sie hatte Quabbel auf ihrem Arm, der das Geschehen interessiert beobachtete.

»Die verdammten Blitze kommen immer näher«, sagte Jem. Wie zur Bestätigung zuckte unweit von ihnen eine blaue Lichtsäule durch den Himmel. Die Helligkeit war so intensiv, dass sie einen Schatten auf Jems Netzhaut hinterließ. Unmittelbar danach ertönte der Donner. Ein splitterndes Krachen, das sich anhörte, als wäre ein Meteorit auf ein Scheunendach gefallen. Der Himmel war inzwischen fast pechschwarz. Jem spürte Nishas kleine Hände, die sich in seinen Rücken bohrten.

»Musst dir keine Sorgen machen«, sagte er, obwohl er selbst in ziemlich großer Sorge war. Er hatte wirklich etliche Szenarien im Flugsimulator durchgespielt, aber das hier war schon eine andere Nummer. Jede Erschütterung am eigenen Leib zu spüren, die Verantwortung für sein eigenes und das Leben anderer zu haben, im richtigen Moment die richtigen Dinge zu tun ... Ob er wirklich in der Lage war, dieses Flugzeug ans Ziel zu bringen? Er schluckte und wusste, dass er die aufsteigende Panik unterdrücken musste. Lucie, Nisha und Quabbel vertrauten ihm und er durfte jetzt nicht die Nerven verlieren. »Die Blitze können uns erst mal nichts anhaben«, erklärte er, um sich von seinen Gedanken abzulenken. »Wir sitzen hier in einem sogenannten Faraday'schen Käfig. Das bedeutet, dass die elektrische Ladung auf der Außenseite des Flugzeugs bleibt und nicht ins Innere kommen kann.« Er verschwieg, dass bei einem Blitzeinschlag durchaus ein Unglück eintreten konnte. Die Zündung der Motoren konnte aussetzen. Oder es entstanden Funken und ihnen flog der Treibstofftank um die Ohren. Es reichte, wenn ihm deswegen der Arsch auf Grundeis ging, er musste die anderen nicht mit solchen Gedanken verrückt machen.

»Irgendwelche Neuigkeiten von der Drohne?«, versuchte er, das Gespräch in andere Bahnen zu lenken.

Lucie schüttelte den Kopf. »Ist etwa zehn Minuten her, dass

wir sie das letzte Mal gesehen haben. Vielleicht traut sich das Ding nicht, uns in den Sturm zu folgen. Wenn stimmt, was du über die Elektronik sagst, dürfte das ihre Umkehr erklären.«

»Hoffen wir's«, meinte Jem. »Ich habe keine Lust, dass sie uns hinterherspioniert. Im schlimmsten Fall verrät sie GAIA noch den Standort der Quelle.«

»Daran habe ich auch schon gedacht«, sagte Lucie. »So gesehen, wäre der Sturm tatsächlich ein Geschenk des Himmels.«

Jem presste die Lippen aufeinander. Ein Geschenk des Himmels sah für ihn anders aus.

Heulend fuhr der Wind unter ihre Tragflächen und schleuderte das Flugzeug mehrere Meter in die Höhe. Nisha stieß einen kleinen Schrei aus. Selbst Jem konnte ein Stöhnen nicht unterdrücken. Lucie hingegen wirkte ganz gelassen.

»Alles in Ordnung mit dir?« Jem warf ihr einen kurzen Blick aus dem Augenwinkel zu.

»Alles in Ordnung. Wieso?«

»Du wirkst so ... so gefasst«, bemerkte er. »Als hättest du überhaupt keine Angst.«

»Habe ich auch nicht«, erwiderte sie. »Quabbel sagt, alles sei gut. Und ich glaube ihm.«

»Er sagt, *alles sei gut?* Na, dann bin ich ja beruhigt. Ich dachte schon, wir befänden uns in ernsthafter Gefahr.« Jem lächelte grimmig. »Pech nur, dass Quabbel weder Ahnung von Flugzeugen hat, noch ansatzweise einschätzen kann, was sich da draußen zusammenbraut. Er ist nur ein kleiner Squid, dessen Wissen gerade mal von einem Ärmchen zum anderen reicht.«

»Er ist viel mehr als das«, erwiderte Lucie mit sanfter Stimme. »Er ist mit der Quelle verbunden, vergiss das nicht. Er besitzt ein Wissen, das du und ich uns nicht mal ansatzweise vorstellen können.«

»Das ist auch echt schwierig ...«

»Du glaubst ihm nicht?«

»Ich weiß nicht, was ich glauben soll«, entgegnete er ehrlich. »Ich wünschte mir, es wäre so, aber dann blicke ich in diesen Sturm und habe echt Schiss.« Er warf ihr einen Blick aus den Augenwinkeln zu. »Echt, manchmal beneide ich dich um deine Fähigkeiten. Mit anderen so eng in Kontakt zu treten und Informationen und Gefühle auszutauschen, das ist schon eine besondere Gabe. Ich hingegen fühle mich manchmal schrecklich alleine. Manchmal glaube ich, dass ...«

»Du bist nicht alleine.« Lucie schnallte sich ab, beugte sich zu ihm herüber und senkte ihre Lippen auf seine. Es war ein Kuss, der Jem komplett überrollte.

Klar wusste er, wie es sich anfühlte, Lucie zu küssen – schließlich hatten sie es schon einmal getan. Doch diesmal war da ein Kribbeln auf den Lippen, als würden tausend winzige Blitze zwischen ihnen hin und her zucken. Ihr Atem roch nach Lavendel.

In Jems Geist rissen die Wolken auf und gaben den Blick auf den grenzenlosen Ozean frei. Einen Ozean, der aus einem so tiefen Indigoblau bestand, dass er ihn förmlich in die Tiefe saugte. Eine endlose Weite aus Blau und Grün, über der träge einige Wolken schwebten. Er sah Möwen, die sich vom Wind tragen ließen, Wale, die in ruhiger Formation die Wellen zerteilten. Und er sah noch mehr: Delfine, Haie, Meeresschildkröten. All diese Tiere strebten dem gewaltigen Auge in der Mitte des Ozeans zu.

Da lag es. Mächtig. Gewaltig. Wie das Auge eines Gottes, das ohne zu zwinkern in den Himmel blickte.

Rund um die Iris kräuselten sich die Wellen. Die Netzhaut bot Tausende und Abertausende Farbabstufungen, die Pupille im Zentrum aber war schwarz. Schwärzer als Ruß in einer mondlosen Nacht. Schwärzer selbst als das Zentrum des Universums.

Das musste sie sein: die Quelle. Und sie wartete auf sie.

Jem glaubte sogar, ihre Stimme zu hören, obwohl das vermutlich Unfug war. Er war nicht Lucie. Er war nur der Pilot.

Dennoch schien da etwas zu sein, das mit sanftem Ton zu ihnen sprach. Wobei das Gesagte eher an eine Melodie als an gesprochene Worte erinnerte.

Und dann – wie von Zauberhand – verschwand das Bild. Lucies Lippen lösten sich von seinen und der Zauber verschwand. Nur die Instrumente blinkten.

»W... was war denn das?«

Wie Wellenschlag kräuselte sich ein Lächeln um Lucies Mund. »Hast du es gesehen?«

»Die Quelle? Oh ja.« Jem nickte heftig. »Es sah fast aus wie die Beschreibung aus dem heiligen Buch der Zitadelle. Dem *Auge der Götter.*«

»Manchen erscheint es als Auge, anderen als Strudel oder Licht«, sagte Lucie wissend. »Es hat viele Namen. *Quelle des Lebens, Ursprung der Welt, Auge der Götter.* Tiere haben ihre eigenen Namen dafür, genau wie Menschen. Gemeint ist jedoch stets dasselbe.«

Jem schüttelte verwundert den Kopf. Er musste gerade an die Zitadelle denken – an die Prophezeiung. Er hatte nicht vergessen, dass sie in ihm einen Befreier sahen, einen Erlöser. Die Höhle der Trow, die alte Aza. Die Gedanken daran waren während der letzten Tage ziemlich in den Hintergrund getreten. Komisch, dass ihm das ausgerechnet jetzt wieder einfiel.

»Was werden wir dort finden?«, flüsterte er.

»Antworten, hoffe ich«, sagte Lucie. »Quabbel hat mir gesagt, dass du langsam runtergehen kannst. Die Quelle wird dafür sorgen, dass der Sturm uns verschont. Hab einfach ein bisschen Vertrauen.«

Sie zwinkerte ihm zu und gab ihm noch einen leichten Kuss.

62

Die schwarzen Drachen greifen wieder an. Macht, dass ihr in Sicherheit kommt!« Ragnar stand an dem neu erbauten Termitenturm und winkte hektisch mit den Armen.

Heulend stiegen hinter ihm die Drohnen in den Wind. Sie entfalteten ihre Schwingen und senkten ihre unförmigen Häupter.

Katta erreichte schwer atmend den Turm und ließ sich in den Sand fallen. Diese Spucker waren schwerer, als sie aussahen. Ragnar betrachtete das seltsame Lebewesen mit skeptischem Blick. »Und damit sollen wir gegen den geflügelten Feind ankämpfen? Das ist doch ein Witz, oder?«

»Abwarten«, antwortete Katta. Sie klemmte die Termite zwischen ihre Knie und richtete den spitzen Hinterleib auf die angreifenden Feinde.

Drei Drohnen befanden sich in unmittelbarer Nähe. Katta konnte bereits ihre glühenden Elektroaugen erkennen.

»Na, dann los«, sagte Zoe. »Schauen wir mal, zu was sie in der Lage sind.«

»Da kommt schon die erste«, flüsterte Katta. Ihre Nerven waren zum Zerreißen gespannt. Das hier durfte nicht schiefgehen.

Dann war der Moment da. Die Drohne schwebte etwa fünfzehn Meter vor ihnen über dem Wüstenboden und peitschte den Sand mit ihren Flügeln auf. Katta klopfte ihrem Tier auf den Rücken. Sofort zischte ein Schleimklumpen aus dem zugespitzten Hinterleib und raste auf eine der schwarzen Drohnen zu. Es klatschte und Katta sah, wie sich die klebrige Substanz auf dem Angreifer verteilte. Das mechanische Ding taumelte nach rechts und machte komische Bewegungen, als wolle es die Substanz abstreifen. Doch das Zeug klebte bombenfest. Da sie sich offenbar nicht anders zu helfen wusste, trat die Drohne den Rückzug an.

»Bei den Göttern, können diese kleinen Biester weit schießen«, murmelte Leòd. »Mal sehen, ob ich das auch hinbekomme.« Er richtete den Hinterleib seines Spuckers in Richtung einer anderen Drohne und klopfte der Termite auf den Rücken. Katta beobachtete, wie sich das Tier zusammenzog und kurz darauf das silbrig glänzende Zeug pfeilgerade aus dem Hinterleib schoss. Es sauste auf das Ziel zu, traf mit einem klatschenden Geräusch auf einen der Flügel und spritzte zu allen Seiten weg. Katta hielt den Atem an. Mit pochendem Herzen sah sie, wie die Drohne ihr bösartiges Auge auf sie richtete und die Kanone herumschwenkte.

Dann geschah etwas Seltsames. Die Flügel wurden langsamer und blieben mit einem hässlichen Knacken in der Luft stehen. Rauch drang aus den Motoren. Der rechte Flügel ging in Flammen auf und das Feuer breitete sich über die gesamte rechte Flanke aus.

Die Drohne kippte zur Seite weg und fiel wie ein Stein vom Himmel. Er gab ein hässliches Krachen, dann kehrte Stille ein. Tot wie ein Stein lag das Biest in der Wüste.

»Das ist es.« Katta stieß keuchend den Atem aus, den sie die ganze Zeit angehalten hatte. »Wir müssen ihre Flügel erwischen. Am Boden sind die Drohnen hilflos.«

»Katta!«, schrie Zoe plötzlich und stieß sie zur Seite. Keinen Moment zu früh. Katta hatte vor lauter Begeisterung gar nicht bemerkt, dass die letzte Drohne noch gar nicht außer Gefecht gesetzt war. An der Spitze des Maschinengewehrs erblühten Kelche aus flammendem Rot. Von der einen auf die andere Sekunde brach um sie herum ein Inferno aus. Eine Schlange aus aufgewirbeltem Sand fraß sich mit einem Höllentempo auf sie zu. Staub schoss in die Höhe und raubte Katta die Sicht. Dumpfe Einschläge ließen den Boden erzittern. Nadelspitze Gesteinssplitter flogen ihnen um die Ohren. Katta schmeckte Blut auf ihren Lippen. Ihre Beine waren wie gelähmt, während sie mit weit aufgerissenen Augen ihrem Verderben entgegenblickte.

»Katta, lauf!«, schrie Zoe, doch ihre Stimme schien unendlich weit weg.

In letzter Sekunde packte Katta ihren kleinen Spucker und hechtete zur Seite. Dort, wo sie eben noch gekauert hatte, explodierte die Luft. Sie spürte den heißen Atem der Drohne.

Mit Schaudern wurde ihr klar, wie viel Glück sie gehabt hatte.

»Jetzt komm schon!«

Zoe war bereits ein paar Schritte weitergelaufen, richtete den Hinterleib ihres Spuckers auf den schwarzen Angreifer und feuerte.

Das panische Kreischen der Maschine war kaum zu überhören. Ohne hinzusehen, wusste Katta, dass ihre Freundin getroffen hatte.

Wind kam auf. Das Schwirren steigerte sich zu einem Orkan, dann erzitterte die Erde. Als der schwere Leib auf die Erde schlug, verfehlte er sie nur um wenige Meter. Bruchstücke schwarz verbogenen Metalls sausten ihnen um die Ohren, jedes einzelne von ihnen ein todbringendes Geschoss. Doch wie durch ein Wunder wurde niemand von ihnen getroffen. Auch keine der Termiten, die sofort damit begonnen hatten, einen weiteren Turm zu bauen. *Was für tapfere Geschöpfe!*

Katta stieß ein helles Lachen aus. Sie hatten es geschafft, sie hatten wirklich die Angreifer in die Flucht geschlagen. Als sie sich zu ihren Freunden umdrehte, blieb ihr das Lachen jedoch im Halse stecken.

Eine dunkle Wolke stieg vor der Kuppel in die Höhe und verteilte sich rasch in alle Richtungen. Katta fühlte, wie es ihr die Kehle zuschnürte. Was sie für Rauch gehalten hatte, waren weitere Drohnen. Hunderte von ihnen. Eine ganze Armada! Auch ein paar der großen Hovercrafts waren unter ihnen. Darin saßen vermutlich Soldaten.

Das Heulen der Drohnen erfüllte den Himmel, als sie Kurs auf die Stellung der Termiten nahmen.

63

»Pst.« Sara deutete geradeaus. Ein schmaler Streifen Tageslicht fiel durch den Türspalt. »Wenn das mal kein Glück ist.«

»Lass mich mal sehen.« Emilia schob sich nach vorne und spähte durch die Öffnung. Mit angehaltenem Atem prüfte sie die Lage.

Sara hatte recht. Hier war kein Mensch. Wo steckten denn alle?

Der Kontrollraum befand sich im zweiten Stockwerk und bot eine spektakuläre Aussicht über die Wüste. Nach vorne raus befand sich eine halbrunde, breite Fensterfront, während die Rückwand von blinkenden Computern beherrscht wurde. Links sah sie den von einer mächtigen Stahltür gesicherten Zusatzraum, der für den Betrieb des Notstromgenerators genutzt wurde.

In der Mitte der Energiezentrale standen drei Terminals, die zur Steuerung des Energieflusses dienten und die normalerweise immer besetzt waren. Sechs Techniker arbeiteten hier in Schichten rund um die Uhr. Doch nicht jetzt.

Emilia sah, dass sich das gesamte Wartungspersonal draußen auf der Außenempore versammelt hatte und in Richtung Süden starrte. Gedämpfte Stimmen drangen an Emilias Ohren. Offenbar geschahen dort merkwürdige Dinge. Sie hörte dumpfes Knallen.

»Scheint, dass unser kleines Ablenkungsmanöver in vollem Gange ist«, sagte Arthur grinsend.

»Klein? Na, ich weiß ja nicht.« Emilia hob zweifelnd eine Braue. »Für mich klingt das fast schon nach Krieg. Aber gut für uns, das ist unsere Chance.«

Sie hielt ihre Identity-Card griffbereit, dann rannte sie geduckt in den Raum. Die Außenempore verfügte über eine Feuerleiter und diente als Fluchtweg, falls das innen liegende Treppenhaus aus irgendwelchen Gründen nicht begehbar sein sollte. Sie war nur über eine einzelne Tür zu erreichen. Eine Notfalltür, die unter normalen Umständen immer verschlossen war. Dass das Wartungspersonal sich draußen versammelt hatte, war ein glücklicher Zufall.

Emilia winkte Sara, Arthur, Paul und Olivia zu sich und wies sie mit Gesten an, dass sie sich bereithalten sollten. Der Moment der Entscheidung war gekommen.

Geduckt lief sie zur Glastür, schlug sie zu und betätigte den Riegel. Dann zog sie ihre Sicherheitskarte durch das Terminal, bestätigte ihre Identität und gab ein neues Passwort ein. Damit waren die Leute ausgesperrt. Die Scheiben bestanden aus Sicherheitsglas, da kam so schnell niemand durch. Jetzt mussten sie nur noch dafür sorgen, dass auch der werkseitige Zugang verriegelt war, dann konnten sie hier schalten und walten, wie sie wollten. Im Nu zogen sie die unbequemen Anzüge aus. Für das, was sie vorhatten, waren die nur hinderlich. Die alten Overalls waren zwar dreckig, aber man konnte sich in ihnen viel besser bewegen.

»Kommt«, rief Emilia den anderen zu. »Macht euch nützlich

und verbarrikadiert die Tür da vorne.« Sara, Olivia, Arthur und Paul machten sich sofort an die Arbeit.

Inzwischen waren die Leute draußen auf sie aufmerksam geworden. Sie schrien und klopften, doch Emilia ignorierte sie. Sie hatte einen Plan im Kopf und durfte sich jetzt nicht ablenken lassen.

»Emilia, sind Sie das? Was tun Sie denn da? Sind Sie verrückt geworden?« Der da rief, war ein ehemaliger Kollege von ihr. Desmond Allen, ein unerträglicher Aufschneider, für den die Energiezentrale bereits den Höhepunkt seiner Karriere darstellte.

Emilia beachtete ihn gar nicht, sondern wandte sich der Zentralsteuerung zu. Sie begann, die Systeme runterzufahren. Um Abstürze in der Software zu verhindern, war es wichtig, die richtige Reihenfolge einzuhalten. Obwohl ihre Ausbildung schon ewig zurücklag, konnte sie sich noch gut an alles erinnern.

»Ich werde nicht tatenlos zusehen, wie Sie meine schönen Geräte sabotieren«, schrie Allen, nachdem er endlich kapiert hatte, was hier vorging. »Das wird ein Nachspiel haben. GAIA wird davon erfahren und Sie zur Rechenschaft ziehen. Glauben Sie im Ernst, Sie könnten hier einfach alles abschalten? Es gibt ein Notfallsystem, das selbst Sie nicht umgehen werden. Das müssten Sie eigentlich wissen, wenn Sie …«

Emilia blendete ihn aus. Sein Gerede nervte sie. Das Dumme war nur, dass er recht hatte. Sie hatte immer noch keine Ahnung, wie sie das Problem lösen sollte. Sobald hier der Strom ausfiel, würde drüben das Aggregat anspringen. Die Stahltür würde verriegelt und nicht mehr aufgehen – es sei denn, man besaß eine High-Security-Card. Die sie aber nicht hatte. Es war kein Problem, die Sicherheitsabfrage zu umgehen und die Tür trotzdem zu öffnen, allerdings würde das System Fremdeinwirkung feststellen und die Kammer mit Gammastrahlung fluten. Wer immer gerade darin war und sich an der Anlage zu schaffen machte, würde sterben. Es gab keine Möglichkeit, den Prozess von außen zu sabotieren.

Schweiß lief ihr über die Stirn, während sie die letzten Eingaben machte. Sie arbeitete schnell und konzentriert.

Dann war es geschafft.

Mit einem tiefer werdenden Summen unter ihren Füßen stellten die Transformatoren ihren Dienst ein. Überall blinkten Lichter. Eine elektronische Quäkstimme vermeldete: *»Notabschaltung! Notabschaltung!«*

Emilia hob den Kopf und sah sich um. »Wo wohl die oberste Ratsherrin steckt? Eigentlich hätte sie längst hier sein müssen.«

»Stimmt«, pflichtete Sara ihr bei. »Dass sie über die Vorgänge informiert ist, dürfte außer Zweifel stehen. GAIA weiß immer über alles Bescheid.«

»Vielleicht wird sie ja von dem kleinen Krieg draußen beansprucht«, sagte Olivia. »Unsere Freunde scheinen ihr ganz schön die Hölle heißzumachen.«

»Trotzdem«, entgegnete Emilia mit einem mulmigen Gefühl. »Höchst unwahrscheinlich, dass sie nichts von uns mitbekommen hat. Es müsste sie doch in höchstem Maße alarmieren, dass jemand versucht, ihr den Saft abzudrehen.«

Wie aufs Stichwort ging drüben in der Notkammer das Licht an. Emilia hörte, wie unten im Keller der Dieselgenerator ansprang. Ein hässliches Tuckern, das zu einem dumpfen Dröhnen anschwoll. Es war so ein ganz anderes Geräusch als das gleichmäßige Summen der Elektroaggregate. Gleichzeitig ertönte ein Klicken von der Tür, während das Kontrolllicht von Rot auf Grün sprang.

Emilia presste die Lippen aufeinander. »Das war's«, verkündete sie. »Die Sonnenkollektoren sind vom Netz. Das System wurde jetzt vom Regulärstrom getrennt und ist auf Notstrom geschaltet. Mehr können wir von hier aus nicht tun. Außer den Reservegenerator abzuschalten, wovon ich allerdings dringend abraten würde. Wer immer so verrückt ist, läuft Gefahr, sich tödlicher Gammastrahlung auszusetzen.«

»Die Tür ist offen, man könnte da also jetzt reingehen, oder?«, fragte Arthur.

»Richtig. Die Strahlung setzt erst ein, sobald sich dadrinnen jemand unbefugt zu schaffen macht«, antwortete Emilia. »Sobald jemand versucht, den Generator ohne entsprechende Genehmigung abzuschalten, sieht es das System als Bedrohung an und wird sich wehren. Als ich euch im Vorfeld davon erzählt habe, meintet ihr, es würde sich schon eine Lösung finden. Also, wie sieht es jetzt damit aus?«

»Tja ...«, meinte Arthur. Auch Paul und Olivia wirkten etwas ratlos.

Emilia spürte instinktiv, dass die drei keine Ahnung hatten.

»Nichts, ist das euer Ernst?«, fragte sie entgeistert.

Olivia hob trotzig ihr Kinn. »Wir sind schon ziemlich weit

gekommen, da schaffen wir den Rest auch noch. Kommt schon, Jungs, lasst euch etwas einfallen.«

»Wie wäre es mit einem Strahlenschutzanzug?«, schlug Paul vor. »Du sagtest, es wäre Gammastrahlung, richtig? Mit einer entsprechenden Ausrüstung wäre man davor geschützt.«

»Dies ist die Energiezentrale und kein Nuklearforschungszentrum«, entgegnete Emilia genervt. »Ich wüsste nicht, wo wir hier einen solchen Anzug herbekommen sollten.«

»Wir können doch wenigstens danach suchen«, erwiderte Olivia. »Sollten wir tatsächlich nichts finden, können wir immer noch die Termiten um Hilfe bitten. Sie verfügen über ein völlig anderes Nervensystem als wir. Möglich, dass ihnen die Strahlung nichts ausmacht.«

Sara schüttelte den Kopf. »Für niedere Lebensformen mag das zutreffen, doch die Termiten sind ziemlich hoch entwickelt. Abgesehen davon wären sie gar nicht in der Lage, die entsprechenden Befehle einzugeben.«

»Wir könnten sie fragen. Sie sind ziemlich klug«, erwiderte Paul. »Manche von ihnen wären vielleicht sogar bereit, sich für die gute Sache zu opfern.«

»Uns fehlt die Zeit«, entgegnete Emilia. »GAIA kann jeden Moment hier sein. Und sie wird mit Sicherheit nicht alleine kommen. Was immer wir tun, es muss schnell passieren.«

»Wie wäre es, wenn wir den Generator selbst zerstören?«, schlug Arthur vor. »Es ist eine Maschine und überdies eine veraltete, wie du gesagt hast. Wir könnten etwas in den Tank kippen, das den Motor zerstört. Damit würde er ausfallen und wir hätten erreicht, was wir wollen.«

»Vom Prinzip her eine gute Idee«, meinte Emilia. »Aber …«

»Was aber?« Arthur war jetzt auch sichtlich genervt, doch das war Emilia egal. Sie hatte ihm vorher gesagt, dass der Plan so nicht funktionieren würde. Sie deutete in die Sicherheitskammer.

»Der Generator ist nur über diesen Weg erreichbar. Solltest du diese Tür öffnen wollen und besitzt keine passende Befugnis …«

»… wird der Raum mit Gammastrahlen geflutet. Jaja. Ich kann es nicht mehr hören …« Arthur ließ die Schultern hängen.

»Wie, heißt das jetzt, wir geben auf?« Olivia stemmte die Hände in die Hüften. »Ich wiederhole mich nur ungern, aber dafür sind wir wirklich zu weit gekommen. Das ganze Unternehmen hängt von unserem Erfolg ab. Scheitern wir, scheitern auch die anderen. Dann war alles umsonst.«

»Ich fürchte, das ist es ohnehin schon«, ertönte eine wohlklingende Stimme hinter ihnen.

Emilia fuhr herum. Und für einen Moment lang schien ihr Herz auszusetzen. Sie waren nicht allein.

64

Es ist sss_so weit. ROT, DUNKEL, Mmm_mädchen und Quklvlinkt sss _sind eingetroffen.

Fast sss_schiefgegangen. War knapp.
ES wartet. Bereitet alles für ihr Eintreffen vor.

...

Sss_situation in ENKLAVE?

Weiter kritisch. Sss_sieht nnn_nicht gut aus.

Ssss_schwierig, an Nnn_neuigkeiten zzz_zu kommen.

Kampf dauert an. Mmm_müssen abwarten.

65

Jem drückte die Maschine hinunter und hielt den Atem an. Der Anblick war jenseits dessen, was seine angespannten Nerven ertragen konnten.

Die aufgewühlte Atmosphäre war mit ohrenbetäubendem Donner erfüllt. Über ihren Köpfen zuckten Blitze, während unter ihnen das Meer sie mit seinen schwarzen Fluten zu verschlingen drohte. Überall lauerte der Tod. Alles, was ihnen blieb, war ein schmaler Streifen von vielleicht hundert Metern, in denen das Wetter halbwegs stabil war. Doch das konnte sich jederzeit ändern.

Scherwinde hatten das Flugzeug ergriffen und drückten es zur Seite. Jem hatte größte Mühe, die Maschine auf Kurs zu halten. Seine Finger waren schweißnass. Seine Arme zitterten vor Entkräftung. Er hatte seit über zwanzig Stunden nicht geschlafen und das, was von ihrem Proviant noch übrig war, kullerte als kleine Krümel auf seinem Sitz. Soeben hatten sie den letzten Schluck Wasser getrunken und jetzt neigte sich auch noch der Sprit dem Ende entgegen. Es war abzusehen, dass binnen der nächsten Minuten eine Entscheidung fallen musste, sonst würden sie alle sterben. Noch blieb genug Zeit, das Festland zu erreichen. Aber wollten sie das?

Lucie saß mit geschlossenen Augen neben ihm und hatte ihre Hände vor der Brust gefaltet. Quabbel hatte seine Arme um sie geschlungen und hielt ebenfalls die Augen geschlossen. Jem konnte sehen, dass die beiden in engem Kontakt mit der Quelle standen.

Nisha war ganz eng an Jem herangerückt und starrte entsetzt nach draußen. »Du glaubst auch nicht mehr, dass wir es noch schaffen, oder«, flüsterte sie.

»Ich weiß nicht, was ich noch glauben soll. Unser Schicksal liegt nicht mehr in unserer Hand.« Es hatte keinen Sinn, der Kleinen etwas vorzumachen, dafür kannte sie ihn zu gut. »Ich kann dir beim besten Willen nicht sagen, was passieren wird, aber eines weiß ich genau: dass ich das hier keine weiteren fünf Minuten durchhalte. Das Flugzeug ist kurz davor auseinanderzubrechen. Wenn nicht noch ein Wunder geschieht, glaube ich nicht …«

Bring die Maschine runter aufs Wasser. Lass sie landen.

Lucie hatte ihre Augen wieder geöffnet. Ihre Lippen bewegten sich, doch es war, als würde jemand anderer sprechen. War das Quabbel? War es die Quelle?

»Lande das Flugzeug. Dann steigen wir aus und warten.«

Jem sah sie entgeistert an. »Warten? Worauf?«

»Auf die Quelle. Sie hat gesagt, dass sie uns abholen wird. Unsere Aufgabe lautet, sicher aufzusetzen und uns dann bereit zu halten.«

»Hast du mit ihr gesprochen?«

Ein zaghaftes Nicken. »Ich habe ihre Botschaft gehört. Sie hat gesagt, dass wir es nicht mehr ganz bis zu ihr schaffen werden.

Stattdessen kommt sie jetzt zu uns. Hauptsache, du bringst uns sicher runter.«

Jem nickte. Die Maschine runterbringen, okay. Er hatte verstanden.

Aber wie? Die Wellen waren um die zehn Meter hoch. Wenn sie einen der Kämme streiften, wäre es, als würde King Kong sie mit seiner Pranke vom Himmel fegen. Er musste einen Weg finden, sanft aufzusetzen.

»Was denkst du, schaffst du das?«

»Oh Mann ...« Jem wischte sich den Schweiß von der Stirn.

Er überlegte fieberhaft, wie er das hinbekommen sollte. Sie hatten nur ein ganz normales Fahrwerk, keine Schwimmer. Wenn er flach runterging, würde sich das Flugzeug überschlagen. Es war also wichtig, dass sie nicht zu viel Schwung hatten, wenn sie das Wasser berührten. Außerdem musste der Winkel stimmen. Etwas zu flach oder zu steil und es würde in einer Katastrophe enden. Trotzdem: Sie hatten eine Chance.

»Und?«

»Ich denke, es könnte klappen«, sagte er. »Wenn ich den richtigen Winkel nicht verpasse. Aber wir müssen uns darauf vorbereiten. Wir steigen aus, sobald wir gelandet sind, verriegeln die Tür und klettern auf die Tragfläche. Das Flugzeug ist unsere Rettungsinsel. Vorher aber müssen wir alles verstauen, was nicht niet- und nagelfest ist. Es könnte bei der Landung ziemlich turbulent zugehen und ich habe keine Lust, dass uns irgendwelche Sachen um die Ohren fliegen. Und bitte schnallt euch an. Wehe, ich sehe, dass eine von euch ihren Gurt nicht richtig angelegt hat. Dann passiert was.« Er redete schnell und bestimmt. Das Sprechen half ihm, seine Angst zu besiegen. Was sie da vorhatten, war eigentlich Selbstmord.

Doch die anderen stellten seine Entscheidungen nicht infrage, sondern taten, was er sagte. Schnell und konzentriert. Nach geschätzt zwei Minuten war alles bereit.

»Und jetzt?«, fragte Lucie.

»Jetzt drücke ich die Kiste auf die Wellen runter. Also haltet euch alle gut fest.«

Er wusste eigentlich gar nicht, was er da tat. Auf eine solche Situation konnte man sich nicht vorbereiten. Klar hatte er im Simulator aus Spaß ab und zu mal Flugzeuge abstürzen lassen, aber er hätte sich niemals träumen lassen, dass ihm diese Erfahrung einmal nützlich sein würde. Hätte er es gewusst, er hätte sicher mehr Zeit mit dem Thema Notlandungen verbracht. Zumindest erinnerte er sich noch daran, dass man die Maschine überziehen musste, um Schwung rauszunehmen. Er musste ganz bewusst für einen Strömungsabriss an den Tragflächen sorgen. Normalerweise eine Todsünde, weil das Flugzeug danach wie ein Stein vom Himmel fiel. Doch wenn er flach genug unten war, würden die Wellen sie hoffentlich weich abfangen. Das war die Theorie. Jetzt musste es nur noch in der Praxis klappen.

Jem starrte auf die Wellenberge unter ihnen. Sie rollten ziemlich gleichmäßig heran und bildeten dabei perfekt geformte Täler und Gipfel. Er versuchte, den richtigen Moment abzupassen, drosselte den Motor und ging in eine Art Segelflug über. Die Maschine war nicht mehr zu halten. Die Turbulenzen rissen ihm fast den Knüppel aus den Händen. Mit letzter Kraft drückte er das Flugzeug weiter nach unten. Es berührte jetzt beinahe die Wasseroberfläche. Vor ihnen baute sich ein riesiger Wellenberg auf. Turmhoch überragte er das zerbrechliche kleine Luftfahrzeug.

Mit äußerster Konzentration verfolgte Jem, wie die Maschine, vom Wind getragen, immer weiter darauf zusegelte. Er spürte, wie sie stetig langsamer wurde. An der Konsole begann ein rotes Licht zu blinken. Ein durchdringender Warnlaut erklang. Der Strömungsabriss stand unmittelbar bevor.

Jem zog den Knüppel zu sich heran. Die Nase des Flugzeugs wanderte nach oben. Gleichzeitig rollte die Welle unbarmherzig auf sie zu.

Dann geschah es – er spürte es in den Eingeweiden. Die Maschine hatte ihren gesamten Schwung verloren. Sie stand praktisch still und sackte dann nach unten.

Und fiel ...

Und fiel ...

Klatsch!

Wasser schoss in die Höhe, spritzte gegen die Scheiben und schlug über ihren Köpfen zusammen. Doch anstatt oben zu schwimmen, sanken sie! Jem sah Luftblasen rund um sie herum aufstiegen.

Lucie griff nach seiner Hand und drückte sie, bis sie schmerzte. »Wieso gehen wir denn unter?«, schrie sie. »Sind wir etwa zu schwer?«

»Ich weiß es nicht!« Jem riss seine Hand los und starrte panisch in den Fußbereich des Flugzeugs. Hatten sie etwa ein Leck? Drang irgendwo Wasser ein? Nein, es schien alles dicht zu sein. Wie war es möglich, dass sie dennoch sanken?

»Ich glaube, es geht wieder hoch«, hörte er Nisha von hinten flüstern. »Seht doch, da ist die Wasseroberfläche. Gleich sind wir oben!«

Tatsächlich, sie stiegen wieder – jetzt sah Jem es auch. Gurgelnd und schäumend, schoss das Cockpit an die Oberfläche und blieb dann, wo es war.

»Okay, raus jetzt«, rief Jem hektisch. »Raus auf die Tragfläche und dann rasch die Tür verschließen. Wir müssen das Flugzeug unbedingt dicht bekommen. Sonst sind wir erledigt.«

Sie schnallten sich ab und zwängten sich nach hinten. Mit vereinten Kräften gelang es ihnen, die Tür zu öffnen. Das Flugzeug schlingerte und schaukelte wie ein Korken im Wasser. Wind peitschte ihnen Gischt ins Gesicht. Lucie und Nisha kletterten hinauf auf die Tragfläche. Jem blieb zurück und schloss die Tür. Als er sich vergewissert hatte, dass nirgendwo mehr Wasser eindringen konnte, versuchte er ebenfalls hinaufzuklettern. Streben und Tragfläche waren vom Wasser rutschig geworden, sodass Lucie ihm helfen musste. Alle drei hielten sich an den Händen. Niemand sprach ein Wort. Stattdessen starrten sie ängstlich in die ungewisse Dunkelheit.

Um sie herum befand sich nur Ozean. Ein finsteres, alles verschlingendes Meer ohne Anfang und ohne Ende. Dort, wo es den Himmel berührte, brüllte und tobte der Orkan. Die Luft war erfüllt vom Leuchten der Blitze, doch sie waren zu weit entfernt, als dass sie eine Gefahr für sie darstellten.

Quabbel war aus Lucies Overall geklettert und saß jetzt auf ihrer Schulter. Mit seinen großen Augen blickte er hinaus auf den Ozean. Er schien der Einzige zu sein, der keine Angst hatte. Kein Wunder: Er stammte schließlich auch aus dem Wasser.

»Und was jetzt?«, fragte Nisha zitternd. Jem legte schützend seinen Arm um sie. »Wir warten«, sagte er. »Irgendjemand wird schon kommen.«

»Bist du sicher?«

»Ja, bin ich.« Was sollte er darauf antworten? Natürlich war er nicht sicher. Er hatte selbst eine Riesenangst. Aber er musste versuchen, stark zu sein. Für Lucie und für Nisha.

»Wie geht es Quabbel?«, fragte er Lucie. »Hat er in letzter Zeit mal mit dir gesprochen?«

»Ich glaube, er lauscht.« Sie nahm ihn von ihrer Schulter und setzte ihn auf ihre Hand. Die Ärmchen ringelten sich um Lucies Arm.

»Lauscht? Worauf denn?«

Lucie zuckte die Schultern. »Auf die Quelle, vermute ich. Keine Ahnung. Er hat schon länger nicht zu mir gesprochen. Ich glaube ...«

In diesem Moment geschah etwas Seltsames. Quabbel veränderte seine Farbe. Nein, mehr noch: Er begann zu leuchten. Es sah aus, als flösse Licht durch die Adern des Squids. Jem wich zurück. Das sah irgendwie unheimlich aus.

Dann, plötzlich, ballte Quabbel sich zusammen, sprang ins Wasser und verschwand in der Tiefe.

Die drei Freunde blickten ihm entsetzt hinterher. Ein letztes Aufleuchten, dann war der Squid verschwunden.

Quabbel hatte sie verlassen.

66

Euer Plan ist gescheitert. Ergebt euch oder sterbt.« Vollkommen unbemerkt war GAIA hinter den Eindringlingen aufgetaucht. Marek immer an ihrer Seite.

In aller Heimlichkeit hatte sie den Befehl zum Sturm auf den Kontrollraum gegeben, hatte zwölf schwer bewaffnete Soldaten unter Führung von Lieutenant Rogers durch das Treppenhaus geschickt und ihnen befohlen, die Haupttür zu entriegeln. Jetzt richteten die Männer ihre Waffen auf die fünf entgeistert blickenden Eindringlinge. Das Spiel war aus.

Emilia, Sara, Olivia, Arthur und Paul blickten entsetzt in die Mündungen der Waffen und nahmen ohne weitere Aufforderung die Hände hoch.

Wortlos trat Rogers auf sie zu und entwaffnete sie. Dabei vermied er bewusst jeglichen Augenkontakt mit Emilia. Marek war zu Ohren gekommen, dass sie eine Zeit lang eng zusammengearbeitet hatten und er große Stücke auf sie hielt. Als Rogers sicher war, dass keiner mehr eine Waffe bei sich trug, kehrte er zu seinen Soldaten zurück.

»Gut gemacht«, lobte GAIA. »Marek, deine Freunde sind nun in sicherem Gewahrsam. Möchtest du ihnen noch etwas sagen?«

Marek humpelte auf seinen Krücken ein paar Schritte vor und musterte jeden einzelnen von ihnen mit kühlem Blick.

»Das sind nicht meine Freunde«, sagte er. »Schon lange nicht mehr.«

Olivia, Arthur und Paul starrten ihn an, als wäre er ein Geist. Sie hatten wohl nicht damit gerechnet, ihn auf diese Art wiederzusehen.

So, wie sie hier vor ihm standen, hätte man sie glatt für Landstreicher halten können. So staubig und verdreckt waren sie nicht mal in der Zitadelle gewesen. Ein Haufen verlumpter kleiner Saboteure, die ihn anschauten, als habe er sie beim Bonbonklauen erwischt. Emilia und Sara waren ebenfalls ziemlich verschmutzt. In den Augen der Ärztin mischten sich Wut und Enttäuschung. Sie war die Einzige gewesen, die sich wirklich um ihn gekümmert hatte. Während seine ehemaligen Freunde sich von ihm abgewendet hatten, war sie stets an seiner Seite gewesen, hatte versucht, ihn aufzumuntern und ihm Mut zuzusprechen. Ihre enttäuschten Blicke taten weh, doch er durfte sich dadurch jetzt nicht von seinem Weg abbringen lassen. Seit er ihre Pläne vor ein paar Minuten belauscht hatte, wusste er, was zu tun war. Vielleicht würden sie es später alle verstehen.

»Gebt auf«, forderte er. »Es hat keinen Sinn. Euer Vorhaben war von Anfang an zum Scheitern verurteilt.« Er blickte zu der Kammer hinüber. Das Licht neben der Tür stand auf Grün, was bedeutete, dass sie offen war.

»Ihr seid ganz schön weit gekommen«, sagte er. »Was hat euch aufgehalten? Konntet ihr euch nicht einigen, wer hineingeht und den Reservegenerator abschaltet? Das war es, oder? Keiner hatte den Mut, sich zu opfern. So ein Pech.« Kopfschüttelnd humpelte er an ihnen vorbei. Der Beinstumpf tat weh wie die Hölle, trotz Schmerzmittel. »Sieht so aus, als hättet ihr die Sache nicht richtig durchdacht.«

»Was hat GAIA dir geboten, dass du uns verrätst?«, zischte Arthur. »Womit hat sie dich gekauft? Reichtum, Macht? Eine Position in der Führungsetage? Reicht es dir noch nicht, dass du uns in der Zitadelle verraten hast, musst du es hier jetzt auch noch mal versuchen? Du hast überhaupt nicht begriffen, worum es hier geht, oder?«

»Oh, ich begreife sehr wohl«, erwiderte Marek. »Ihr habt mich fallen lassen. Ihr wärt froh, wenn ich in der Wüste verreckt wäre. Aber den Gefallen tue ich euch nicht. Stattdessen bin ich wieder da und diesmal werde ich nicht versagen. Ihr wollt wissen, was mir die oberste Ratgeberin angeboten hat? Na, gut, ich sage es euch: ein neues Bein. Keine beschissene Prothese, sondern ein richtiges, echtes Bein. Mit dem ich zur Zitadelle zurückkehren und mein neues Leben beginnen kann. Dafür lohnt sich schon mal ein kleiner Verrat, oder?«

GAIA lächelte bei seinen Worten. Sie wirkte sehr zufrieden.

Marek nickte ihr zu. Es fiel ihm schwer, die Fassade aufrechtzuerhalten. Niemand durfte wissen, wie es wirklich in ihm aussah. Niemand sollte seine wahren Gefühle kennen.

»Genug geredet. Den Rest könnt ihr euch fürs Verhör aufheben. Ich denke, Sie können sie jetzt abführen, Lieutenant.«

Rogers nickte. Schwarz glänzende Gewehrläufe richteten sich auf die fünf Saboteure. GAIA stand kalt lächelnd neben ihm. Für einen Moment war Marek unbeobachtet.

Sein Augenblick war gekommen.

Mit schnellen Schritten humpelte er in Richtung Sicherheitstür, riss sie auf und trat hindurch.

Die Luft im Inneren der Kammer war warm und stickig und roch nach Technik. Obwohl sich der Generator ein Stockwerk unter ihnen befand, schien es eine direkte Verbindung dorthin zu geben. Er zog die Panzertür zu, ließ den Riegel zuschnappen und vergewisserte sich, dass er gut eingerastet war. Bei dem, was er vorhatte, sollte ihn niemand stören.

Durch das Panzerglas sah er die verblüfften Gesichter seiner Freunde.

GAIAs Lächeln gefror. »Was tust du da, Marek?« Kann es sein, dass du dich im Raum geirrt hast?«

»Nein, ich denke nicht.« Oh Gott, wie er ihre herablassende, mütterliche Art hasste. Glaubte dieses Programm allen Ernstes, er würde auf das dämliche Geschwafel hereinfallen?

Konzentriert und mit einer Kaltblütigkeit, die ihn selbst überraschte, fing er an, die Abschaltprozedur einzuleiten. Wie einfach das ging. Einmal angefangen, führten ihn vollautomatische Hinweise durch den Vorgang. GAIA hatte sämtliche Sicherheitsfreigaben für ihn gelockert. Offenbar war sie so überzeugt, er würde noch einen Verrat begehen, dass sie das Risiko eingegangen war.

Kaum war der erste Schalter eingerastet, ertönte auch schon ein schrilles Alarmsignal. Über seinem Kopf an der Decke fing ein gelb rotierendes Warnlicht an zu leuchten. ALARM. ALARM. KONTAMINATIONSSEQUENZ EINGELEITET. BESTÄTIGEN SIE DEN VORGANG MIT IHREM BERECHTIGUNGSCODE ODER VERLASSEN SIE UMGEHEND DEN RAUM.

Marek suchte die Konsole ab und stellte die Lautsprechertaste auf stumm. Er wusste, was ihn erwartete, er brauchte keine Stimme vom Band, die ihn daran erinnerte.

»Marek?« GAIAs Ausdruck veränderte sich. Ihr Lächeln schwand. Erstarb wie eine Pflanze im Wüstenwind.

»Du wirst doch jetzt keine Dummheiten machen. Weißt du denn nicht, dass dieser Raum jeden Moment mit tödlicher Gammastrahlung geflutet wird? Mach, dass du da rauskommst.«

»Ich gehe nirgendwohin.«

Er setzte die Prozedur fort.

GAIA starrte ihn fassungslos an, dann eilte sie nach vorne an die Scheibe. Ihre holographischen Hände schlugen gegen das Panzerglas. Obwohl sie ein Programm war, wirkte ihre Reaktion ausgesprochen menschlich. Sie rüttelte an der Tür. »Aufmachen.«

»Vergiss es. Glaubst du im Ernst, du könntest mich einfach kaufen? Du bist nur ein besserer Kaffeeautomat mit etwas Grips. Mit so etwas diskutiere ich nicht.«

Ihr Abbild wurde von einer Folge elektronischer Störungen verzerrt. »Lieutenant Rogers, öffnen Sie diese Tür!«

Der Offizier blickte verdutzt zwischen den Gefangenen und GAIA hin und her und wusste offensichtlich nicht, was er sagen sollte.

»Ich ...«

»Sie sollen diese verdammte Tür aufmachen. Sofort!«

Marek war froh, dass GAIA sich nicht in seiner Kammer materialisieren konnte.

Rogers kam nach vorne, umfasste die Klinke und rüttelte daran. Die Tür saß bombenfest.

»Nichts zu machen«, hörte Marek die Stimme des Lieutenants. »Aber wenn er sich unbedingt umbringen will, lassen Sie ihn doch. Wir holen ihn dann raus, sobald die Systeme wieder hochgefahren sind.«

»Das dauert zwölf Stunden«, keifte die oberste Ratsherrin. »So lange brauchen die Server, um abzukühlen. *Zwölf Stunden!* Wenn ich einen Heißstart versuche, riskiere ich, dass sämtliche Speicherelemente beschädigt werden. Falls Sie es noch nicht mitbekommen haben, da draußen findet ein Angriff statt. In zwölf Stunden haben diese verdammten Termiten die Stadt längst überrannt!«

Das saß! Noch einmal rüttelte Rogers an der Tür. »Komm da raus, Junge. Du weißt ja nicht, was du tust.«

»Das weiß ich sehr wohl.«

War das so? Wusste er das wirklich?

Eigentlich nicht. Genau genommen, war sein Wunsch zu leben in diesem Augenblick größer als jemals zuvor. Noch konnte er abbrechen. Die Strahlung hatte zwar bereits eingesetzt, er fühlte das Kribbeln unter seiner Haut. Aber noch war sie nicht tödlich.

Er spürte ein leichtes Flimmern vor den Augen, doch das war nicht viel mehr als das erste Anzeichen einer Migräne. Wahrscheinlich würde er irgendwann ohnmächtig werden. Zumindest hoffte er das.

Seine Hand kreiste über dem Shutdown-Button. Er war rot und pulsierte von innen heraus wie ein schlagendes Herz.

»Junge, hör doch auf mit dem Blödsinn. Es gibt für alles eine Lösung. Lass uns einfach reden.«

»Reden.« Marek stieß ein zynisches Lachen aus. »Dafür dürfte es ein bisschen zu spät sein. Glaubt ihr im Ernst, dass ich mit diesem *Ding* reden will?« Er wedelte mit der Hand in GAIAs Richtung. »Ihr lasst euch von einer Maschine regieren und findet das auch noch cool. Ihr seid ein Haufen Angsthasen, die sich hier in einer Kuppel verkriechen, während meine Freunde draußen für das Überleben der Menschheit kämpfen. Ja, ich habe gesehen, was dort passiert, ich habe es hautnah miterlebt. Und diesmal will ich auf der richtigen Seite stehen.«

»Du weißt ja nicht, was du da sagst«, stieß GAIA mit unterdrücktem Zorn aus. »Du bist verwirrt, nicht mehr klar im Kopf.« Ihr Gesicht wirkte nun alles andere als mütterlich, es war kalt und grausam.

»Ich war noch niemals klarer.« Marek sah sie an, ohne zu zwinkern. Er hielt ihrem kalten Maschinenblick stand. »Dann stimmt es also nicht, dass du vorhattest, meine Freunde zum Sterben in die Wüste zu schicken? Dass du die Squids vernichten wolltest, weil sie deinen Eroberungsplänen im Weg stehen? Glaub mir, ich hatte viel Zeit zum Nachdenken in den einsamen Stunden in diesem weißen Krankenzimmer. Du lenkst und steuerst all diese Leute wie Marionetten, formst sie in deinen Brutkammern wie Tonklumpen, lässt sie sterben, wenn sie dir nicht mehr nützlich sind, und kontrollierst sie von früh bis spät. Man braucht keine große Fantasie, um sich auszumalen, dass du dich an die Spitze der gesamten Welt setzen willst. Damit will ich nichts zu tun haben. Ich habe deine Spielchen durchschaut. Deine falschen Versprechen, deine Lügen, deine Bestechungsversuche. Doch damit ist jetzt Schluss.«

»Du verdammter ...« GAIAs Gesicht verzog sich zu einer Fratze aus purem Hass. Endlich zeigte sie ihr wahres Gesicht.

»Nach allem, was ich für dich getan habe«, kreischte sie. »Ich habe dir dein Leben gerettet, ich habe dir angeboten, dich wiederherzustellen. Du hättest ein neuer Mensch werden können, so, wie du vor deinem Unfall warst ...«

»Ja, um den Preis des Verrats«, erwiderte Marek. »Ich habe das bereits einmal getan. Nie wieder, hörst du? Ich habe erkannt, dass ich falsch gehandelt habe. Vermutlich muss man mal am Abgrund gestanden und hinuntergeblickt haben, um zu erkennen, wer man wirklich ist. Aber im Gegensatz zu Maschinen können Menschen sich ändern. Ich habe mich geändert ...« Marek schaute zu seinen Freunden hinüber, doch die waren nicht mehr da. Ganz offensichtlich hatten sie sein Ablenkungsmanöver genutzt, um unbemerkt zu verschwinden.

Er spürte, wie ihm die Tränen in die Augen schossen. Er hätte sich gerne noch von ihnen verabschiedet, aber vermutlich war es besser so.

GAIA trat an die Scheibe und bewegte die Lippen. Ihre Haut war totenbleich, die Schatten unter den Augen von nachtgrauer Dunkelheit. Ihr Gesicht sah aus wie ein Totenschädel, und als sie sprach, war es kaum mehr als ein Flüstern.

»Du glaubst, du hättest gewonnen? Du glaubst, du hättest gesiegt und den Lauf der Zeit verändert? Nun, du hast dich getäuscht. Mag sein, dass du mich aufhalten kannst, doch das ändert gar nichts. Die Bombe wird trotzdem gezündet, hörst du? Ihre Zeitschaltautomatik funktioniert auch ohne mich. In exakt einer Stunde wird die Rakete starten und die verdammten Quelle vom Antlitz der Welt fegen – und es gibt nichts, was du oder deine Freunde dagegen tun könntet. Ich wollte nur, dass du das weißt, ehe du den Knopf drückst. Und jetzt stirb!«

Das Flimmern nahm zu. Die Welt um ihn herum fühlte sich auf einmal an, als wäre sie aus Watte. Marek spürte, dass die Strahlung die tödliche Dosis überschritten hatte. Mit schwindendem Bewusstsein sah er, wie GAIA den Befehl gab, das Panzerglas zu zerschießen. Er sah, wie die Soldaten ihre Gewehre leer feuerten, sah das Glas, wie es mit einem Muster von Eisblumen überzogen wurde. Immer größere Teile der Scheibe verschwanden hinter einer abstrakten Winterlandschaft.

Marek lächelte. Es schneite. Mitten im Sommer. Ob die Schicht wohl dick genug war, dass man auf ihr mit einem Schlitten fahren konnte? Schon sah er sich und seine Freunde die dick verschneiten Hügeln im Beethoven-Park hinunterzischen. Danach maßen sie, wer von ihnen am weitesten gekommen war. Eine herrliche Erinnerung, in der er sich gerne verlieren würde. Aber noch nicht. Noch wartete eine letzte Aufgabe auf ihn.

In einem kurzen Moment geistiger Klarheit drückte er den Shutdown-Button. Er hörte, wie das Notstromaggregat abschaltete und die Systeme heruntergefahren wurden. Die letzte Energiequelle, die GAIA noch zur Verfügung stand, versiegte.

»Sayonara«, flüsterte er. »Fahr zur Hölle, du beschissener Roboter.«

67

Lucie starrte in die Tiefe. Über ihr rauschte der Wind. Salzige Gischt wehte ihr ins Gesicht. Der Rumpf des Flugzeugs bebte, während es wie ein Korken auf dem Wasser taumelte. Mit jedem Wellenberg hob es sich und stürzte danach wieder in die Tiefe. Ihre Gedanken kreisten nur um eine Frage: Wann würden sie ein Zeichen von der Quelle erhalten? Lucie hoffte, dass Quabbel wieder auftauchen und ihnen eine Botschaft überbringen würde, denn lange würden sie es hier nicht mehr aushalten. Über ihren Köpfen veranstaltete der Orkan noch immer ein Feuerwerk. Es war stockfinster, sah man mal von dem Wetterleuchten ab, das in regelmäßigen Abständen die Wolken von innen heraus aufglühen ließ.

Lucie tauchte ihre Hand ins Wasser. Anders als die Male zuvor, in denen sie diese Visionen nur empfing, wenn sie Quabbel direkt berührte, war es hier das Meer selbst, das aufgeladen war mit Bildern und Erinnerungen. Und sie waren ein Vielfaches stärker und intensiver als zuvor. Die Quelle musste sich ganz in der Nähe befinden.

Wen hatte sie da eben gesehen? Marek? Ja, und auch Olivia, Arthur und Paul. Eine Menge schwer bewaffneter Männer hielt Gewehre auf sie gerichtet. Die Situation stand kurz davor, aus dem Ruder zu laufen, als Marek eine Entscheidung traf.

Ganz deutlich erkannte Lucie sein Gesicht. Es schwebte unter der Wasseroberfläche wie hinter einer Glasscheibe. Lucie sah, dass er Tränen in den Augen hatte. Sie spürte, wie es auch bei ihr losging. Was er dann tat, raubte ihr den Atem. Sie hielt es nicht mehr länger aus, sie musste die Verbindung unterbrechen. Sie zog ihre Hand aus dem Wasser und vergrub ihren Kopf in Jems Schulter. Ein tiefes Schluchzen drang aus ihrer Kehle.

»He, was ist denn los?« Jem sah sie besorgt an. »Warum weinst du?«

Unfähig zu sprechen, schüttelte sie nur den Kopf.

»Hast du etwas gesehen, hattest du eine Vision?«

Sie nickte.

»Irgendetwas mit unseren Freunden? Ist etwas schiefgegangen?«

»Marek«, presste sie hervor. »Er ist tot.«

»Tot?«

Wieder ein Nicken. Solange sie nur nicht sprechen musste. Die Worte taten ihr in der Kehle weh.

»Wie kannst du ihn gesehen haben? Er ist Tausende von Kilometern weit weg.«

»Weiß nicht. Er hat es getan … hat sich geopfert. Er hat GAIA abgeschaltet.« Sie schüttelte den Kopf.

Jem strich ihr sanft über das Haar. »Pst«, flüsterte er. »Du hast nur geträumt. Ein Albtraum …«

Lucie schniefte. Sie wusste es besser.

Jem strich sanft über ihren Nacken und sie verstand. Marek und er waren zu lange Feinde gewesen, als dass sich seine Wut und Abneigung einfach in Wohlgefallen auflösen konnten. Aber Lucie war sicher, dass sie das nicht nur geträumt hatte.

Sie löste sich von Jems Schulter und wischte die Tränen aus ihren Augen. »Geht schon wieder«, sagte sie leise. »Ich weiß, du willst das nicht hören, aber Marek hat etwas Großartiges vollbracht. Dank ihm haben wir jetzt wieder eine Chance.« Sie legte ihren Kopf an seine Brust. Trotz des Sturms konnte sie sein Herz schlagen hören. Nisha kam ebenfalls zu ihnen gekrabbelt, um sich an sie zu kuscheln. Lucie legte ihren Arm um sie.

Gemeinsam warteten sie.

Sie wusste nicht, wie lange sie so dagesessen hatten, als Nisha plötzlich aufsprang und an den Rand der Tragfläche kroch.

»He, Vorsicht«, rief Jem. »Nicht, dass du noch auf dem glatten Kunststoff ausrutschst.«

»Da unten.« Nisha war ganz aufgeregt. »Ich sehe etwas.«

»Komm lieber wieder zurück. Wenn du reinfällst, können wir dich vielleicht nicht rechtzeitig rausziehen.«

Lucie löste sich aus seiner Umarmung und kroch ebenfalls nach vorne. Sie spürte eine Macht, die von unten heraufkam. Als sie es sah, erschrak sie.

Statt in bedrohlichem Schwarz leuchtete das Meer jetzt blau. Ein unergründliches Mitternachtsblau, so tief und geheimnisvoll wie der Himmel in einer lauen Sommernacht.

Zuerst dachte sie, der Sturmhimmel würde sich im Wasser spiegeln, doch als sie näher heranging, erkannte sie, dass es die See selbst war, die so schimmerte.

Das Leuchten unter ihnen nahm an Intensität zu. Die Farbe verwandelte sich von Indigo zu Türkis. Auch Jem war jetzt dicht bei ihnen. »Was ist das?«, flüsterte er.

»Es sind Lichter«, flüsterte Lucie. »Seht mal, dort, dort und dort.«

»Auf der anderen Seite sind auch noch welche«, rief Nisha und blickte aufgeregt nach hinten.. »Es sind Hunderte. Das ganze Meer ist erleuchtet.«

»Was mag das wohl bedeuten?«, murmelte Jem.

»Ich denke, dass wir uns auf das Eintreffen der Quelle gefasst machen dürfen«, antwortete Lucie. Ein Kribbeln lief ihr den Rücken runter. Jetzt war es so weit. Der große Moment war gekommen. Sie fühlte sich klein und nichtig, wie noch nie zuvor in ihrem Leben. »Ich wünschte, Quabbel wäre hier.«

»Er wird seine Gründe gehabt haben«, erwiderte Jem. »Wir sollten ihm vertrauen, er hat uns bisher noch nie im Stich gelassen.«

Lucie nickte. Es machte sie glücklich, dass Jem inzwischen seine Meinung über den kleinen Squid geändert hatte.

Das Leuchten wurde heller.

Mit einer Mischung aus Ehrfurcht und Panik beobachtete sie, wie etwa zwanzig Meter vor ihnen ein gewaltiges, blasenförmiges Lebewesen die Wellen durchstieß. Höher und höher stieg es aus den Fluten. Lucie vernahm das Gluckern des herabfließenden Wassers, das Rauschen und Strudeln, als die Kreatur ihr gewaltiges Segel in den Wind stellte und langsam zu ihnen herüberkreuzte. Es war durchsichtig und von einer seltsamen, gallertartigen Beschaffenheit. Es besaß unzweifelhaft eine Aura, wenn auch eine, wie Lucie sie noch nie zuvor gesehen hatte.

»Mein Gott, was ist das?«, fragte Jem mit weit aufgerissenen Augen. »Sieht aus, als wäre es hohl.«

»Ich glaube, das ist eine *Portugiesische Galeere«,* erwiderte Lucie. »Eine ziemlich giftige Quallenart. Ich habe irgendwann mal eine Dokumentation darüber gesehen.«

»Ja, aber so groß?« Jem ergriff Lucies Hand. Auch Nisha war jetzt wieder bei ihnen. In diesem Moment wurde Lucie von irgendetwas am Fußknöchel gekitzelt. Sie blickte nach unten und sah eine kleine vertraute Gestalt auf ihrem Schuh sitzen.

»Quabbel!«

Rasch nahm sie ihn hoch und drückte ihn an sich. »Wo hast du nur gesteckt? Wir haben uns schon Sorgen gemacht. Was ist hier los, was ist das für ein riesiges Geschöpf?« Sie freute sich so, ihn wiederzusehen. Der kurze Moment der Trennung war ihr wie eine Ewigkeit vorgekommen. Quabbel berührte ihren Arm und sofort strömten Worte durch ihren Geist.

Nnn__nicht Angst. Quelle nnn__nah. Erwartet euch. Erleuchtete wird euch tragen.

»Erleuchtete? Lucie blickte hinüber zu der Riesenqualle. »Das da?«

Ja. Nnn__nimmt euch auf. Sss__sorgt für Luft, sss__sorgt für Leben.

»Heißt das, wir sollen dort einsteigen?«

Friedlich. Öffnet sss__sich für euch, sss__siehst du? Nnn__nicht Angst.

Jetzt sah Lucie, dass an der Seite der Portugiesischen Galeere eine schmale Öffnung entstand, die rasch größer wurde.

Lucie schluckte. »Oh Mann …«

»Was ist los?«, fragte Jem. »Was sagt er?«

»Er sagt, dass wir dort einsteigen sollen. Die Galeere wird uns in die Tiefe bringen.«

Jem zuckte zurück, einen angewiderten Ausdruck um den Mund. »Das ist ein Scherz, oder? Wir werden ersticken. Der Druck wird uns zerquetschen.«

»Quabbel hat gesagt, es wäre sicher.«

»Warum kommt die Quelle nicht selbst hoch? Das wäre doch viel einfacher für alle.«

Lucie leitete die Frage an Quabbel weiter. Die Antwort erfolgte sofort. »Sie ist zu groß«, übersetzte Lucie. »Außerdem fühlt sie sich nur in der Tiefe sicher. Wir sollen Vertrauen haben.«

»*Vertrauen haben,* das hatten wir doch schon«, murmelte Jem. »Weiß die Quelle, was wir alles durchgemacht haben, um hierherzugelangen? Dass wir fast draufgegangen wären?«

»Ich denke, sie weiß es. Ich denke, sie hat es verhindert. «

Die Portugiesische Galeere war jetzt nur noch wenige Meter entfernt. Ihr gallertartiges Segel schützte sie vor dem Wind und dem Regen. Lucie konnte die mächtigen leuchtenden Nesselfäden unter Wasser sehen.

Nisha stand auf und lief leichtfüßig auf die Öffnung zu. Das durchsichtige Monstrum berührte das Flugzeug jetzt beinahe. »Komm schon, großer Bruder«, sagte Nisha. »Wenn du willst, gehe ich voran.«

»Nisha, warte«, rief Jem. »Ich finde, du solltest nicht einfach …«

Und schon war es passiert. Die kleine Trow hatte Anlauf genommen und war mit einem mächtigen Satz auf die andere Seite gehüpft. Mit federnden Schritten betrat sie das Innere der gewaltigen Hohlkugel. Kaum dort, fing sie auch schon an zu hüpfen. »He, kommt her, das ist wunderbar«, rief sie. »Ganz weich und gemütlich. Ihr solltet euch das wirklich ansehen.«

Lucie und Jem tauschten besorgte Blicke. »Was denkst du?«, fragte sie.

»Ich denke, wir sollten es riskieren«, sagte Jem. »Warum soll Nisha alleine Spaß in der Hüpfburg haben? Wir haben uns gemeinsam auf dieses Abenteuer eingelassen, jetzt ziehen wir es auch durch. Komm.«

Er streckte seine Hand aus, ergriff die ihre und gemeinsam betraten sie das Innere der gewaltigen Galeere.

68

Katta erschauerte. Der Ansturm der Drohnen nahm kein Ende. Nach den ersten dreien hatten sie noch mal vier vom Himmel geholt, doch jetzt wurden es einfach zu viele. Immer mehr stiegen aus der Kuppel auf. Ein Hovercraft hielt hundert Meter von ihnen entfernt und entließ etwa ein Dutzend schwer bewaffneter Soldaten. Sie trugen schwarze Vollrüstungen, sodass sie ihre Gesichter hinter den Visieren nicht sehen konnte. Die meisten hatten Gewehre in der Hand, doch ein paar von ihnen trugen Kanister mit schlauchartigen Verlängerungen auf ihren Rücken. Katta hatte keine Ahnung, wozu sie dienten, aber ihr Gefühl sagte ihr, dass es nichts Gutes sein konnte.

Zoe hockte neben ihr, ihre Haut war mit einer Schicht aus Staub und Schweiß bedeckt. Aus einer Platzwunde am Kopf war Blut gesickert, das sich als dunkler Streifen über ihre linke Wange zog.

»Was denkst du?«, flüsterte Katta.

»Ich denke, wir sollten von hier verschwinden. So schnell wie möglich. Ich habe keine Ahnung, was die da auf dem Rücken tragen, aber es gefällt mir nicht. Könnten Flammenwerfer sein. Oder Giftgas. So genau will ich das gar nicht wissen. Wir haben getan, was wir konnten, der Rest liegt nicht mehr in unserer Hand. Unser kleines Ablenkungsmanöver ist hiermit zu Ende. Lass uns in die Tunnel verschwinden.«

»Einverstanden. Wir sollten die Zugänge verschließen.«

»Sind die Termiten denn auf so einen Angriff vorbereitet?«

»Die *Maurer* und *Spucker* sollten bereitstehen«, antwortete Katta. »Die haben die Tunnel in null Komma nichts versiegelt. Wir haben den Drohnen ganz schön eingeheizt, was?«

»Haben wir«, entgegnete Zoe. »Aber jetzt ist Schluss. Hier draußen wird es echt zu gefährlich.«

»Meinst du, die anderen haben es in der Energiezentrale geschafft?«

»Zeit genug hatten sie ja. Hoffen wir mal, dass ...« Zoe verstummte. Ihr Blick war zur Kuppel gerichtet.

Katta drehte sich um – und hielt verblüfft den Atem an.

Was war das denn?

Die Drohnen fielen vom Himmel. Eine nach der anderen ging zu Boden und blieb dort liegen. Auch die Hovercrafts, die sich noch in der Luft befanden, schienen Schwierigkeiten zu haben. Sie gerieten ins Trudeln, wurden langsamer und landeten auf der Seite.

Katta sah, wie die Luken aufgingen und verwirrt wirkende Soldaten auf die Ebene hinaustraten. Sie umrundeten ihre Fahrzeuge, schüttelten die Köpfe und gestikulierten aufgeregt. Die Termiten schienen mit einem Mal völlig in Vergessenheit geraten zu sein.

»Was haltet ihr davon?« Ragnar und Leòd, die bereits unter der Erde verschwunden waren, tauchten wieder auf und sahen sich das Spektakel verwundert an.

Katta kniff die Augen zusammen. »Sieht fast so aus, als wäre ihre Steuerung ausgefallen.«

»Das würde ja bedeuten ...«, Zoes Augen leuchteten. Katta verstand. GAIA war für die Steuerung sämtlicher Geräte und Prozesse verantwortlich. Sie kontrollierte die gesamten Prozesse innerhalb und außerhalb der Kuppel. Wenn die Drohnen ausfielen, hieß das ...

»Ich glaube, GAIA ist offline.«

»Die Soldaten laufen zur Kuppel zurück«, sagte Ragnar. »Die haben es aber ganz schön eilig.«

»Heißt das ... wir haben gewonnen?« Leòd blickte etwas ungläubig aus seinem Erdloch hervor. Wie er da so hockte, erinnerte er Katta an ein Erdmännchen. Sie streckte lächelnd ihre Hand aus und zog ihn an die Oberfläche. »Ich glaube schon, ja«, sagte sie und hielt weiter seine Hand. »Ich denke, unser Plan ist aufgegangen. GAIA wurde abgeschaltet. Hoffen wir nur, dass das auch auf die Bombe zutrifft ...«

Sie spürte, dass etwas Ungeheuerliches vorgefallen war. Die Welt hatte sich verändert. Und sie sich mit ihr.

69

Das Schott des Raketensilos öffnete sich mit einem tiefen Rumpeln. Emilia beugte sich über den schwarzen Schlund. Das blau leuchtende Energiefeld war verschwunden, das Sicherheitssystem ganz offensichtlich außer Kraft gesetzt. Es stimmte also. GAIA war lahmgelegt. Ob das nun gut war oder nicht, würde sich noch zeigen. Emilia hoffte, dass sie da nicht eine Riesenkatastrophe angerichtet hatten.

»Geht es dir gut?« Sara sah ihre Freundin besorgt an. »Ist dir schwindelig?«

»Nein«, erwiderte Emilia. »Ich hätte nur nicht damit gerechnet, dass es tatsächlich möglich wäre, GAIA stillzulegen. Aber es muss so sein, das Sperrfeld ist verschwunden.«

»Ja.« Ein Schatten fiel auf Saras Gesicht. »Durchaus möglich, dass das der Anfang vom Ende für die Menschheit ist.«

»Ja, möglich …« Emilia war erleichtert, dass Sara ihre Gefühle teilte. Sie war von Anfang an sehr zwiegespalten gewesen, was dieses Sache betraf. Doch sie hatte sich entschieden und jetzt musste sie mit den Konsequenzen leben. Sie konnte nur hoffen, dass es den Menschen in der Kuppel gutging. Sie konnten schließlich am allerwenigsten etwas für diesen Konflikt.

»Wir werden es erst bei Lucies und Jems Rückkehr von der Quelle erfahren. *Falls* sie überhaupt zurückkehren.«

»Ja, falls«, entgegnete Sara düster. »Aber wir müssen uns

einfach an die Hoffnung klammern und weitermachen. Es ist noch nicht vorbei.« Sie deutete auf die Rakete.

»Worauf warten wir dann noch?«, sagte Arthur entschlossen. »Packen wir es an.«

Emilia kniff die Augen zusammen. Im Schacht war es sehr dunkel. »Die Kontrollinstrumente müssten sich etwas weiter unten befinden. Wir werden dort hinuntersteigen und die Eingaben manuell durchführen müssen.«

»Ich gehe voran«, entschied Arthur.

»Nein, lass mal«, erwiderte Emilia, ergriff die Eisenleiter und schwang sich über den Rand. Ich werde das Kontrollpanel suchen, du darfst dann versuchen, ob du da etwas ausrichten kannst.«

Die eisernen Sprossen ragten etwa zwei Handbreit aus der Innenwand des Silos. Sie waren alt und verrostet, schienen jedoch immer noch tragfähig zu sein. Schritte und Atemgeräusche hallten von den Schachtwänden wider. Stickig war es hier drin. Die Luft roch nach altem Öl und verschmorter Elektrik.

Die Rakete war riesig. Etwa zwanzig Meter hoch mit einem Umfang von vielleicht vier oder fünf Metern. An der Seite stand in großen schwarzen Lettern *US Airforce – Space Defence Center*. Daneben ein seltsames Symbol. Ein blauer Kreis mit einem weißen Stern in der Mitte, der von zwei rot-weiß gestreiften Flügeln flankiert wurde. Unter der Rakete befanden sich Schächte, durch welche die Abgasstrahlen zur Seite abgelenkt wurden.

Emilia verlangsamte ihren Abstieg. Eine schmale Balustrade, vermutlich für Ingenieure und Raketentechniker, ragte einen halben Meter aus der Wand. Sie prüfte, ob das Ding hielt, doch es machte einen recht stabilen Eindruck. Also stellte sie sich darauf und machte Platz, damit die anderen ebenfalls runterkommen konnten. Es war zwar ein bisschen eng, aber irgendwie ging es. Die Abdeckung für die Raketenkonsole lag jetzt genau vor ihr. Sie befand sich seitlich neben einer schmalen Stabilisationsflosse und war mit einem roten Quadrat markiert.

»Hier ist es«, sagte sie zu Arthur. »Das ist die Konsole.«

Arthur runzelte die Stirn. *»Press button to open security panel. Don't continue without permission.* Ob ich eine Befugnis habe? Worauf du deinen Arsch verwetten kannst.« Er drückte auf den Knopf und das Panel öffnete sich zischend. Dahinter lag die Konsole. Ein Display, eine gelbstichige Tastatur, über der eine dicke Staubschicht lag, sowie eine primitive und halb verwitterte Anleitung, die aber nur noch zum Teil zu entziffern war.

»Lass mal sehen.«

Emilia trat etwas zur Seite, damit Artur mehr Platz hatte. Er machte sich auch gleich an die Arbeit, indem er damit begann, den Staub wegzupusten und das Display mit seinem Ärmel zu reinigen.

»Und, was denkst du?«, fragte sie.

»Hm …«

»Was heißt das?«

»Nun, eines dürfte schon mal feststehen. GAIAs Shutdown hat nicht gleichzeitig auch zum Shutdown der Rakete geführt. Hier ist immer noch Strom drauf.«

»Reservesysteme. Ja, das war zu erwarten. Bist du in der Lage, das Ding zu bedienen? Verstehst du, wie es funktioniert?«

»Kann ich noch nicht sagen.« Er lächelte grimmig. »Lass uns mal sehen, was wir hier haben. Offenbar ein Linux-basiertes Programmiersystem. Das ist gut, damit kenne ich mich aus.« Er ließ seine Finger knacken. Dann tippte er ein paar Befehle ein und wartete. Rote Zeilen erschienen auf dem Display. Sie waren kaum zu erkennen, da das Glas stumpf und angelaufen war.

Arthur ging so dicht heran, dass er die Konsole beinahe mit der Nasenspitze berührte. »Aha«, meinte er. »Wird immer besser.«

»Was ist denn los?«, fragte Olivia.

»Nun, offenbar wurde der Sicherheitsschüssel entfernt. Vermutlich von GAIA selbst. Die Anlage ist nicht mal passwortgeschützt.«

Olivia runzelte die Stirn. »Du meinst, jeder Trottel könnte daran herumpfuschen?«

Stirnrunzelnd sah Arthur sie an. »Nun, erstens bin ich kein Trottel und zweitens: ja. Jeder könnte daran herumpfuschen, wenn er sich mit dem System auskennt. Was aber nicht der Fall ist. Vermutlich sah GAIA genau deswegen keinen Handlungsbedarf. Sie baute lieber auf ihre eigene Sicherheitsvorrichtung und installierte dieses Energiefeld.«

»Da ist was dran ...«, räumte Olivia ein.

»Jedenfalls erspart mir das eine Menge Arbeit. Ich brauche nur noch ...« Er gab eine neue Programmierzeile ein. Augenblicklich ertönte ein durchdringendes Warnsignal. Rote Lichter blinkten auf.

Emilia fühlte sich unangenehm an die Ereignisse in der Energiezentrale erinnert. Ein zweites Display flackerte auf. Darauf zu sehen war eine Gruppe von Zahlen, die sich stetig veränderte. 00:05:00 hatte dort ursprünglich gestanden. Jetzt war es bei 00:04:41 und dann bei 00:04:40.

»Oh, oh.« Arthurs Miene verdüsterte sich. »Das ist nicht gut. Gar nicht gut ist das.«

»Wieso, was ist denn los?«, fragte Emilia entgeistert. Ihr gefiel dieses Geräusch überhaupt nicht. Es gefiel ihr auch nicht, als sie die Schweißperlen auf Arthurs Stirn entdeckte. »Komm, schon, sprich mit uns«, forderte sie.

»Da ist irgendeine Zeitschaltautomatik am Werk«, antwortete er. »Ganz offensichtlich habe ich mit meinem Befehl eine letzte Sicherheitshürde ausgelöst. Eine Uhr. Eine gottverdammte Uhr.«

Emilia spürte, wie ihr übel wurde.

»Kannst du sie abschalten?«

Arthur tippte wild auf der Tastatur herum, wurde dabei aber immer hektischer. Irgendwann schüttelte er verzweifelt den Kopf. »Ich krieg's nicht hin. Das ist ein Countdown«, stieß er aus. »Ein Countdown bis zum Abschuss.«

»Was?«, rief Paul. »Aber GAIA ist doch abgeschaltet.«

»Das hat mit GAIA nichts zu tun. Offenbar funktioniert diese Rakete völlig autonom. Und wir haben nur noch knapp fünf Minuten.«

70

Die Fahrt in der Portugiesischen Galeere war so unwirklich, dass Jem sich immer wieder bewusst machen musste, dass das kein Traum war. Noch nie zuvor hatte er etwas Ähnliches erlebt. »Wahnsinn«, sagte er tief beeindruckt. »Habt ihr die vielen Leuchtfische gesehen? Es ist fast ein bisschen, als wären wir in einer Höhle voller Smaragde.«

»Wir nähern uns dem Herz der Welt«, erklärte Lucie. Sie und Nisha standen Hand in Hand an der transparenten Außenhülle der Qualle und schauten hinaus.

Das Herz der Welt.

Jem verspürte so etwas wie Ehrfurcht. Er hatte keine Ahnung, was ihn erwartete, doch er fühlte, dass die Begegnung mit diesem Wesen das bedeutsamste Ereignis seines Lebens sein würde. Das bedeutsamste Erlebnis, das je irgendein Mensch haben konnte. Und er war glücklich, es mit Lucie und Nisha zu teilen.

Er ließ ihre Hände für keinen Moment los.

Ein paar Meter voraus sah er Quabbel schwimmen. Der kleine Squid bewegte sich so anmutig im Wasser, dass es Jem schwerfiel zu verstehen, warum er seinen ursprünglichen Lebensraum überhaupt verlassen hatte. Für einen Moment träumte er davon, selbst so schwimmen zu können. Er blickte nach unten und erkannte eine merkwürdige Struktur. Etwas, das wie die Iris eines monströsen Auges aussah. Es schimmerte in allen

Regenbogenfarben und war wunderschön und beängstigend zugleich. »Ist das …?«

»Ja«, flüsterte Lucie. »Die Quelle. Das Auge der Götter. Das Herz der See. Hier hat alles seinen Anfang genommen.«

»Und hier findet es möglicherweise sein Ende. Zumindest für uns Menschen.« Jem schluckte. Dieses Ding war riesig. Er wusste natürlich, dass der Blick unter Wasser die tatsächlichen Abmessungen verzerrte, aber es musste mindestens hundert Meter Durchmesser besitzen. Zudem schien es irgendwelche Auswirkungen auf seinen Verstand zu haben. Vor seinem geistigen Auge zuckten Lichtblitze, die wiederum Gedanken in Bewegung setzten. Jem sah Bilder aus seiner Vergangenheit, vermischt mit Eindrücken, die unmöglich von ihm selbst stammen konnten. Unendlich schöne und faszinierende Szenen. Dann wieder glaubte er, die Biosphäre zu sehen, wie sie von Hunderttausenden von Tieren angegriffen und eingenommen wurde. Beängstigende Bilder, die ihm noch einmal die Bedeutung ihrer Reise klarmachten. Denn es war eindeutig, dass dies Visionen einer möglichen Zukunft waren.

Das Auge war inzwischen mächtig gewachsen. Jem erkannte, dass es keineswegs nur ein einziger Organismus war, sondern dass es aus vielen Einzelteilen bestand. Unzählige Squids lagen dicht an dicht nebeneinander und formten dabei einen Ring, der überraschend viel Ähnlichkeit mit einer Iris aufwies. Die Köpfe nach außen, die Fangarme nach innen, verschmolzen sie zu einer Einheit, die von innen heraus leuchtete. Nur im Inneren, dort, wo sich im Auge die Pupille befand, war kein Licht. Dort herrschte tiefste Schwärze. Das war der Ort, an den die

Portugiesische Galeere sie zu bringen schien. Sie waren schon fast da. Die Iris war nun nicht mehr kreisförmig, sondern bildete ein immer flacher werdendes Oval. Über ihr und unter ihr tummelten sich Hunderte und Aberhunderte von Meereslebewesen. Manche winzig wie Fischchen, manche riesig wie Wale. Viele von ihnen besaßen Leuchtorgane, andere wiederum waren einfach nur bunt gemustert. Jem sah Schildkröten, so groß wie Kleinwagen, und Delfine mit Tigerstreifen auf dem Rücken. Er sah schlanke Haie und Rochen, auf deren Rücken locker dreißig oder vierzig Passagiere Platz gefunden hätten. Seehunde flitzten durchs Blickfeld – so schnell, dass seine Augen sie gar nicht richtig erfassen konnte. Und dann diese Geräusche. Das Wasser war erfüllt von dem Gesang unzähliger Arten. Manchmal klang es wie ein Geigenkonzert, dann wieder wie verzerrtes Gelächter. Die Töne folgten keinem bekannten Muster und waren doch nicht völlig willkürlich. Mal harmonierten sie, dann widersprachen sie sich – doch immer bildeten sie eine Einheit. Jem kam aus dem Staunen nicht heraus. Es war atemberaubend.

»Ich habe Angst«, murmelte Nisha und drückte sich dicht an Jem. »Ich wüsste gerne, was die Squids von uns wollen.«

»Ich doch auch«, sagte er. »Aber ich bin sicher, dass wir es bald erfahren werden. Die Frage ist nur, ob wir ...«

»Sss—seid willkommen. Keine Angst.«

Jem erstarrte. Wer hatte da gesprochen?

Langsam wandte er sich um und war dabei auf das Schlimmste gefasst. Lucie stand etwas abseits und hielt die Hände gegen die Stirn gepresst. An ihren Fingerspitzen zuckten kleine Elmsfeuer, die an ihren Armen emporflackerten. Ihr Gesicht war von den Leuchterscheinungen verfremdet. Ihre Stimme war dieselbe, auch wenn die Worte nicht die eigenen waren.

»Lange Reise. Sss__seid dem Ruf gefolgt. Dafür Dank.«

In ihren Augen glommen bläuliche Flammen.

Jem wich einen Schritt zurück. »Wer bist du?«

»Ich ES. Nnn__nennt mmm__mich QUELLE. Ich euch rufen lassen und ihr sss__seid gekommen.«

Nisha wollte auf sie zugehen, doch Jem hielt sie zurück. »Warte«, flüsterte er. »Das ist nicht Lucie.«

»Hat die Quelle sie in ihrer Gewalt?«

»Möglich«, flüsterte Jem.

Aus dem Augenwinkel sah er, dass die Galeere ihre endgültige Position erreicht hatte. Die Iris war jetzt kein Oval mehr, sondern nur mehr ein leuchtendes Band, das sich rings um sie herum erstreckte.

Lucie ging an ihnen vorbei, ein Lächeln auf ihrem Gesicht.

»Könnt ihr es sss__sehen?«

Jem runzelte die Stirn. »Ich sehe eine Menge Meerestiere. Große, kleine, dicke, dünne. Und Squids. Jede Menge davon.«

»Das Leben«, sagte Lucie. **»Ihr sss—seht das Leben in all sss—seiner Vielfalt. Unzählige Einzellebewesen, die aber dennoch ein Ganzes bilden. Fressen, gefressen werden. Leben, sss—sterben. Ewiger Kreislauf. Alles begann hier, im Mmm—meer.«**

»Das wissen wir«, erwiderte Jem. »Wir verstehen die Zusammenhänge. Uns ist nur nicht klar, warum du uns hergebeten hast. Nur, damit wir dich anschauen und bewundern dürfen?«

»Nnn—nein ...«

Die Art, wie sie das sagte, jagte Jem einen Schauer über den Rücken.

»Ihr sss—seid hier, weil ihr nnn—nicht länger Teil dieser Gemeinschaft seid. Ihr sss—seid hier, weil die Tage des Mmm—menschen auf diesem Planeten gezählt sss—sind. Es sss—sei denn, ihr liefert mmm—mir einen Grund, euch am Leben zzz—zu lassen.«

Das Blau in Lucies Augen bekam etwas Dämonisches.

Jem schluckte. Er hatte sich das Treffen anders vorgestellt. Er hatte gehofft, dass man sie für etwas Besonderes hielt – Botschafter oder Gesandte. Immerhin hatten sie Kopf und Kragen riskiert, um hierherzugelangen. Nur um jetzt feststellen zu müssen, dass sie nicht viel mehr als Bittsteller waren. Das fand er ungerecht.

Tief in seinem Inneren regte sich Widerspruch.

»Wieso brauchen wir einen Grund, um am Leben bleiben zu

dürfen? Haben wir nicht dasselbe Recht zu existieren wie jeder andere von euch? Was macht euch so besonders, dass ihr über unser Leben und unseren Tod entscheiden könnt, hm? Das wüsste ich gerne. Erklärt mir das mal.«

Lucie sah ihn an, ihre Augen drohten ihn förmlich zu verschlingen. Doch er gab nicht klein bei. Er hob sein Kinn und hielt ihrem Blick stand. Vermutlich würde es das Letzte sein, was er zu sehen bekam. Aber wenn sie ihn jetzt tötete, starb er zumindest aufrecht und nicht kriechend wie ein Wurm.

Er ergriff Nishas Hand und hielt sie fest.

71

Noch drei Minuten. Scheiße, Arthur, jetzt komm schon, beeil dich!«

»Ich beeil mich ja. Jetzt nerv nicht rum, Olivia, das ist nicht zielführend.« Arthur wischte sich den Schweiß von der Stirn, während seine Finger über die Tastatur flogen.

Plötzlich hielt er inne.

»Moment mal. Hier. Ich glaube, ich habe das Verzeichnis gefunden. Schau dir das mal an, Emilia. Sind das die alten Zielkoordinaten?«

Emilia streckte sich und starrte auf das Display. Die Uhr stand jetzt auf 00:01:15 und zählte weiter gnadenlos rückwärts.

Sie kniff die Augen zusammen. Der Verzeichnisbaum schien zu stimmen. »Ich ... ich glaube schon. Ja.«

»Was heißt das, *du glaubst?* Ist es das oder nicht? Ich rede von der Targetliste, mit den alten Zielkoordinaten.«

»Ja, schon. Es sind zwanzig oder dreißig Einträge. Vermutlich ist auch der Zeitriss dabei. Aber ich dachte, du wolltest die Rakete abschalten.«

»Mir kam aber gerade eine andere Idee.«

»Was?«

Arthur schaute sie eindringlich an. »Die Ziele sind im Laufe der Zeit mehrfach verändert worden. Welcher Eintrag ist der richtige?«

»Ich bin nie so tief ins System vorgedrungen. Wie gesagt, ich bin mit dieser Programmierung ...«

»... nicht vertraut, ja, ich weiß.«

»Aber es müsste doch herauszubekommen sein«, sagte Paul von oben. »GAIA hatte davon gesprochen, dass es möglich wäre, den Riss mittels dieser Rakete zu schließen, und dass dementsprechende Berechnungen durchgeführt wurden. Wir waren etwa auf der Höhe von Grönland, als es uns erwischt hat. Habt ihr irgendeinen Eintrag, der da passen könnte?«

»Weiß ich nicht«, presste Emilia hervor. »Hier stehen nur Zahlen.«

»Lies vor.«

Sie kniff die Augen zusammen. »Pro Spalte gibt es jeweils drei Zahlenblöcke. Hier zum Beispiel: 45/24/23.70 – 33/8/56.12 – 0.000. Weiß einer, was das bedeuten soll?« Ihre Hände waren so schwitzig, dass sie an dem Metall abzurutschen drohten. Die Uhr stand jetzt auf unter einer Minute.

»Wartet mal«, flüsterte Arthur. »Drei Zahlenblöcke? Das könnten Gradangaben sein. Grad, Minute, Sekunde. Breitengrade zuerst, dann die Längengrade.«

»Und der dritte Block?«, fragte Emilia.

»Vielleicht Höhenangaben. Wenn, dann aber in Fuß und nicht in Metern. Das war damals so üblich.«

»Du könntest recht haben«, rief Olivia aufgeregt. »Grönland befindet sich ziemlich weit oben im Norden. Auf einem Breitengrad, der oberhalb von sechzig liegt.«

»Hier ist einer«, stieß Emilia aus. »82/4/32.81 – 43/49/58.56 – 41.800.«

»Zweiundachtzig Grad nördlicher Breite und dreiundvierzig Grad westlicher Länge. Dahinter die Minuten und Sekunden. Könnte stimmen«, sagte Olivia.

»Auch die Höhenangabe würde dazu passen«, keuchte Arthur. »Einundvierzigtausend Fuß, das entspricht etwa zwölf Kilometern.«

»Das ist es«, rief Olivia. »Gib das ein und dann nichts wie weg hier. In einhundertzwanzig Sekunden werden wir gegrillt.«

»Und wenn es nicht stimmt, explodiert die Rakete irgendwo weit entfernt in der oberen Atmosphäre, wo sie keinen Schaden anrichten kann«, schrie Paul von oben herunter. Er war schon auf dem Weg nach draußen.

Arthur hämmerte die Zahlen ein. Seine Brille beschlug vor Anspannung. »Klettert ihr schon mal nach oben«, rief er. »Ich mache das hier noch schnell fertig, dann komme ich nach.«

»Gut, aber beeil dich.« Olivia hauchte ihm einen Kuss auf die Wange, dann kletterte sie wie ein Wiesel nach oben.

»Komm!« Während Sara sie mit sich zog, warf Emilia einen letzten Blick auf die Uhr: 00:01:28. Ein dumpfes Wummern war zu hören. Waren das die Triebwerke, die warm liefen? *Um Himmels willen!*

Endlich setzte Emilia sich in Bewegung. Gemeinsam mit Sara kletterte sie an Arthur vorbei und flog die Sprossen hinauf. Der Abstand zwischen den Eisenstangen schien größer zu werden, während sie sich nach oben hangelte. Es sah aus, als bestünde der Schacht aus Gummi, das eine unsichtbare Kraft in die Länge zog.

Dann waren sie draußen und folgten Olivia und Paul, die sich bereits hinter dem Schaltkasten verbarrikadiert hatten.

»Wo ist Arthur?«, rief Olivia mit weit aufgerissenen Augen. »Ist er nicht mit dir gekommen?«

»Du hast doch gehört, was er gesagt hat«, erwiderte Emilia keuchend. »Er wollte das noch schnell fertig machen.« Dann schrie sie aus Leibeskräften: »Arthur, verdammt noch mal, sieh zu, dass du da rauskommst!«

»Die Zeit läuft ihm davon. Es kann jetzt jeden Moment ... *Oh mein Gott!*«

Aus dem Silo schoss eine Dampfsäule empor, die binnen kürzester Zeit alles in Nebel hüllte. Ein beißender Gestank nach Öl oder Schmierfett drang Emilia in die Nase. Von Arthur fehlte immer noch jede Spur.

Olivia stieß ein herzzerreißendes Wimmern aus. Emilia beugte sich zu ihr und nahm sie in den Arm. Die Ärmste zitterte am ganzen Leib.

»Da ist er«, schrie Paul plötzlich. »Ich kann ihn sehen.« Er sprang auf, brüllte und wedelte wild mit den Armen. »Hierher. Hinter den Schaltkasten, schnell.«

Eine kleine Gestalt taumelte durch den Nebel auf sie zu. Es war Arthur! Aber wie sah er aus? Er schien klatschnass zu sein. Die Haare klebten am Kopf und sein Overall war dunkel vor Nässe. Mit letzter Mühe schaffte er es zu ihnen und ließ sich zu Boden sinken.

»Warum hat das so lange gedauert?«, brüllte Olivia. »Was ist passiert? Geht es dir gut?«

Arthur musste erst mal zu Atem kommen. »Es geht mir

prächtig. Bin nur etwas nass von dem Wasserdampf. Die Klammern, mit denen die Rakete in Position gehalten wurden, waren hydraulisch betrieben.«

»Hast du den Code noch eingeben können?«

»Habe ich, habe ich. Alles okay. Wenn uns das Ding nicht in letzter Minute um die Ohren fliegt, sollte sie ihr Ziel eigentlich erreichen. Dann haben wir vollbracht, was wir uns vorgenommen haben. Ich hoffe ...«

Der Rest seiner Worte wurde vom donnernden Fauchen der aufsteigenden Rakete übertönt. Ein grelles Licht flammte auf und Emilia spürte, dass es plötzlich ziemlich heiß wurde.

Sie duckte sich mit den anderen hinter den Schaltkasten und sah dabei zu, wie die Rakete an Höhe gewann, in den blauen Himmel stieg und dann, gehüllt in Feuer und Rauch, davonzog.

72

Nnn_nicht viele Mmm_menschen sss_sind sss_so wie du, DUNKEL«, sagte die Quelle. Jem fand es immer noch ein bisschen unheimlich, dass sie offenbar Besitz von Lucie ergriffen hatte.

»Mmm_mitfühlend, aufopferungsvoll und sss_selbstlos. Du, ROT und eure Begleiter sss_seid der Grund, warum es uns sss_so sss_schwerfällt, eine Entscheidung zzz_zu fällen. Komm nnn_näher. Ich will dir ein Geheimnis anvertrauen.«

Jem fiel auf, dass ihre Aussprache inzwischen wieder viel menschlicher klang. Offensichtlich wurde die Verständigung besser, je mehr sie sich einander annäherten. Als würde sie mit jeder Minute menschlicher werden. Er zögerte, doch dann ergriff er Nishas Hand und trat vor. »Was ist das für ein Geheimnis, von dem du uns erzählen willst? Ist es etwas Schönes?«

»Ja.« Lucies Lächeln war breit und freundlich. **»Es ist das Geheimnis des Lebens. Wusstet ihr, dass das Leben auf Erden wie ein einziger großer Organismus funktioniert? Die mmm_meiste Zzz_zeit befindet es sss_sich in einem sss_stabilen Gleichgewicht. Altes sss_stirbt, damit Junges nnn_nachfolgen kann. Alle halten sss_sich an die Regeln: Erhalte deine Art, sss_sorge für deine Familie, respektiere Andersartigkeit und nnn_nimm nnn_nur sss_so viel, wie du brauchst. Doch ihr Mmm_menschen**

habt diese Regeln über Bord geworfen. Als einzige Sss—spezies dieses Planeten tragt ihr das Potenzial zur Sss—selbstzerstörung in euch. Vielleicht sss—seid ihr ein biologischer Unfall. Ein Virus, mmm—mit dem das gesamte Sss—system auf seine Überlebensfähigkeit geprüft wird. Ihr sss—stellt eine Bedrohung für euch und alle anderen dar.«

»Mag sein, dass wir uns aufgeführt haben wie ein Elefant im Porzellanladen«, räumte Jem ein. »Aber ein Virus? Das kommt mir doch ein bisschen hart vor.«

»Elefant …? Oh, die.« Lucie sah einen Moment verdutzt aus, dann lächelte sie.

»Wisst ihr, das größte Geheimnis - das, was die mmm—meisten nnn—nicht kennen oder wahrhaben wollen - ist, dass wir alle mmm—miteinander verwandt sss—sind. Ihr, ich, das Plankton, der Delfin dort drüben, der Wal. Jeder Baum, jeder Grashalm, jeder Vogel - wir alle haben einen gemeinsamen Ursprung. Einen Ursprung, der weit in die Vergangenheit reicht. Das erste Paar Aminosäuren, das sss—sich eines Tages entschlossen hat, sss—sich zu vermehren. Das sss—sind unsere Eltern. Jedes Lebewesen auf dieser Erde lässt sss—sich in einer lückenlosen Kette auf diese einfachste aller Lebensformen zurückführen.«

»Und das bedeutet?«, fragte Jem.

»Wir alle sss—sind verwandt mmm—miteinander. Von allem Leben, das jemals existiert hat, ist der allergrößte Teil bereits ausgestorben. Nnn—nur wir existieren nnn—noch. Töten aus Bosheit, Gier oder Unachtsamkeit halten wir für falsch. Die einzige Ausnahme ist, wenn es dem Überleben dient. Doch der Mmm—mensch nnn—neigt dazu, dies auch aus Freude zzz—zu tun. Das ist inakzeptabel.«

»Da kann ich dir nicht widersprechen«, räumte Jem ein. »Aber was wird denn nun? Wenn du uns doch ohnehin schon abgeschrieben hast, warum hast du dann um dieses Treffen gebeten?«

»Eine gute Frage.« Lucie – die Quelle – seufzte.

»Tatsächlich waren die letzten Reste der Mmm‿menschheit bereits zzz‿zum Aussterben vorgesehen. Doch euer hartnäckiger Überlebenswille hat uns bewogen, nnn‿noch etwas zzz‿zu warten und eure Reise zzz‿zu verfolgen. Was ihr getan habt, war beeindruckend. Die Hindernisse, die ihr überwunden habt, die Gefahren, denen ihr ausgesetzt wart - wir haben entschieden, euch eine zweite Chance zu geben.«

Jems Herz raste. Er konnte gar nicht glauben, was er da eben hörte. »Ehrlich?«, fragte er zaghaft.

»Ehrlich.« Lucie lächelte. **»Nnn‿nehmen wir an, die Mmm‿menschheit würde eine Bewährungsprobe erhalten, würde euch das gefallen?«**

»Ob uns das ... äh ja. Und ob uns das gefallen würde.«

»Es ist eine Probe«, erklärte die Quelle. **»Es hängt alleine von eurem Handeln ab, ob ihr dauerhaft eine Zukunft habt.«**

»Was müssen wir denn tun?«, fragte Nisha. »Sollen wir etwa zurück in die Zitadelle gehen?«

»Natürlich nicht.« Lucie richtete sich auf. **»Wir werden euch Land zur Verfügung sss‿stellen und es zzz‿zur Besiedelung freigeben. Viel Land. Wie wäre es mmm‿mit diesem Kontinent?«**

»Diesem ...?« Jem verschlug es die Sprache.

»Es sollte für den Anfang genügen, oder? Wir lassen die Sss‿städte räumen, ihr könnt dorthin zzz‿zurückkehren. Lasst euch nnn‿nieder und werdet sss‿sesshaft. Respektiert die Regeln und werdet Teil von etwas Größerem, dann werdet ihr eine Zzz‿zukunft haben.«

Jem wollte etwas sagen, doch er konnte nicht. Seine Stimme versagte. So blieb ihm nur zu nicken.

Der Quelle schien das zu genügen. Sie verstand.

»Dann ist alles gesagt. Quklvlinkt wird euch den Rest beantworten. Er wird euer fester Begleiter werden. Nun geht und überbringt diese Botschaft. Meine guten Wünsche begleiten euch.« Mit diesen Worten verschwand das Blau in Lucies Augen und das sanfte Grün kehrte zurück. Die Quelle hatte sie wieder freigegeben.

Waberndes Leuchten durchzuckte den Ozean, als das gewaltige Wesen wieder in die Tiefen der See hinabtauchte. Strömungen setzten ein, die die Galeere sanft hin und her wiegten.

Jem trat vor und berührte Lucies Hand. »Geht es dir gut?«

Sie nickte. Ihr Lächeln war wieder das alte.

Ein Seufzer der Erleichterung entfuhr ihm. Er trat vor und nahm sie in die Arme. »Bist du wieder zurück?«, fragte er vorsichtig und Lucies Lächeln wurde breiter.

»Ich war niemals weg.«

73

Zwei Wochen später …

Die Tür zur Kommunikationszentrale wurde aufgerissen. Licht und aufgeregte Rufe strömten herein. Emilia hob ihren Kopf. War sie etwa eingenickt?

»W… was ist los?«

Das Klicken der elektronischen Kontakte und Relais hatte etwas Einschläferndes. Ihr Monitor zeigte noch immer Ausschnitte des Denver International Airport.

»Kommandantin, Sie müssen sofort kommen.«

»Hat das nicht Zeit? Es ist doch erst … *was?* Es ist ja schon fast neun.« Emilia rieb sich den Schlaf aus den Augen. Sie hatte in den vergangenen Nächten kaum ein Auge zubekommen. Zu viel zu tun. Jetzt, da es ihnen endlich gelungen war, ein festes Funksignal zum Airport einzurichten, schienen sich die Ereignisse zu überschlagen.

»Ich habe gleich die Liveschaltung nach Denver.«

»Das muss warten, Kommandantin. Es hat sich etwas Außergewöhnliches ereignet. Es ist wichtig, glauben Sie mir.« Der junge Rekrut grinste bis über beide Ohren.

Emilia warf einen Blick auf den Monitor, dann sagte sie: »Na gut. Aber wehe, wenn es nicht wirklich wichtig ist. Sie übernehmen hier so lange. Vertrösten Sie die Leute und teilen Sie ihnen mit, dass ich bald zurück bin. Sie können ihnen auch sagen, dass wir auf jeden Fall kommen und sie abholen werden. Die Vorbereitungen dafür laufen schon auf Hochtouren. Und seien Sie freundlich. Diese Menschen haben eine schwere Zeit hinter sich.«

»Mache ich, Kommandantin. Keine Sorge.«

Emilia seufzte und stand auf. »Na schön. Wo soll ich hin?«

»In den Park und zur Statue von Gaia Montego. Sie werden dort bereits erwartet.«

Der Platz war gesäumt von Menschen. Hunderte von ihnen hatten sich dort versammelt und redeten aufgeregt durcheinander.

Die Bewohner hatten einen Kreis gebildet, sodass Emilia nicht erkennen konnte, was es so Besonderes gab. Auf ihrem Weg zu ihnen begegnete sie Sara.

»Na, hast du es schon erfahren?«, fragte ihre Freundin aufgeregt. Sie strahlte über das ganze Gesicht.

»Erfahren? Nein. Ich gebe zu, ich bin gerade etwas eingenickt. War einfach zu viel die letzten Tage.«

»Na, dann lassen wir uns überraschen.« Sara grinste und hakte sich bei Emilia unter. »Komm, gehen wir die letzten Meter zusammen.« Sie erhob ihre Stimme. »Entschuldigung, Herrschaften. Würden Sie uns bitte mal durchlassen? Vielen Dank. Sehr freundlich.«

Beim Anblick der beiden jungen Frauen wichen die Menschen respektvoll auseinander. Seit dem Sturz von GAIA waren

Sara, Emilia und die ehemaligen Outlander zu Berühmtheiten geworden. Klar gab es noch einige, die meinten, die alten Strukturen wären besser gewesen, aber die Mehrheit der Bevölkerung schien mit der neuen Situation mehr als glücklich zu sein. Offenbar war der Widerstand gegen die alte Ratsvorsitzende doch bereits weit größer gewesen, als Emilia vermutet hatte.

Inzwischen hatte sich die Lage in der Stadt auch weitestgehend entspannt. Die Versorgungssysteme funktionierten wieder und an GAIA waren umfangreiche Umprogrammierungen vorgenommen worden. Sie war inzwischen nur noch ein ganz normales Steuerprogramm ohne höhere geistige Funktionen.

Emilia war immer noch ziemlich überrascht, wie wenig sich tatsächlich verändert hatte. Das hätte sie beim besten Willen so nicht vorausgesehen. Das Leben verlief wie bisher, nur, dass jetzt Menschen die Regierungsgeschäfte übernommen hatten und kein Elektronengehirn mehr für alle Abläufe zuständig war. Die Leute gingen zur Arbeit, aßen, tranken, schliefen und trafen sich mit Freunden. Die Kinderhorte waren wieder geöffnet und allenthalben sah man kleine Gruppen von ihnen in den Parks spielen. Emilia lächelte bei dem Gedanken, dass diese Kinder eine völlig neue Welt kennenlernen könnten.

Es erfüllte sie immer noch mit ungläubigem Staunen, wenn sie daran dachte, was Katta über die Botenkette der Termiten erfahren hatte. Dass Lucie und Jem tatsächlich erfolgreich gewesen waren. Dass sie einen Pakt zwischen den Menschen und der Quelle ausgehandelt hatten. Wie genau der aussah, wussten sie nicht. Und auch nicht, wo ihrer aller Hoffnungsträger sich gerade befanden. Aber das Verhalten der Tiere in ihrer

Umgebung und die besondere Stimmung, die außerhalb der Oase seit ein paar Tagen spürbar war, stimmten sie zuversichtlich, dass Lucie, Jem und Nisha irgendwann einen Weg zu ihnen zurückfinden würden.

Wie es wirklich weitergehen würde, konnte ohnehin niemand beantworten. Emilia war misstrauisch genug, um einen letzten Rest von Zweifel zu hegen – gegenüber den Squids, gegenüber den neuen Strukturen in der Oase, gegenüber der Zukunft.

Doch seit der Entschärfung der Bombe kam es ihr vor, als sei alles möglich. Gemeinsam mit Sara war sie in einer Volksabstimmung in den neu errichteten Senat gewählt worden. Ein merkwürdiges Gefühl, so viel Ehre zu erlangen, aber sie freute sich auf die neuen Aufgaben. Wenn die Tage nur nicht so lang wären und sie endlich mal Zeit fände, richtig auszuschlafen.

»Entschuldigung«, rief Sara wieder. »Dürfen wir mal bitte durch? Danke sehr.« Im Gegensatz zu ihrer Freundin schien sie das Bad in der Menge zu genießen.

Emilia hingegen nervte es ungemein, dass sie als Einzige keine Ahnung hatten, was hier eigentlich los war. »Wissen Ragnar und die anderen eigentlich wegen morgen Bescheid?«

»Ich denke schon«, sagte Sara. »Sie werden bestimmt auch gleich kommen. Sie sind noch drüben im Militärbereich und helfen bei der Vorbereitung. Die Truppentransporter sind startbereit. Es fehlen nur noch ein paar Kleinigkeiten.«

Emilia nickte.

Der Start war für den Vormittag des nächsten Tages angesetzt. Ragnar und Leòd wollen mitfahren und versuchen, die Stadt aus den Händen des Goden zu befreien. Ihnen zur Seite standen fünfzig Soldaten, an Bord von zwei schwer bewaffneten Hovercrafts, die selbst schwierigstes Gelände bewältigen konnten. Ausgerüstet waren sie mit modernsten Waffen, die ausreichen sollten, die Zitadelle einzunehmen und dafür zu sorgen, dass Ruhe, Stabilität und Gerechtigkeit zurückkehrten.

Auch hier blieb ein gewisser Rest von Sorge, aber Emilia musste lernen, Vertrauen zu haben.

»Ragnar geht davon aus, dass es klappen wird«, sagte sie und spürte, wie die Worte ihre Zuversicht stärkten. »Er ist der Meinung, dass alleine die Ankunft der fliegenden Maschinen ausreichen wird, den Goden und seine Anhänger die Waffen niederlegen zu lassen.«

»Und dann?«

»Wenn die Sache ohne größeren Widerstand abläuft, kann er darangehen, die Stadt an der Seite seines Vater zu regieren. Zumindest so lange, bis dieser das Ruder abgibt und Ragnar alleine die Amtsgeschäfte übernehmen wird.«

»Jarl Ragnar.« Sara lächelte. »Klingt gut.«

»Hoffen wir, dass er sich nicht irrt und tatsächlich alles so reibungslos abläuft, wie er sich das vorstellt. Dieser Krieg hat bereits genug Opfer gefordert.«

Sara nickte ernst, dann hellte sich plötzlich ihr Gesicht auf. »Habe ich es dir eigentlich erzählt?«

»Erzählt, was denn?«

»Es gibt gute Neuigkeiten aus der medizinischen Abteilung. Wie es aussieht, ist unser Erbgut mit dem der Zitadellenbewohner kompatibel.«

Emilia hob erstaunt die Brauen. »Wie denn das?«

»Ein Bluttest mit Leòd und Ragnar hat das ergeben. Eine Zusammenführung könnte unsere künstlich erzeugte Unfruchtbarkeit aufheben. Die Menschen aus der Zitadelle und wir werden in der Lage sein, Kinder zu bekommen. Wir könnten die Rückführung abschaffen und wieder ganz natürlich altern. Was hältst du davon?«

»Das ist …« Emilia wusste nicht, was sie darauf erwidern sollte. Die Ereignisse überschlugen sich an diesem Morgen, sie kam kaum noch mit.

Die Verbindung nach Denver war wiederhergestellt, die Befreiung der Zitadelle stand unmittelbar bevor, und jetzt behauptete Sara allen Ernstes, sie konnten alt werden und Kinder bekommen? Sie hätte es für einen Scherz gehalten, wenn sie ihre Freundin nicht so gut gekannt hätte.

Es war einfach unglaublich. Fünfhundert Jahre hatte die Enklave im Dornröschenschlaf gelegen, doch auf einmal schien das Leben förmlich zu explodieren. Eine friedliche Zukunft schien zum Greifen nah. Emilia mahnte sich selbst zur Ruhe. *Erst mal abwarten.*

Inzwischen waren sie fast an der Statue angelangt. Der Kreis öffnete sich und sie traten in die Mitte. Emilias Blick fiel auf drei Gestalten, die dort standen. Hand in Hand und mit einem breiten Lächeln im Gesicht.

»Mein Gott.«

Sie musste zweimal hinsehen, um sicherzugehen, dass sie nicht halluzinierte. Ihr Herz klopfte wie wild.

»Das ist doch unmöglich.«

»Euch auch einen schönen guten Morgen«, erwiderte Lucie

breit grinsend. »Habt ihr etwa geglaubt, wir würden euch hier alleine lassen?«

»Ich weiß nicht ...« Ihre Stimme versagte.

»Wir haben es doch versprochen«, meinte Nisha. Sie hielt Quabbel auf dem Arm und streichelte ihn. »Und was man verspricht, das muss man halten.«

Lucie, Jem und Nisha. Sie waren es wirklich. Hier standen sie neben Zoe und Katta und strahlten um die Wette. Und sie schienen bei bester Gesundheit zu sein.

»Wir haben so lange nichts von euch gehört ...« Emilias Stimme zitterte. »Wir haben nie daran gezweifelt, dass ihr drei zurückkehren werdet, aber euch jetzt hier leibhaftig stehen zu sehen, das ist ...«

»... überraschend?« Jem grinste. »Ja, diesen Effekt scheinen wir bei manchen zu haben. Oh, und da kommt ja auch schon der Rest.« Er hob die Hand und winkte.

Emilia drehte sich um. Rechts von ihr war Unruhe in den Reihen der Menschen entstanden. Jetzt traten sie auseinander und heraus stürmten Olivia, Arthur und Paul.

»Alter, ich glaub's ja nicht. Ihr seid wieder da!« Arthur hüpfte vor Aufregung die Brille auf der Nase.

»Sind wir«, rief Jem. »Und wir haben jede Menge Neuigkeiten dabei. Aber jetzt lasst euch erst mal umarmen.«

Der Reihe nach nahmen sich die Freunde in den Arm. Emilia schossen vor Rührung Tränen in die Augen. Noch nie in ihrem Leben hatte sie sich so darüber gefreut, jemanden wiederzusehen. Sie fiel Lucie um den Hals und wollte sie am liebsten nie wieder loslassen.

Als sie es schließlich tat, stutzte sie. »Ihr seht so verändert aus. Irgendetwas ist mit euch geschehen.« Sie wischte sich eine Träne aus dem Auge.

»Kann schon sein«, bemerkte Jem. »Die Begegnung mit der Quelle war wirklich außergewöhnlich. Und unsere Rückreise auch. Aber keine Sorge. Wir sind natürlich immer noch ganz die Alten.«

»Dann habt ihr sie also wirklich gesehen?«

»Die Quelle? Oh ja.«

»Und was hat sie gesagt? Konntet ihr unsere Situation erklären? Weiß sie, dass es uns gelungen ist, GAIA abzuschalten?«

»Klar. Sie weiß auch, dass ihr inzwischen den Zeitriss geschlossen und die Bombe entschärft habt. Dank ihres riesigen Netzwerks ist sie stets über alle Vorgänge informiert. Euer mutiges Eingreifen dürfte den Ausschlag gegeben haben. Doch nun stehen uns hoffentlich friedlichere Zeiten bevor.«

»Das hoffe ich sehr«, sagte Emilia. »Doch ihr seid nicht die Einzigen, die einen Sack voll Informationen haben. Auch bei uns gibt es jede Menge Neuigkeiten.«

»Ja, ich weiß«, entgegnete Jem. »Wir haben von den Veränderungen hier in der Kuppel schon gehört.« Er nickte Zoe zu. »Wir waren kaum hier, da haben uns schon die ersten Leute erzählt, was sich in der Zwischenzeit zugetragen hat. War sicher nicht leicht.«

»Nein, leicht war es nicht. Es hat auch Opfer gegeben …« Sie verstummte.

Lucie nickte. »Wir wissen von Marek. Ich habe ihn gesehen.

Er hat sich für uns alle geopfert. Am Ende ist er doch noch zum Helden geworden.«

»Ja, wir sind ihm zu tiefem Dank verpflichtet«, sagte Katta, der Tränen in den Augen standen. »Ohne ihn hätten wir es vermutlich nicht geschafft, GAIA zu besiegen.«

»Aber wie man es auch dreht und wendet, es ist gut ausgegangen und das ist die Hauptsache«, rief Sara. »Was jetzt kommt, wird uns alle mit tiefer Zufriedenheit erfüllen. Es liegt noch viel Arbeit vor uns, aber wir werden auch das schaffen. Ihr müsst uns unbedingt erzählen, was ihr erlebt habt. Es wird ein Riesenwillkommensfest geben. Ich hoffe, ihr habt Hunger und Durst mitgebracht.«

»Und ob«, sagte Lucie. »Aber vorher würden wir gerne ein paar Worte an den neugewählten Senat richten. Könnt ihr vielleicht ein Treffen arrangieren? Wir haben wichtige Meldungen von der Quelle. Sie hat uns eine Botschaft mit auf den Weg gegeben und ihr sollt die Ersten sein, die sie erfahren.«

»Eine Botschaft?«, fragte Emilia lächelnd. »Wie lautet sie?«

Jem zwinkerte ihr zu. »Sie lässt sich in vier Worten zusammenfassen: *Der Kontinent gehört uns.«*

Epilog

Die Hovercrafts glitten wie auf Wolken durch das verlassene Land. Umgestürzte Bäume, zerstörte Funkmasten oder Erdspalten waren früher vielleicht mal ein Problem gewesen, doch in diesen Fahrzeugen waren sie bestenfalls als leichte Erschütterung zu spüren. Tage schmolzen zu Stunden, Stunden zu Minuten. Jem erinnerte sich noch gut, wie lange sie auf der Hinreise für die einzelnen Abschnitte gebraucht hatten. Wie oft der Bus ausweichen oder kehrtmachen musste, wenn sie irgendwo nicht mehr weitergekommen waren. Und jetzt glitten sie über die Hindernisse einfach hinweg.

Am Horizont tauchten schon die Hochhäuser von Colorado Springs auf. Nicht, dass sie hier haltmachen und nach Überlebenden suchen wollten – das würde später folgen –, es war einfach nur beruhigend zu sehen, dass die Gebäude nach wie vor von Pflanzen überwuchert waren, sich aber sonst nicht verändert hatten.

Ihre Befürchtung, die Squids könnten alles dem Erdboden gleichgemacht haben, bestätigte sich jedenfalls nicht.

Gemeinsam mit Lucie hockte Jem vorne hinter dem Fahrer und blickte nach draußen. Neben ihnen in der Reihe saß Nisha, dahinter befanden sich Zoe und Katta und mit einigem Abstand Loki. Der Kater schlief mal wieder.

Viel gesprochen wurde nicht. Jeder an Bord schien zu begreifen, was für eine Riesenverantwortung auf ihren Schultern lastete. Aber es boten sich auch großartige Möglichkeiten. Sie waren die neuen Hoffnungsträger, in einer Welt, die sich komplett im Wandel befand.

Jem musste an Olivia, Arthur und Paul denken. Die drei hatten leider nicht mitkommen können, da sie immer noch mit den Details der Neuprogrammierung und Neuausrichtung von GAIA beschäftigt waren. Ein Job, der sie voll auslastete. Dabei hätte Jem sie auf dieser Unternehmung gerne dabeigehabt. Sie waren in den vergangenen Wochen unzertrennlich geworden. Eine Familie, wie er sie sich immer gewünscht hatte.

Die Hovercrafts glitten in beständigem Tempo über den verwilderten Highway. Jem blickte hinaus. Das Land war so weit und leer, dass ihm schwindelig wurde. Ein Garten Eden. Eine neue Welt, die nur darauf wartete, von ihnen in Besitz genommen zu werden. Diesmal jedoch mit Rücksicht und Verantwortung.

Er spürte die Wärme von Lucies Fingern, während er ihre Hand streichelte. Am liebsten wollte er sie nie wieder loslassen. Quabbel saß auf ihrem Arm und strich mit seinen Ärmchen über Jems Haut. Dabei sandte er kitzelnde elektrische Impulse aus. Jem spürte, dass ihm die Berührung guttat. Der kleine Squid nahm ihm die Sorgen und schickte stattdessen positive Gefühle. Gefühle, die er gerade bestens brauchen konnte.

Der Plan lautete, zuerst die mittlerweile befreite Zitadelle zu besuchen, auf der sie Ragnar und Leòd bereits sehnsüchtig erwarteten. Danach würde es weiter zum Denver International Airport gehen. Gut möglich, dass sie nicht alle der gestrandeten Passagiere auf einmal in die Transporter bekamen, aber auch dafür gab es bereits eine Lösung. Jem und Lucie würden bei den Verbliebenen warten und sie in der Zwischenzeit über alles informieren, was sich während ihrer Abwesenheit zugetragen hatte. Sie waren jetzt so etwas wie Botschafter. Eine Aufgabe, die Jem sehr ernst nahm.

Erneut versank er in Gedanken. Als er an die vergangenen Tage und Wochen zurückdachte, musste er plötzlich laut auflachen. Ihm war etwas eingefallen, was er schon längst vergessen geglaubt hatte.

Lucie sah ihn mit ihren großen grünen Augen an. »Was ist denn los? Ist irgendwas Komisches passiert?«

»Ich musste gerade an unser erstes *Abenteuer* denken.« Er grinste. »Auf dem Flughafen in Frankfurt, weißt du noch? Meine Güte, war ich damals ein Idiot.«

»Was meinst du?«

»Na, die Nummer bei der Security, erinnerst du dich? Wir waren zu spät dran und mussten rennen. Für uns wurde extra ein eigener Schalter aufgemacht.«

»Stimmt«, rief Lucie. »Deine Sonnenbrille!«

»Viel schlimmer noch: *meine Hose.* Das blöde Ding war ein paar Nummern zu groß und ich musste doch den Gürtel ablegen.«

»War deine Unterhose nicht gepunktet?« Katta blickte zu ihm herüber und lächelte. Ihm war gar nicht bewusst gewesen, dass sie gelauscht hatte.

»War sie«, erwiderte er lachend. »Und das Beste: Sie dürfte sich immer noch in meinem Koffer in Denver befinden.«

»Na, das wird bestimmt ein freudiges Wiedersehen«, stimmte Zoe in die allgemeine Heiterkeit ein.

Lucie drückte seine Hand. »Damals haben alle über dich gelacht, doch heute lacht niemand mehr. Zeitspringer, Botschafter, Befreier. Eine ganz schön steile Karriere, würde ich sagen.«

»Das gilt ja wohl für uns alle«, entgegnete Jem. »Obwohl ich das, ehrlich gesagt, nie angestrebt habe und auch jetzt nicht will. Lasst uns einfach so bleiben, wie wir sind, okay?

»Abgemacht«, antwortete Katta und streckte ihm die Hand entgegen. »Lasst uns so bleiben, wie wir sind.«

Er schlug ein. Und Lucie, Nisha und Zoe taten es ihm gleich. Sogar Quabbel legte sein Ärmchen auf ihre. Es war eine Verbindung, die nichts und niemand je wieder trennen konnte.

»Alle für einen und einer für alle«, flüsterte Lucie und Jem spürte, wie ihm Tränen in die Augen stiegen.

»Und möge die Macht mit uns sein«, beschwor er lächelnd.

Ende

S. J. Kincaid

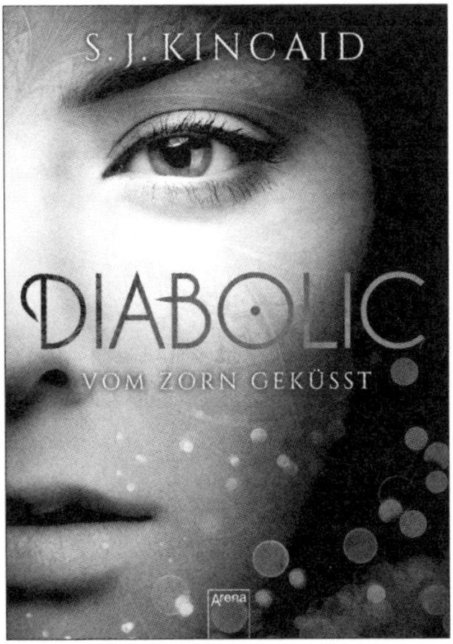

Diabolic
Vom Zorn geküsst

Eine Diabolic ist erbarmungslos, stark, kaltblütig und tötet für die, die sie beschützen muss. Eine andere Art zu leben kennen Diabolics nicht. Das ist ihr Platz im Universum. Als Nemesis, eine junge Diabolic, erfährt, dass ihre Schutzbefohlene als Geisel an den Imperialen Hof berufen wird, zögert sie keine Sekunde, sich an ihrer Stelle in die Hände der Feinde zu begeben. Getarnt als zarte Senatorentochter reist sie an den Hof – ein Ort der Intrigen, der Dekadenz und der Gefahr. Doch während Nemesis immer tiefer in tödliche Machtspiele verwickelt wird, regt sich in ihr etwas, das nicht sein darf: ein Funke von Menschlichkeit – und von Liebe ...

Arena

Auch als E-Book erhältlich

488 Seiten • Gebunden
ISBN 978-3-401-60259-2
www.arena-verlag.de

Andreas Eschbach

Black*Out
978-3-401-50505-3

Hide*Out
978-3-401-50506-0

Time*Out
978-3-401-50507-7

Was wäre, wenn das Wissen und die Gedanken eines Einzelnen für eine ganze Gruppe verfügbar wären? Jederzeit? Würden dann nicht Frieden und Einigkeit auf Erden herrschen? Wäre der Mensch dann endlich nicht mehr so entsetzlich allein? Oder könnte dadurch eine allgegenwärtige Supermacht entstehen, die zur schlimmsten Bedrohung der Welt wird?

Drei Thriller der Extraklasse von Bestsellerautor Andreas Eschbach, der die Themen Vernetzung und Globalisierung auf eine ganz neue, atemberaubende Weise weiterdenkt und die Frage stellt, was Identität und Individualität für die Menschheit bedeuten.

Arena

www.eschbach-lesen.de
Auch als E-Books erhältlich.
Als Hörbücher bei Arena audio

Jeder Band:
Klappenbroschur
www.arena-verlag.de